河出文庫

官能小説「絶頂」表現用語用例辞典

永田守弘 編

河出書房新社

はじめに

官能小説には、豊潤な言語感覚の世界がある。ほかの分野の小説では、ほとんど思いつかないような、あるいは、そこまで表現するのが憚《はば》かれるほどの、特殊な感覚によって、淫猥な情景が描写されていく。ただ、作家によってそれぞれ嗜好や表現方法が違うので、読者が自分の感性に合った作品を探し出すには、運にもよるが、かなり多くの作品を読まなければならないこともある。

好きな作家に巡り合う近道はないものか、という要望に応えて、〈官能の淫髄シリーズ〉(河出・*i*文庫)を世に出してきた。今後も可能なかたちで、読者が楽しみながら参考にできる内容のものを継続できればと願っている。

それに併行して、官能小説の潤沢な言語感覚を知っていただき、歴年の作家たちによって蓄積された、この分野ならではの表現を紹介したいという思いから、『官能小説用語表現辞典』(マガジンハウス刊。のちに、ちくま文庫)を編集し、現在も増刷がつづいている。広い層の読者に官能表現の妙味を楽しんでいただくと同時に、これから官能小説を書こうとする作家志望者の参考書にもなっているとのことで、冥利を感じる。

さらに官能小説を広く愛読していただく縁《よすが》として新しく編集したのが、この『官能小説

「絶頂」表現 用語用例辞典』である。

官能小説のヤマ場は、なんといってもセックス描写にある。もちろんストーリーの設定や人物の描き方も重要ではあるが、セックス描写が鮮烈で淫猥でないと、ワサビの効かない鮨《すし》のように、ものたりない印象になってしまう。そしてセックス描写が最高潮に達するのは「絶頂」シーン、とりわけ女が快感のきわみで見せる、あられもない姿態である。読者が股間をジーンと疼かせるのは、作家との相性にもよるが、この場面の男と女の肉感と情欲の昂まりであり、それは女の「絶頂」表現に集束されていく。

だから官能作家たちが、とりわけ「絶頂」シーンに独自の力量を発揮するのは、ごく当然のことである。読み慣れてくると、「絶頂」シーンを見るだけで作家名が推定できるほど、それぞれが際立った感性をそなえている。しかも表現は多種多様で、分類しきれないほどである。それをあえて分類整理して、なるべく読みやすく編集する努力をしてみた。

辞典類の凡例にならって、この本の特徴をあげておくとしよう。

作品は、編者が新聞や雑誌などに新刊として紹介した本を中心に選択した。これまで40年あまりをかけて読んだ官能小説は約1万冊になるが、そのうち新刊コラムに掲載した作品だけでも膨大な量になる。それらを検索した資料をもとに、とりわけ最近の数年に重点をおいて、「絶頂」シーンを抽出した。

絶頂表現は男女どちらについてもあるが、男はパターンが限定されやすく、読者としても女の多様な姿態のほうが興味をそそられるので、ここでは女に焦点を絞ることにした。

用例はなるべく短く掲出したが、それではどうしても実感が伝わりにくいと思われたり、区切りにくい文章については例外的に長くなったものもある。

官能小説には独特の造語がすくなくない。読者によっては抵抗を感じるかもしれないが、そこも官能表現ならではの味わいとして読んでくださると馴染《なじ》みやすい。官能小説ファンにとっては、新味を感じる表現と受け取られる造語に出合うのも楽しみの一つといえる。

多作の作家は掲出する用例が多く、寡作の作家は少なくなりがちだが、なるべく広く掲出するようにした。また、多作であっても「絶頂」シーンの少ない作者もあり、その反対に「絶頂」シーンの連続という作風もあるが、それらもなるべく平均した分量で掲出することをこころがけた。それでも偏りがみられるのは、創作歴や作風によるところもあり、同じ作家の文章はなるべく分散して掲出するようにしたが、やむなく集中している部分もある。

どうか官能作家たちの多彩な言語感覚を存分に味わっていただきたい。女性との実体験で「絶頂」を共感するときの参考になるかもしれない。そして、なによりも、官能小説をもっと好きになる読者が増えることを期待したい。「絶頂」表現だけでも、これだけ多彩で奥深いものがある分野なのである。

目次

②「しぐさ」系

④「痴語」系

⑤「貪欲」系

⑥「交歓」系

⑦「燃焼」系

⑧「失神」系

⑩「錯乱」系

⑪「局所」系

⑫「体液」系

官能小説「絶頂」表現　用語用例辞典

①「姿態」系

【あえぐ　喘ぐ】

息も絶え絶えに喘ぎながら

「もう駄目です。あああ、柊様、わたしもう、駄目です」

さまざまな舌技に翻弄《ほんろう》され、息も絶え絶えに喘ぎながら、清泉は再び絶頂を訴えた。（北山悦史『淫能の野剣』）

壮絶な声をあげて喘ぎ

京介の指が追いこみをかける。

「は、は、はあっ……い、いいっ……イクッ、イクッ……あああああ、イクッ、いやあああああっ」

壮絶な声をあげて満子は喘ぎ、太腿を痙攣させて震えだした。（美園満『運命の一日 人妻が牝になった時』）

喘ぎが長く響く

負担をかけないように腕で支えながら、腰だけは機械仕掛けのように正確に振った。

「あッ、あッ、あン、あン、あああァァ……」

真っ白な喉元がさらされ、喘ぎが長く響く。（霧原一輝『恋鎖』）

泣くような喘ぎ声になり

「ああん、はァーッ、……んッ、いいッ」

有花が電話の向こうで泣くような喘ぎ声になり、声音をふるわせて、

「いっちゃいます、わたし……」（北沢拓也『熟愛』）

獣じみたあえぎ声

「くわあああっ……いいっ！　いいっ！　はあああぁぁぁ……」

絵里香が瞳を堅くつぶったままガクガクと頭を振った。スーツ姿からは想像もできないような獣じみたあえぎ声だった。（赤星優一郎『若妻バスガイド』）

泣くような喘ぎ声

「出してッ。わたしもイクわ、一緒にイコッ」

響子叔母さんが息せききっていうのを聞いて、公太は激しく突きたてた。

公太の下腹部が響子叔母さんの尻を叩く派手な音が響き、そのたびに響子叔母さんが泣くような喘ぎ声をあげる。（雨宮慶『美人アナ・狂愛のダイアリー』）

震えるような喘ぎの後

「あぁぁぁぁ、あんっ」

　震えるような喘ぎの後、甘い叫びとともに亜紗美が仰け反った。またしても身体が硬直し、その後激しい痙攣が亜紗美を襲った。（嵐山鐵『婦人科診察室　人妻と女医と狼』）

絶頂を伝える喘ぎが

　あまりにも屈辱的な仕打ちに、奈津子が目を見開いた。

「いっ、いやよ！　そんなこと‼」

　という叫びは、途中からけたたましい悲鳴に変わった。ついに身体の奥から、絶えられない蠕動《ぜんどう》が始まったのである。

　あたりはばからない、女の絶頂を伝える喘ぎが響いた。（高輪茂『女性捜査官　悪魔たちの肉検査』）

喘ぎながら締め付けて

　唇を重ねたまま呻き、狂おしく股間を突き上げて勢いよく精を放つと、

「あ……、い、いく……！」

　口を離し、のぶが喘ぎながら締め付けてきた。奥の方に誠二郎の射精を感じ、自分もそのまま気を遣ってしまったようだった。（睦月影郎『艶色ひとつ褥』）

喘ぎとよがりをはずませる

「あう、あン、あ、あん、はう」

　喘ぎとよがりをはずませるまゆみ。掲げた両脚を賢司の腰に絡め、より深い結合を求める。突きあげられるたびに、上半身を切なげに揺らす。目を閉じて、湧きあがる感覚を一心に受け止めている様子。（橘真児『新婚えっち』）

のけ反って……大きく喘いだ

「ね、切ないの。挿れて――」

　息を荒げ、ヒップを左右にふって挿入をねだる理恵子。賢司は中心の潤んだ窪みを捉えると、肉根を一気に押し込んだ。

「はあぁ！」

　のけ反って、理恵子は大きく喘いだ。（橘真児『新婚えっち』）

むせび泣くような喘ぎが

　身動きもとれないほど高揚しているところに、大胆なタッチで、ヌメヌメした舌を這わされる。

「ひっ、ああっ、センセッ！……可南子のオマ×コ、どうしようもなく、なっちゃうぅっ……くううっ！」

　むせび泣くような喘ぎが、つづけざまにあがった。（夏島彩『危険な家庭訪問　担任教師と三人の母』）

ひいひいとあえぎながら

「いっちゃってくださいっ！　雪江さん、いっちゃって

ええええーっ！」

「ああっ、正道っ！」

雪江はひいひいとあえぎながら必死になって言葉を継いだ。（草凪優『色街そだち』）

狂ったように喘ぎ続ける

「あっ、ああっ、ひん、ひう、んあああ」

肉と肉がぶつかる音が響き、同時に粘液の擦れるヌチャヌチャという音もあがる。亜希のたわわな双乳が大きく波打つ。

亜希はあっという間に、意識を持っていかれ、言葉を発する事もできずに、狂ったように喘ぎ続ける。（藤隆生『美人ゴルファー　公開調教』）

歓喜の喘ぎを発し

円谷は、開きかけた二枚《ふたひら》の花弁をベロで押し分け、舌先で花蕊《かずい》を探し当て、窄めた口唇を押しつけると、チュ、チューと甘蜜を吸い立てた。そして、思い余ったかのように肉芽に震いつき、舌先で転がした。

「あうっ、あひィっ！　あひっ、あひィっ」

熟女が歓喜の喘ぎを発し、腰から砕け落ち、円谷の顔を女陰で圧し潰した。（安藤仁『花びらしずく』）

ひときわ激しい喘ぎと痙攣を

菊乃は次第に激しく喘ぎ、容赦なく彼の首を摑んで、全身を膣内で出し入れさせるように動かし、あるいはオサネに彼の顔をグイグイとこすりつけたりした。

「い、いく……、アアーッ……！」

やがて菊乃が、ひときわ激しい喘ぎと痙攣を起こすと、間もなくぐったりと静かになった。（睦月影郎『浅き夢見じ』）

苦悶の面輪で喘ぎを発し

翔太は熟女に密着したまま、決《しゃく》り腰で肉の洞を抉《えぐ》り込んだ。

「あ～～うっ。あふっ。くふふふぅっ」

智恵子が苦悶《くもん》の面輪で喘ぎを発し、繊細な白い指でシーツをギュッと摑んだ。（安藤仁『花びらがえし』）

噴出を感じ取って喘ぎ

たちまち栄之助は、大きな快感の津波に巻き込まれ、ガクガクと全身を震わせて射精した。

「アアッ……！」

楓も、その噴出を感じ取って喘ぎ、全身をクネクネさせて昇りつめた。（睦月影郎『おんな秘帖』）

息を弾ませて喘いだ

重五は窒息しそうになりながらも、しきりに乳首を吸って乳汁を舐め取り、ようやく腰を突き動かしはじめた。

「ああ、いい……、すぐいきそう……」

正恵は、武家の妻らしくもなく乱れに乱れ、息を弾ませて喘いだ。（睦月影郎『うれどき絵巻』）

短い喘ぎ声を

ビクン、ビクンとペニスは跳ね、ビュッ、ビュッと勢いよく射精した。それに合わせて響子叔母さんが短い喘ぎ声をあげた。（雨宮慶『美人アナ・狂愛のダイアリー』）

喘ぎに喘いだ

真上から、ギンギンに勃起《ぼっき》した肉棒が押し入ってきて、智子は絶叫した。

「ひっ、ひぃいっ、ひぃーっ！」

羞恥心と快感がめまぐるしく交錯し、智子は高く腰を上げられた苦しい態勢のまま、喘《あえ》ぎに喘いだ。（西蓮寺祐『インモラルマンション 高層の蜜宴』）

喘ぎ声が溢れ出る

「むふうぅぅ、うむむうぅぅ」

目を閉じ、顔を上気させ女医は悶えた。下半身の突き上げも最高潮となる。

能見が吐き出すように口を離した。途端に亜紗美の口から絶頂を告げる喘ぎ声が溢れ出る。

「あぁあぁぁ、はあぁあぁぁぁ、いいぃぃぃぃぃ」（嵐山鐵『婦人科診察室 人妻と女医と狼』）

悩ましいあえぎ声を

祐二は、もう堪えるということをしなかった。めりこませた指でカギを作って、もう一方の手で唯佳のウエストをつかむと、猛然とピストンを繰り出した。

「ああ……、あああぁっ……」

唯佳の悩ましいあえぎ声を聞きながら、祐二はまた勃起を弾けさせた。（室伏彩生『熟蜜めぐり』）

喘ぎを荒ぶらせる

浩介は夫人の双の腕を自身の背からはがして枕許に押し上げると、満利枝夫人に万歳の恰好をとらせておいて、ぐいと深く腰を叩きこむ。

「あうっ、そこ……ああ、そこッ」

顔を横に傾けた夫人が、眉間を歪めきって、喘ぎを荒ぶらせる。（北沢拓也『美熟のめしべ』）

甘えたような喘ぎ声を

「ああ、次郎さま」

と、美鈴はいっそう頬を擦り寄せ、甘えたような喘ぎ声を洩らし続ける。

次郎はいつでも自分の限界を超えられるようにして、腰の動きを速めた。

「ああ、うち、イク……ああ、次郎さまも一緒に……」（山路薫『夜の義姉』）

切れ切れの喘ぎ声を

「ねっ、わたし、いくわ。ああーっ、いかせて……。あなたを、わたしの膣《なか》にしっかり閉じこめて」

切れ切れの喘ぎ声をあげた彼女の腰が、激しく弾んだ。

(末廣圭『ふたまたな女たち』)

火のように喘ぐ

恭平は唇を合わせ、有紀と舌をからめ合いながら、ぐいぐいと突き穿《うが》ちはじめた。

「あッ、ああーんッ……気持ちいいッ、久しぶりだから、気持ちいいッ……」

男の唇《くち》から口唇をはずしとって、有紀が火のように喘ぐ。(北沢拓也『夜を這う』)

声を上ずらせて喘ぎながら

「アアーッ……! か、感じるう……!」

おさとも肉壺の内部を悩ましく収縮させながら気を遣り、声を上ずらせて喘ぎながらガクンガクンと全身を波打たせた。(睦月影郎『おんな秘帖』)

甲高い声で延々と

「あ、あっ、ああっ……い、いいいっ、あ、あぁ、ああ、いいいぃぃっ!」

姉が首を大きくのけ反らせ、甲高《かんだか》い声で延々と喘いだ。

(葛西涼『僕とお姉さんの診察室』)

淫らに腰をくねらせて

淫らに腰をくねらせて、理奈は悩ましげに喘いでいる。欲情しきった表情が、二十三歳の女性を熟れた年増女のように見せている。(結城萌『相姦の血脈 母と息子・義父と美娘』)

むせび泣くような喘ぎが

肉の最奥に達したペニスが、子宮口を押しひろげるように、グリグリと天井にぶつかった。

さざなみのような衝撃が内臓を伝い、頭のてっぺんまで波及してくるようだ。可南子の口から、むせび泣くような喘ぎがあがった。

「ああっ、くうっ、はううっ!……」(夏島彩『危険な家庭訪問 担任教師と三人の母』)

喘ぎが息も絶え絶えに

「あんっ、あんっ、あんっ。いっ、いっ、いっ。いっちゃうっ」

力強い抽送を受け、女の喘ぎが息も絶え絶えになった。

「いかせてっ。いく、いく、いっくうっ……」

熟女が両腕を広げ、死んだようになった。(安藤仁『花びらくらべ』)

悩乱の喘ぎをあげた

「ぷあ——ア、はああッ!!」

とうとう堪《こら》え切れなくなったか、清美は肉根から口をはずし、悩乱の喘ぎをあげた。（肛門がこんなに感じるのか）（橘真児『若妻ハルミの愉悦』）

【おののく】

両膝をおののかせて

そこにまた蜜を落とされると、はるは思っているに違いなかった。明庵は蜜を落とさずに唇を落とし、肉突起を吸い取った。

「あっひぃ！」

はるは、伸ばした両膝をおののかせて喜悦した。（北山悦史『隠れ医明庵 癒し剣』）

高々と浮かした恥骨をおののかせ

絶頂を訴えるお仙を、なお甘く荒く、繁次郎は指と口とで責め立てた。

「ぐっ！　あはあ〜、あっぐっ……うっ、ぐっぐっ！」

膝を絞り込むようにしてこわばらせ、高々と浮かした恥骨をおののかせて、烈しくお仙は達した。（北山悦史『淫能の秘剣』）

【がっくり】

糸が切れた操り人形のように

「イクイクイクッ！　わたし、イッちゃううううーっ！」

立ちバックの背中を弓なりに反らせて絶叫し、びくんっ、びくんっ、と全身を跳ねあげた。のけぞったまま硬直し、五体の肉という肉を痙攣《けいれん》させた。それから、糸が切れた操《あやつ》り人形のようにがっくりとテーブルにうつぶせた。（草凪優『ごっくん美妻』）

男のモノをギュッと締めあげ

瑞穂は思いっきり背中を反らせて絶頂を告げた。男のモノをギュッと締めあげたあと、がっくりとして添島の胸にもたれかかる。腰にまわした足がだらりと垂れた。（夏月燐『〈制服レイプ〉狙われた六人の美囚』）

ガクリと平たくなって

「私、イッちゃいそう。どうしよう、イキそう……イキそう」

イキそうという言葉は亮二にとってまったく新しい言葉だった。ひたすら舐めまくった。

突然、ブリッジ状にしなった真希の身体が痙攣し、「イク――ッ!!」という声とともに、ガクリと平たくなってしまった。（高竜也『熟・姉・交・姦 少年たちの初体験』）

【ぐったり】

骨が抜けたようにぐったりと

　うしろを触られていながら、女芯まで疼く。肉のマメがズクッズクッと怪しく脈打ちはじめる。

「あああぁっ……あはあ……うぅん……」

　男の太腿を握りしめていた澄絵の手が、やがて力をなくした。澄絵は骨が抜けたようにぐったりと男の膝に身をまかせ、菊壺への淫猥な責めにゆらゆらと揺れていた。（藍川京『継母』）

熟れ肌を波打たせて

「い、いっちゃう……、あぁーッ……！」

　飲み干して口を離した途端、続いて智恵子も口走り、激しいオルガスムスの痙攣を開始した。

　ガクンガクンと狂おしく身悶えながら、智恵子は熟れ肌を波打たせて大量の愛液を漏らし、やがてグッタリとなっていった。（睦月影郎『いけない巫女』）

総身を硬直させては痙攣させ

「くうううっ！　ヒッ！　ヒイッ！　ん、ん、ん、ん、んんっ！」

　魔物にでも取り憑かれたのではないかと不安になるほど総身を硬直させては痙攣《けいれん》させ、立て続けに法悦《ほうえつ》を迎えていた佳代は、ひときわ大きくバウンドしてメロン乳をブルンブルンと揺らしたかと思うと、不意に動かなくなった。（藍川京『淫らな指先』）

強《こわ》ばった女体が力を失い

「いくいく、あ、いやぁ！」

　ガクンと腰が跳ね、太腿が晋作の頭を万力《まんりき》のごとく締めつけた。「うっ、う」と息を詰まらせるような呻きが聞こえ、下半身がワナワナと震える。

「う、あ、はあぁ――」

　強《こわ》ばった女体が力を失い、ぐったりとベッドに沈みこむ。（橘真児『ヒップにご用心！』）

全身の硬直を解いてグッタリと

　やがて最後の一滴まで絞り尽くすと、行男は動きを止めて彼女に体重を預けた。

「ああ……」

ようやく美保子も息を吐き出し、徐々に全身の硬直を解いてグッタリとなっていった。（睦月影郎『情欲少年―妖艶フェロモンめぐり―』）

徐々にぐったりとなりながら

身悶えながら静香は、彼に口を重ねて舌をからめ、さらに顔中にも舌を這い回らせて貪《むさぼ》り続けた。

やがて最後の一滴まで絞り尽くした浩継は、動きを止め、力を抜いて身を投げ出していった。静香も硬直を解き、徐々にぐったりとなりながら彼に体重を預けてきた。

（睦月影郎『浅き夢見じ』）

力尽き、そのままグッタリと

ワレメからピュッピュッと大量の愛液が射精するようにほとばしり、指を入れている正也の腕の方まで濡らしてきた。どうやらGスポット攻撃が図に当たったようで、奈緒子は目眩めくオルガスムスを経験したようだった。

「あ……、死ぬ……」

奈緒子は力尽き、そのままグッタリと身を投げ出した。

（睦月影郎『僕の初体験』）

熟れ肌の硬直を解いて

噴出を感じ取った史子が口を離し、本格的なオルガスムスにガクガクと痙攣しはじめた。

膣内の収縮が、ザーメンを飲み込むように激しくなり、冬男は最後の一滴まで心おきなく注入し尽くした。史子もすっかり満足したように熟れ肌の硬直を解いて、グッタリと身を投げ出してきた。（睦月影郎『フェロモン探偵局』）

精根尽き果てたようにぐったりとして

白濁液の噴水が上がり、叔母の顔面から乳房にかけて飛び散るのが見えた。

しぶく精液を顔で受け止めながら、叔母は身体を躍らせている。

放出がやんでも、叔母は精根尽き果てたようにぐったりとして、拓海に覆いかぶさっていた。顔面に付着した白濁液を拭うこともせずに……。（浅見馨『叔母は未亡人 奈央子36歳』）

二度、三度と躍りあがった

突くたびに、後ろに垂れ落ちた女の黒髪がざわざわと揺れた。腰が疲れるほどに反動をつけて跳ねあげる。

「うはッ……うム！」

女は絶頂を告げる声を洩らし、しなやかに背中を反らして、二度、三度と躍りあがった。それから、ぐったりと身体を預けてくる。（北原童夢『倒錯の淫夢』）

力尽きてグッタリと

純平もあっという間に絶頂に達し、喘ぎながら大量の精汁を噴出させた。

「アア……、すごいわ……！」

内部を直撃され、澄子は声を上ずらせて口走り、やがて力尽きてグッタリと突っ伏してしまった。（睦月影郎『秘め色吐息』）

ぐったりと力を抜いて

藤吉は最後の一滴まで心地よく放出し、徐々に動きを緩めながら彼女に体重を預けていった。志乃も全身の硬直を解き、やがて双方の動きが止まるとぐったりと力を抜いて身を投げ出した。（睦月影郎『寝みだれ秘図』）

グッタリと座り込み

俊介も、収縮する膣内で、ひとたまりもなく昇りつめた。

快感に身悶えながら、ありったけのザーメンを噴出させ、最後の一滴まで心地好く絞り尽くした。

「ダメ……、もう起き上がれないわ……」

引き抜くと、志保はグッタリと座り込み、いつまでも余韻に浸りながら、たまにビクッと肌を震わせていた。

（睦月影郎『淫刀 新選組秘譚』）

絞り出すような極まりの言葉が

「あう、いく」

夫人の口から、絞り出すような極まりの言葉が発せられ、夫人は、そのままぐったりと動かなくなった。（北沢拓也『獲物は人妻』）

ひくひくと何度も全身を痙攣させ

「アアッ……、す、すごくいい……」

梓も夢中になって腰をくねらせ、互いの柔襞の刺激に高まっていったようだ。

やがて声も出せなくなり、梓はひくひくと何度も全身を痙攣させ、間もなくぐったりとなってしまった。（睦月影郎『蜜猟人 朧十三郎 秘悦花』）

いま出てるのね……、感じる

「アアッ！ 熱いわ、いま出てるのね……、感じる、あうーっ……！」

美沙子は何度も何度も身を弓なりに反らせて悶え、やがてすうっと力が抜け、グッタリと静かになった。（睦月影郎『人妻の香り』）

切羽つまった嗚咽を発し

「ひぃぃぃ……い、いっちゃう……い、いくぅぅぅ……」

突然、切羽つまった嗚咽を発したかと思うと、絵里香は上半身をのけぞらせてガクガクッと腰を震わせた。

「は、はあぁ……」

甘酸っぱい媚香を吐きだしながら、絵里香がぐったりとしなだれかかってくる。（赤星優一郎『若妻バスガイド』）

がっくりとのけぞる格好で

「ひいいっ、あ！　あっ、あっあっあ！」

絶頂に達した綾乃は、痙攣《けいれん》しながらずり下がった。明庵は体を掻きいだき、押し入れの夜具に背をもたせかけさせた。

がっくりとのけぞる格好で、綾乃は総身を痙攣させている。（北山悦史『隠れ医明庵 癒し剣』）

熱い奔流を秘芯で受けとめ

「あーっ、イク、イクーッ」

切なげな声をあげて、ママは上半身を大きくのけぞらせている。やがて注ぎこまれた熱い奔流を秘芯で受けとめながら、ぐったりと手足を投げだした。（長谷純『女蜜の旅』）

気絶したのかと思うほどに

寸前まで来ていた精液が発射する快感が背筋を這いあがった。尻を震わせて、大隅は「お、おおおおッ」と吼《ほ》えた。

大量の白濁液が、処女園を汚していく。

放出を終えても、まさみは気絶したのかと思うほどにぐったりしていた。（島村馨『夜の新米監督』）

喜悦に歪みきった声をもらし

「あああっ……あぁあああっ……」

立ちバックの体勢で煮えたぎるザーメンの噴射を受けた詩央里は、喜悦に歪みきった声をもらし、ぐったりと絨毯にうつぶせた。（草凪優『ごっくん美妻』）

【ケイレン　痙攣】

ガクンガクンと狂おしい痙攣を

俊介が絶頂を迫らせて動きを速めると、

「あん！　何これ、すごいわ……！」

志保が自分から腰を前後させながら声を上ずらせ、ガクンガクンと狂おしい痙攣を、起こしはじめた。（睦月影郎『淫刀 新選組秘譚』）

総身が痙攣のさざ波を

唸《うな》りを上げて、晋平は腰を振る。

「いくっ！　もうだめっ」

恵美子の総身がくり返し痙攣《けいれん》のさざ波を立てた。（北沢拓也『天使の介護』）

がくがくと全身を痙攣させる

「遼一、遼一、遼一」

熱い欲望のエキスが肉洞内に噴射しはじめたとたん、三度、遼一の名前を呼んで、真智子も絶頂へと駆けのぼった。がくがくと全身を痙攣させる。(牧村僚『桃色同窓会』)

裸体を小刻みに痙攣させ

組み敷かれ、無理矢理犯されるような恰好をとらされた友季子は羞恥の声音で京平を目で詰《なじ》ったものの、ぐいぐいと突き穿たれるや、

「いくっ！　いくわァ！　いくいく……」

ぽってりとした裸体を小刻みに痙攣させ、つづけざまに達した。(北沢拓也『夜のめしべ』)

痙攣させたあと、体をあずけて

仲村は二本指の疑似《ぎじ》ペニスでピストン運動をはじめた。

パンティーが邪魔な気もするが、脇から強引にペニスを突き入れているような錯覚に陥り、それがかえって仲村の性感を揺さぶる。

「あたし、もうほんとに駄目。ああ、いくわ。いっちゃう」

全身をがくがくと痙攣《けいれん》させたあと、直美は仲村に体をあずけてきた。(牧村僚『淑女淫戯』)

痙攣のこわばりが走り抜けると

「あああン……いく！」

千穂子の裸体に痙攣のこわばりが走り抜けると、京平も長く保《も》ちこたえられず、

「俺もいくっ……おおう」

唸り声をあげ、目もくらむような快感の極点でおのれを抜き出すと、どくどくと二度目の吐精を放っていた。

(北沢拓也『夜のめしべ』)

鋭い痙攣が走った

「あたしもよ。あたしもいきそう。ああ、いいわよ、慎一くん。出して」

「ううっ、お、おばさん」

ペニスの先端から白い樹液が噴きあげるのとほぼ同時に、奈緒美の体にも鋭い痙攣が走った。(牧村僚『僕の叔母』)

総身を痙攣させオナニーを

「おれもだっ。出すぞっ。出るぞっ。ううっ！」

爆発した。

「あ〜っ、はあ〜ん、はあっ！　はあっはあっはあっ！」

総身を痙攣させる真奈美はなおオナニーをやめない。

(北山悦史『蜜愛の刻』)

烈しい絶頂の痙攣を

「うっ、あ……あ〜イク……あ〜イク……あっ、ひぃぃ〜〜っ！」

髪をバサバサに乱して真っ赤な顔を振り立て、奈津恵は体の動きをいったん止めたあと、口を思いきり引き結び、烈しい絶頂の痙攣を始めた。（北山悦史『家庭教師』）

四つん這いの腕をガクガクと震わせて

学人は秘口、花びら、花びら横の肉の溝など、目いっぱい、すり切れるほど舐めまわした。

「イ、イク……だめ……んんっ！」

気をやった瑞絵が四つん這いの腕をガクガクと震わせて、激しく痙攣した。（藍川京『柔肌いじり』）

激しく腰をバウンドさせ

結城は細長い包皮の上に舌を置き、ひと舐めした。

「あう！」

慶子は激しく腰をバウンドさせ、またも絶頂の波に呑まれて痙攣した。きれいな花芯が収縮を繰り返しながら蜜をしたたらせた。（藍川京『未亡人』）

腰の波打ちをいっそう大きくして

啓吾は、舌の表面も側面も裏面も使って、なぶり倒すつもりでクリトリスを舐めた。

「おおおおお、あっあっあっあ！　ううううう、あんあんあんあん！」

腰の波打ちをいっそう大きくして、若葉は絶頂した。（北山悦史『朱淫の誘い』）

総身が痙攣した

侘助は、すぼまりの下から上に向かって、生あたたかい舌をペロリと動かしていた。

「んんっ！」

藤子の総身が痙攣した。（藍川京『爛漫花』）

肉襞が激しい痙攣を

鼻から荒い息を吐きながら、鳴嶋は抽送の速度を増した。

「んんんんっ！　はあっ！　ああ、いくわ。いきます。くううっ！」

深雪の肉襞が激しい痙攣《けいれん》を繰り返した。（藍川京『未亡人』）

大きな喘ぎ声をあげながら

獣のような雄叫びとともに磯山は全身で奈津子を突き上げた。

「ああっ、あああああ、ひあああ、あああああああ」

奈津子もそれに応えるかのようにいっそう大きな喘ぎ声をあげながら、ロープでがんじがらめにされた上体をのけぞらせると、吊られている両脚を何度も痙攣させた。

（藤隆生『人気モデル 恥辱の強制開脚』）

悩乱し、髪をふり乱して

「ひう、は、はい、ひん、んんあああ」

真珠が膣全体を擦り上げる刺激に、亜希は悩乱し、髪をふり乱して首を振る。

五代は最後の突き上げを開始する。

「ああっ、でます、試合に出ますううう。あああああ、イク、イクうううう」（藤隆生『美人ゴルファー 公開調教』）

打ち上げられた魚のように

「いっ、イク……う、んうぅ！ ひ、くあぁ……イク、イクうぅんーっ、んんーっ！」

浴室に淫声をこだまさせ、オルガスムスを極める弓子。波際に打ち上げられた魚のようにピチピチと全身を痙攣させる。（櫻木充『だれにも言わない？』）

「イクーッ！」と呻いて

征吾は最後の一突きを、膣道奥深くくくり出した。たったひとこと、亜伊子は、「イクーッ！」と呻いて全身を痙攣《けいれん》させた。肉棒は括約筋によってキリキリと締め上げられた。（高竜也『淑女の愛花』）

女襞を痙攣させた

「いいんですよ……イっていいんです……」

康志はそう言いながらとどめを刺すようにズンズンと腰を速めた。

「あぁッ！ はぅッ！ イクッ……ッ！」

何度も切れ切れに嬌声《きょうせい》をあげながら、裕美子は女襞を痙攣《けいれん》させた。（内藤みか『総務部肉欲課』）

波のような痙攣が

城山はイキつづける美人秘書の通路の奥に、押しあてたまま、一瞬動きを止め、どくどくと放ちつづけた。

「あっ……ああーっ」

美人秘書希美子の俯《うつぶ》せの身体に、終わってもなお、波のような痙攣《けいれん》がいっとき走った。（南里征典『密命 征服課長』）

背中を反らせてびくびくと痙攣

「イクっ、イクうっ」

その時に貫かれていたのは、姉の香子だった。クールビューティの面影は微塵もなく乱れきり、背中を反らせてびくびくと痙攣している。（冴木透『誘惑マンション—午後2時—』）

ピーンと身体を反らし

「いやあッ」

体内に憎い男の熱い子種の噴射を感じた美女は、ピーンと身体を反らし、ぶるぶると痙攣を繰りかえしながら昏く汚辱に満ちた高みに押しあげられていく。（夏月燐『〔制服レイプ〕狙われた六人の美囚』）

声を震わせて狂おしく全身を

「あぁッ……！」

口を離し、快感に喘ぎながら大量の精汁をほとばしらせた。

「い、いく……、アアーッ……！」

同時に八重も気を遣ったように、声を震わせて狂おしく全身を痙攣させた。（睦月影郎『うたかた絵巻』）

尻を持ち上げていく

「ああっ、ぉぉぉっ、だめ。わたし、だめ。いきそうよ。いきそうよ」

言いながら母は、ビクッ、ビクッ、と大きな痙攣に襲われたようにして、尻を持ち上げていく。そして――

「あああっ、あなた、いくぅ」（皆月亨介『母の秘密』）

膣痙攣を起こしたように

鉄よりも硬く熱い棒がぬめる粘膜のなかを突き刺した。

「あああああんっ！」

膣痙攣を起こしたように狭い穴は収縮し、膨れあがった亀頭からほとばしる濁り汁を呑みこんでいく。（如月蓮『年上の隣人妻』）

ぶるぶると裸身が痙攣し

切迫した筋肉のふるえを感じた時、

「あ、ああっ！　お父さん……っ！」

ゆかりは浴槽の縁から腰を浮かせ、裕介の腕に飛び込んできた。ぶるぶると裸身が痙攣し、力強く抱き締める養父の首にすがりながら、太腿は万力のように彼の手首をはさみこんだ。（館淳一『卒業』）

背を反らせて口走り

義之は絶頂の快感に呻きながら、股間をぶつけるように動き続け、大量のザーメンを勢いよく放った。

「ああッ……、い、いく……！」

沙耶香も背を反らせて口走り、ガクガクと狂おしい痙攣を開始した。（睦月影郎『女神の香り』）

自らも腰を前後させて

「い、いく……！」

たちまち澄子が身をよじり、自らも腰を前後させて動きを合わせながら、狂おしい痙攣《けいれん》を開始した。（睦月影郎『秘め色吐息』）

ブリッジするように身を反らせ

「ヒッ……！　い、いく……！」

口走るやいなや、ブリッジするように身を反らせ、正也を乗せたままガクンガクンと激しく全身を痙攣させた。（睦月影郎『僕の初体験』）

秘穴を激しく痙攣させながら

「ひぃいっ、もうイキそう……」

　秀明だって既に限界だった。真樹はアクメに達しつつあるのか、秘穴を激しく痙攣させながら締め上げてくる。（真島雄二『お姉さんの相談室』）

膣内がオーガズムの痙攣を

　陽子も、粘膜の摩擦を強めようと一緒になってお尻を前後させ、やがて膣内がオーガズムの痙攣を起こしはじめた。

「あっ、あっ、いく……！」（睦月影郎『淫ら妻の誘惑』）

声を上げ、がくんがくんと

「い、いく……、ああーッ……！」

　たちまち澄子が声を上げ、がくんがくんと狂おしい痙攣を開始した。（睦月影郎『泣き色ぼくろ』）

肉棒を奥へ奥へと引っ張り込むような

「我慢して、もう少し……、アアッ！　い、いく……！」

　八重が言いながら、ガクガクと激しい痙攣を起こしはじめた。同時に膣内も、肉棒を奥へ奥へと引っ張り込むような悩ましい収縮を開始した。どうやら本格的に気を遣ったようだった。（睦月影郎『うたかた絵巻』）

膣内の収縮も最高潮になり

「ああッ……！　いく……、気持ちいいッ……！」

　牙も噴出を感じ取りながら口走り、がくがくと狂おしい痙攣《けいれん》を開始した。

　同時に膣内の収縮も最高潮になり、精汁を飲み込むような蠢動《しゅんどう》を繰り返した。（睦月影郎『うたかた絵巻』）

肉という肉をぶるぶると

　子宮底をずんっと突きあげると、

「はぁあううううーっ！」

　智美は総身をのけぞらせ、五体の肉という肉をぶるぶると痙攣《けいれん》させた。（草凪優『発情期』）

顔中に唇と舌をこすりつけ

　竜介も堪らず、続けて快感に貫かれ、ありったけの精汁を噴出させた。

「アアッ……！」

　それを感じ取り、八重は狂おしい痙攣を起こしながら彼の顔中に唇と舌をこすりつけてきた。（睦月影郎『うたかた絵巻』）

激しい絶頂の痙攣を

「い、いく！　アアーッ……！」

　三方から貫かれていた文枝が声を上げ、スポンと亀頭から口を離すやいなやガクンガクンと激しい絶頂の痙攣を起こしはじめたのだった。（睦月影郎『あこがれの女教師』）

がくがくと狂おしい痙攣を

張りのある乳房を摑み、甘い髪の匂いを嗅ぎながら突きまくった。

「あうう……、わ、私もいく……！」

すっかり高まっていた茜も口走り、がくがくと狂おしい痙攣を開始した。（睦月影郎『蜜猟人 朧十三郎 紅夕風』）

柔肌を強ばらせて

「アアッ……、高明様……！」

同時に美穂も声を上げ、柔肌を強ばらせてガクガクと狂おしい痙攣を開始した。（睦月影郎『巫女の秘香』）

身を弓なりにさせ

彼は股間をぶつけるように律動し、熱い大量のザーメンを、ドクンドクンと勢いよく美女の柔肉《やわにく》の奥へとほとばしらせた。

「アア……、いく、気持ちいい……！」

マリーも身を弓なりにさせ、ガクガクと狂おしい痙攣《けいれん》を開始した。（睦月影郎『巨乳諜報員』）

【硬直】

躰がわずかに跳ね、硬直した

「ああっ！」

オマメを抓んだ瞬間、寿々菜の躰がわずかに跳ね、硬直した。オマメはすぐにつるんと箸から逃げた。（藍川京『淫らな指先』）

短い声と同時に躰が硬直

「ううっ……くっ……んんっ」

須賀井は女の器官全体を口に入れた。そうやって、べっとりと下から上に向かって舐め上げた。

小夜の短い声と同時に躰が硬直した。（藍川京『十九歳 人形の家4』）

のけぞって硬直した

「ああーっ！……」

鋭い悲鳴とともに、美身がのけぞって硬直した。ブルブルッという震えが走り、嚙みしめた唇から、低い呻きがもれる。

「い、イクうっ……」（西門京『家庭教師・美蜜』）

すぼまりをひくつかせ

「うっ、うっ、うっ、うっ」

絶頂のときが近づいている。

アヌスの指を少し押し込み、抜いた。その瞬間、怖ろしいほど硬直した瑠璃子が、総身を痙攣させ、すぼまりをひくつかせた。（藍川京『夜の指 人形の家1』）

短い声を上げて総身を硬直

「ヒッ！ くっ！」

紅い長襦袢の裾を背中までまくり上げられ、ワンチャンスタイルになっている瑞絵は、破廉恥に秘壺の器官を眺めていた学人が、いきなりソコに舌を押し込んだことで、短い声を上げて総身を硬直させた。（藍川京『柔肌いじり』）

怒張に灼熱のうるみをそそぎかけ

「あひーッ、だめっ……いく、いくわっ！ いくいく……あああッ」

悲鳴のような甲高い声を張り上げて、添島由季子は総身を痙攣に打ちふるわせ、真介の怒張に灼熱のうるみをそそぎかけ、裸体を硬直させた。（北沢拓也『夜の奔流』）

新たな硬直が襲った

「んんっ！」

新たな硬直がありさを襲った。今までの硬直とは異なり、まちがいなく絶頂だ。総身が痙攣《けいれん》し、菊口も収縮を繰り返している。（藍川京『蜜化粧』）

総身が引き攣りつつ硬直した

「ああーン、いやあっ」

突然、和恵の総身が引き攣《つ》りつつ硬直した。

蜜のような大量のうるみが弓江の口の中に流れこんできた。（北沢拓也『虚飾の微笑』）

体を弓なりに硬直させ

仙太郎は娘の恥芯を舌でくじり回した。小さめだが硬くしこった肉突起を、いらい立てた。

「柊様っ、柊様っ、あっあっあん。柊様っ、柊様っ」

仙太郎の名を呼びながらきぬは体を弓なりに硬直させ、そして総身を痙攣させた。（北山悦史『淫能の野剣』）

鋼《はがね》のように硬直し

「うっ、うっ、うう～ん！」

同じよがり声を轟《とどろ》かせて、千花はあられもなく恥骨を突き上げる。明庵はいっそう責めた。

「うっ、うっ、うう～ん！」

三回目の同じよがり声で千花は絶頂に達し、弓なりに反っての華々しい痙攣のあと、鋼《はがね》のように硬直してしばし静止し、そして夜具に落ちた。（北山悦史『隠れ医明庵 癒し剣』）

身を反り返らせたまま硬直

何という艶《なま》めかしく、美しい眺めだろう。我慢できず、治郎は奈津の中心部にギュッと顔を埋め込んでしまった。

「アア……！」

奈津が絶句し、身を反り返らせたまま硬直した。（睦月影郎『みだれ浪漫』）

全身を硬直させた

とうとう彼も宙に舞うような絶頂の快感に貫かれた。二度目とも思えぬ量の精汁を、どくどくと勢いよくほとばしらせ、イネの奥深い部分を直撃した。

「あう……！」

熱い噴出を感じ取ったイネは絶句し、そのまま全身を硬直させた。（睦月影郎『寝みだれ秘図』）

肌を硬直させて昇りつめ

「あう……、い、いく……！」

たちまち志津は声を絞り出し、激しく股間を動かしてきた。溢れる愛液は、伸二郎の陰嚢から内腿までヌメらせた。

そして志津は肌を硬直させて昇りつめ、伸二郎もほぼ一致して絶頂に達した。（睦月影郎『春情悶々』）

女体が一瞬硬直した

雪乃が悦ぶ淫らな言葉を女の耳に注ぎかけてやり、腰を退けながらおのれを解き放ちはじめた。

のけ反り返った雪乃の口から卑猥な言葉が弾け、白い女体が一瞬硬直した。（北沢拓也『蜜戯のあとさき』）

顔をしかめ、唇を噛んで

栄子が、ビクリと身を強ばらせたが、義之は容赦なくヌルヌルッと一気に根元まで貫いてしまった。

「あうッ……！」

栄子は顔をしかめ、唇を噛んで硬直した。（睦月影郎『女神の香り』）

身を反らせて硬直した

「ああ……、い、いく……！」

たちまちせんが声を上ずらせ、狂おしく身悶えはじめた。彼女が絶頂の痙攣を起こしはじめると、孝二郎も続いて昇り詰めてしまった。快感に包まれ、怒濤のような勢いで思い切り射精すると、

「ああッ……！　熱い……」

せんが噴出を感じ取って口走り、身を反らせて硬直した。（睦月影郎『あやかし絵巻』）

反り返ったまま全身を硬直させ

熱い大量のザーメンがドクンドクンと脈打つようにほとばしり、法子の子宮の入口を直撃した。

「あうーッ……！」

激しい快感に法子が身悶え、反り返ったまま全身を硬直させた。（睦月影郎『アニメヒロイン亜里沙 少女たちの淫らウォーズ』）

全身が、不意に硬直し

「イク……ああ、イクわ、イクッ……！」

腕の中で伸び上がってくる純子の全身が、不意に硬直し、数秒の間、石のように硬く反り返った。（山路薫『甘い吐息』）

上体をのび上がらせて

「オッパイを強く……ああ、お願い」

求めに応じて、両手の指先で乳首を強くつまみ上げた。

「ああ、だめ。もう……イク……あ、イクわ……」

不意に上体をのび上がらせて、妻が硬直した。（山路薫『夜のご褒美』）

全身は痙攣を起こして、硬直した

「あううっ……駄目よ、駄目っ。もう駄目ぇっ、きちゃううっ……」

膣路の最奥と、入り口がギュッと締まった。なにかをこらえるように、そのまま香穂の全身は痙攣を起こして、硬直した。（天乃渉『聖姉 真夜中は別の顔』）

裸身が一瞬、弓のように彎曲し

多恵子は乱暴者の侵入に応えて、髪をはげしく左右に打ち振り、許して、いく、と何度も叫んだ。

それでもなお、日高が容赦なく責め立てると、

「ぐぐうーっ……本当よ……ああ、いっちゃう」

汗ばんだ若い裸身が一瞬、弓のように彎曲《わんきょく》し、そのまま、たわんで、硬直した。（南里征典『密命・牝犬狩り』）

びくんと一際激しく反応すると

「あああぁっ、だ……だめ……だめよ、もう……あああああああ！　はひっううう！」

びくんと一際激しく反応すると、留美子は身体をのけ反らせて全身を硬直させた。（新堂麗太『個人授業（女家庭教師と未亡人ママ）』）

身体は硬直して

「イックゥゥッ」

両手両脚で慎介の後頭部を抱えこんだまま、裕美はついにアクメを迎えた。身体は硬直して、すさまじい力で慎介を股間に押しつける。（弓月誠『年上初体験（僕と未亡人）』）

ピンクの襞を引き攣らせて硬直した

「あーっ、わたし、いきます。あなたも、きて！」

悲痛な叫びを放った夫人の全裸が、ピンクの襞を引き攣《つ》らせて硬直した。（末廣圭『震える人妻』）

全身を硬直させて凝固した

軽い喜悦が女を襲った。背中をひくひくと脈打たせてのけ反った。

美少年がさらに渾身の抽送を加え、それに合わせて腰をつかんだまま動かすと……女はやがて、全身を硬直させて凝固した。（安達瑶『危な絵のおんな』）

【こわばる　強張る】

裸体をくりかえし強《こわ》ばらせ

「いくうーッ」

眦《まなじり》を吊《つ》り上げ、白眼を剝《む》いて、引き絞るような叫びをあげると、真っ白い裸体をくりかえし強《こわ》ばらせ、田熊に埋められた性具を絞り込むように締めつけつつ、軽い失神状態に陥っていた。（北沢拓也『したたる』）

裸体が引き攣ってこわばった

恭平は腰を大きくまわし、突き穿《うが》ちを速めた。

「だめっ、いくっ！　いくう」

千景の頭ががくんがくんと、後ろにのけぞり返って、裸体が引き攣《つ》ってこわばった。（北沢拓也『熟愛』）

一気に身体を強ばらせた

「きゃうううぅっ」

クリトリスに触れられ千恵の身体が仰け反った。合わせるように双穴を責めている手を突き上げると千恵は一気に身体を強ばらせた。（嵐山鐵『婦人科診察室　人妻と女医と狼』）

無惨な悲鳴を響かせ

抵抗を貫くように最後の一撃を見舞った。

「あああぁっ、イ、イクぅっ」

可憐にして無惨な悲鳴を響かせ千恵は身体を強張らせた。（嵐山鐵『婦人科診察室　人妻と女医と狼』）

何かに堪えるように全身を強張らせて

「ああ、だめ。もう……ああ、イク」

のけぞらせた上体をその極限で止め、数秒間何かに堪えるように全身を強張らせていた女が、一度ゆっくりと全身を絞るようにくねらせた後、烈しく身悶えした。（山路薫『羨ましい指』）

四肢をピクピクと震わせる

背中が何度も反り返る。ぷりぷりした尻肉もすぼまって、丸みに浅い窪《くぼ》みをこしらえた。

「イク、いぐ……んふうううぅッ！」

舞のからだがぎゅんと強ばり、四肢をピクピクと震わせる。（橘真児『ビーチ区へようこそ』）

女体は……弓なりに強張った

セレブ夫人の唇から、オクタープ高い艶声が洩れた。

「アアア……イクッ、イイィ……ンヒィッ……ンオオオゥンッ」

女体はこれまでないほど大きく背を浮かせて、弓なりに強張った。（黒沢淳『熟妻《うれづま》フェロモン　誘惑テニス倶楽部』）

下半身をせり上げ、全身をこわばらせ

拓海が、上方で肥大した肉突起をチュウと吸い上げると、

「ううッ、うはッ！……」

下半身をせり上げるようにして、叔母が全身をこわばらせた。（浅見馨『叔母は未亡人　奈央子36歳』）

四肢の筋肉を強ばらせたとき

声を張りあげるなり、歓喜に包まれた女体をワナワナと震わせる。

「はッ、ア、ンふううぅっ！」

太腿で浩嗣の頭を力強く挟み込み、四肢の筋肉を強ばらせたとき、熱い蜜汁が膣奥からトロリと溢れた。（橘真児『眠れる滝の美女』）

みるみる体をこわばらせた

「はあ〜〜、たまんないたまんない……あーあー、先生、たまんないですぅー」

最後の「うー」の口のまま奈津恵はゆっくりとのけぞっていき、みるみる体をこわばらせた。（北山悦史『家庭教師』）

見るからに体をこわばらせ

「あああああ。ううううう。んんんんん」

震える絹は頭をぐっと下げ、逆に膝はさらに畳から浮かして、見るからに体をこわばらせた。そしてその一瞬後、絹の全身に痙攣が走った。

「う！　ぐ！　ぐ！　ぐ……！」

絶頂の痙攣を十数回繰り返し、絹は両手を畳に滑らせて、落ちた。（北山悦史『絵草子屋勘次　しぐれ剣』）

全身を強ばらせて

「い、いっちゃう……、あぁーッ……！」

由美子は全身を強ばらせて口走り、ガクガクと狂おしい痙攣を開始した。

膣内が艶かしい収縮をし、ペニスを奥へ奥へとくわえ込むように蠢いた。（睦月影郎『保育園の誘惑』）

身を強ばらせて呻き

孝二郎も、そのまま亀頭を潜り込ませ、一気にぬるぬるっと貫いていった。

「あう……！」

冴が身を強ばらせて呻き、完全に受け入れながらきゅっと締め付けてきた。（睦月影郎『あやかし絵巻』）

【こわれる　壊れる】

ああァァ、壊れる！

「ああッ！……ああァァ、壊れる！……ああ、壊して！……ああ、ああァァ……来るゥ、はうッ！……うム！」

結衣は上半身を前にせりだすようにして、のけぞった。（霧原一輝『初夢は桃色』）

ああーん、こわれちゃう

風巻は、ぐいぐいと腰を送りつけた。

「いいーっ、いいよう……そんなに、ずぼずぼ突かれたら、イッちゃう、ああーん、こわれちゃう」

美希は、白い頤《おとがい》をのけ反らせて、官能的な声で激しく喚く。（北沢拓也『白い秘丘』）

もんどりうつように全身を躍り上がらせる

思いをぶつけて、ぱんぱんぱんと突くと、

「あッ、あッ、あッ……ああァァァ……壊れるゥ……はうッンン！……」

真央は裸身をよじれるところまでひねり、ガクン、ガクンともんどりうつように全身を躍り上がらせる。（霧原一輝『初夢は桃色』）

体もアソコもばらばらになっちゃう！

「あはううんっ、体もアソコもばらばらになっちゃう！」

不意にヴァギナが急激に締まり、今度は内部で連続的な痙攣が起こった。真央は全身をくねらせ、長い髪を振り乱しながら昇り詰めた。（真島雄二『夜の秘書室』）

オマンコ、壊れちゃう〜ン

「よがれ、よがれ、もっとよがれ」

門脇は出し入れのスピードをあげていった。下から突きあげるようにして、肉壺を責めたてた。

「アァ〜ン、理沙のオマンコ、壊れちゃう〜ン」（由布木皓人『情欲の蔵』）

カラダがバラバラにぃ……なっちゃうっ

侵入角度を少しずつずらし、女体ごと突きあげるように斜めから抉りはじめた。

「ひっ。ほひっ。ひっ。カラダがバラバラにぃ……なっちゃうっ」

逆串刺しの尻打ちに、大柄な女体がガクガクと揺れる。（黒沢淳『熟妻フェロモン誘惑テニス倶楽部』）

壊れた機械のように暴れた女体が

俊兵は妻尻をしっかりと固定し、包皮を脱いだ敏感な肉芽を中心に口撃した。

「うああ、ダメ……いいい、イク――っく、んうふぅぅぅーン！」

壊れた機械のように暴れた女体が、間もなくがっくりと脱力する。尻がまともに顔面にのしかかり、今度こそ窒息するかと思った。（橘真児『若妻ハルミの愉悦』）

全身が壊れた機械のように痙攣する

太腿がワナワナと震えだす。「うッ、うっ」と官能の呻きをこぼしたかと思うと、しなやかな肉体が反り返った。

「あ、ううう、いく――」

全身が壊れた機械のように痙攣《けいれん》する。男の股間に遠慮なく尻の重みをかけ、葉月はオルガスムスに昇りつめた。

（橘真児『ビーチ区へようこそ』）

膣壺の崩壊を思わせる大きな肉波が

「は……一緒に……玲司さ……イク……アア、アアアァアン……イクゥーッ！」

絶頂の響きとともに、女体の奥底から膣壺の崩壊を思わせる大きな肉波が、一挙に押し寄せてきた。（黒沢淳『熟妻フェロモン 誘惑テニス倶楽部』）

快感に、腰がガクガク

「あああ、すごい」

蕩けるような快感に、腰がガクガクする。ピストンのリズムが乱れる。

「ああ、修さん……わたし、壊れちゃう」

《いくいく、ああ、いっちゃう》（橘真児『召しませヒップ』）

とてつもなく大きな波が

荒々しい息を吐きながら、相馬は紗都美の白い尻肉に、激しく腰を打ちつけた。

「くっ！ 壊れる！ ああっ、いいっ！ い、いく……いきそう……くううっ！」

とてつもなく大きな波が駆け抜けていった。（藍川京『炎華』）

お、お尻が壊れてしまうッ

腰骨を砕くような衝撃の連鎖に涼子は貌を振りたてて速水の唇を振りほどくと、きざしきった悲鳴をほとばしらせた。

「あぁッ……だ、だめッ……お、お尻が壊れてしまうッ……あひぃぃッ……」（夢野乱月『凌辱職員室 新人女教師（真由と涼子）』）

尻上がりのせつないよがり声を上げ

「ああ～っ、凄いわ。壊されそうよ、きてるわ。きてる……いっちゃうぅ」

尻上がりのせつないよがり声を上げた沙恵子は、高田の腰に足を回して絡め、背中に伸ばした手で鋭い爪を立てた。（安藤仁『花びらめぐり』）

顔が一瞬、虚ろに

「ああ、ダメ……叔父さま……っ。千穂、バラバラになる。死ぬ」

若い娘の顔が一瞬、虚ろになった。（館淳一『つたない舌』）

肉体は、崩壊寸前だった

「あん、あん、ああぅ……」

肉襞をえぐるようなリズミカルな指の動きに、喘ぎ声がとまらない。

「あんっ、あ、あん……」

時間をかけて執拗に愛撫された晶子の肉体は、崩壊寸前だったのである。（高輪茂『女性捜査官　悪魔たちの肉検査』）

壊れた機械のようにガクンッガクンッと

「ああっ、もうダメッ！　イッ、イクウウウウウウーッ！」

可菜子が壊れた機械のようにガクンッガクンッと総身を跳ねあげ、蜜壺が収縮を開始する。（草凪優『微熱デパート』）

壊れた人形のように

「も、もうだめっ……イクイクイクッ……イッちゃううう－っ！」

限界まで高まっていた腰振りのピッチが突然とまり、実津子は壊れた人形のように、がくんっ、がくんっ、と全身を震わせた。（草凪優『おさな妻』）

小気味いい喘ぎをスタッカートさせた

後ろから続けざまに突くと、澪子は背中を弓なりに反らせながら、小気味いい喘ぎをスタッカートさせた。

「あン、あン、あン……ああ、やッ……壊れそう。澪子のアソコ、壊れそうよ」（島村馨『夜の新米監督』）

【しびれる　痺れ】

お股が痺れるぅーっ

猛った極太をしごき立て、慣れ親しんだ人妻の肉路へ一直線にズブズブと埋めこむ。

「んんんーっ、すごいいぃ。お股が痺れるぅーっ」

待ち焦がれた牡肉の到来に、盛大な嗚咽がプールサイドに響き渡った。（黒沢淳『熟妻フェロモン　誘惑テニス倶楽部』）

目もくらむような痺《しび》れが

「俺は、おまえとアブノーマルなことをいろいろやって、昂奮したい。いいのか？」

頷きかけた遠山美世子が、弓月の背を両手で抱きしめて、迫り上げた腰をゆすぶりまわした。

目もくらむような痺《しび》れが、脳天に矢のように駆け上がってくる。（北沢拓也『人事部長の獲物』）

なんだかよすぎて、痺れてきまし……

襞が絡み合う肉洞の内部を、くまなく味わいつくす乱れ突きがつづいた。

「はん、はん、はんっ……ああん……お、お股が痺れるっ。なんだかよすぎて、痺れてきまし……おぉぉん」

（黒沢淳『熟妻フェロモン　誘惑テニス倶楽部』）

痺れるぅ。そ、そこ……

「ヒ、ヒイィィイーッ。痺れるぅ。そ、そこ……あ、当たるぅ……ンヒィィーッ！」

エクスタシーに達するたびに、熟れた肉洞の旨味がとてつもなく増していく。（黒沢淳『熟妻フェロモン　誘惑テニス倶楽部』）

脳まで痺れきり

屈辱的な言葉にも亜希は、なにも言い返すことができない。亜希はもう脳まで痺れきり、正常な思考さえ奪われていた。

「ああっ、ああああっ、ああっ、イク、イクううううう」

亜希は背中を大きく弓なりにすると、身も世もないような絶叫を繰り返しながら、エクスタシーの大波に飲み込まれていった。（藤隆生『美人ゴルファー　公開調教』）

電撃のような痺れに

「ああん、あああっ、ああああああっ」

しかし全身を駆け回る電撃のような痺れに、奈津子は身体をよじらせることも言葉を発することも出来なくなり、ただ磯山のなすがままに再び頂上へと向かおうとしていた。（藤隆生『人気モデル　恥辱の強制開脚』）

痺れが膀胱にまで達する

俊一も少し、興奮気味に叫びながら、腕全体を使って彩香の天井を擦り続ける。

「ああっ、だめえ、だめえ」

痺れが膀胱にまで達するのと同時に背骨が痙攣を始め、また、意識が遠のき始める。（藤隆生『未亡人社長　恥辱のオフィス』）

花芯をつらぬかれ、甘美な痺れが

顔をのけぞらせて奈津実は声をほとばしらせた。灼熱のペニスに、ふたたび花芯をつらぬかれ、甘美な痺れが湧き起こる。

「いいッ……いいわあ……たまらなく……いいのよう」

（一条きらら『密会』）

足の先まで痺れそうなほどの

唐突な快感に花実は肉体を熱くふるわせた。敬一の舌が、花弁と蕾に狂おしく戯れ、蜜の音を立てさせる。

「いい……いいの……あなた」

宙に跳ね上げた、足の先まで痺れそうなほど快感のうねりが押し寄せてくる。（一条きらら『蕩ける女』）

脳をも溶かすような強烈な痺れ

「ああ、だめえええ、あああ、もうだめ、あああああああああ」

脳をも溶かすような強烈な痺れについに奈津子は意識を飲み込まれ、大きく開かれた口から凄まじい絶叫が放たれた。（藤隆生『人気モデル 恥辱の強制開脚』）

躰の芯に痺れるような衝撃が

薫子がちぎれんばかりに首を振った。

「わ、わたしも……わたしも、いくっ……もういくっ……」

「で、出るぞっ……出るぞっ……おおおうううっ！」

陽平は獣じみた雄叫《おたけ》びとともに、最後の楔《くさび》を打ちこんだ。

躰の芯に痺れるような衝撃が走り抜ける。（草凪優『祭りの夜に』）

頭の先から爪先まで痺れさせ

「いくいくいくっ……いっちゃうううっ……あぁあああああーっ！」

涙に潤んだ悲鳴をあげて、千佐都はゆき果てた。翼のように伸ばした両手でベッドカヴァーを握りしめたまま、胴体だけを右に左に鋭くねじった。背中を弓なりに反らせた状態で、息がとまった。恍惚が頭の先から爪先まで痺れさせ、動けない。（草凪優『夜の手習い』）

クリちゃんがジンジン痺れちゃうわ

舌先をクイッと突き出すと、拓人はパンパンに充血している肉芽をレロレロと舐め上げた。景子の言葉どおり、肉の芽を舐め上げるたびに、ふっくらとした花びらのあわいから、濃厚な蜜液が滴り落ちる。

「あっはーんっ、アアン、イイッ、おかしくなっちゃう。クリちゃんがジンジン痺れちゃうわ」（鷹澤フブキ『淑女たちの愛玩美少年』）

のたうちながら、両脚を男の腰に

「ああっ、ものすごくなっちゃうっ！……痺れちゃうう！」

のたうちながら、可南子は、脂肪の乗った両脚を男の腰に絡みつけた。（夏島彩『危険な家庭訪問 担任教師と三人の母』）

膣ヒダが痺れて

「あなた、あっ、ああ……」

両手で尻肉を開かれ、結合した部分をさらされる。

グッ、グッ、ググッ……二、三度、深く突かれた後、膣ヒダが痺れて、生温かな濁が飛び散った。（まどかゆき『熟妻 蜜のカクテル』）

膣壁が妖しくうねり

真穂の身体が和輝の身体の上で、ガツンと弾み上がる。肉幹に絡みついていた膣壁が妖しくうねり、それを押しつぶさんばかりにギュウンッと締めつける。

「はあっ……もう……ダッ……ダメ……。頭の芯が……痺れるみ……たい」（鷹澤フブキ『社長秘書—誘う指先』）

膣壺は狂ったように痺れ

「あひぃ、ひぃ、いい、イイイイ〜〜ッ！　らめ、イク、いっちゃぁあう……！」

びくん！　びく、ぶるぶるぶるっ。

アクメのたびに膣壺は狂ったように痺れ、バキュームのように蠕動《ぜんどう》して肉茎を締め付ける。（兵藤凛『母と僕紗奈33歳』）

女体を鯱《しゃち》のように仰け反り返した

梶山は真っ直ぐ伸びた背筋の浅い溝に舌先を這わせながら、両手指で脇腹を撫で上げた。

「いいっ〜〜ん。身体が痺れるっ〜〜ん」

熟女未亡人は白い女体を鯱《しゃち》のように仰け反り返した。（山口香『総務部好色レポート』）

擦りたてる膣壁が収縮

「アン……痺れるぅ」

動きを加速させると、肉棒を締めつけ、擦りたてる膣壁がぐんぐん収縮した。お互いに恥骨をぶつけ合い、よりいっそうの快感を追い求めた。（高竜也『若兄嫁と未亡人兄嫁』）

脳髄が痺れるような

「ふふ、涼子、いいか？」

「……あううッ……は、速水さんッ……いいッ……」

脳髄が痺れるような快美さに涼子は声を慄わせ、ガクガクと頷いた。（夢野乱月『凌辱職員室 新人女教師〔真由と涼子〕』）

【ひきつる　引き攣り】

女体をぴくぴくと引きつらせながら

「ああっ……はぁう……うぅぅん」

綾は女体をぴくぴくと引きつらせながら、荒くなった吐息を整えている。（鏡龍樹『淫色の卒業記念日』）

女体もひきつり

男の精を注ぎこまれた瞬間、美紀は甘く甲高い声をあげて上体を大きくのけぞらせていた。

「イク……イクの……」

奔流が弾けたのに合わせるように、美紀の女体もひきつり、やがて手足を投げだしてオルガスムスを迎えていた。（長谷純『女蜜の旅』）

女体が断続的に引きつり

「ああーっ！」

瑠璃もまた絶頂に達したのか、修次の体にきゅっとしがみつき、背筋を弓のように反らせた。女体が断続的に引きつり、女陰もきゅっきゅっと引き締まる。（鏡龍樹『僕と最高のお姉さん〔六つの贈りもの〕』）

下腹がぴくっと攣《つ》った

男は蜜壺《みつつぼ》に口唇を当て、果汁を吸い取るような下卑《げび》た音を漏らしながら愛の雫を受けようとした。秘弁がすっかりふやけきって、ピンクの花蕊《かずい》がもぐもぐと蠢いた。男はその女穴に窄めたベロを挿れようとして、女の下腹がぴくっと攣《つ》った。（安藤仁『花びら慕情』）

女体がぴくぴくと引きつり

「はあぁぁんっ！」

女体がぴくぴくと引きつり、全身を心地いい快感の電流が駆けめぐる。沙耶はお尻を高く突きあげ、恥ずかしい場所を秀司に曝したまま、心地いいアクメに身を委ねた。（都倉葉『下町巫女三姉妹』）

落雷の直撃を受けたように引きつった

「ああー、駄目っ！　イク！　イッちゃう！　あああーっ‼」

弥生の女体が、落雷の直撃を受けたように激しく引きつった。肉洞が収縮し、肉棒をねじりあげるように引き締まる。（相馬哲生『［タブー］禁じられた隣人たち』）

膣孔の筋が引きつれた

千沙はナスを手で支え、適度な弾力性のある実にぶつけるように、腰を振りたてた。半ば自己破壊衝動に駆られて、息を弾ませつつ、秘孔を抉っていく。

「ああっ、くうっ！」

喘ぎつづけるうち極点に達したかのように、膣孔の筋が引きつれた。（夏島彩『私は女教師』）

女体は今にも真んなかから折れそうなほどに

「ああああッ、ああああああああッ」

女体は今にも真んなかから折れそうなほどに、弓のようにしなり、すべての筋がひきつって足の裏が縮こまる。（京塚龍之介『熟嫁』）

脳裏に白い膜が張り

哲夫のものもとうとう熱い粘液を噴きあげた。

「はああああああああああああああああ！」

美加子の脳裏に白い膜が張り、女体がひきつった。（鬼頭龍一『美熟叔母と少年』）

女体はわなわなと震え、ひきつる

「オオオーッ！」

爆裂して噴きあげ、全身が痙攣する。

「アアッ、イクッ、ウウウウーンッ、イクーウッ！」

激しいばかりの絶頂に、女体はわなわなと震え、ひきつる。（鬼頭龍一『盗まれた美母』）

びく、びく、と女襞がひきつりを

「ああ、ダメ、イく、イく……！」

若い男に舐められ、たちまち快楽で全身が満ちていき、ぎゅうぎゅうと彼の頭を太ももで挟みこみながら、私はよがっていた。

「イく……ッ！」

びく、びく、と女襞がひきつりを起こしたのを、彼もわかったのかもしれない。（内藤みか『男はときどき買えばいい』）

跳ね上がるように大きな引き攣りを

敏感な肉芽に筆先を宛てがうと、

「あっ、うっ～～ん」

女体は跳ね上がるように大きな引き攣りを起こして、弓なりにのけ反り返った。（山口香『牝獣狩り』）

M字に開いた両脚をひきつらせ

右手の中指を突き立てる。女の割れ目の奥に向けて、ずぶずぶと沈めこんでいく。

「はっ、はぁうううーっ！」

理恵子が獣じみた悲鳴を放ち、総身《そうしん》をのけぞらせた。M字に開いた両脚をひきつらせ、ブリッジするように背中を反りかえした。（草凪優『ごっくん美妻』）

女体が引きつる

ペニスには、もはや制動の利かないほどの熱量が充満していた。宏幸は機関銃のように腰を突きあげ、濡れた膣肉で自らの欲情をこすった。

「あああ、イクぅっ！」

紗都美の女体が引きつる。ほぼ同時に、宏幸も性の頂点に達していた。（星野聖『若妻〈償い〉』）

びくっと女体が引きつり

両手で乳房をこねあげながら、フィニッシュに向かって腰をグラインドさせる。

「んあぁぁぁっ！」

びくっと女体が引きつり、綾香が絶頂に達したのがわかった。（星野聖『〈三人の美乳〉黒い下着の熟妻』）

膣襞がひきつった

泡を噴き飛ばして、清泉が低めの声を轟かせた。

両腿が痙攣した。恥骨が躍った。舌の出没を受けている膣襞がひきつった。

黒衣の総身がわなないて、声もなく清泉は達した。

（北山悦史『淫能の野剣』）

腿をひきつらせて

秘口が舌を締め上げた。

狭くきつい蜜壺に、硯杖は舌を抜き挿しさせた。

「あひあひあひーっ！　いっいっい！　いっいっい～っ！」

瀕死の動物のように腿をひきつらせて、寿美は絶頂した。（北山悦史『匂い水　薬師硯杖淫香帖』）

総身が、突如、がくがくとふるえて

「ああっ、先生、こんなの初めて、こんなおま…こ、初めてだわ、ああっ、もう、わたし、いくっ」

男の腰の動きに合わせて細腰をゆすぶりまわしていた代議士夫人の総身が、突如、がくがくとふるえて、おびただしく引き攣《つ》りはじめた——。（北沢拓也『女唇の装い』）

女体がぴくぴくと引きつりはじめた

拓己は太腿を撫でさすりながら、顔をぐっと志穂里の股間に近づけた。鼻孔に、獣の匂いのような生々しい牝の薫りが忍びこんでくる。

「ああーっ！」

志穂里の唇から甲高い喜悦の叫びが上がり、女体がぴくぴくと引きつりはじめた。（星野聖『〈三人の美乳〉黒い下着の熟妻』）

裸身が鞭がしなるように引き攣《つ》り

晋平はぐいぐいと動いた。

「気持ちいいっ！　いっちゃうっ」

恵美子の裸身が鞭《むち》がしなるように引き攣《つ》り、呑みこんだ晋平の硬直をびくびくと食い締めてきた。（北沢拓也『天使の介護』）

引き攣りを起こしながら

「ああッ、だめ、もうだめ、いっちゃう、あううッ」

喉を絞るような声で絶叫した早坂さおりが、周平にしがみつきながら、汗ばんだ白い裸身を、引き攣りを起こしながら打ちふるわせた——。（北沢拓也『愛らしき狂獣』）

愛液が秘孔から噴きだした

指を出し入れするたび、透明な愛液が秘孔からぴゅっぴゅっと噴きだした。

「あっ、あっ……いやっ、見ないで……恥を……恥をかくわっ……あぁんっ！」（星野聖『［三人の美乳］黒い下着の熟妻』）

引き攣りを起こしながら

「ああン、だめっ、もう、だめえ」

羽田冴美のあげる声が泣くような嗚咽《おえつ》に変わり、浩介の下でしっとりと汗ばんだしなやかな裸身がおびただしい引き攣りを起こしながら、弓なりにのけぞり返った——。（北沢拓也『美熟のめしべ』）

引き攣《つ》りの漣《さざなみ》を立てて

「ああッ、仙波さん、堪忍して、いくっ」

のたうちまわらんばかりに身悶えていた芦岡奈緒の裸身が、引《ひ》き攣《つ》りの漣《さざなみ》を立てて、大きく反り返った。（北沢拓也『蜜愛の媚薬』）

双の脚が突っ張って引き攣《つ》りを起こし

「ああッ、堪忍」

泣き声混じりの叫び声をあげた叶裕美子の腰が波を打ち、ベッドシーツの上に八の字に投げ出された彼女の双の脚が突っ張って引き攣《つ》りを起こし、粒立ちに富んだ内奥の肉が絞りこむような収縮を起こした。（北沢拓也『したたる』）

引き攣るような打ちふるえを

「おちんちん、突っ込んでほしい」

顔を横に背けて叫び、姉丸に貫かれるや、

「ああんッ、すごい、イッちゃう、尚美、イッちゃうよう」

取りすがるように姉丸の首に両手を巻くと、引き攣るような打ちふるえを、くりかえし総身に走らせた——。（北沢拓也『淑女の媚薬』）

総身をぴくぴくと引き攣らせて

「わたしも、いくっ、ああーッ、いくわッ、いくいく、あなたッ」

石原優美子も、むせび泣くような声をあげ、周平にひしと抱きついて、男の下で白い総身をぴくぴくと引き攣らせて、伸縮させた。（北沢拓也『愛らしき狂獣』）

総身が引き攣《つ》りの伸縮を

弓江はぐいぐいと動き、香織も「ああっ、あああーッ」と甲高い声を上げ、腰をゆすぶりまわす。

「いくっ……うむう、出るっ」

「いっちゃう！　いくう……」

香織の総身が引き攣《つ》りの伸縮をくり返し、少し遅れて弓江は腰を後ろに振って、どくりどくりと二度目を放射させていた。（北沢拓也『虚飾の微笑』）

引き攣《つ》りのふるえを重ねて

ぐいぐいと力強い抜き挿しに移った。

「あン、ああーッ、いっちゃう……許してッ」

昂平の背にひしとしがみついた羽田可南子の都会的に均整の取れた総身が、不意に引き攣《つ》りのふるえを重ねてのけぞりかえり、わなわなと痙攣《けいれん》した――。（北沢拓也『夜を紡ぐめしべ』）

総身にこわばりの引き攣りが

棍棒のようにいきり勃ったおのがものを、女の部分にあてがい、ぐいと挿しこむ。

「いやぁん、いくう！」

深々とすべりこませるや、有希の頭が後ろにがくんとのけぞり、総身にこわばりの引き攣《つ》りが走った。（北沢拓也『夜のうつろい』）

【ピクピク　ヒクヒク】

白い下腹がピクピクと痙攣
「あああぁ〜っ！　あああああぁぁぁ……」
香津子が官能の疼きに堪えかね、掠《かす》れた叫びを上げる
とグッタリとした。
乱れた胸の鼓動で乳房が揺れ、白い下腹がピクピクと痙攣《けいれん》するようにひくついている……。（安藤仁『花びらざかり』）

女体をぴくぴく引きつらせていた

肉棒が痙攣するように引きつりはじめた。熱い体液の奔流が尿道をほとばしり、清廉な人妻の子宮に、スペルマが吐きだされていく。

「んふぅぅっ！」

志穂里も絶頂に達したようで、首をのけ反らせ、女体をぴくぴく引きつらせていた。（星野聖『[三人の美乳]黒い下着の熟妻』）

愛液が粘っこく垂れ落ちて

「し、しんすけっ、くん！　はぁぁんっ」

ひときわ大きくグラインドした美枝子の腰が、一瞬その動きをとめ、ピクッ、ピクッと内腿が何度も痙攣を起こした。膣内深く差しこまれた指の間からは、白く練られた愛液が粘っこく垂れ落ちてくる。（弓月誠『年上初体験〈僕と未亡人〉』）

鋭くうめき、女体をぴくぴくと

三枝も情欲の頂点が近づいていることを感じていた。両手でしっかり彼女の脚を抱え持つと、猛然と腰を振る。

「あああっ！」

里佳が鋭くうめき、女体をぴくぴくと引きつらせはじめた。（星野聖『絶対禁忌 妻の友人と…』）

尻たぶがピクピク痙攣し

「わ、わたしも、来る、スゴイのが来ちゃうぅっ」

絶叫した裕美の背中が大きく反りかえり、そのまま硬直する。尻たぶがピクピク痙攣し、膣がキュゥゥ、と強く慎介を締めあげる。（弓月誠『年上初体験〈僕と未亡人〉』）

内腿肌がぴくぴくと痙攣し

まんぐり返しの格好で、抱えこまれた真奈美の尻に、汗まみれの産毛が逆立ち、細波のような震えが肌をたなびかせる。内腿肌がぴくぴくと痙攣し、丸見えの肛門が、きゅううう……と皺を引き絞る。

「うぐぐ……うぐ」（弓月誠『甘い生活 最高の義母と最高の義姉妹』）

両手でシーツをわしづかみ

「奈美子のアソコもピクピク動いてるぞ」

「だめッ、ああイク、イクッ！」

両手でシーツをわしづかみ、胸を突き上げると、奈美子は絶頂のふるえを湧きたてた。（雨宮慶『黒い下着の人妻』）

膣路がピクピクと痙攣し

「い、イク……ひっ、はひぃ、く、イクイク……イグゥ！」

下劣な喘《あえ》ぎ声とともにビクンッと腰が弾《はじ》け、女体が刹那硬直する。

これが絶頂時の反応なのか、やにわに膣路がピクピクと痙攣《けいれん》し、締まりが極度に強くなり、胎内から吸い付かれているような錯覚に囚われる。（櫻木充『いけない姉になりたくて』）

子宮がピクピクと痙攣し

「も、もう……ちょっと待って……あっ、いいぃ……駄目っ、駄目ぇ！」

未体験の愉悦がこみあげてくる。子宮がピクピクと痙攣し、膣肉が顫動を繰りかえし、初体験のアクメが女体に忍び寄る。（櫻木充『未亡人美人課長・三十二歳』）

膣をピクピク痙攣させる

「あッ、あッ、だめ、イッちゃう……イク、イクーッ！」

ついに絶頂の泣き声をあげて全身をふるわせながら、阿木のペニスを咥え込んだ膣をピクピク痙攣させる。

（雨宮慶『黒い下着の人妻』）

肉襞の洞《ほら》がぴくぴくと締めつけてくる

ぬめぬめした肉襞の洞《ほら》が、浩介の動きに反応して、ぴくぴくと彼を締めつけてくる。

「ああッ、いいッ、浩介さんのような人と、したかったの。ああッ、そこ、またいっちゃう、わたし」

よがり声をくぐもらせて、畔上由佳子が淫靡な痴語を吐き散らす。（北沢拓也『美熟のめしべ』）

ぴくぴくがくがく、痙攣した

「あっあっあ！　あーっ、うそうそ！　あぁ〜っ！」

忠博のピストンとバイブの相乗効果か、有美が大声を上げ、達した。ぴくぴくがくがく、痙攣《けいれん》した。（北山悦史『ソドムの淫楽』）

汗ばんだ全身が、ぴくぴくと震え

「ああっ、諸岡さん」

諸岡の体をはじき飛ばすのではないかと思えるほどの勢いで、由梨は腰を宙に突きあげた。汗ばんだ全身が、ぴくぴくと震えている。（牧村僚『情事のゆくえ』）

小刻みに全身を震わせたあと

「慎一くん、ああっ、駄目。あたし、ほんとに、い、いく」

ぴくぴくっと小刻みに全身を震わせたあと、恵理子はぐったりと慎一に身をもたせかけてきた。（牧村僚『僕の叔母』）

肉突起はぴくぴくと脈打ち

「う〜っ、抜ける抜けるっ、あっ、ぐぐっぐうっ！」

千穂は両脚を床に落として恥骨を目一杯突き上げ、烈しく痙攣させて達した。

唇に密封されている女の肉突起はぴくぴくと脈打ち、恥芯からは粘っこい蜜液が噴き出して指を濡らした。

（北山悦史『蜜のソムリエ』）

ぴくぴくと体を震わせる

「あたしも、あたしもいっちゃう。ああっ、萩原くん」

萩原のペニスに、ついに射精の脈動がはじまった。少しだけ遅れて、祐里子の体には大きな痙攣が走った。煮えたぎった欲望のエキスが噴出するたびに、祐里子はぴくぴくと体を震わせる。（牧村僚『人妻恋情』）

肉襞が、ピクピクッと波打って

智己が最後の一撃を叩き込むと、叔母が生臭い声を洩らして、顎を突きあげた。

真っ白な喉元をさらしてから、ガクッ、ガクッと身体を震わせた。

その途端、硬直を包み込んでいる肉襞が、ピクピクッと波打って分身を締めつけた。（浅見馨『叔母はスチュワーデス』）

裸身をひくひくと波打たせ

彫りの深い美しい顔を歪めきって反り返らせると、佐古の背に両手を巻き、

「いく、いくう」

泣くような絶叫を喉をふるわせてあげると、佐古の下でクリーム色の裸身をひくひくと波打たせた。（北沢拓也『蜜事のぬかるみ』）

ヒクヒクと震えた

後から後から溢れる愛液が、伸二郎が腰を突き入れるたび、クチュクチュと淫らに音を立てた。

「く……！」

次第に痙攣《けいれん》が高まり、やがて由貴子は身を反《そ》らせてヒクヒクと震えた。（睦月影郎『春情悶々』）

愛液を噴出させながら、ヒクヒクと

膣口でクチュクチュと出し入れしながら内部の天井をこすっている二本の指は、たちまち大量の潤滑油でヌルヌルになり、お尻のツボミに入っている指も痺《しび》れるほどきつく締め付けられた。

そして菜美子は、本当にこの三点攻めでオルガスムスに達してしまったように、ピュッピュッと大量の愛液を噴出させながら、ヒクヒクと痙攣《けいれん》した。（睦月影郎『いましめ』）

秘園はヒクヒクとうごめきながら

「だ、ダメっ！　もう手を動かさないで……」

もはや佐和子のダメは、催促のように俊介には聞こえていた。

その証拠に、女の秘園はヒクヒクとうごめきながら、悦び汁を分泌し続けている。（赤星優一郎『若妻バスガイド』）

ひくひくと何度も全身を痙攣させ

「アアッ……、す、すごくいい……」

梓も夢中になって腰をくねらせ、互いの柔襞の刺激に高まっていったようだ。

やがて声も出せなくなり、梓はひくひくと何度も全身を痙攣させ、間もなくぐったりとなってしまった。（睦月影郎『蜜猟人　朧十三郎　秘悦花』）

初めての、膣感覚によるオルガスムス

「い、いくうッ……！」

とうとう春香は身を反らせ、ヒクヒクと震えながら絶頂に達した。

これが初めての、膣感覚によるオルガスムスのようだ。

（睦月影郎『人妻の香り』）

汗ばんだ柔肌をヒクヒクと

塚田は構わず、暴れ回る下半身を押さえ込み、中指で膣内のGスポットを刺激しつつ、舌先ではチロチロとクリトリスを舐め上げ続けた。

「く、ううーっ、……、い、いく！」

とうとうオルガスムスの波が押し寄せたか、裕美は激しく身をよじり、上気して汗ばんだ柔肌をヒクヒクと痙攣させた。（睦月影郎『蜜猟のアロマ』）

肉襞が生き物のように蠢いて

「わたしも……」

切なげな声で美紀は訴え、その瞬間、ヒクヒクと肉襞が生き物のように蠢いて肉茎を締めつけてきた。

「イク！　イクーッ」

自分から悩ましげに腰を揺すりたて、美紀は絶頂へと駆けあがっていった。（長谷純『女蜜の旅』）

ひくひくと絶頂の痙攣を

巳之吉は下から必死に舌を蠢かせ、溢れる淫水をすすり、オサネを責めたてた。さらに手を伸ばして環の乳房を揉み、顔全体を彼女の股間に擦り付けた。

「う……！」

環がひくひくと絶頂の痙攣《けいれん》を起こしはじめた（睦月影郎『みだら秘帖』）

ヒクヒクと熱れ肌を痙攣させて

溢れる愛液が二人の股間をネットリとぬめらせ、クチュクチュと湿った音を立てた。

「あうう……、い、いく……！」

マリーはヒクヒクと熱れ肌を痙攣《けいれん》させて口走り、膣内を収縮させた。（睦月影郎『巨乳諜報員』）

ヒクヒクと痙攣を繰り返した

熱いほとばしりを受け、智恵子がダメ押しの快感を得たように弓なりのまま硬直した。

あとは膣内の収縮だけが延々と続き、彼女は呼吸さえままならなくなったようにヒクヒクと痙攣を繰り返した。

（睦月影郎『いけない巫女』）

満足げに女体をヒクつかせ

「ううう、ンっ」

めくるめく悦びに、四肢がわななく。

「う、んうう、はぁ——」

牡の熱いエキスを浴びせられた野乃香も、満足げに女体をヒクつかせた。（橘真児『ヒップにご用心！』）

女芯は、くちゅりくちゅりと鳴りながら

「は、恥ずかしい。こんなに感じちゃって」

そう口では言っていても、女芯は羞じらいを抑えることができず、肉の棒に貫かれるたびに、くちゅりくちゅりと鳴りながら、絡みついてくる。亮介が何度も何度も突き続けてやると、ついに裕恵は悲鳴を上げ、

「あぁぁン、い、いっくぅッ！」

と、全身をびくびくと痙攣《けいれん》させた。（内藤みか『入れてください―いけない若妻たち―』）

全身をビクビクと痙攣させて

「あン、あ、はっ、はぁ、あ、あ、あぁっ！」

喘ぎは大きく、間隔も短くなる。そして、理恵子はとうとう全身をビクビクと痙攣させて絶頂した。

「いくいく、ううッ、う、は、あぁぁ――ッ‼」（橘真児『新婚えっち』）

膣内の襞が蠕動《ぜんどう》する

賢司は快さに包まれて動きを止めた。ペニスを激しく脈打たせて射精する。

「あ……あう、は、あん――」

理恵子の体がビクッ、ビクッと痙攣した。最後の一滴まで搾り取るように、膣内の襞が蠕動《ぜんどう》する。（橘真児『新婚えっち』）

牡汁のぬくみを感じてか、ビクビクと

「はあ……んぅぅぅッ」

牡汁のぬくみを感じてか、弘枝がビクビクと肉体を痙攣させる。昇りつめたところから、さらに一段高いところに上がったかのように。

「はぁ……はあ、ァ――はぁ」

胸を大きく上下させ、深い呼吸を繰り返す全裸同然の熟女。（橘真児『ヒップにご用心！』）

ビクビクとあちこち勝手に収縮を

亜紗美の身体は意思とは関係なくビクビクとあちこち勝手に収縮を始めた。豊かな双乳が揺れ、花唇が蠢く。アナルもキュッとすぼまり、陰部全体がいやらしく蠕動した。

「ひぅぅぅぅ」

戸惑ったような声が亜紗美の口をついて飛び出してくる。（嵐山鐵『婦人科診察室 人妻と女医と狼』）

甲高い声を上げながら、ビクビクと

祐二はやけくそのような感覚で、蜂蜜塗れになった顔を、結季の濡れそぼった股間に押しつけ、洗うようにごりごりと回し、振り、ねじ込んでやった。

しばらく続けていると、結季は、「ひぃーっ、イクぅうっ……」と、甲高い声を上げながら、ビクビクと全身

を震わせた。（室伏彩生『熟蜜の誘い』）

歯を食いしばるようにアクメを

由紀子の体は急激に昇りつめ、見栄も外聞もなく激しい絶頂にさらわれてしまった。

「あぁっ、あ、あ、い、イイ、イクゥ、くくぅウゥゥーーーッ!!」

ビクビクビクッ！　と、激しく全身を振るわせて、由紀子は歯を食いしばるようにアクメを叫んだ。（開田あや『人妻教師　白衣の痴態』）

陸にあげられた魚のようにびくびくと

「とどめじゃ〜〜っ」

叫ぶと、女壺の奥に精を唸《うな》りをあげるほどの勢いで放った。

「あっ、あああぁ、殿さまぁ！」

お真寿方も、腰を、陸にあげられた魚のようにびくびくと跳ねさせ、久々に本気の絶頂をむかえた。（文月芯『六弁花』）

引き攣りをびくびくと走らせ

小向一重は、京平の三浅一深の律動に、

「いく！　そこ、イッちゃう……許して……いくっ！」

腹の底から絞り出すような掠《かす》れた絶叫をあげ、京平の背に指を立てながら、反り返らせた上半身にさざ波のような引き攣りをびくびくと走らせた。（北沢拓也『夜のめしべ』）

びくんっ、びくんっ、と跳ねあげ

躰の内側に灼熱を感じた雪江が、獣じみた咆哮《ほうこう》をあげた。

「いくいくいくっ！　いっちゃううううううううーっ！」

後ろ向きの肢体をびくんっ、びくんっ、と跳ねあげた瞬間、射精に痙攣する男根を女膣がぎゅうっと締めあげてきた。男の精を搾りとるように、これ以上密着できないところまで密着してきた。（草凪優『色街そだち』）

四つん這いの女体が、びくんっ、びくんっ、と

「あっ、あううっ……いやっ！　いやいやいやっ……」

下腹の最奥に灼熱を感じ、郁美がのけぞった。

「いくっ！　わたしもいっちゃうっ……はぁうあああぁあーっ！」

四つん這いの女体が、びくんっ、びくんっ、と跳ねあがった。そして硬直した。腰を反らせ、胸を突きだすような格好で、硬直しながらぶるぶると震えた。（草凪優『秘密―ときめき夏休み―』）

躰がビクンビクンと跳ねた

輝彦は夢中で舐めた。

「い、いくっ！」

珠美の躰がビクンビクンと跳ねた。（藍川京『背徳の柔肌』）

びくんと腰が跳ね上がり

「ああ……イク……イク……はあああん……」

びくんと腰が勢いよく跳ね上がり、膣腔がきゅーっと収縮する。（新堂麗太『個人授業〔女家庭教師と未亡人ママ〕』）

女体が、びくんびくんと引きつり

蜜壺がぎゅっと引き締まり、修次の若竿に絡みついてきた。

「も、もう駄目……イクうぅぅうっ！」

梨香子の背筋がぴんと伸びた。女体が、びくんびくんと引きつりはじめる。（鏡龍樹『僕と最高のお姉さん〔六つの贈りもの〕』）

汗まみれの肢体をビクンッビクンッと跳ねあげて

「はっ、はぁうううううーっ！　イクイクイクイクッ！　圭子、イッちゃいますううううーっ！」

汗まみれの肢体をビクンッビクンッと跳ねあげて、圭子は絶頂に達した。恍惚を噛みしめるように息をとめ、「かはっ」と呼吸を取り戻した顔に、恥辱と恍惚が同時に浮かびあがってくる。（神子清光『蜜色の檻』）

下腹をひくつかせて

高田は、佐和子の取り乱したような悶えっぷりに淫欲を滾《たぎ》らせ、おちょぼ口で肉芽を捕えるとチューっと吸い出した。

「いいっ！　いいっ！　いい〜〜っ！」

佐和子が掠《かす》れたよがり声を上げ、下腹をひくつかせてクライマックスを迎えた。（安藤仁『花びらさがし』）

襞にはひくつきが走り

脇腹に巻きついていた志保の両手から力が抜けていった。が、男の肉を飲みこむ襞にはひくつきが走り、男のエキスの最後の一滴までを絞り出そうとするような果てしない情欲に、俺は溺れこんでいた。（末廣圭『ふたまたな女たち』）

女陰がピクピクと痙攣し

美和はまたも達した。

「あああん……。あああっっ」

美和の眉間《みけん》に皺《しわ》が寄り、快楽に顔が歪む。女陰がピクピクと痙攣《けいれん》し、辰夫の男根に伸縮しながら吸いつく。

（黒沢美貴『かくれんぼ』）

【震える　震わす】

全身をぶるぶるという震えが

　間もなく私は射精した。肉棒が大きく脈動し、噴出した白濁液が、早紀の体内の奥壁に猛然と叩きつけられる。

　その直後、早紀の全身をぶるぶるという震えが駆け抜けた。欲望のエキスの直撃を受け、どうやらオーガズムに達することができたらしい。（牧村僚『淫望の街』）

全身をがくがくと震わせ

「駄目だ。ぼく、出ちゃう」

「いいわよ、康市くん。私もイクわ」

「出るよ。ほんとに出ちゃう。ああっ、ママ」

　肉棒の先端から白濁液が噴き出した直後、麻子も全身をがくがくと震わせ、絶頂に達した。（牧村僚『ふたりの熟母［禁じられた贈りもの］』）

母の体にも大きな震えが

「最高だよ、ママ。ぼく、出ちゃう！」

「幸ちゃん！　ああっ、幸ちゃん……」

　ペニスが脈動しはじめたとき、母の体にも大きな震えが走った。欲望のエキスを放出するペニスを、肉路がぎゅっと締めつけてくるのを、幸一ははっきりと感じた。（牧村僚『熟女の贈りもの』）

大きな震えが駆け抜けた

　肉棒を乳房で挟みこんだとたんに、二度目の射精を迎えてしまったのである。

　発射された白濁液は、聖子の顔面を直撃した。乳房もべっとりと濡れる。

　その瞬間、聖子の体を大きな震えが駆け抜けた。（牧村僚『相姦志願　熟女先生と少年』）

全身ががくがくと震えだした

　衆人環視の中で祐一に抱かれているという設定が、志乃の性感を想像以上に激しく揺さぶったらしかった。背後からペニスを突き入れ、祐一がごく単純にピストン運動をしただけで、志乃の全身ががくがくと震えだした。絶頂の到来である。

「ああっ、いく。あたし、いくわ」（牧村僚『熟淫妻』）

どっと蜜をしたたらせながら

　べとべとの蜜が流れ落ちるほどになったとき、指が抜かれ、細めのバイブが挿入された。

　スイッチが入った。

「くうっ！　んんんっ！」

昂まるだけ昂まっていた澄絵は、どっと蜜をしたたらせながら絶頂を迎え、総身をブルブルと震わせた。（藍川京『継母』）

あなたのが、いま出てる

「いいのよ、森脇くん。出して。先生の中に、いっぱい出して」

叫んだ直後、祐子は全身をがくがくと震わせて、二度目のオーガズムに到達した。それから五秒遅れで、健太も快感のきわみを迎えた。ペニスの脈動とともに、大量の白濁液が噴出する。

「ああ、わかる、わかる。わかるわ。あなたのが、いま出てる」（牧村僚『人妻浪漫』）

腕が、さらに大きく震え

花壺の奥まで沈んでいる指は動かなくなったが、アヌスの細い棒がゆっくりと動いた。

「い、いやっ！　だめっ！　しないで！　くっ……ね……あう……しないで……そこはいや……おかしくなるの……しないで……」

乃梨子の腕が、さらに大きく震えだした。（藍川京『緋色の刻《とき》』）

総身が硬直し、大きく打ち震えた

肉獣としか見えない飛田が、いつしか腰を落とそうとする万貴子の腰をがっしりとつかみ、ワレメに頭を突っ込んだまま、メスの器官を舐めては蜜をすすっている。

「んんん……い、いく……いくわ……もうだめ……くううううっ！」

紫の羽のようなネグリジェをまとった万貴子の総身が硬直し、大きく打ち震えた。（藍川京『淫らな指先』）

がくがくッと全身を震わせて

抜ける寸前まで引いては、一気に突き上げる。それを繰り返すうち、沙羅は急速に絶頂の階段を駆け上がり始めた。

「はああっ！」

大きく息を呑んだ沙羅は、がくがくッと全身を震わせてアクメに突入した。（安達瑶『お・し・お・き』）

歪みきった顔をぶるぶると震わせる

「いっ、いくっ！　わたしもいくうううう—っ！」

リズムに乗っていた動きがとまり、がくんっ、がくんっ、と跳ねあがった。まるで壊れたおもちゃのように激しく動いてはストップし、紅潮した裸身をよじり、首に筋をたて、息を呑んだまま歪《ゆが》みきった顔をぶるぶると震わせる。（草凪優『発情期』）

総身が打ち震えた

小夜の息が短い間に、急激に荒くなってきた。ねばついた潤みが溢れ、二枚の花弁をぬるぬるにしている。

やわやわとした花びらの尾根だけを辿った。

やがて、小夜の総身が打ち震えた。（藍川京『紅い花人形の家3』）

瘧《おこり》にかかったように震え

やがて女の身体が瘧《おこり》にかかったように震えだした。

「イク、イク、イクッ」と喘いで、顔をのけぞらせた。

「いけよっ、このビッチが！」

叫びながら、下腹部を突き出した。粘着質の肉襞が収縮したかと思うと、女は生臭い声を洩らして昇りつめた。

（北原童夢『倒錯の淫夢』）

ブルンッ、ブルンッと巨尻を震わせる

「イッ……クゥ、う、うっ……イッちゃう、イッぢゃふう！」

喉から搾りだすような嬌声を響かせ、ブルンッ、ブルルンッと巨尻を震わせる。

慎也の太腿にかじりつき、わなわなと全身を痙攣させて、加南子は一気にオルガスムスに昇りつめた。（櫻木充『二人の美臀母』）

子宮が震え、尿口からムズムズと

「んひっ、くひっ！ あ、あふ、はふぅ……うっ、い、イク、イクッ……」

息もつかせぬ肉仕置きに、加南子も堪らず臨界に達した。

子宮が震え、尿口からムズムズと緩みはじめる。本気汁がグッグッと泡立ちながら、膣口の脇から滲みだす。

（櫻木充『二人の美臀母』）

ブルブルと体を震わせた

矢島はいっそう体を揺すり、二人の結合部分からグッチョ、グッチョと淫靡な音が響いてくる。

すると突然、女が、体を硬直させて、

「ああああ……い、イクうっ！」

と叫んだかと思うと、ブルブルと体を震わせた。（彌永猟二『ママの発情儀式』）

女体をぶるぶると震わせながら

勢いよく引きつる若竿から、濃厚な体液が銃弾のように吐きだされていくのがわかる。ペニスの痙攣に合わせ、アクメの快感が体を突き抜けていった。

亜希は女体をぶるぶると震わせながら、子宮に注ぎこまれる体液を受けとめていた。（鏡龍樹『兄嫁姉妹』）

肉悦に、髪の毛が逆立って

「うおっうおっ、うおお。あ、あ、あ、あ、あ！」

美遊は総身を打ち震わせた。

全身がバイブレーターになったような震え方だ。

あまりの肉悦に、髪の毛が逆立っているのではないかとも思われた。（北山悦史『媚熱ざかり』）

全身を震わせた

「はああっ、いい！　アアアンッ、イ、イク！　ハアアアアッ！」

背中をのけ反らせて、美加は全身を震わせた。美加のうっとりした顔を見ながら、智司は射精した。（松田佳人『女教師学園　秘密の時間割』）

全身の骨が音を響かせそうに

小さくうめきながらも、詩織は最後の抵抗とばかりに、真っ赤に染まった頬を強張らせ、声を殺した。

腰の蠢きがとまる。その途端、詩織の全身の骨が音を響かせそうに大きくガクガクと震えはじめる。（倉田稼頭鬼『若妻新入社員　恥辱の痴姦オフィス』）

ピクンと体を震わせて

香奈の膣に突き立てられた浩史の勃起が弾むように震えながら立て続けに熱い精液の塊を勢いよく噴き出した。

「アッ……あぁぁ……ン」

身体の奥に注ぎ込まれた精液の熱さと感触に、香奈がピクンと体を震わせて甘えるようなため息をついた。

（開田あや『眼鏡っ娘パラダイス』）

四肢を打ち震わせ

仙太郎は右の乳首は唇と舌とで愛撫しながら、左手を伸ばして左の乳首をつまみ、くりくりとひねってあやした。

「柊様、あっあんあん、だめですっ。あっ、柊様、だめですぅ」

きぬは、今すぐにも絶頂するかというほど、四肢を打ち震わせた。（北山悦史『淫能の野剣』）

総身を男の下で打ちふるわせ

もうじき三十三になる人妻の麻生真樹が、掠《かす》れた叫びをあげ、

「ああ、もうだめっ」

ひときわ深く背をのけぞらせ、クリーム色に輝く総身を男の下で打ちふるわせたとき、朝倉も放射に見舞われた。（北沢拓也『一夜妻の女唇』）

生《なま》暖かいうるみを憚《はばか》りなく噴き出して

「だめッ、いっちゃう」

生《なま》暖かいうるみを憚《はばか》りなく噴き出して、池本優花が腰を痙攣《けいれん》させつつ、のけぞりかえった。（北沢拓也『人妻めしべ』）

背中を反らせて腰を震わせ

「も、もう、ちょっと……だけ……」

ふいに薫は口を閉ざし、弓なりに背中を反らせて腰を

震わせた。一瞬、痛いほどに膣壁が締まり、後にじわっと広がっていった。（斎藤晃司『きれいなお姉さんと僕』）

裸身をさざ波のように打ちふるわせる

「イッちゃうよぉ！」

「俺もだ、もう保《も》たん――」

真介はめくるめくような瞬間を迎え、のけぞった裸身をさざ波のように打ちふるわせる美香からおのれを抜き出すと、唸り声をあげて、どくどくと精を放射させていた。（北沢拓也『夜の奔流』）

狂おしく身悶を打ちはじめ

里見優美は、恭平の舌がぴちゃぴちゃと音を起《た》てて躍りはじめると、

「いやあ、あああーっ」

狂おしく身悶を打ちはじめ、迫《せ》り上げた腰をふるわせつづけた。（北沢拓也『熟愛』）

天をあおいで、大きく震える

「アァ、イク！　ンン、アー！」

玲の身体が一瞬硬直した。天をあおいで、大きく震える。肉棒を食い締めた果肉もが、びくびくと振動した。

（柳静香『初めての愛人』）

音《ね》を上げる震え声がほとばしった

背後からリズミカルな抜き挿しを行ないながら、辛島は熱い放射感に見舞われていた。

だが、辛島が果てる寸前に、うつ伏せの夫人の口から、

「ああっ、またいくっ……もう堪忍《かんにん》ッ」

音《ね》を上げる震え声がほとばしった。（北沢拓也『みだら妻』）

総身を熱病患者のように打ち震わせ

秋友は篠沢恵美をはげしく突き穿《うが》ちつづけた。

「いくう――」

篠沢恵美は、秋友にとりすがるように男の首に伸ばした両手を巻きつけて、眦《まなじり》を吊り上げ、頭を後ろにのけぞらせると、二つ折りにされた総身を熱病患者のように打ち震わせ、深いオルガスムスを迎えていた。（北沢拓也『美唇狩り』）

【悶える】

股間を跳ね上げながら悶えた

「ああん！　感じる、気持ちいい……！」

噴出を受け止めると同時に、波子も口走り、膣内を艶《なま》めかしく収縮させた。そしてガクンガクンと狂おしい痙

攣を起こし、身を弓なりに反らせ、股間を跳ね上げながら悶えた。（睦月影郎『巨乳諜報員』）

激しく悶えて気を遣った

互いの股間だけでなく、全身が密着してうねうねとからみ合った。柔らかな茂みがこすられ、溢れる淫水が誠二郎の股間全体までべっとりと濡らしてきた。

「い、いく……、アアーッ……！」

たちまち、のぶは顔をのけぞらせて声を絞り出し、激しく悶えて気を遣った。（睦月影郎『艶色ひとつ褥』）

全身で悦びと快感を現わすように

「あうっ……！　す、すごい……」

裕美は滑らかな背中を反らせ、全身で悦びと快感を現わすように悶えた。（睦月影郎『蜜猟のアロマ』）

黒髪を振って激しく悶え狂った

「銀さん、いいっ。凄くいいっ。ああっ、よくって、よがり泣きしそっ！」

「そんなにいいかっ?」

「いいのよ、いいっ。死ぬほどいいっ」

熟女が夜会巻の髪に片手を遣るとその髪形を崩し、肩より長い黒髪を振って激しく悶え狂った……。（安藤仁『花びらしずく』）

呻きながら必死に

文男は喘ぎ、股間を突き上げながら彼女の喉の奥にドクンドクンと勢いよく射精した。

「ク……ウウ……！」

快感に悶えているから、危うく喉に詰めそうになったか、智恵子は呻きながら必死に飲み込んだ。（睦月影郎『いけない巫女』）

顔を締め付けて悶えた

今度は本格的にクリトリスを舐め回した。

「あ……、アアッ……！」

真紀は激しく喘ぎ、下腹をヒクヒクと波打たせた。そして滑らかな内腿で、ムッチリと彼の顔を締め付けて悶えた。（睦月影郎『熟れどき淫らどき』）

狂おしく身悶えた

「アア……、い、いくッ……！」

早まる動きに、たちまち志乃が気を遣って狂おしく身悶えた。（睦月影郎『寝みだれ秘図』）

声を上ずらせて口走り

さらに屈《かが》み込んで、クリトリスに舌を這い回らせ、時には強く吸ったり軽く歯を立てたりした。

「あうっ！　ダメ、いっちゃう……、アアーッ……！」

菜美子が声を上ずらせて口走り、ガクンガクンと狂おしく身悶えた。（睦月影郎『いましめ』）

全身を引きつったように痙攣させ

「ああっ、ひあ、あああああああ」

信じられない速さで張形が回転し、突き出たイボが腸壁を掻き回すと、奈津子は全身を何度も引きつったように痙攣させて悶え狂った。(藤隆生『人気モデル 恥辱の強制開脚』)

股間を押しつけながら

やがて賀絵が狂おしく全身を波打たせ、がくんがくんと絶頂の痙攣を起こしはじめた。

「い、いく……、アアーッ……!」

口を離して声を上げ、股間を押しつけながら激しく身悶えた。(睦月影郎『はじらい曼陀羅』)

狂おしく身悶えながら

激しい絶頂の快感に全身を貫かれ、浩明は呻きながら熱いザーメンを勢いよくほとばしらせた。すると、同時に園もオルガスムスに達したようだった。

「い、いく……! アアーッ……!」

口を離し、ガクンガクンと狂おしく身悶えながら彼女は熟れ肌を痙攣させた。(睦月影郎『くノ一夢幻』)

声を上ずらせて狂おしく身悶えた

たちまち治郎は昇り詰めてしまった。快感の渦の中で、ありったけの熱いザーメンをほとばしらせると、

「ああッ……! いく、気持ちいい……!」

奈津も噴出を感じながらオルガスムスに達し、声を上ずらせて狂おしく身悶えた。(睦月影郎『みだれ浪漫』)

膣内が艶かしい収縮と蠢動《しゅんどう》を繰り返し

「い、いく……! アアーッ……!」

噴出を感じた途端、静香も口を離し、喘ぎながらがくがくと狂おしく身悶えはじめた。

同時に膣内《ちつない》が艶かしい収縮と蠢動《しゅんどう》を繰り返し、全て吸い尽くすように断続的に締め上げてきた。(睦月影郎『浅き夢見じ』)

身悶えながら太ももを締めつけた

ちょうど、生きているように蠢くオナマグラXが、彼女の陰核を捕らえたところだった。

「たっ、堪らないわ……」

敏美はテーブルの上に身体を伏せ、身悶えながら太ももを締めつけた。(高輪茂『女医』)

シーツをひきちぎらんばかりに

「はぁあっ……はぁあううっ……」

三点の急所を同時に責められた佳織は、身も世もなく悶え泣き、シーツをひきちぎらんばかりに引っぱった。

「い、いいいっ! すごくいいわ、遼一くんっ!」(草凪優『月子の指』)

腰を浮かせてはしたなく悶える

「あふああっ、あひいいんっ！」

　とうとう玲奈は直人に秘穴をほじくり返されながら、派手に昇り詰めた。上半身を思い切りのけ反らせ、腰を浮かせてはしたなく悶える。（真島雄二『官能学園のお姉さんたち』）

不意に全身を烈しく悶えさせた

「ああ、もう……イク……ああ、礼次郎さん、イッちゃう」

　強い力でしがみついてきた友紀の胴を両手で絞ると、礼次郎の上体を押し上げるようにして弓なりにのけぞったが、礼次郎が動きを止めずにいると、不意に全身を烈しく悶えさせた。（山路薫『愛欲のぬめり』）

大波に襲われ、狂わんばかりに

「おい、脚をしっかり持ち上げておいてくれ。放すなよ」

　万貴子の左足を瀧川に差し出した飛田はバイブを横取りし、ヌチャヌチャと音をさせて動かした。

「だめェ！　ひいっ！　んくくくっ！」

　止まらないバイブに、万貴子は次々と大波に襲われ、狂わんばかりに悶えている。（藍川京『淫らな指先』）

恥骨を烈しく波打たせて

　人差し指と親指と小指とで、果肉をいたぶり掻いた。

「ううーっは！　はっは！　はあ～んはあ～ん、うぐぐっ、あっ、はああーっ！」

　園香は総身を悶え乱し、恥骨を烈しく波打たせて絶頂した。（北山悦史『潤蜜の宴』）

総身を悶えさせて

　肉幹を恥肉で挟む要領でつまんでにちょにちょと上下にこねくりながら、左手の人差し指と中指とで肉突起を横なぶりにいらった。

「うああっ、い！　あうあうあうっ、い！　いっいっい！」

　行安は四肢を暴れさせ、総身を悶えさせてよがった。（北山悦史『淫能の野剣』）

ころげまわらんばかりになって

　きりきりと歯をあてておいて、唇で咥《くわ》えこむようにして吸いたてる。

「ああァーッ、いっちゃう」

　純乃の強烈な淫戯《いんぎ》に、小雪はころげまわらんばかりになっていた。（北沢拓也『したたる』）

【揺れる　揺する　揺らす】

全身を揺すって喘ぎ

たちまち快感の怒濤が義之を押し流し、彼はありったけのザーメンを噴出させた。

「ああーッ……！　気持ちいい……」

沙耶香もガクガクと全身を揺すって喘ぎ、膣内を収縮させながら昇り詰めた。（睦月影郎『女神の香り』）

腰をゆすりたてて

響子叔母さんは呻いてのけ反った。

「アアーッ、イクイクーッ！」

グイグイ突き上げる公太に、響子叔母さんは腰をゆすりたてて達した。（雨宮慶『美人アナ・狂愛のダイアリー』）

喉を反らし、頭を揺する

ずうん、と崇司が彼女の突き当たりを突いた。

「ああう〜ッ！」

女体の重さの分、奥襞に肉亀が当たる快感が強まるらしく、明日菜が白い喉を反らし、頭を揺する。（内藤みか『若妻の誘惑　童貞白書』）

頭で体を支えて揺すり上げ

「ひ！　いっいっい！　うんうんうん！　うんうんうん！」

肩を夜具から浮かせ、頭で体を支えて揺すり上げ、うたは先ほどよりはるかに深いと思われる絶頂に舞い上がった。（北山悦史『辻占い源也斎　乱れ指南』）

揺れてる。ゆらゆら揺れてる

「先生！　揺れてる。ゆらゆら揺れてる……あああァ、イッちゃう！」

「おおぅ！……イケよ。そうら、内田、イッていいぞ」

「ああ、あああァァ……はうッ！……うム！」

結衣が一杯に顔をのけぞらせて、硬直した。（霧原一輝『初夢は桃色』）

がくん、がくんと大きく全身を揺らし

「いくわ、明人。あたし、いっちゃう」

遅れてなるものかと、諸岡も腰を突きあげた。くちゅくちゅという淫猥な音が、部屋の天井に響きわたる。

「ああっ、駄目。ほんとに、ほんとにいっちゃう。ああっ、いくっ」

がくん、がくんと奈津美が大きく全身を揺らした直後、諸岡も頂点に達した。（牧村僚『蜜告』）

がくがくと全身を揺らして

「ああ、駄目。駄目よ、松田くん。あたし、ほんとに、ああっ」

上にいる雄一を突き飛ばそうとするかのように、聡美は腰を突きあげてきた。がくがくと全身を揺らしている。絶頂の到来に間違いない。（牧村僚『人妻再生委員会』）

可愛らしいヒップを揺さぶった

「あー気持ちいいっ……あーっあーっ」

しきりに甲高いよがり声を上げながら、桃子もまたシーツが擦り切れるほど可愛らしいヒップを揺さぶった。（高竜也『淑女の愛花』）

体ががくがくと揺れ

「イクわ、あなた。私、イッちゃう」

「俺もだ、美津子。俺も一緒に」

「ああっ、あなた！」

姉の体ががくがくと揺れ、夫の腰のあたりがぴくぴくと痙攣するのが見えた。（牧村僚『相姦志願　熟女先生と少年』）

がくがくと上体を揺らし

田村もふたたび腰を使いだした。左手は乳房、右手の指は相変わらずクリトリスにあてがわれている。

「ああっ、イク！　イクわ、先生。私、イッちゃう。ああっ！」

がくがくと上体を揺らし、唐突に眞弓が絶頂を迎えた。（牧村僚『高校教師』）

ボディを壊れた人形のように揺すりたて

灼熱のマグマが尿道を駆け抜け、女膣のなかに噴射する。

「はっ、はぁうああああああーっ！」

腕のなかで、優貴がのけぞった。グラマラスなボディを壊れた人形のように揺すりたて、五体の肉という肉を痙攣させる。（草凪優『下町純情艶娘』）

がくん、がくんと大きく全身を揺らし

「ああっ、駄目。ほんとに、ほんとにいっちゃう。ああっ、いくっ」

がくん、がくんと奈津美が大きく全身を揺らした直後、諸岡も頂点に達した。ペニスの脈動とともに、熱い白濁液が奈津美の肉洞に向けて噴射される。（牧村僚『情事のゆくえ』）

全身が、がくん、がくんと大きく揺れた

「いくわ、諸岡さん。あたし、いっちゃう」

「俺もだ、里華さん。俺も出そうだ」

「ああっ、いく。ほんとに、いくっ」

絶頂の到来を訴えた里華の全身が、がくん、がくんと大きく揺れた。（牧村僚『情事のゆくえ』）

がくん、がくんと上体を揺らし

「いく、いくわ、健太くん。先生、いっちゃう。健太くん、ああっ」

がくん、がくんと上体を揺らして、加代は絶頂を迎えた。パンティーの中に指を入れたまま、机に突っ伏して、しばらくは快感の余韻にひたった。（牧村僚『未亡人と僕』）

がくがくと全身を揺すって

明彦は腰の動きを速めた。絵里のあえぎも、さらに激しくなっていく。

「ううっ、出そうだ。お姉さん、俺、出ちゃう」

「あたしも、あたしもいくわ。明彦さん、あたし、ああっ」

がくがくと全身を揺すって、絵里が快感の極みにのぼりつめた。（牧村僚『義母—誘惑の美肌—』）

【わななく】

引き攣るようにわなないて

辛島は、夫人が好む裏の花弁にも舌の先をそよがせてやった。

「あはーっ、感じる……許して、だめになりそう」

人妻の総身が一瞬強張り、次いで引《ひ》き攣《つ》るようにおびただしくわなないて、栗原志穂は虚《うろ》のようにひらいた秘口からヨーグルトを薄めたような子宮液をとろりと搾り出していた。（北沢拓也『みだら妻』）

ひくひくと漣《さざなみ》のようにわななきつづける

阿佐美に舌を強く吸われると、石島奈穂子は感じ入った呻きを洩らし、ひくひくと漣《さざなみ》のようにわななきつづける腰をゆすぶりたてて、

「ああっ、早くっ」

挿入をせがんで鼻を鳴らした。（北沢拓也『好色淑女』）

全身をオルガスムスのわななきが

「あひッ——」

藤治郎が指を入れてきたのだと、理解した途端に全身をオルガスムスのわななきが支配する。充分に高められていた快感が、そのひと突きで一気にはじけたのだ。

「あああ、イクぅッ！」（橘真児『若妻ハルミの愉悦』）

掠《かす》れた叫びをあげ

真介のものを口唇から解放した美香は、仰向けになって股の間に差し入れた両手の指を抉《えぐ》りこむように回転さ

せると、迫り上げた腰をびくびくとわななかせた。

「……イッちゃう！　いくいく……」

掠《かす》れた叫びをあげ、ぐったりとなった。（北沢拓也『夜の奔流』）

ひくひくと裸体をわななかせつづけ

少し遅れて、悠平も唸り声に近い呻きを洩らすと、おのれを抜き出して、それまで怺えていたものを、どくりどくりと射《う》ち放っていた。

ひくひくと裸体をわななかせつづけている梶理香子と胸を重ねて、唇を合わせる。（北沢拓也『人妻めしべ』）

白い肌に漣《さざなみ》のようなわななきを

「いっちゃうようっ」

声を張り上げて訴え、肌理の濃やかな白い肌に漣《さざなみ》のようなわななきを走らせ、持ち上げた腰をひくひくとふるわせると、一度、頂《いただ》きへと昇りつめた。（北沢拓也『好色淑女』）

むっちりした尻がわななきを

「ああ、いや、イッちゃうぅぅ」

むっちりした尻がわななきを示し、尻肉がすぼまって膣もきつく締まる。

「ああっ、イク、いぐ……う、うううッ」

痙攣した肢体が硬直し、間もなくぐったりと力を抜いた。（橘真児『ヒップにご用心』）

ワナワナと身を震わせ

「イクイク、ううう、はあッ――！」

ひときわ大きなよがりをあげ、両腕をのばして反り返った若妻ＯＬの子宮口に、上司の男はねっとりと濃い牡のエキスを放った。

「うっ、う、うう――」

晴美がワナワナと身を震わせ、臀部の筋肉をすぼめる。それによって射精中のペニスはさらなる悦びにまみれ、いく度も脈打った。（橘真児『若妻ハルミの愉悦』）

本気汁を垂れ流し

「んひぃ、い、イッ……く、イクイクぅ！」

熱烈なクンニリングスに、激烈な舌の暴行に晒され、曜子は一気に快楽の頂点に昇り詰めた。顔面に着座したままわなわなと太腿を痙攣させる。尿道口から潮をちびらせ、膣口からドクドクと本気汁を垂れ流し、セックスとはひと味異なったオルガスムスの愉悦に一瞬意識を飛ばす。（櫻木充『美・教師』）

歓喜にわななく女膣

（な、なんてオマ×コだっ……す、吸いこまれちゃいそうだよっ……）

歓喜にわななく沙由貴の女膣は、突けば突くほど吸着力を増し、奥へ奥へと男根を引きずりこもうとする。最奥まで突いているはずなのに、まだまだ深く貫ける。一打ごとに、性器と性器の密着感があがり、お互いが放つ熱気で溶けだしてしまいそうだ。（草凪優『マンションの鍵貸します』）

軀をわななかせ腰を律動させる

「アーッ、イクーッ！」

とたんに奈央子が昂った声をあげて軀をわななかせ腰を律動させる。

吉野は驚いた。だがわけがわからず、呆然とした。とっさにまた奈央子を抱きしめてみた。するとまた奈央子は同じような反応を見せた。（雨宮慶『人妻弁護士・三十六歳』）

上体を、一度、二度、よじらせると

よがり声を上げ、それまでやわらかくくねらせていた上体を、絞り上げるように、一度、二度、よじらせると、野崎の腕の中で全身をそり返してきて、

「ああッ、イクわ……イクッ……！」

首に筋を浮き立たせ、全身をわななかせ始めた。（山路薫『甘い吐息』）

アクメの表情を見せて、四肢をわななかせ

腰を使いはじめた。二十センチ砲による、目いっぱいにストロークを効かせた出し入れである。

「アッ、凄いッ。アッ、アアア、アッ、イイ、イイ……」

朋美はアクメの表情を見せて、四肢をわななかせた。（由布木皓人『蜜壺くらべ』）

女体が壊れそうにわななき

「ああ、ああッ、くる――イク」

女体が壊れそうにわななき、濡れ窟が締まる。

「う、ああ、出すよ」

歯を食いしばって告げ、最も深いところで欲望を解き放った。（月里友洋『若妻保母さん いけないご奉仕』）

けむるようにわなないた

結芽子が、喉を引き絞るような声を上げた。

「いっ！ いっいっ！」

せり上がった体が硬直した。

硬直したまま、けむるようにわなないた。（北山悦史『蜜愛の刻』）

むせび、わなないた

おなかと腿、膝がこわばった。ぶるっと打ち震えた。むせび、わなないた。動きが止まり、硬直した。

「おーおーおー！ うっうっうっ……！」

草に髪を乱し舞わせて、なおは絶頂した。（北山悦史

『やわひだ詣で』）

ぐいぐいと恥骨をせり出した

肩をすくませ、両腿をわななかせて美々花は喜悦した。澄麗の右手は打ち震える腿の奥に侵入し、あごの下に隠れた。

「あっう〜ん！　うんうんうん！」

美々花は両手で体を支えてお尻を浮かし、ぐいぐいぐいと恥骨をせり出した。（北山悦史『女家庭教師—秘密の個人レッスン—』）

ドクドクと愛液が溢れだし

膣の中から、ドクドクと愛液が溢れだしてきた。滴《しずく》となって、洗場の床にタラタラとしたたり落ちた。

「イッ、イクッ。イク、イク、イク、イクーッ」

貴美子は全身をわななかせた。（由布木皓人『蜜壺くらべ』）

総身をわななかせた

「中に。わたしの中で気をやってください。わたしに、幹之介様の精を」

「イッて、いいんですか。出して、いいんですか」

「どうぞわたしの中に。あああ、幹之介様の精を」

訴えるようにそう言うと、小菊は幹之介に先立って絶頂に達し、総身をわななかせた。（北山悦史『隠れ医明庵　癒し剣』）

涎と鼻水を飛び散らせて

菜南子の声が内にこもった唸り声になった。体がガクガクと前後した。

よがる菜南子の声に、石毛の腹と腿が尻肉と腿の後ろを叩く音が混じった。菜南子は涎と鼻水を飛び散らせて総身をわななかせた。（北山悦史『美姉妹　魔悦三重姦！』）

恥骨も打ち震えた

「うっ、ひっ、ひっ！」

はるが、喉から絞り出すような声を出した。

それから明庵の顔ごと、恥骨をせり上げた。

明庵は同じ性技を繰り返している。

はるが両腿をわななかせた。

恥骨も打ち震えた。（北山悦史『隠れ医明庵　癒し剣』）

全身が烈しくわなないた

「……くっ！　くっくっ！　くくっ！」

大きく開いた春香の口から、首を絞められたときに出すような、妙な声がほとばしった。全身が烈しくわなないた。（北山悦史『春香二〇歳—初めての相姦体験—』）

② 「しぐさ」系

【かきむしる　掻き毟る】

両手で宙を掻むしるようにして

門脇は顔をニヤつかせていうと、両手に挟んでいる麻子の腰を上下させはじめた。お尻を自分の股間へと、打ちつけていった。

「アッ、アワワワ。ワッ、アワワワワワ……」

麻子は両手で宙を掻むしるようにして、身をあえがせた。（由布木皓人『情欲の蔵』）

背中にからみついた足が

ひときわ甲高いよがり声をあげ、絵里の裸身がビンビン跳ねた。背中にからみついた足が腰骨を砕きそうなぐらいにきつく締めつける。

（こんなに感じる子がいるとは！）

背中を爪でかきむしられながら、春夫は力強いピストン運動で攻撃し続けた。（館淳一『メル奴の告白』）

カーペットをかきむしるようにして

「あうー、あああ、イクー！　あうッ、ああ、イクー！」

カーペットをかきむしるようにして悶えのたうつジュリア。彼女の声に歓びが含まれていなかったら、それはてっきり腹部の臓器をズタズタに裂かれることの苦痛の叫びだと誤解してしまうだろう。（館淳一『目かくしがほどかれる夜』）

背を両手でかきむしると

「あおうッ、先生、気持ちいいーッ、もう先生から離れられないっ」

千草夫人が、泣き声混じりの叫びをあげて押口の背を両手でかきむしると、裸身を漣《さざなみ》のように痙攣させた——。（北沢拓也『女唇の装い』）

露骨な声をあげ、掻きむしるように

香澄先生が露骨な声をあげ、便器を掻きむしるようにつかんでいる。

「ううッ、イケよ。先生、イケよ！」

康夫は無我夢中で叫び、反動をつけた一撃を叩きこんだ。次の瞬間、

「あぁァァ……うムッ！」

なまめかしい声をあふれさせ、先生は一気に絶頂へと

昇りつめた。（浅見馨『女教師 通勤電車』）

爪で畳を搔き毟《むし》った

「あっ、ああっ、あああああっ、あわわわわっ」

女が狂ったような鋭い声を発して四つん這いの姿勢からのめりかけて、爪で畳を搔き毟《むし》った。（安藤仁『花びら慕情』）

シーツを搔き毟りながら

獣のごとき腰振りで肉路を掘削する。

「んぐっ！　ふんぐぅ！　いぃ……イグ、イグぅ」

絶頂の荒波にさらわれ、子宮がバイブレーションを始める。Gスポットを雁首に刺激されるたび潮を飛び散らせ、芳美は苦しげにシーツを搔き毟りながらエクスタシーに昇りつめてゆく。（楠木悠『叔母と三人の熟夫人 いたずらな午後』）

シーツを搔き毟りながら

「ふぅ、ううぅ、い、くぅぅ……ひ、ひっ、またイッぢゃう、いぃぐぅ、イクイグーッ！」

天国と地獄を行き来するような激悦にガチガチと歯を鳴らし、右に左に女体をくねらせ、美希はシーツを搔き毟《むし》りながら気をやりつづける。（櫻木充『いけない姉になりたくて』）

体を弾ませ、わめき立て

しこりの極まった肉のうねを、人差し指と中指とで、すりつぶすようにこすった。

「あっあっ、もうだめもうだめっ」

真奈美は体を弾ませ、裕介の髪を搔きむしってわめき立てた。（北山悦史『蜜愛の刻』）

両手でテーブルを搔きむしって

「うっ……うっ……いっちゃうよう」

希美子は、頰《ほお》をテーブルに埋《うず》め、両手で何度もそのテーブルを搔きむしっている。（南里征典『密命 征服課長』）

【嚙む　嚙みつく】

感極まって歯を立てた

「いやあっ、いやっ、ややややぁっ……イッくうううううっ！」

千波の手足がぎゅうっと耕太を抱きしめたかと思うと、激しく痙攣した。肉棒を包みこむ女唇の肉襞が絡まるように締めつけてくる。

肩に痛みを感じた。感極まった千波が歯を立てたのだ。

（穂南啓『誘惑スポーツクラブ　金曜日の熟女たち』）

首筋に思い切り歯を立ててきた

ほとばしりを受けた美和も同時に昇り詰めたようだ。

「ああーッ……！」

口を離して反り返り、美和は激しく声を上げてがくがくと狂おしく身悶えた。そしていきなり、彼女は竜介の首筋に思い切り歯を立ててきたのだ。（睦月影郎『うたかた絵巻』）

唾液にぬめった歯茎で噛みしめて

「ああ……、いく……」

と、小眉が小さく喘ぎ、今度は彼の鼻にもしゃぶりつき、唾液にぬめった歯茎で噛み締めてきた。（睦月影郎『蜜猟人　朧十三郎　秘悦花』）

耳たぶに噛みついて

「ああっ……、い、いくッ……！」

上ずった声で口走ると、比呂子はガクガクと全身を震わせて昇り詰めた。そして興奮と快感の渦の中で、光司の顔中に狂おしいキスの雨を降らせ、引きちぎるような勢いで耳たぶに噛みついてきた。（睦月影郎『無垢な小悪魔』）

肩口に噛みつき

次の瞬間、秀司も絶頂に達し、美華の女壺に熱湯のような樹液が注ぎこまれる。

美華は無意識に秀司の肩口に噛みつき、女体を突き抜けていく絶頂感に身を委ねていた。（都倉葉『下町巫女三姉妹』）

肩を噛んだ

声がもれないように、彼女は矢島の肩を噛んだ。強く歯を立てられたわけではないが、鈍い痛みをおぼえる。しかし、痛みなど股間に伝わるとろけるような快感に較べればたいしたものではない。（綾杉凛『妻の妹・三十九歳』）

肩に噛りついて

「はあッ！　ああッ！」

お光は、がくがくと激しい痙攣を起こして日千の胸元にしがみつき、肩に噛りついて、全身を襲いくる猛烈な絶頂に耐えた。（安達瑶『危な絵のおんな』）

白い歯でシーツを噛み締めた

抽送を速めた。皺袋《しわぶくろ》がタポタポ音をたてて揺れた。

結菜は美しい並びの白い歯でシーツを噛《か》み締めた。それでも、くっ、と絶え間なく喘ぎが洩れた。

「もうダメだ。いくぞ、いっしょにいけ！」

より深く結合したとき、大介の精液が飛び散った。

結菜の膣壁《ちつへき》も痙攣《けいれん》した。（藍川京『黒い館―人妻秘密倶楽部―』)

高い声を張り上げて枕を嚙んだ

「ああーン、後ろからされると、感じちゃう」

高い声を張り上げて、あわてて枕を嚙んだ。(北沢拓也『人事部長の獲物』)

奥歯を嚙み締めて

「く……、いい気持ち……」

志津は、さすがに大きな声で喘ぐことは控え、奥歯を嚙み締めてクネクネと身悶えた。

そして自分で股間を上下させ、時にはグリグリと円でも描くように密着して動かしながら、身を重ねてきた。

伸二郎も下から股間を突き上げると、かなり欲求が溜まっていたのか、

「あうーッ……!」

志津はガクガクと全身を波打たせ、たちまちにして気をやってしまった。(睦月影郎『春情悶々』)

【くねる】

腰が妖しくくねった

「ああっ、いい……犯して」

涼子の言葉に煽られて、くびれた腰をつかんだ学人は、グイグイと肉茎を沈め、密着した腰を揺すり上げた。

「はあっ……ステキ……最高よ」

涼子の腰が妖しくくねった。(藍川京『柔肌いじり』)

狂おしく身をくねらせ

「ンンッ……!」

小眉も同時に気を遣ったように、熱く呻きながら全身を波打たせた。

十三郎は顔中を美女の唾液に濡らしながら、ありったけの熱い精汁を噴出させた。小眉もきつく締め付け、狂おしく身をくねらせながら、どこまでも昇りつめるのだった。(睦月影郎『蜜猟人 朧十三郎 秘悦花』)

くねくねと腰を動かし

「では宗吉、舐めて淫水をすすって」

ウヅメに言われ、宗吉は真下から舌を這わせはじめた。陰唇の中に舌を差し入れ柔肉を舐め、膣口を掻き回し、オサネにも吸い付いた。

「アア……、き、気持ちいい……」

たちまち美鈴が喘ぎ、くねくねと腰を動かしはじめた。(睦月影郎『蜜猟人 朧十三郎 淫気楼』)

熱いトタン板に乗せられた猫さながらに

亜伊子は腰をひねって逃れようとしたが、バイブの突起部分が肉芽を直撃すると、

「駄目駄目、死んじゃう……ああ、どうしよう……わわわわっ」

と口を押さえながら悶え狂い、熱いトタン板に乗せられた猫さながらに身をくねらせた。（高竜也『淑女の愛花』）

腰をくねらせた

浩明は腰を抱き寄せ、とうとうワレメに舌を這わせはじめた。

「ああッ……！　き、気持ちいいッ……！」

園は喘ぎ、ギュッと座り込みそうになるのを懸命に堪えながら腰をくねらせた。（睦月影郎『くノ一夢幻』）

抱きかかえていた脚を投げ出し

「あひ、はひぃ！　あ、あたしいぃ……くっ、イク、イグぅ！」

抱きかかえていた脚を投げ出し、右に左に腰をくねらせ、曜子は一気にオルガスムスに達した。（櫻木充『美・教師』）

肉襞に痙攣が走って

「イク、イクッ」

切なげな声をあげて美紀が激しく腰をくねらせると、肉襞に痙攣が走って太幹に絡みついてきた。（長谷純『女蜜の旅』）

下半身をうねらせ

男二人の噴射をたてつづけに喉奥で受けとめながら、果澄もまた悩ましい下半身をうねらせ、哀しく昇りつめてしまうのだった。（綺羅光『青の獣愛』）

白磁色の裸体が烈しくくねる

「……おさねをそんなに吸ってはだめっ、おかしくなるわ」

しのぶ夫人の右手が池尻の頭髪をかきむしり、ベッドの上で白磁色の裸体が烈しくくねる。（北沢拓也『夜光の熟花』）

双臀をヒクヒクとくねらせ始め

――ピチィーン！

「おひひーっ！　ごかんにひーん、御主人ひゃまあ（ごかんにーん、御主人さまあ）」

このようにして、残忍な支配者による鞭の折檻はいつ果てるともなくつづけられた。麗子は呂律の回らぬ口で悲鳴と謝罪、許し乞いを繰り返しながら、いつしか張に向けた双臀をヒクヒクとくねらせ始めた。（深山幽谷『人妻監禁市場』）

左右に大きく身をくねらせ

姉に思いを馳せながら、俊之は舌を秘唇の合わせ目へと進めた。すっかり充血したクリトリスが、舌先に心地よく当たってくる。

「そこ、よすぎるわ。あたし、いっちゃうかもしれない」

左右に大きく身をくねらせ、菜穂子は甲高い喜悦の声をあげた。（牧村僚『姉と黒いランジェリー』）

尻をうねうねとくねらせる

ひたすらに指の動きを激しくさせ、魅惑の尻をうねうねとくねらせる。

「いっちゃう、いく――」

傍目《はため》にも明らかなオルガスムスの反応。（橘真児『ヒップにご用心！』）

身体を海老のように曲げながら

美羽は身体を海老《えび》のように曲げながら、全身をよじりたてる。

「ああ、ああァァァ……大隅さんのが私を突くのが、はっきりわかる……ううゥゥ、ああ、ああァァ……」

美羽が逼迫《ひっぱく》した様子で、真っ白な喉元をさらした。

（島村馨『夜の新米監督』）

四肢をくねらせ

獣じみた雄叫《おたけ》びとともに、煮えたぎる欲望のエキスが噴きだした。ドクドクと子宮底に浴びせかけた。

「はぁうううっ！　はぁうううううううーっ！」

彩香が四肢をくねらせ、激しく痙攣させる。（草凪優『微熱デパート』）

淫らに腰をくねらせつづけ

明日美の腰の動きに合わせるように、篤志も指を動かす。彼の指の腹が優しくクリトリスをこねまわしていた。

秘所に、渦巻くような快感がひろがった。明日美はあられもない官能の声をもらしながら、淫らに腰をくねらせつづけた。（黒澤禅『午前0時の美人看護婦』）

くなり、くなりと腰を揺らめかす

「ううン、ああァァン……浩ちゃん、いいわ」

心底から悦びの声をあげて、志津子はくなり、くなりと腰を揺らめかす。（霧原一輝『初夢は桃色』）

【しがみつく　すがりつく】

男の身体にひしとしがみついて

「……夢中になってくださいッ、あ、あっ、わたし、いってしまうわ……ああん、いくッ、いくいく」

淫猥《いんわい》な声を絞り出すように張り上げて、曲線に富んだ都会的な総身を周平の下で波打たせると、口唇から舌を突き出して、男の身体にひしとしがみついてきた——。(北沢拓也『愛らしき性獣』)

嫌々するようにかぶりを振り

里見優美は嫌々《いやいや》するようにかぶりを振り、恭平に動きを再度はげしくされると、

「あんっ、いく……イッちゃいますっ!」

両手で恭平の背にとりすがってきた。(北沢拓也『熟愛』)

頂《いただき》に達する言葉を連発し

「いくう、あおう、いくっ」

未亡人は、箍をはずして狂おしく頂《いただき》に達する言葉を連発し、両腕で井尻にしがみつきながら、深くのけ反り返って、細身の裸身をおびただしく痙攣《けいれん》させたのであった。(北沢拓也『蜜戯の妖宴』)

背にしがみついて

「……いくっ、いくわァ!」

弥生は甲高い声で「いく」を連発し、弓江の背にしがみついて、すすり泣きはじめた。(北沢拓也『虚飾の微笑』)

ひしとしがみつきながら

「奥さんのは、すごく具合がいい。いきそうだよ」

動きながら、そのものずばりの言葉で囁《ささや》きかける押口に、下からひしとしがみつきながら、万智代夫人は、

「いやっ、もっと」

嫌々《いやいや》するようにかぶりを振りながら、持ち上げた厚みのある腰をゆすぶりまわした。(北沢拓也『女唇の装い』)

嬉々《きき》とした面輪を向けて

「繋がったままベッドへ行こうか?」

「ふっ、うん」

うっとりと悦に入った熟女が嬉々《きき》とした面輪を向けてきて、男にしがみついた。(安藤仁『花びらすがり』)

ぐちゃぐちゃに縒《よ》れるっ

駒形は腰の動きに変化をつけた。その動きは相撲のがぶり寄りに似た腰遣いに始まって捻《ひね》り腰を遣い、回し腰へと移行して、未亡人を奔弄《ほんろう》した。

「あんっ、あんっ、辰さん、ぐちゃぐちゃに縒《よ》れるっ」

未亡人が男にしがみついてきて、足許をぐらりと蹌踉《よろ》めかせた。(安藤仁『花びら慕情』)

すがりつき、声を殺して

「あっ、だっ、だめっ……」

結夏子の体が、小刻みに震えた。

セキが切れたように震えは振幅を増《ま》し、発作のような

痙攣になった。

大悟にすがりつき、声を殺して結夏子は絶頂した。

（北山悦史『淫能の蜜園』）

奇妙な悲鳴をあげ

強烈な「しまり」に耐えながら、膣底まで一気に怒張をうがちこむ。

「いやああぁ、おっ……おぉ、おっきひっ……い、いっ……ちゃひぃ！」

陰茎がずっぷりと膣底まで突き入れられた瞬間、沙織は奇妙な悲鳴をあげ、ひしと胸にしがみついてくる。

（櫻木充『美姉《あね》の魔惑』）

上半身を突然倒し

「いやァァ」

悲鳴ではあるが、詩織は押し殺したうめき声をもらし、のけぞらせていた上半身を突然倒し、早坂にしがみついてきた。（倉田稼頭鬼『若妻新入社員 恥辱の痴姦オフィス』）

喉の奥までのぞかせて、大きくのけぞった

「はあああァァァ！……」

桃香は喉の奥までのぞかせて、大きくのけぞった。

拓海が射精しながら前のめりになると、しがみついてきた。何かにつかまらずにはいられないといった様子で、拓海を抱きしめて、細かく震えている。（浅見馨『叔母は未亡人 奈央子36歳』）

頭頂部がシーツにつくほどのけぞって

「ああもう……もうあたし……いき……いきそう……いくわ！」

義父に激しくしがみつき、頭頂部がシーツにつくほど万里子はのけぞって、甘美なエクスタシーに襲われた。

（とうとう、お義父さんと……！）（一条きらら『蜜の戯れ』）

喘ぎながら、全身でしがみついて

掠れた声で喘ぎながら、美紀は全身でしがみついてきた。

「ねえ、イク……わたし、イッちゃいそう……」

柔らかな肉襞がヒクヒクと蠢いて、肉茎を締めつけてくる。（長谷純『女蜜の旅』）

片腿にしがみつくようにして

「ぎゃー、あううう、イク、イッチャウ！」

あられもない声を吐き散らしながら、ビンビンと釣られた魚のように四肢を暴れさせ、時には彼の片腿にしがみつくようにして、しばらくはガクガクと全身を痙攣させ続けた。（館淳一『美肉狩り』）

上からしがみつき

「あう！　す、すごいわ……、気持ちいい……！」

朱美は上から遥介にしがみつき、彼の耳元に熱い息を吐きかけて囁きながら痙攣を続けた。（睦月影郎『いましめ』）

しがみつきながら、股間を突き上げ

「ああッ……、いく……！」

下から激しい力でしがみつきながら、志乃は股間を突き上げ、やがて絶頂の痙攣《けいれん》を起こしはじめた。（睦月影郎『おしのび秘図』）

ダメ押しの快感を与えられたように

熱く濡れた柔肉が遥介自身を包み込み、ズブズブッと一気に根元まで吸い込まれていった。

「ああん……！」

菜美子は、ダメ押しの快感を与えられたように全身を震わせ、下から激しく両手両足で遥介にしがみついてきた。（睦月影郎『いましめ』）

ひしとしがみつき

「イクイク、う、んふううぅぅぅ！」

年下の恋人にひしとしがみつき、亜季子は全身をブルブルと震わせた。（橘真児『眠れる滝の美女』）

激しい力でしがみついて

「あうう……、いい、すごく……」

牙が我を忘れて喘ぎ、下から激しい力でしがみついてきた。さらに両脚まで、彼の腰に巻き付けて狂おしく身悶えた。（睦月影郎『あやかし絵巻』）

脚までからみつかせて

危うく彼は漏らしそうになってしまったが、何とか堪《こら》えて股間を密着させ、身を重ねていった。

熟れ肌に身を預けると、沢が両手ばかりか、脚まで彼にからみつかせてしがみついてきた。（睦月影郎『流れ星　外道剣　淫導師・流一郎太』）

激しくしがみつき

「アア……、いく……、お願い、キスして……」

史子が彼の上半身を求めてきたので、結局挿入したまま正常位まで移動し、冬男は身を重ねていった。

「ンンッ……！」

史子は下から激しくしがみつき、唇を重ねて熱く甘い息を弾ませた。（睦月影郎『フェロモン探偵局』）

上体をのけぞらせながら

膣肉が細かく収縮するのを感じて、朝原も男液をしぶかせた。

熱い樹液を感じたのか、

「ああ、また！……うぐッ！……」

上体をのけぞらせながらも、真央はぎゅうとしがみつ

いてくる。（霧原一輝『初夢は桃色』）

両手ですがりついてくる

「いくっ！　ぐむう」

「ああ、俺も……おおっ、いくっ」

口々に呻き合って、両手ですがりついてくる瑞恵の収縮する内奥に、真介はどくり、どくりと二度目を射ち放っていた。（北沢拓也『夜の奔流』）

【絞る】

肉茎を絞りつづけた

腸孔で弾ける肉茎の律動に有紀子は双丘を震わせ、喉をせりあげる。破滅のすぐ間近で迎える絶頂に、全身が沸騰する。

「ママ……」

「圭太さま……」

有紀子は絞った。新しい主人の肉茎を、心からの愛をこめて絞りつづけた（麻美克人『熟臀義母』）

腹の底から絞り出すような叫び

「ああッ、そこそこ、ああんッ、もうだめ」

腹の底から絞り出すような叫びをあげて、のけぞりをくりかえし、男の身体に四肢《しし》をからめた肢体をおびただしく痙攣させていた。（北沢拓也『淑女の媚薬』）

絞り上げるように叫び

美奈代は、うん、うん、と頷きを繰り返しながら、反町がはげしく動きはじめると、

「いくう、いっちゃう」

右手の甲を口の上にかざして絞り上げるように叫び、上半身を反り返らせて、全身を波打たせんばかりに痙攣《けいれん》させた。（北沢拓也『獲物は人妻』）

喉から絞りだすような声を上げると

随泉寺は、香澄のヒップを両手で抱えると、手前に引き寄せながら、同時に素早いストロークを送り、引き戻す。

「うおーぅ！」

香澄は、喉から絞りだすような声を上げると、随泉寺の背中に回した両手の指先を震わせながら、下半身を痙攣させ、一気に果てた。（夏樹永遠『欲望添乗員ノッてます！』）

喉の奥から絞り出すような声を上げた

果てるときは思いきり果てさせてやろうと、勘次は思った。後ろからも責めてやるのだ。勘次は上側の左膝を、

立てさせた。

「あ……あ……あ……」

もうその時が来たか、美保は喉の奥から絞り出すような声を上げた。（北山悦史『絵草子屋勘次 しぐれ剣』）

最後の一滴まで絞り尽くすように

「あ、熱い……。出ているのね。もっと出して、いっぱい、アアーッ……！」

圭は痙攣しながら喘ぎ、最後の一滴まで絞り尽くすように締め付け続けた。（睦月影郎『猟乱 かがり淫法帖』）

ひいひいと喉を絞って

「いやいやいやっ！　いくっ！　いっちゃうううううーっ！」

ひいひいと喉を絞って、千佐都はゆき果てた。頭のなかが真っ白になり、びくんっ、びくんっ、と全身が鋭く跳ねあがる。（草凪優『夜の手習い』）

全身、搾乳機のようになって

「ウウーッ、出る！　出ちゃう！」

「イクッ！　イクゥーッ！」

二つの体が、一つになって痙攣する。

「ハァーンッ、隆之……」

美由紀の身体が全身、搾乳機のようになって、隆之のものを搾りあげる。（桐野武士『黒い下着の隣人（危険な熟女）』）

蜜口が引き絞るように痙攣

「ああああ」

その声と一緒に、指をくわえた蜜口が、引き絞るように痙攣した。

吟次は唇と舌、右手の親指での愛撫はそのまま続け、左手の親指を蜜壺に抜き挿しさせた。（北山悦史『吉原螢狩り始末帖 花魁殺し』）

男のものを絞りこむように

真生子は、池尻に烈しく腰を打ちこまれるや、

「ああーッ、おおーッ……だめっ、いっちゃう、もういっちゃう！」

池尻に後ろ向きにあずけた裸体をびくびくと伸縮させ、射精寸前の男のものを絞りこむように縮めつけ、悦の叫びをあげる。（北沢拓也『夜光の熟花』）

声を絞り出し

「ああン……！　感じる……！」

噴出を受け、さとみがダメ押しの快感を得たように声を絞り出し、とうとうそのまま硬直してしまった。（睦月影郎『情欲少年―妖艶フェロモンめぐり―』）

膣がすさまじい勢いで収縮し

患者とナースという立場も忘れた男と女は快感の頂点目

指して突き進んだ。

「あっ、あっ、あぁあぁ〜っっっっ…………！」


「うぅっ！」

膣がすさまじい勢いで収縮し、陰茎を絞り上げる。

（兵藤凜『母と僕 紗奈33歳』）

【締まる 締める 収縮】

膣腔がきゅーっと締まり

「はぁぁぁ……深田くん……んんん！」

真結美の身体も硬直する。膣腔がきゅーっと締まり、限界を超えた孝太郎の肉棒をさらに締めつける。（新堂麗太『義母と新任女教師 二つの青い体験』）

女膣が激しく収縮し

「はっ、はぁあぅぅぅーっ！」

琴美の口からひときわ甲高《かんだか》い悲鳴があがった。

蔦森の腕のなかで、釣りあげられたばかりの魚のように躰を跳ねあげ、開いた股間を大胆に押しつけてきた。

絶頂に達した女膣が激しく収縮し、射精に震える勃起をきつく締めあげる。（草凪優『淫らに写して』）

搾り取るように肉壁を収縮させる

「あぁぁぁっ……諒ちゃん……はぁあっ……」

膣奥に受ける強烈なほとばしりに、真菜美もまたオルガスムスにのぼりつめた。くびれた腰をヒクヒクと痙攣させ、搾り取るように肉壁を収縮させる。（新堂麗太『僕だけの未亡人叔母』）

女膣が、入口、真ん中、最奥と、別々の動きで

「イッ、イクッ！ またイッちゃうぅぅぅぅぅぅぅぅーっ！」

香純の裸身がのけぞる。絶頂に達した女膣が、入口、真ん中、最奥と、別々の動きで肉棒を食い締めてくる。

（草凪優『桃色リクルートガール』）

キュッキュッと膣内が締まって

「あ……、い、いく……、アアーッ……！」

房代が言うと同時にキュッキュッと膣内が締まって、彼女はガクンガクンと全身を激しく痙攣させはじめた。

（睦月影郎『僕の初体験』）

名器《なまめ》を艶かしく収縮させ

先に由美子の方が大きなオルガスムスに達したようだった。

「き、気持ちいいッ……！ アアーッ……！」

由美子は声を上げ、名器《なまめ》を艶かしく収縮させ、蠢かせながらペニスを刺激してきた。（睦月影郎『保育園の誘惑』）

蜜壺が引き締まり

修次は次第にグラインドスピードをあげ、激しく瑠璃の女陰に肉棒を突き入れた。くちゅくちゅくちゅというやらしい音が、より湿った感じになる。

「あっ、あっ、あっ……いいっ……あン、いいよ、修次くん」

「ああっ……あ、イク……あああっ！」

きゅーっと瑠璃の蜜壺が引き締まり、修次の若竿を締めつけた。（鏡龍樹『僕と最高のお姉さん〔六つの贈りもの〕』）

迫《せ》り出すように柔肉を収縮させた

光沢あるクリトリスはツンと突き立ち、小さな亀頭型をして震えている。そこに吸い付くと、

「アアーッ……！　駄目、すぐいきそう……」

園は声を上げ、愛液を漏らしながら迫《せ》り出すように柔肉を収縮させた。（睦月影郎『くノ一夢幻』）

秘肉がきゅううっと最高に締まった

由紀恵は、まるでスイッチが入ったように、激しく悶え始めた。

指先を中で捏ねてやると、がくがくと腰を揺らし、背中をぐいぐいと反らす。

「あ、あああ。も、もう、だ、め……」

秘肉がきゅううっと最高に締まった。（安達瑶『女体の刻印』）

膣内の収縮も最高潮になり

快感に呻き、彼はありったけの熱い精汁を勢いよくほとばしらせた。

「ああン……、い、いく……！」

その噴出を感じ取った途端、多恵も同時に昇り詰め、さっき以上に狂おしく全身を揺すった。

膣内の収縮も最高潮になり、まるで一滴余さず精汁を飲み込むような蠢動《しゅんどう》が繰り返された。（睦月影郎『秘め色吐息』）

腰をくねらせ、内壁の収縮を

短く呻き、宙に舞うような快感に包まれながら、三弥はありったけの精汁を柔肉の奥に噴出させた。

「ああ……、感じる。もっと出して、いっぱい……！」

りんが噴出を受け止めながら腰をくねらせ、まるで精汁を飲み込むように内壁の収縮を続けた。（睦月影郎『炎色よがり声』）

肉洞は弛緩《しかん》と収縮を繰り返して

「ああ、わかるわ、慎吾さん。ママの中に、あ

なたのがどくどく出てる」

　欲望のエキスをすべて吸い取ろうとでもするかのように、政美の肉洞は弛緩《しかん》と収縮を繰り返していた。肉棒がおとなしくなっても、まだしばらくはそれが続いた。

（牧村僚『人妻の肉宴』）

がくがくと狂おしく身を揺すり

　絶頂の快感に呻きながら、竜介は股間をぶつけるように律動し、ありったけの熱い精汁を内部にほとばしらせた。

「アアーッ……！　気持ちいい、竜介様……！」

　美和も同時に気を遣ったように、がくがくと狂おしく身を揺すり、膣内を艶かしく収縮させた。（睦月影郎『うたかた絵巻』）

膣内をキュッキュッと収縮させた

　快感を噛みしめて呻き、ありったけのザーメンを噴出させると、

「ああーッ……、いく……！」

　波子も声を上げ、ガクガクと狂おしい痙攣を開始し、膣内をキュッキュッと収縮させた。（睦月影郎『巨乳諜報員』）

狂おしい痙攣を起こし

「あ……、い、いっちゃう……、気持ちいい、アアーッ……！」

　たちまち大きなオルガスムスの波に襲われたように、美佐枝が口走った。同時にガクンガクンと狂おしい痙攣を起こしはじめ、膣内をキュッキュッと悩ましく収縮させた。（睦月影郎『美乳の秘密』）

柔肉が、引き絞ったように収縮

「ううぅッ！」

　浩史の剛直を包み込んでいた柔肉が、いきなり何重もの輪を引き絞ったように収縮した。

「あぁぁ……」

　児玉先生はガックリと脱力し、浩史の胸の上に顔を伏せる。（開田あや『眼鏡っ娘パラダイス』）

膣内も悩ましい収縮を開始し

「い、いっちゃう……、ああーッ……！」

　瑞穂が声を上ずらせ、激しく全身を波打たせた。同時に膣内も悩ましい収縮を開始し、彼女は完全に気を遣ったようだった。（睦月影郎『燃え色うなじ』）

肉洞がきゅっとすぼまった

　紗希の肉洞がきゅっとすぼまった。慎吾はいよいよ限界を感じる。

「出そうだ、奥さん。俺、ほんとに」

「いいわよ。慎吾さん。出して。あなたの白いの、全部

出して」

紗希が腰の動きを速め、間もなく慎吾は射精した。びくん、びくんというペニスの脈動とともに、熱い欲望のエキスが紗希の体内に注がれていく。（牧村僚『人妻の肉宴』）

肉洞がきつく締まり

諸岡はラストスパートに入った。

「またよ、諸岡さん。あたし、また変な気持ちになってきたわ。ああっ、駄目。おかしくなっちゃう」

顔面だけでなく、宏美の肌がいっぺんに赤くなった。その直後、いやいやをするように左右に首を振りながら、宏美は全身を小刻みに震わせた。肉洞がきつく締まり、やがてふっとゆるむ。どうやら絶頂の到来のようだった。

（牧村僚『蜜告』）

膣肉がキュッキュッキュッキュッキュッと収縮

祐二は果林のヒップを両手で抱え上げながら、なんとか立ちバックの姿勢を保っていた。

「あっ……、あああっ、すごい……、なんだか、イキそう……」

「えっ……、あっ、あうう……」

祐二の勃起をくるむ膣肉がキュッキュッキュッキュッキュッ……と立て続けに収縮した。（室伏彩生『熟蜜めぐり』）

膣口が、信じられない力で締まった

「お母さまほらっ、お母さまほらっ。ほらほらっ」

「イクッイクッ！　イクウイクー、イクイクー」

ヒイイッ！　と汽笛か何かのような声を絞り出し、奈津恵はガックンガックンガックンと体を弾ませた。

膣口が、信じられない力で締まった。（北山悦史『家庭教師』）

穴の中が激しく締まって

「い、いく……！」

登志が動きを早めて口走ると、たちまち気を遣ってしまったようにガクンガクンと狂おしく全身を痙攣させはじめた。それに合わせて、穴の中が激しく締まって、くわえ込んだ肉棒を奥へ奥へと吸い込むような蠢動《しゅんどう》を繰り返した。（柊幻四郎『女神降臨』）

意志を持った軟体動物のように

汗ばんだ肌は冷たい湿り気を見せ、ピンク色に紅潮していた皮膚がさらに赤味を増していた。

息づかいまで停止してしまった鮎美のヴァギナだけが、まるで意志を持った軟体動物のようにペニスを締め上げていた。（葵妖児『お姉さんと僕』）

秘局だけ、くいっ、くいっと喰いしめて

「ぐぐーっ……いっちゃう」

汗ばんだ若い裸身が一瞬、弓のように湾曲し、そのまま、たわんで、硬直した。

秘局だけ、くいっ、くいっと喰いしめている。(南里征典『密命 征服課長』)

ぎちぎちと肉路が締まり

「あぁ、瑠美さんっ! 俺も……凄くいいよっ!」

ぎちぎちと肉路が締まり、粘膜が蠢く。

膣の全体がうねりを起こし、肉襞の一枚一枚が亀頭に絡みついてくる。(櫻木充『美姉《あね》の魔惑』)

キュッキュッと秘口が収縮を

できるだけ舌をいやらしく動かすようにした。その方が気持ちがいいだろうし、輝彦としても興奮する。珠美も「ま、また……ああ……くうっ!」

さっきより大きく腰が跳ねた。キュッキュッと秘口が収縮を繰り返す。(藍川京『背徳の柔肌』)

その瞬間入り口が強烈に締まり

遠慮も慎みもなく上体をくねらせ、とうとう志津子は昇りつめた。

「いくいくいく、んんうー、うッ、あはあっ!」

その瞬間入り口が強烈に締まり、しかもうねうねと搾《しぼ》り取る動きをする。(橘真児『召しませヒップ』)

奥がさらに締まる

天を向く穴めがけて卓が直角に速射を食らわせる。

「あうう! うん、うん、うんっ、ん、ん、ん、ん、んんっ!」

恥ずかしい体位を強いられて奥がさらに締まる。膣の入り口と奥、そして襞の中ほどが激しく収縮し、イソギンチャクのごとく吸いついては離れを繰り返す。(如月蓮『三つの熟女体験〔人妻同窓会〕』)

強く体を抱き締め

「い、いいのよ、なかに出して……。で、でも、もう少しだけ……」

手足に薫は力を込めて、ぎゅっと強く信也の体を抱き締めた。

「もうすぐ、わ、わたしも……。だから……」(斎藤晃司『きれいなお姉さんと僕』)

感じると締まっちゃうの

「よせっ、そんなに締めつけたら指がちぎれるじゃないか」

「か、感じると締まっちゃうの。自分ではどうにもできないのっ。許して……」(黒沢淳『熟妻フェロモン 誘惑テニス倶楽部』)

膣洞の壁を激しく収縮させながら

切ない喘ぎとともに、ザラついた肉天井が大きく迫りだす。

「アアア……イ、イクウゥーッ」

膣洞の壁を激しく収縮させながら、夫人は呆気なくアクメに達してしまう。（黒沢淳『熟妻フェロモン 誘惑テニス倶楽部』）

秘芯は、激しい収縮を
鼠蹊部《そけいぶ》がぐっと伸びきった。
「うっ！」
ザーメンが子宮壺に向かって迸り、秘芯はそれを絞り取るように激しい収縮を繰り返した。胸と胸が重なりあい、乱れたふたつの鼓動が入り乱れた。（藍川京『年上の女』）

絶え絶えの声が口の中に
「あっ、わたし、いく……」
絶え絶えの声が口の中にこもった。
激しい腰の動きが、一瞬、静止した。陰茎全体を取り巻くぬるぬるの襞が、強く収縮したように感じた。（末廣圭『魅せる肌』）

ものを、強く握りしめたまま
「ああ、先生。抱いて。抱いてください」
横抱きに強く抱き寄せながら、のしかかるように唇を重ねていった松岡のものを、強く握りしめたまま、秋夜は初めての絶頂に押し流されていった。（山路薫『夜の従妹』）

きつく肉茎を食い締め
「はぁううっ！ わ、わたしもイクッ！ イッちゃうううっ！」
玲奈が叫び、五体の肉をぶるぶると痙攣させた。絶頂に達した女膣が、驚くばかりの激しい収縮を開始する。入口、真ん中、最奥と三段階に、きつく肉茎を食い締めてくる。（草凪優『純情白書』）

【締めつける】

肉茎が痛いほど締めつけられ
「ああん、もうすぐ……もうすぐイキそう……」

膣ヒダの収縮が強くなってきた。今度こそイキそうだ。一磨は期待した。

「イク……イク……もうすぐ……くううっ！」

激しく秘口が収縮し、ありさの総身が細かく痙攣した。肉茎が痛いほど締めつけられた。（藍川京『蜜化粧』）

膣ヒダは剛直をきつく食い締め

肉茎を秘口に押し込んだ遊也は、ズンズンと腰を大きく動かした。

「い、い、いくゥ！」

すぐに絶頂を迎えた緋花里の膣ヒダは、剛直をキュッキュッと何度もきつく食い締めた。（藍川京『蜜追い人』）

裂け目をグラインドさせ、きゅっと

「あっ、はい。きて……、いっぱい……、きてちょうだい」

切れ切れに、かすれ声をあげた彼女の首筋が反り返った。

そけい部にぶつかる豊満な臀部がうねる。抜き挿しの動きに合わせ、裂け目をグラインドさせ、きゅっと締めつけてくる。（末廣圭『色彩』）

肉ヒダがキュッキュッと締めつけ

「いい……それ……あう……」

肉ヒダが指に合わせてキュッキュッと締めつけてくる。

「イク……もうすぐ……イ、イク……ああっ！」

波子の全身が細かく痙攣した。秘芯の肉棒は強烈な収縮によって、いくどもぐいぐいとつかまれた。（藍川京『背徳の柔肌』）

女芯が強くすぼまり

やがて肉棒に突き上げられ揺すられたとき、絶頂の波がついに理絵を襲った。

「くううっ！」

女芯が強くすぼまり、肉茎の根本を咥えこんだ。膣襞は咥えこんだ肉茎をいたぶるように妖しい収縮を繰り返し、側面をじわじわと締めつけた。（藍川京『蜜の誘惑』）

肉襞が小刻みに蠢いて

膣孔には蜜が溢れかえり、肉茎を抽送するたびに、ニチョッと淫靡な音が高くなった。太幹で攪拌された蜜は濃度を増し、白濁してねっとりと粘っこい糸を引いている。

「ああっ、イクッ、イクゥ」

麗美は絶頂に近づき、肉襞が小刻みに蠢いて太幹を締めつけてきた。（金澤潤『誘惑未亡人オフィス』）

肉根を食いちぎらんばかりに

「あう！　まだだめ！　動かさないで。ああっ！」

感度がいいのか、〈槍ヶ茸〉の効果で巨大化しているカリで肉ヒダをこすられるのがたまらないのか、学人が腰を動かすたびに瑞絵は絶頂に悶え狂い、肉根を食いちぎらんばかりに締めつけてくる。（藍川京『柔肌いじり』）

四方から妖しく締めつけられ

ついに破廉恥な言葉を口にして、羞恥に身悶えしている由夏に刺激された神島は、肉のマメを軽く撫でながら、下から腰を揺すりたてた。

「くっ……いい……いいの……それ、いい……イク……イクッ！」

激しい痙攣が由夏の総身を包み込んだ。肉茎は四方から妖しく締めつけられ、根元は食いちぎられそうだ。（藍川京『人妻のぬめり』）

襞の締めつけが強くなった

溶け潤んだ襞で、陰茎全体を抱きくるめられているような感覚に浸る。

「うっ！」

我慢できないうめきを、雪江の口の中に放っていた。彼女の背筋が反った。襞の締めつけが強くなった。（末廣圭『濡事』）

蜜壺が肉幹をぎゅうぎゅうと締めあげ

「ああっ、いやいやっ！　イクッ！　イッちゃうううっ！」

彩香がひときわ甲高い声をあげて、背中をピーンと突っ張らせた。同時に、アクメに達した蜜壺が肉幹をぎゅうぎゅうと締めあげてきた。（草凪優『微熱デパート』）

突くたびに、腰が跳ねた

健一が突くたびに、腰が跳ねた。絶頂の間際なのだ。

「ああぁ、気持ち、いい……ッ！」

美和がしがみついてきた。媚肉とともに、健一を締めつけてくる。（内藤みか『三人の美人課長　新入社員は私のペット』）

膣壁がこれでもかとばかりに締めつけた

「あー、もう。私……よすぎて、亮ちゃん、お願い、なんとかしてっ！」

その声が引き金となった。肉棒が最大限に膨張した。膣壁がこれでもかとばかりに締めつけた。（高竜也『熟・姉・交・姦　少年たちの初体験』）

女の洞が、うねりを起こして締めつけ

悦の声をあげて、万智代夫人が顔を反り返らせる。

押口も、口の奥で唸り声を洩らしていた。

押口の棍棒のごとく強張ったものを呑《の》み込んだ万智代夫人の女の洞が、うねりを起こして押口を締めつけ、無数の妖精と化した肉襞が、押口を奥へ奥へと吸い込むようにもてなすからだ。（北沢拓也『女唇の装い』）

イソギンチャクの口のように

美和子夫人が泣き声混じりの高い声をあげ、進入してくる天知のものを、餌《え》を食いしめるイソギンチャクの口のように締めつけた。（北沢拓也『愛宴の人妻』）

悶絶の叫びを振り絞り

「だめッ、いくぅ」

白眼を剝いた折原美恵が、悶絶の叫びを振り絞り、姉丸のものをくりかえし締めつけてきた。（北沢拓也『淑女の媚薬』）

媚肉がキュッキュッと痙攣して

俊介の体の上で慶子がはずんだ。それと同時に媚肉がキュッキュッと痙攣して肉棒を締めつける。

「あっ……あぁっ……あああぁぁぁ……」

快感の声を長く響かせながら、甘い戦慄で頭の中が真っ白になっていく。（赤星優一郎『若妻バスガイド』）

硬直を絞り込むように締めつけつつ

「ああン、いくっ、わたし、いっちゃう」

遠山美世子が高い声を張り上げると、弓月の下で裸体を波打たせて、弓月の硬直を絞り込むように締めつけつつ、頭を後ろにがくんがくんと、くりかえし反り返らせた。（北沢拓也『人事部長の獲物』）

肉の洞《ほら》が締めつけてくる

「あうーんっ、イッちゃいます！」

上村香織の背が弓がたわむように反り返って、頭が後ろにのけぞった。

香織の肉の洞《ほら》が弓江の幹のなかほどを締めつけてくる。

（北沢拓也『虚飾の微笑』）

キュッキュッと締め付けながら

「ああ……、ま、またいきそう……、アアーッ！」

美百合も、初めての絶頂に身悶え、正也自身をキュッキュッと締め付けながら何度も昇りつめた。（睦月影郎『僕の初体験』）

張りのある内腿でムッチリと

舌先をクリトリスに集中させて舐め続けた。

「ああ……気持ちいい……」

利律子が息を弾ませて口走り、張りのある内腿でムッチリと彼の顔を締めつけた。（睦月影郎『福淫天使』）

噴出を受け止めて呻き

「あうう……！」

志乃が噴出を受け止めて呻き、きゅっときつく締め付けてきた。

何という快感だろう。春本で読んだ蛸壺《たこつぼ》という名器ではないだろうか。柔襞が吸着し、奥へ奥へと一物を引き込むように妖しく蠢いている。（睦月影郎『寝みだれ秘図』）

ぴくぴくと締めつけをくり返す

倉本有花は両手で恭平の身体にしがみつき、ぴくぴくと締めつけをくり返す。

恭平は唸《うな》り声を洩らし、

「……有花、俺、いきそう」

「ああン、有花も！　ああっ、いっちゃう、またいっちゃう」（北沢拓也『熟愛』）

身悶えながら一物を締め付け

「あう！　感じる。熱いわ。もっと……！」

静香も気を遣り、がくんがくんと狂おしく身悶えながら一物を締め付けた。（睦月影郎『酔いもせず』）

膣内の締めつけと収縮も最高潮に

「い、いっちゃう……！　ああーッ……！」

たちまち明日香は声を上ずらせて口走り、ガクンガクンと狂おしく股間を跳ね上げて昇り詰めた。

同時に膣内の締めつけと収縮も最高潮になり、冬男は全身が吸い込まれていくような錯覚の中、続いてオルガスムスに達した。（睦月影郎『フェロモン探偵局』）

キュッキュッと膣内を締め付けながら

「アアーッ……！　すごいわ、奥が。熱い……！」

美佐緒も全身をガクガクと波打たせ、キュッキュッと膣内を締め付けながらオルガスムスを得たようだった。

（睦月影郎『白衣の匂い』）

肛門の締め付けを最大限にさせて

とうとう浩継は絶頂の快感に貫かれ、底のない穴の奥に向けて勢いよく精汁を放った。

「アアーッ……！」

静香も、オサネをこする指の動きと肛門の締め付けを最大限にさせて喘ぎ、がくがくと激しく身悶えた。同時に収縮する陰戸から、まるで射精するように大量の淫水を噴出させたのだ。（睦月影郎『浅き夢見じ』）

きつく締め付けながら悶えた

大きな快感を噛みしめて呻き、恭二はありったけの精汁を、どくんどくんと勢いよく脈打たせ、静香の柔肉の奥に注入した。

「ああ……、もっと出して……」

静香は激しい痙攣を続け、きつく締め付けながら悶えた。（睦月影郎『酔いもせず』）

【反る　反らす　反り返る】

弓なりに大きく反らせた

浩介は激しくベッドを揺らしながら、里香の秘穴に大量の精液を注ぎ込んだ。

里香はシーツを強く握りしめ、上体を弓なりに大きく反らせた。背中がベッドから完全に浮いてしまい、頭部で体を支える状態になった。（深草潤一『兄嫁との夜』）

身を弓なりに反らせた

「ああッ！　いいわ、いきそう……」

紗貴子が熱く甘い息で喘ぎ、何度か彼を乗せたままブリッジするようにガクガクと身を弓なりに反らせた。

朝井は暴れ馬にでもしがみつく思いで、必死にピストン運動を続けた。（睦月影郎『美乳の秘密』）

両脚をのばして突っ張り

「ね、イクわ。あなた……」

両脚をのばして突っ張り、椅子の中で極限まで上体を反らした弥生が訴えた。

真木は舌の付け根が痛くなるくらい、強く、速く動かし、乳首をつまんでいた指に力を込めた。

「ああ……あなた。ね、あなた……だめよ、イク……ああ、もう……」（山路薫『夜のご褒美』）

上体をエビ反らせて

「ううっ……」

一瞬にして堪え性をなくして、秘孔の奥深く肉茎を埋めて精を放っていた。

「あああああっ……」

上体をエビ反らせて真弓は悩ましげな喘ぎ声をあげながら、悦楽の淵に沈んでいった。（西条麗『熟妻・禁戯』）
上体を弓なりにそらせて

「きて、透くん。きていいのよ」

桜子がぴったりと下腹部を密着させて甘い声をあげる。

「おばさーん」

強い力で、透は桜子の裸を抱き締めて精を放った。

「あああ、透くん……」

上体を弓なりにそらせて、桜子は官能の淵に沈んでいった。（里見翔『相姦蟻地獄』）

上体を大きく反らせて

「出る、出るよ」

そこが完全な限界だった。結城は根元まで肉茎を秘孔に埋め、溜まった精を一気にほとばしらせていた。

「あーっ、イクイク、イクーッ」

上体を大きく反らせて、美紀も同時にオルガスムスに駆けあがっていたのである。（長谷純『女蜜の旅』）

腰が浮いたり沈んだりして

溢れる蜜を吸い上げると、登志子さんは本格的に悶え始めた。腰が浮いたり沈んだりして、舌先に触れる肉のヒダが脈打つように震え始めた。

「あー、イッちゃう！」

さらに激しく舌の先を動かすと、肉のヒダヒダの震えが大きくなって、登志子さんが背中を反らした。（官能巨匠5人衆傑作選『人妻蜜夢』)

喉の奥までのぞかせて

「初めてどす。こんなの初めて……ああ、ああ……たすけておくれやす……ああ、ああァァ……」

喉の奥までのぞかせて首を反らせる綾乃に、駄目押しとばかりに小刻みに打ち込むと、

「ああァァ……あうッ!」

絶頂に昇りつめたのか、綾乃は顎を突き上げて、かるく痙攣した。(島村馨『夜のラブ・キャッチャー』)

白い喉を反らせ、唇から絶頂の声を

金森が、馬にムチを入れるように体を揺さぶった。香澄は白い喉を反らせ、ヒイイッと噛みしめた唇から絶頂の声をもらした。

「そんなにいいのか、香澄。へへへっ」

「……いいっ。イクゥ……」(綺羅光『女教師・恥辱の旋律』)

感極まって、一気に絶頂に

「あ、あふっ……」

背中をガクガクと反らす彼女が大いに感じているのは、恥肉の濡れ具合と、肉棒に食いついて離さないような締まりで判る。

「ひいいいいっ!」

彼の強烈で強引な攻めに由紀恵も感極まって、一気に絶頂に昇りつめた。(安達瑶『女体の刻印』)

女体が弓なりに反りかえった瞬間

玲子の媚態が矢島の性感を煽り、性感はまたたく間に絶頂へと昇りつめていった。

「ああ……すごい! イクっ! くふぅぅぅ……イッくぅぅうっ!」

玲子の女体が弓なりに反りかえった瞬間、矢島の下半身を落雷のような絶頂感が駆け抜けた。(綾杉凜『妻の妹・三十九歳』)

女陰はうねり蠢きながら引き締まり

玲子の女陰はうねり蠢きながら引き締まり、矢島の肉棒を体内に取りこもうとするように絡みついてくる。呆けてしまいそうな快感に、矢島は官能の叫びをあげていた。

「あああああっ!」

玲子の女体が、矢島の体の上を弓なりに反りかえる。(綾杉凜『妻の妹・三十九歳』)

弓なりに反りあがった

達憲は慈《いつく》しみを込めて舌を使い、クリトリスを重点的に攻めた。ビクッと体軀が跳ねるように震え、その間隔が短くなってくる。

「あ、あっ、ああッ、いや――」

突然、聖美のからだが弓なりに反りあがった。太腿で達憲の頭を強烈に締めつけ、ワナワナと痙攣する。（橘真児『雪蜜娘』）

反動を付けるようにして

強く挿しこみ、ゆるく抜く。

顔を屈め、尖る乳首を吸う。下腹が波打っている。

「ああっ、ね、きて……。わたし、いくよ」

美樹の腰が反動を付けるようにして反りあがった。（末廣圭『淫香』）

顔を後ろに深く反り返らせ

水飛沫《しぶき》を上げんばかりに、弓月の長大に硬起したものが深々とすべり込むや、

「ああんッ、いくっ」

梶木弥生は、両手で弓月の背をかき抱き、しかめきった顔を後ろに深く反り返らせた。（北沢拓也『人事部長の獲物』）

弓がしなるように大きく反りかえった

「主さん、ならば、一緒にここで……あ、あああっ」

「おうっ」

剛之進の腰が、絶頂に向かってしゃにむに暴れはじめた。

男の頸にまわしていた夕霧の腕がほどけ、上躰が、弓がしなるように大きく反りかえった。

「あああ、いくぅー！」（文月芯『六弁花』）

全身を反り返らせて

「も、もう堪忍……」

菊乃が、息も絶えだえになって言い、何度か気を遣《や》るようにガクガクと全身を反り返らせて痙攣した。（睦月影郎『春情悶々』）

ブリッジするように反り返った

動くうち、桃はさらに激しく身をよじり、熱い愛液を漏らし続けた。

「ああ……、か、身体が宙に……、アアーッ……！」

やがて彼女は口走り、とうとうオルガスムスに達してしまったようだ。狂おしく腰を跳ね上げ、か弱い少女とは思えぬ力でブリッジするように反り返った（睦月影郎『くノ一夢幻』）

突然に官能の痙攣が

志津乃のからだが強い力で反り返り、

「ああ、いくわ。ね、ああ、いくっ……！」

と、そこで絶息し、亀吉は肉襞の奥のほうで突然に官能の痙攣が始まるのを感じていた。（山路薫『義父の指』）

グーンと身体を反り返らせ

「んんッ……ああ、イク。真一さん、イク……」

叔母がバイブを深々と収めたまま、グーンと身体を反り返らせた。（浅見馨『叔母は未亡人 奈央子36歳』）

背中が、滑り台のように反った

「うっ、うぐっ！」

喘ぎ声を漏らした彼女の背中が、滑り台のように反った。そこが床であることも忘れたのか、晴香は顔をこすりつけ、髪を振り乱して頭を左右に振る。（末廣圭『妖花の館』）

弓なりに反った

左手の指で恥芯を愛撫し、右手の中指を秘口に挿し込んで、指の背で、膣襞上部の肉のこぶをこねくった。

「ぐふっ、あふっ、あははん」

双乳を揉み立てながら未果は弓なりに反った。（北山悦史『蜜のソムリエ』）

【倒れる】

ベッドに這い蹲《つくば》った

板東は色めき、白い尻を掴み直してピタピタと急わしく送り込んだ。

ギッチリ繋がった結合部から煮え滾《たぎ》った汁が陰茎に絡みつき、板東の性毛までを汁塗れにする。

「いく、いくっ。いっくう〜〜っ……」

美穂子が取り乱した掠《かす》れた声を上げ、四つん這いの姿勢を保てずベッドに這い蹲《つくば》った。（安藤仁『花びらざかり』）

よすぎて、目眩《めまい》がしそうっ

「いいのっ、よくって、よすぎて、目眩《めまい》がしそうっ」

人妻の切羽詰まったような声を聞いた駒形は、窄めた口唇で陰核を捕えると吸引した。そして、口唇で圧し潰すような愛撫を加えた。

「ああんっ、いいっ！　いっちゃうっ‼」

熟女が堪えきれずに前のめりになって浴びせ倒してきて、駒形は熟女の下腹の下敷きになった。（安藤仁『花びら慕情』）

引き攣《つ》った声をあげると

顔を歪めた上村美佳が、総身をびくびくとふるわせ、

「ああッ、いくっ、いくうっ」

引き攣《つ》った声をあげると、上半身を不安定にゆらし、豊かな双の乳房から両手を退ける佐古の胸の上に、甘酸っぱい汁の匂いをまきちらしつつ、やわらかく倒れこん

できた——。(北沢拓也『密事のぬかるみ』)

上半身が、ゆさりと胸板に

「涼子!」

藤堂は叫んだ。

「はい、あーっ、きて……」

かすれた声をあげた彼女の上半身が、ゆさりと胸板に倒れてきた。(末廣圭『虚色の館』)

【抱く 抱きしめる 抱きつく】

唸り声をあげて、抱きしめる

「お、う、ううう―……」

呻きながら体を震わせると、また膣がぎゅーッと締まって、それと同時にオルガスムスを味わうのだろうか、唸り声をあげて、さらに強く抱きしめる。首を絞められなくても肋骨が折れ、肺が潰されて死んでしまうのではないか、と思うぐらいの強い力だ。(館淳一『清純派アイドル 特別レッスン』)

首を抱き、両膝を立てて

「ああ、あ〜っ、硬い。うっ、うう〜ん、佐平さんのお魔羅って鉄みたい。ああっうーっ。ああっうーっ。熱くて硬くて、うっうんうんうん」

なつは佐平の首を抱き、両膝を立てて、早くも恥骨を弾ませだした。(北山悦史『手当て師佐平 柔肌夢心中』)

背を両手で強く抱きしめて

「あああッ、倉石さん、だめっ、もうだめッ、あああッ」

半泣きの声を絞り出すようにあげると、倉石の背を両手で強く抱きしめて、男の下でなめらかなすべすべした裸体をおののくように激しく引き攣《つ》らせはじめた。(北沢拓也『蜜の罠』)

首に手をまわして抱きついてきた

「い、イキそうっ……」

鋭い悲鳴とともに、早紀子がブルブルッとその豪奢な肉体を震わせ、まるで恋人同士のように、裕一の首に手をまわして抱きついてきた。(西門京『家庭教師・美蜜』)

【突っ張る】

総身を、絶叫とともに突っ張らせた

石島奈穂子が、阿佐美にぐいぐいと激しく突き穿《うが》たれると、

「ああっ、いいっ、そこ、もう駄目、いくっ、ああっ、いくわっ」

眦《まなじり》を吊り上げて言い放ち、悦楽に歪めきった顔を深くのけぞらせると、阿佐美の下で打ちふるわせていた総身を、絶叫とともに突っ張らせた――。（北沢拓也『好色淑女』）

ひき攣《つ》りを起こしながら

秋友は、くぐりこませた二指はそのままに、容子夫人の溶け崩れた秘部の狭間のその上端に唇を被せた。

「ひーッ、いくっ」

横にやわらかく肉を付けた夫人の腰が跳ねあがり、膝を立ててひらかれていた双の脚がベッドシーツの上に投げ出されて、ひき攣《つ》りを起こしながら、突っ張った。（北沢拓也『美唇狩り』）

全身を突っ張らせて

功紀も負けじと腰を使った。

「くるわ、くる！　私、もう……あああァ、イクーっ‼」

由佳梨が全身を突っ張らせて震えだした。括約筋がギュンッと締まる。（高竜也『愛戯の媚薬』）

思うさま突っ張らせて

「いっちゃう」

人妻は悲鳴のような声をたて、最初の頂《いただき》にのぼりつめたようである。

M字型に膝を立てて開いていた二肢を八の字に敷布に投げ出し、思うさま突っ張らせて、のけぞらせた裸身をおこりにでもかかったように震わせる。（北沢拓也『獲物は人妻』）

ぴちゃぴちゃとうるみが弾け飛び

「ああーン、イッちゃいますっ！」

ぴちゃぴちゃとうるみが弾け飛び、小早川千穂が双の脚をベッドシーツに投げ出し、引き攣《つ》ったように突っ張らせる。（北沢拓也『夜の奔流』）

上体を突っ張らせて

「ああん、いきそうだわ。あたし、いっちゃう」

「俺もだよ、淑恵。気持ちよすぎる。おお、淑恵」

田村が何度目かの射精感をやりすごしたとき、淑恵は上体を突っ張らせて動きを止めた。（牧村僚『蜜約』）

四肢を突っ張ったまま

休みなき連打に辛抱などできるわけがない。

「くひぃ、も、もう……あ、あっ！　い、いっ……く、くうぅ……」

四肢を突っ張ったまま全身を痙攣させ、里美はひとり

先にアクメした。（櫻木充『僕のママ・友だちのお姉さん』）

両脚をのばして突っ張り

「ああ、初めてよ……こんなッ初めて」

余りの気持ちよさからか、弥生はなまめかしく腰をくねらせながら、全身を硬くしていく。

「ね、イクわ。あなた……」

両脚をのばして突っ張り、椅子の中で極限まで上体を反らした弥生が訴えた。（山路薫『夜のご褒美』）

突っ張った太腿が快感に痙攣

「あん……はあん……」

快感に息を止めていた江里子は、しばらく動きを止めた後、安堵の溜め息をつきソファに胸から上だけへたりこんだ。突きだした尻はまだ高く盛りあがり、突っ張った太腿が快感に痙攣している。（如月蓮『三つの熟女体験（人妻同窓会）』）

何度も奥が締まり

「はあっ……」

きつく押さえるほどに、繰り返し何度も奥が締まり快感が突き抜ける。そのたびに結衣は脚を突っ張らせ、割れ目を押しこみ打ち寄せる波に浸っている。（如月蓮『三つの熟女体験（人妻同窓会）』）

全身を突っ張らせるように

「ウギャアアー」

紀美子も全身を突っ張らせるようにした。熱い液を噴出させるペニスがちぎられるかと思うほど締めつけられた。（館淳一『媚肉の報酬』）

肩にのせている脚を、突っ張らせ

膣壁を擦り抜いた。

「アッ、アワワワワ。イッ、イイッ。イ、イイイイイ」

朋美は浅見の首に手をまわしたまま、美貌を天井に仰がせた。肩にのせている脚を、突っ張らせた。（由布木皓人『蜜壺くらべ』）

身体がピーンと突っ張る

とどめとばかりにすっかり充血したクリトリスの皮を剝き上げ、肉豆を摘んだ。

「あひいいぃぃっ」

聞く者にも痛みを覚えさせるような激しい悲鳴がほとばしった。同時に千恵の身体がピーンと突っ張る。（嵐山鐵『婦人科診察室　人妻と女医と狼』）

脚の先から脳天までピンと突っ張った

濡れた媚肉が、指にへばりついては剝がされるたびに、クチュクチュという淫音がした。

「い、いいーっ……」

早紀子の全身が、脚の先から脳天までピンと突っ張った。（西門京『家庭教師・美蜜』）

手足の先を突っ張らせて

「ううっ……んんっ……」

由希が絶息するようなうめきをもらし、白目を剝いた。丘にあげられた鮎のように、拘束されている裸身はピクピクと跳ねて、手足の先を突っ張らせていた。（佳奈淳『美人秘書・由希二十四歳 性隷の初夜』）

髪を振り乱して絶叫すると

「ああっ、私も、イクぅーっ！」

響子は白目を剝き、髪を振り乱して絶叫すると、手足を突っ張らせた。（彌永猟二『ママの発情儀式』）

体を、ぴーんと突っ張って

両手の指でも、恥肉や肉の切れ込み、それに小陰唇の襞を愛撫した。

「い～っあ！ あっあ！ ああっあんあん！」

はるは、いよいよ昇り詰めそうな声を放っている。脚を伸ばした体を、ぴーんと突っ張っている。（北山悦史『隠れ医明庵 癒し剣』）

総身を突っ張らせた

口と舌をそうやってつかいながら、右手の指で恥芯を搔きくじった。左手を伸ばしていき、びっくりするくらいしこり勃った乳首をころがしひねった。

「っくっ……っくっくっ……くっ、くうううっ……」

和花菜が総身を突っ張らせた。研一は口舌と両手での愛撫を極めた。（北山悦史『淫技もっと激しく』）

体を突っ張らせ

胸の谷間から腋にかけて、大きく乳房を愛撫した。しこり勃った乳首がなぶり掃かれるたびに真奈美は体を突っ張らせ、歓喜の声を鋭くした。（北山悦史『蜜愛の刻』）

【突っ伏す】

体重を預けて突っ伏したまま

「い、いく……、ああーッ……！」

たちまち梓は狂おしい痙攣を起こし、一物をきつく締め上げながら口走った。

同時に宗吉も、三度目とは思えない大きな快感に包まれ、熱い精汁を内部にほとばしらせた。

梓は彼に体重を預けて突っ伏したまま、しばしひくひくと全身を波打たせていた。（睦月影郎『蜜猟人 朧十三郎『淫気楼』）

力尽きたように突っ伏した

「イク、イク、イク……うはッ！」

紗也加が顔をはねあげて背中を反らせた。そのまま、小刻みに裸身を震わせてから、力尽きたように前に突っ伏した。（島村馨『夜の代打王』）

濡れた肉筒がエクスタシーの震えを

濡れた肉筒がエクスタシーの震えを伝えてくる。もう一度、怒張を押し込むと、亜希は「うはッ！」と顔をのけぞらせる。そのまま背中を弓なりに反らせたまま動かない。

一秒、二秒と静止していたが、それから力尽きたように前に突っ伏した。（島村馨『夜の代打王』）

敷布に腹這いに突っ伏した

「あむぅ……ああー、だめっ」

霞は絞り出すような雄叫びをあげ、井尻が放射したと き、ほとんど同時に、汗ばんだ裸身を敷布に腹這いに突っ伏した。（北沢拓也『蜜戯の妖宴』）

カクカクッと震えて

速射砲のように打ち込むと、

「ああァァ……はうッ！……」

背中を弓なりに反らせて、蓉子は生臭く呻いた。

カクカクッと震えて、前に突っ伏していく。（霧原一輝『恋鎖』）

泣きじゃくりはじめ

晋平は下方からぐいぐいと突き上げてやった。

「あうッ、ああーッ、いっちゃうよぉ、もう、イッちゃう……おおーん、いくう！」

洟《はな》をすすり上げて泣き出しそうな顔をつくっていた琴美は、泣きじゃくりはじめ、段のついた女の洞《ほら》で晋平をぴくぴくと締めつけながら、不意に総身をがくがくとふるわせると、男の上に突っ伏してきた。（北沢拓也『天使の介護』）

糸が切れたみたいに前に突っ伏して

深々とえぐりたてると、香澄は「うンッ！」と生臭い声を洩らして、伸びあがった。

硬直したようにガクン、ガクンと裸身を二度、三度と躍らせると、糸が切れたみたいに前に突っ伏していった。（浅見馨『女教師　通勤電車』）

糸の切れた操り人形のように

「あう、も、もう、私……う、う、うぐぅっ！　い、イッちゃうぅっ！」

真理子の身体が硬直し、しばらくして今度は、糸の切れた操り人形のように、あお向けの弘明の上に、ぐったり突っ伏してしまう。（弓月誠『大人への階段 三人の個人教授』）

操《あやつ》りの糸が切れたように

止《とど》めとばかりに、続けざまに奥までねじこむと、

「あああァァ、あふッ！……」

がくんと頭を反らせて、菜月は操《あやつ》りの糸が切れたように前に突っ伏していく。（霧原一輝『初夢は桃色』）

大きく上体をのけぞらせた後で

「ああああああ……イクぅ」

注ぎこまれてくる熱した男の精を秘芯で受けとめ、めぐみは大きく上体をのけぞらせた後で、がっくりとベッドに突っ伏していた。（西条麗『淫夜「誘惑」と「恥姦」』）

大きく息を吐き出し

絶頂を告げる余裕もなかった。奥まったところに、ドクドクと濃厚な樹液を注ぎ込む。

「はあぁ……」

大きく息を吐き出したあと、絵律子はがっくりとデスクに突っ伏した。（橘真児『OLに手を出すな！』）

死んだように突っ伏して

しばらく射精の余韻にひたっていた井口は、ゆっくりと体を離して起きあがる。

香澄は死んだように、布団に突っ伏していた。（浅見馨『女教師 通勤電車』）

操り人形の糸が切れたみたいに

タンタンタンと連射して、止《とど》めとばかりに奥まで届かせると、

「うはッ！……うム！……」

桃香がグーンと背中を反り返らせた。それから、操り人形の糸が切れたみたいに、へなへなと前に突っ伏していく。（浅見馨『叔母は未亡人 奈央子36歳』）

【泣き崩れる】

太ももを痙攣させながら泣き崩れて

「あうぅ‼」

太ももを激しく痙攣させながら、晶子がテーブルの上に突っ伏した。誰の目にも、晶子のオルガの瞬間がハッキリとわかった。

太ももを痙攣させながら、晶子が泣き崩れている。

（高輪茂『女性捜査官 悪魔たちの肉検査』）

【波打たせ】

弓なりの体を波打たせて

速い律動でクリトリスを吸った。

恥芯の底を攪拌した。

「うぐっ、ぐふっ、ああっああっ、ああーっ！」

弓なりの体をひどく波打たせて、未果は絶頂した。

（北山悦史『蜜のソムリエ』）

しゃくり上げるように腰を波打たせた

「うっあ……あっあ……」

真希が腰を浮かした。恥骨はこんもりとした山をなし、乏しい秘毛をささくれ立たせている。その感触を手のひらで楽しみながら、健一郎は硬いしこりをいらう指を、強弱緩急交えて稼動させた。

「あっ、うー……うーうー、うーっ……」

真希はしゃくり上げるように腰を波打たせた。（北山悦史『吐息　愛蜜の詩』）

咽《むせ》び声を漏らして

肉のクレバスに口を押っつけた駒形は、チュッチューッと音を立てて女液を吸い立てた。

「うっ、うっ、うっ、うっ……」

女が咽《むせ》び声を漏らして白い下腹を波打たせた。（安藤仁『花びら慕情』）

肉穴が、蛇腹《じゃばら》のように波打ちはじめた

「はっ、はぁううううーっ！」

寛美の口から、獣じみた悲鳴があがる。クリトリスに刺激を受けた女膣が、ぎゅうぎゅうと収縮を開始する。無数の蛭を飼う肉穴が、蛇腹《じゃばら》のように波打ちはじめたのだ。（草凪優『ごっくん美妻』）

水揚げされた鮮魚のように

バキュームの吸引部は透明になっている。膣口にあてがい、スイッチを入れた。

ジュボボボッ……。

「あ、んんっ！　はぁっ！」

水揚げされた鮮魚のように、姉が激しく下半身を波打たせた。（葛西涼『僕とお姉さんの診察室』）

下腹が、波打つように揺れた

ウエストを両手で摑み、猛然と腰を突きあげる。お互いの下腹部がぶつかりあい、うっすら肉づいた知代の下腹が、波打つように揺れた。

「ああぁーっ！」

びくっと背筋をのけ反らせ、知代が絶頂に達する。

（星野聖『〔三人の美乳〕黒い下着の熟妻』）

眉間に皺を寄せ、顎を突き出し

江頭はゆっくりと腰を動かした。

「あう！　くっ……はあぁっ」

次々と打ち寄せる絶頂の波に、美希は眉間《みけん》に皺《しわ》を寄せ、顎を突き出し、乳房を波打たせ続けた。（藍川京『歔き紅の女』）

永く全身を波打たせて乱れ続けた

声を絞り出すようにして息を詰めた美鈴が、反り返らせた全身を不意に硬直させたまま数秒の間動きを止めた。次郎はその間も舌と指を動かし続けた。

「あ……ああ」

こらえきれないように声を発した美鈴は、反り返っていた背中をベッドに戻し、その後も永く全身を波打たせて乱れ続けた。（山路薫『夜の義姉』）

火照った顔をゆがませ

むきだしの真珠を口の中でチロチロと舐め転がした瞬間、菜津美は体内にこもった官能のすべてを吐きだすように絶叫していた。

「ダメぇぇぇ……菜津美……いっちゃう！　いっちゃううぅ……」

真っ赤に火照った顔をゆがませ、麗しい桃色ガイドは激しく身体を波打たせた。（赤星優一郎『若妻バスガイド』）

がくがくと肌を波打たせて

短く呻いて快感を噛みしめ、熱い大量の精汁を勢いよくほとばしらせた。

「アアッ……！」

圭も、その噴出を受け止めて声を上げ、がくがくと肌を波打たせて喘いだ。（睦月影郎『浅き夢見じ』）

淫水が、くちゅっくちゅっと湿って淫らな音を立て

肉棒を出し入れするたびに、大量に溢れた淫水が、くちゅっくちゅっと湿って淫らな音を立て、互いの股間を熱く濡らした。

「アアッ……、い、いく……！」

たちまち雪が声を上げ、がくんがくんと狂おしく全身を波打たせはじめた。（睦月影郎『炎色よがり声』）

狂おしく全身を波打たせた

突き上がる快感に呻きながら、熱いザーメンをほとばしらせると、

「ああ……、熱い。もっと出して。なんて気持ちいいッ……！」

噴出を感じた絵島が声を上げ、オルガスムスのスイッ

チが入ったようにガクンガクンと狂おしく全身を波打たせた。（睦月影郎『女神の香り』）

狂おしく腰を使いながら

「ああーッ……！」

聖子が絶叫し、狂おしく腰を使いながら、ガクガクと全身を波打たせた。まるで身体全体で、注入されるザーメンを飲み込んで吸収しているようだった。（睦月影郎『熟れどき淫らどき』）

乳房を波打たせて

恭平は動きながら、志穂の女の部分を、考えつくかぎりの淫猥な言葉で評した。

「ああーんっ、だめっ……そんなに感じさせないで……また、気をやってしまう」

細腰をがくがくと打ちふるわせ、ゆがめた顔を左右に振って、お碗《わん》を二つ伏せたような乳房を波打たせてよがる志穂。（北沢拓也『熟愛』）

口唇から舌を覗かせて

泣きそうな顔を作った畔上由佳子が、

「いくっ、ああッ、もうだめ」

双の脚をMの字に跳ねあげ、激しく喘ぐと、だらしなくひらいた口唇から舌を覗かせて、裸身を引き攣《つ》ったように波打たせた。（北沢拓也『美熟のめしべ』）

腰をひくひくと波打たせ

「ああっ、いいッ……いいわァ」

由季子は癖でもついたように迫《せ》り上げた腰をひくひくと波打たせ、悦の声を遠慮なく張りあげる。

子宮につづく肉襞の洞《ほら》が、真介の掻きまぜるような中指の捏《こ》ねくりにたちまち空洞となって、熱いうるみを吐き出す。（北沢拓也『夜の奔流』）

全身がバラバラになる錯覚に

亜希は全身がバラバラになる錯覚に陥《おちい》り、手枷を繋いでいる鎖が引きちぎれるかと思うほどに全身を波打たせる。

「あああっ、ああっ、イク、イク、イクうううううう」（藤隆生『美人ゴルファー 公開調教』）

【のけぞる】

背骨も折れよとばかりにのけ反った

潤いきった蜜壺に、紘市の指が激しく突きこまれる。

「ひ！　こ、紘市さん！　あああっ、あひぃん！」

真夕子が悲鳴をあげる。激しく身体を痙攣させ、背骨も折れよとばかりにのけ反った。（柳静香『初めての愛人』）

美容体操みたいに上体をのけぞらせ

　智己は呻きながら、最後の一撃を深々と叩き込んだ。

その直後、

「あぁァ、うわァァ！……はあン」

　叔母が激しく顔をはねあげた。

　美容体操みたいに上体をのけぞらせたかと思うと、ガクッ、ガクッと肩を震わせる。（浅見馨『叔母はスチュワーデス』）

糸が切れたようにぱったりと

　びくびくと痙攣する膣肉に、溜まりに溜まっていた精液がしぶく。

「あぁァ！……入ってくる！……はうン！」

　叔母は顎から首筋へのラインを一直線になるまでのけぞらせた。がくがくと躍りあがった。それから、糸が切れたようにぱったりと前にふせってくる。（浅見馨『叔母は未亡人 奈央子36歳』）

裸身を派手にのけぞらせた

「いや、腰が動く。かってに動くの……いや、いや、いや、見ないで……ああ、はあァァ！……はうッ！」

　最後は生臭く呻いて、叔母が裸身を派手にのけぞらせた。（浅見馨『叔母は未亡人 奈央子36歳』）

大きくのけぞると

　一段と締まりが良くなった膣肉に、神谷は男液を思い切りしぶかせた。

　発射しながら、さらに腰を引き寄せて、駄目押しとばかりにえぐりこむ。すると獣じみた声を放った万里子は、エクスタシーに達したのか、一度大きくのけぞると、精根尽きはてたように静かになった。（島村馨『夜のラブ・キャッチャー』）

思い切りのけぞった

「イケよ。そうら」

　熱いものが睾丸から駆けあがってくるのを感じて、怒張を叩きつける。

「ああ、ああァァ……駄目ッ……うぐッ……」

　若鮎《わかあゆ》のような肢体が思い切りのけぞった。（島村馨『夜の新米監督』）

身体が弓なりにのけぞって固まった

　宏はとどめの一撃とばかりに、さらに深いひと突きを繰り出した。

「イク、イクの。もうダメ！　イク……！」

　小田沙織の身体が弓なりにのけぞって固まった。（友松直之『女教師・友梨―降臨―』）

膣奥で弾ける液体を全身で受けとめ

「と、透、あっ、あああぁ……」

膣奥で弾ける液体を全身で受けとめながら、美貴は白い喉もとが露わになるほど、上体を大きくのけぞらせて、オルガスムスへと飛翔していった。（里見翔『相姦蟻地獄』）

生臭く呻いて、のけぞったまま

「ああァァァ……浩司！……一緒よ。一緒に……今よ、ちょうだい……ああ、ああァァァ……はうン！……うム！」

最後には生臭く呻いて、のけぞったまま動かなくなった。（霧原一輝『恋鎖』）

グンと腰を突きだし、背を弓なりに

たちまち、めくるめくような官能の大波が真由を呑み込んだ。

「いやあぁぁぁッ……」

真由は手足の拘束をもぎとらんばかりに激しく身悶え、グンと腰を突きだし、背を弓なりにのけぞらせると、一気に官能の高みへと昇りつめた。（夢野乱月『凌辱職員室 新人女教師〔真由と涼子〕』）

双乳を突きだすようにしてのけぞった

「いっ、いくっ……いっちゃうっ……」

貴和子さんの腰振りのスピードが最高潮に達し、次の瞬間、汗の光沢にまみれた双乳を突きだすようにしてのけぞった。（草凪優『秘密―ときめき夏休み―』）

肢体をくの字にのけぞらせ

ほんのわずかな刺激だったにもかかわらず、

「はっ、はぁあああぁーっ！」

沙由貴は獣じみた悲鳴を放って、肢体をくの字にのけぞらせた。（草凪優『マンションの鍵貸します』）

背中をのけ反らせ

弥生の蜜壷が熱くなり、濡れ潤った媚肉が屹立した男根に絡みついてくる。

「あはぁぁあっ！」

弥生が背中をのけ反らせ、絶頂に達した。（綾杉凛『息子の女教師』）

喉をのけ反らし、最後の一声を

「あーっ……！」

喉をのけ反らし夫人は、最後の一声を放った。（末廣圭『震える人妻』）

腰を跳ねあげ、のけ反った

「出してもいいね」

訴えた声が上ずった。

「はい、膣《なか》によ、いっぱい……。あーっ、わたしも」

最後の力を振り絞ったかのように、腰を跳ねあげ、渚はのけ反った。(末廣圭『痴情』)

きれぎれの喘ぎが切迫した感泣に

きれぎれの喘ぎが切迫した感泣になってきた。阿木の顎に触れている膣口がピクピク痙攣する。

「あッ、あッ、だめッ、イッちゃう……ああッ、イ、イクーッ!」(雨宮慶『黒い下着の人妻』)

大きく上体をのけぞらせ

「あーっ、イクイク、イッちゃう」

大きく上体をのけぞらせ、白い喉を露わにして、美紀はオルガスムスに駆けあがっていく。(長谷純『女蜜の旅』)

若鮎のようなボディをひくつかせ

「あんっ、ひいんっ」

姉に代わって肉棒を独占した妹は、清楚な容貌をうっとりと溶かしながら、黒髪を波打たせた。

若鮎のようなボディをひくつかせ、いっぱいに背中をのけぞらせて感じている。(冴木透『誘惑マンション―午後2時―』)

全身でブリッジをつくったかと思うと

「だ、駄目よ、あたし、ほんとにいっちゃう。ああっ」

菜穂子は腰を宙に突きあげ、全身でブリッジをつくったかと思うと、がくがくと全身を痙攣させた。やがて浮いていたお尻が、ゆっくりとベッドに落下してくる。(牧村僚『姉と黒いランジェリー』)

悲鳴のような嬌声があがり

「ひあああああああっ!」

肉棒の先端が子宮口を突きあげた瞬間悲鳴のような嬌声があがり、史香がのけぞる。

「やっ! 駄目っ! 私、私っあああっ!」(穂南啓『誘惑スポーツクラブ」金曜日の熟女たち』)

女体がぴんとのけ反った瞬間

山崎は人妻のスチュワーデスの膣内に、濃厚な精液をぶちまけられる優越感に全身が粟立つのを感じながら、フィニッシュに向かって腰を激しく連打した。

「ああ、すごい! んぐっ……イクぅっ!」

祐理恵の女体がぴんとのけ反った瞬間、山崎もまたこらえきれない快感をおぼえ、絶頂に達した。(相馬哲生『隣人の妻 六つの禁断寝室』)

白い背中が、吊り橋のように撓《たわ》む

「百合子さん、後ろから繋ぎますからね」

告げておいて、豊麗なヒップを抱え、城山はいきなり、巨根を臀裂《でんれつ》のあわいの吐蜜の中に、突きたてた。

「ああんっ」

百合子の白い背中が、吊《つ》り橋のように撓《たわ》む。（南里征典『密命 征服課長』）

大声を出し、仰《の》け反《ぞ》った

「あ、ああああ！」

あまりの快感に、女は大声を出し、仰《の》け反《ぞ》った。

「もっと激しく……思いきり……思う存分やってくださいまし」（安達瑶『危な絵のおんな 南蛮侍妖かし帖』）

何度も何度ものけぞり

藤木がありったけのザーメンを脈打たせると、

「い、いく……！」

奈津子もほぼ同時に本格的なオルガスムスを得たらしく、藤木を乗せたまま身悶え、何度も何度ものけぞり全身を硬直させた。（睦月影郎『蜜猟のアロマ』）

駄目押しの快感を得たように

「あう！」

噴出を奥深い部分に感じ取ったのか、沢が駄目押しの快感を得たように声を上げてのけぞった。（睦月影郎『流れ星 外道剣 淫導師・流一郎太』）

ぬるぬるっと滑らかに根元まで

幹に指を添え、急角度の先端を割れ目にこすりつけ、ぬめりを充分に与えてから位置を定めると、彼は一気に差し入れていった。

「ああーッ……！ こ、こんなにいいの、初めて……！」

沢が顔をのけぞらせて言い、ぬるぬるっと滑らかに根元まで受け入れていった。（睦月影郎『流れ星 外道剣 淫導師・流一郎太』）

顔をのけぞらせて口走った

千影は股間を密着させると、少しぐりぐりと押しつけるように動かしてから、やがて身を重ね、腰を動かしはじめた。

玄馬も彼女を抱き留め、股間を突き上げながら絶頂を迫らせていった。

「ああ……、気持ちいい……」

千影が目を閉じ、顔をのけぞらせて口走った。（睦月影郎『おんな曼陀羅』）

淫らに唾液の糸を引きながら

高明は呻きながら身を震わせた。同時に、熱い大量のザーメンをドクンドクンと勢いよく姫君の柔肉の奥へとほとばしらせた。

「アアッ……！」

小雪は、その噴出を感じ取ったように顔をのけぞらせ、淫らに唾液の糸を引きながらヒクヒクと痙攣した。（睦月影郎『巫女の秘香』）

白い喉が露わになるほど

「あっ、イクーッ」

秘孔の奥にドピュッドピュッと熱した男の精を注ぎこまれると、愛美は白い喉が露わになるほど大きく上体をのけぞらせて、オルガスムスへ駆けあがっていった。（海堂剛『凌辱の輪廻 部下の妻・同僚の妻・上司の妻』）

のけぞりっ放しになって

攻撃を再開すると夫人はのけぞりっ放しになってあられもないよがり声を吐き散らし始めた。

「あ……も、もう、もう……いいの……路子、気持ちいいの……あ、そこ……ダ、ダメェ……」（千草忠夫『令嬢姉妹 掠奪姦』）

白い喉もとが露わになるほど

「あああっ、イクーッ！」

白い喉もとが露わになるほど大きく上体を弓なりにのけぞらせて、礼美はオルガスムスへの階段を一気に駆けあがっていった。（西条麗『熟妻・禁戯』）

顎が天井に向くほど顔をのけぞらせ

内腿の筋が浮かびあがり、ビクビクと震える。そして、腰がガクガクと揺れた。細い首の両脇に筋を浮かべ、顎が天井に向くほど顔をのけぞらせ、背中が弓なりに反りかえった。（倉田稼頭鬼『若妻新入社員 恥辱の痴姦オフィス』）

首が激しく揺れ

佐和子は豊乳をフルフルとたわませ、突きだすように腰を浮かせた。

「あああっ、あっ！ いくっ！ いくっ！ いぐううう……」

ガクン、ガクンと首が激しく揺れ、艶やかな黒髪がシートを舞う。（赤星優一郎『若妻バスガイド』）

歯を食いしばりながら

「あああっ、イキそうっ！……あううっ、可南子、イッちゃううっ！」

蕩けながらワラワラと解けるものがあり、秘穴がきつく引きつれた。内腿で男の腰を締めつけて、歯を食いしばりながら、のけぞる。局部が独立した生きもののように、のたうっている。（夏島彩『危険な家庭訪問 担任教師と三人の母』）

声をあげつづけるだけ

さらに腰をマシンガンのように突きあげると、響織子は逃れる術もなく、声をあげつづけるだけだ。

「キャゥ！ キャッ！ 勇作さ……もう、イッちゃいます……アッ！」

響織子が身体を大きくのけ反らせた。（巽飛呂彦『処

② 「しぐさ」系

女未亡人』)

細い頤《おとがい》をのけぞらせた

恭平は、志穂の女性器官をどん底の俗称で口にし、そのあとに「したい、やりたい」と添えて、おのが火のような猛《たけ》りを氏家志穂の水飴《みずあめ》を流したような秘めやかな部分に挿《お》しこんだ。

「ああーっ、いいわぁ……いくっ」

彫りの深い美しい顔を歪めきって、志穂が細い頤《おとがい》をのけぞらせた。(北沢拓也『熟愛』)

のけぞり返って、総身を痙攣させる

泣き出しそうな紗恵の表情が池尻の昂奮を高め、唇を合わせ、舌と舌をからませ合いながら、彼は蜜しぶきを上げて、高岡紗恵を貫いていた。

「ああーッ、いくっ!」

口唇をはずしとった紗恵がのけぞり返って、総身を痙攣させる。(北沢拓也『夜光の熟花』)

掠《かす》れ飛ぶような官能的な声が

火柱のように滾《たぎ》ったものを左の手指で握りしめ、美穂子夫人に導きこんだ。

「ああーッ」

掠《かす》れ飛ぶような官能的な声が美穂子夫人の口からあがって、頭が後ろにのけぞり返った。(北沢拓也『女唇の装い』)

身体がもんどりうつようにして

全身全霊をかけて打ち込んだ瞬間、綾乃の身体がもんどりうつようにして、のけぞった。

「はうン!……」

膣肉がエクスタシーの痙攣を示すのを感じて、神谷も精を放った。(島村馨『夜のラブ・キャッチャー』)

ふり絞るような叫びをあげて

「いくう――」

容子夫人の頭が深く後ろにのけぞった。

容子夫人は、仰向けた裸身を海老《えび》のように二つ折りにされ、秋友の力強い突き穿ちに、ふり絞るような叫びをあげて絶頂に達していた。(北沢拓也『美唇狩り』)

のけぞりかえって淫らな言葉を

悠平は、ぐいぐいと送り込んでやる。

「あむう、いいッ……いくっ」

小笠原歩美が、悠平の下で肉のしまった細身の肢体をびくびくと波打たせ、のけぞりかえって絶頂に走る淫らな言葉を連発する。(北沢拓也『人妻めしべ』)

背に取りすがって、頭を後ろに

浩介に、三浅一深の秘術で腰を使われると、羽田冴美は熱いうるみを浩介の硬直に注ぎかけながら、浩介の背に取りすがって、何度となく頭を後ろにのけぞらす。

（北沢拓也『美熟のめしべ』）

両手をベッドの上に投げ出し

「ああーっ、だめっ、いく、いくわっ！」

由季子は両手をベッドの上に横にひろげて投げ出し、背を弓なりにのけぞらす。

迫り上がった腰が痙攣し、男が射精でもするように灼熱の子宮液を、くぐりこんだ真介の指にそそぎかける。

（北沢拓也『夜の奔流』）

淫猥な表情をつくりながら

「……いやらしくてエロいエッチが好きッ」

喉を絞って言い放ち、周平に深々と貫かれるや、

「……イッちゃう、ああン、いくう」

白目を剝いて、淫猥な表情をつくりながら、のけぞり返った。（北沢拓也『愛らしき狂獣』）

頭が後ろにのけぞりかえった

小雪は、美和夫人の捲《まく》れひらいてぬかるんだ秘部の上縁の充血して尖った肉芽を、左の指で押しつぶすようにして揉みころがし、くぐりこませた二指をぐるぐるとまわす。

「ひいーッ、だめっ、いくッ」

美和夫人の総身が痙攣《けいれん》し、頭が後ろにがくんがくんとのけぞりかえった。（北沢拓也『したたる』）

悲鳴まじりの悦《えつ》の声を発し

「動いてっ、突いてっ」

容子夫人が両手で男の背を抱き締め、荒ぶった声で言った。

秋友は動きはじめた。マシンのように動いた。

「あひーッ」

容子夫人が悲鳴まじりの悦《えつ》の声を発し、白い頸《くび》を長くのけぞらせた。（北沢拓也『美唇狩り』）

悲鳴混じりの金属質な声が

辛島は、枕許にくの字に投げ出された夫人の双の腕を両手で押えつけつつ、ざくざくと力強い突《つ》き穿《うが》ちを行なった。

「ひいーッ、そこっ」

夫人の口から、悲鳴混じりの金属質な声が弾け飛び、頭が後ろに深くのけ反った。（北沢拓也『みだら妻』）

声が裏返って

佐分利は唸り声を洩らし、動きのリズムを速めた。

「あッ、だめっ、いく、いっちゃうーっ」

矢野佳世の声が裏返って、小さな頭がくり返し、後ろへ深くのけぞりを打った。（北沢拓也『夜のうつろい』）

がくがくと腰を打ちふるわせて

ざくざくと力強く玲奈夫人の深みを突いた。

「あんッ、もう、すごい、玲奈、いっちゃう、ああーッ、いっちゃうッ」

客室中に響きわたるような悦の声を華やかにあげた玲奈夫人が、がくがくと腰を打ちふるわせて、押口の下でやわらかくのけぞり返った――。（北沢拓也『女唇の装い』）

【のたうつ】

お尻を突き出したままのた打った

「あううう、もうダメ、気持ち良すぎて、またいくぅ……！」

上ずった声でわけのわからないことを口走り、陽子はシーツを摑み、お尻を突き出したままのた打った。（睦月影郎『淫ら妻の誘惑』）

女体をのたうたせて、快楽に溺れ

「ああっ、い、いけません、あっ……」

理性の枷がはずれた和美は、革製のソファーの上で女体をのたうたせて、どんどん快楽に溺れていく。もはや自分で女体をコントロールできなくなっているのか、両足で誠一の首を抱えこんで、自ら女陰を押しつけてくる。（冬野螢『痴漢とのぞき 人妻・三人の私生活』）

絶頂にのたうたせ

「ああっ、アアーッ」

奈々香が絶頂の声をあげて、ぐったりとテーブルの上にへたりこみそうになる。だが、祐一は射精しながらも、抜き差しをやめず、奈々香を絶頂にのたうたせつづける。（冬野螢『のぞき穴 若妻の秘密』）

グラマーなボディをのたうたせ

体内で射精を感じた実津子は、汗にまみれたグラマーなボディをのたうたせ、両手でシーツを握りしめる。ちぎれんばかりに首を振り、長い黒髪を乱しに乱して、射精を受けた牝の媚態を演じきる。（草凪優『おさな妻』）

ちぎれんばかりに首を振り

「むうっ……出るぞっ出るぞっ……おおおおうううっ！」

「あぁああっ……あぁあああああああっ……」

どくどくと灼熱の精を注ぎこむと、佐都美はちぎれんばかりに首を振り、白い裸身をのたうたせた。（草凪優『おさな妻』）

陰水をほとばしらせながら

「イっ、イクわ！」

テーブルの上に陰水をほとばしらせながら、敏美は女の絶頂に到達したのだった。抑えても抑えきれない痙攣に、彼女の身体がのたうっている。（高輪茂『女医』）

ひときわ大きくのたうった

ぬめ光る双峰を丸ごと摑み、肉山の縁から先端へ向かって乳を搾るようにしごき立ててやる。

「あぉっふ。んひ。んんんーっ、効くぅぅーっ」

膨れ乳首を摘まれたまま女体が左右に捩れ、ひときわ大きくのたうった。（黒沢淳『熟妻フェロモン　誘惑テニス倶楽部』）

総身をのたうたせる

限界に達した肉茎から、熱い白濁がマグマのように噴射した。

一瞬のうちに、女膣のなかに横溢《おういつ》していった。

「はぁおおおおーっ！　イクイクイクッ！　イッちゃううううううーっ！」

歓喜に達した未知子が、声をあげ、総身をのたうたせる。（草凪優『下町純情艶娘』）

痙攣の打ちふるえを

「ああーッ、浩介さんて、すごい、すごいよ、冴美、いっちゃう」

のたうちまわりながら、羽田冴美が引き攣《つ》るような痙《けい》攣《れん》の打ちふるえを、真っ白い裸身に走らせる。（北沢拓也『美熟のめしべ』）

最後の大波に身を委ね

「ああ、そうよ、それ、とても感じる！　愛して頂戴っ、いっぱい愛して！」

最後の大波に身を委ねながら、翔子は甲高《かんだか》い声を上げてのた打ちまわった。（高竜也『淑女の愛花』）

【弾ける】

火のような叫びが弾け飛んだ

財津の身体に両手両脚を巻つけていた島谷珠貴の口から、

「ああーんッ、いくっ」

火のような叫びが、静まり返った室内に響き渡るように弾け飛んだ——（北沢拓也『爛熟のしずく』）

絞り出すような叫びが弾け飛んだ

狂おしくうねっていた由希枝の腰がびくびくと痙攣し、

「だめっ！　由希枝、もうだめっ、いっちゃう……いっちゃうよう！」

　由希枝の顔が反り返って、口から絞り出すような叫びが弾け飛んだ。（北沢拓也『夜を這う』）

悦の声が弾《はじ》け飛んだ

「雪、わたし、いくわ」

「あんっ、お姉さまっ」

　重なり合って互いに裸身をこすりつけあう二人の美女の口から、同時に悦の声が弾《はじ》け飛んだ――。（北沢拓也『蜜の罠』）

目の前で火花が弾け

　史乃によって押し込まれた張形が子宮の真裏にまで達するのと同時に、目の前で火花が弾け、やがて真っ白に変わっていった。

「ああ、ああっ、だめえええ、あああ、イク……」

（藤隆生『人気モデル 恥辱の強制開脚』）

絶頂を極めて硬直し

　花壷の中の指は動きを止めているが、他の指が動き、花びらや肉のマメに触れた。その瞬間、押し寄せていたものが一気に迫り、弾け飛んだ。

「くううっ！」

　乃梨子は絶頂を極めて硬直し、その後、総身を激しく打ち震わせた。（藍川京『緋色の刻《とき》』）

全身がビールの泡になってはじけている

　腰をいく度もバウンドさせ、晴美はあらわな声をあげた。散り散りになった悦びが細かい泡となり、手足の隅々にまで広がる。全身がビールの泡になってはじけている感じ。頭の芯が痺れ、何も考えられなくなる。

「ああ、はあっ、あ――やああ」（橘真児『若妻ハルミの愉悦』）

一気に弾け飛ぶ

　膣肉をえぐられ、同時に性感ボタンをしたたかに刺激されて、純子は一気に弾け飛ぶ。

「ひゃあっ、いやああああっ、んあっ……んんんん！」

　内腿がまたビクビクと痙攣し、純子は目をつむって全身を硬直させた。（室伏彩生『熟蜜の誘い』）

【弾む】

大きく弾んで絶頂した

　琴美は尻肉を力ませた。そのために、責められる肉突起は硬度を極めた。駿一は唇と舌とでめまぐるしく荒責めしてやった。

「あああああ、う！　う！　うっうっうっう！」

大きく弾んで琴美は絶頂した。（北山悦史『蜜のソムリエ』）

バネが弾むような上下動

「うっ、ああ……あーあー、大悟君、イイ……イイわっイイわっ」

千菜子は体を落として大悟の頭を抱き込み、ダイナミックな腰づかいを始めた。

背骨の真ん中を支点にしてバネが弾むような上下動だった。（北山悦史『淫能の蜜園』）

ぶるぶるぶるっと、体を弾ませた

英彦は応えた。首が痛くなるくらい、荒っぽい突きをくれてやった。

「もっと、もっと、もっとよ……あああ、もっと、英彦、あああ、あ～～」

ぶるぶるぶるっと、純代は体を弾ませた。（北山悦史『ソドムの淫楽』）

女体がぴくんと弾んだ

矢島は猛然と肉棒で熱く潤う媚肉を掻きまわす。

「あああ……はうっ！」

玲子の女体がぴくんと弾んだ。（綾杉凛『妻の妹・三十九歳』）

夜具から跳ね上がるほど総身を弾ませて

吟次は、秘口から肉のうねまでの範囲で亀頭を上下させながら、夜具に肘をついて体を支えている左手で、右の乳首をいらってやった。

「いっ！　あっ！　うんうんうんうんうんうん！　うんうんうんうんうん！」

夜具から跳ね上がるほど総身を弾ませて、小蝶は激烈な絶頂を見せた——。（北山悦史『吉原螢狩り始末帖　花魁殺し』）

体が弾み上がって

「イクイクイクイク！」

清泉がその時を告げた。夜具からお尻が浮き、鋼《はがね》のように体が硬直した。

仙太郎は同じ性技を浴びせた。

「イキますイキます。おおお、わたしイキます～っ！」

鋼のような体が弾み上がって、清泉は絶頂した。（北山悦史『淫能の野剣』）

びくりと女体を弾ませた

「あああ……イクっ！　イッちゃう！　はうぅっ！」

一葉の豊満な乳房の周囲が、瞬く間にピンク色に染まっていく。一葉は背筋を反らせ、びくりと女体を弾ませた。（星野聖『絶対禁忌　妻の友人と…』）

畳をきしませて、体を弾ませた

「おーおー。あんあんあん」

畳をきしませて、なつは体を弾ませた。佐平は上下に動く尻肉をかかえ直し、秘口近くから小陰唇の襞まで、何度もくじり上げた。

「うっおおお。強い。強すぎる。あっあんあんあん。佐平さん、強すぎるわよお」（北山悦史『手当て師佐平　柔肌夢心中』）

【跳ねる　跳ね上げる】

狂おしく全身を跳ね上げながら

「ああッ……、いく……！」

文男は口走り、激しく股間を突き上げながら熱い大量のザーメンをほとばしらせた。その噴出を感じるなり、

「い、いっちゃう……。アアーッ……！」

一恵もガクンガクンと狂おしく全身を跳ね上げながら、オルガスムスの痙攣を開始した。（睦月影郎『いけない巫女《みこ》』）

上ずった喘ぎ声を洩らした

「ああっ！　い、いく……、すごいわ、アアーッ！」

郁代がガクガクと全身を跳ね上げ、上ずった喘ぎ声を洩らした。（睦月影郎『淫ら香の誘い』）

腰を跳ね上げ、身をよじった

「嬉しいわ、嘘でも……。あうっ！　い、いく……、ああーッ……！」

律動を続けるうち、とうとう美貴は気を遣って激しく腰を跳ね上げ、身をよじった。（睦月影郎『酔いもせず』）

がくがくと全身を跳ね上げながら

「あうう……、気持ちいい、いく……！」

噴出を感じ取ると、続いて冴も口走り、がくがくと全身を跳ね上げながら気を遣ったのだった。（睦月影郎『うたかた絵巻』）

身体が持ち上がり、跳ねる

日名子の身体が持ち上がり、跳ねる。長い髪が踊った。

「ハゥ、アゥッ！　康祐、さ、ん！　アア、もう、イッてしまいます！　アアッ！」

これまでにさんざん高まっていた日名子の身体は、肉棒のピストンにあっという間に絶頂へ駆け上っていく。（神楽稜『熟・女・接・待　最高のリゾートホテル』）

狂おしく腰を跳ね上げ

「あうう……、感じる。出しているのね。私もいく、アアーッ……！」

噴出を感じ取った途端、正恵も熱く口走り、がくんがくんと狂おしく腰を跳ね上げ、彼を激しく上下させながら気を遣った。（睦月影郎『うれどき絵巻』）

ガクンガクンと狂おしく

「い、いっちゃう……、アアッ！」

友恵もガクンガクンと狂おしく全身を跳ね上げ、オルガスムスに達したようだった。（睦月影郎『巨乳の味』）

熱いフライパンにでも載っているように

緋蝶は大きな声を上げるのを危惧し、肌布団を取って咥えた。

「うぐぐぐ」

汗まみれの緋蝶は、熱いフライパンにでも載っているように、何度もシーツから腰を浮き上がらせて跳ねた。

（藍川京『十九歳 人形の家４』）

声を上げながらガクンガクンと

ありったけの精汁を勢いよく内部にほとばしらせた。

「い、いく……！ アアーッ……！」

すると泉が口を離してのけぞり、声を上げながらガクンガクンと狂おしく腰を跳ね上げた。（睦月影郎『蜜猟人 朧十三郎 淫気楼』）

声を絞りながら

「い、いくッ……！ 駄目、堪忍……、アアーッ……！」

急激に昇り詰めた桔梗は、声を絞りながら、がくんがくんと狂おしく全身を跳ね上げ、本格的に気を遣ってしまった。（睦月影郎『妖華 かがり淫法帖』）

突き上げる動きが速くなり

奈津も同じようで、突き上げる動きが速くなり、大量に溢れる愛液が互いの股間を熱く濡らして音を立てた。

「ああッ！ い、いく……！」

奈津が口走り、ガクンガクンと狂おしく全身を跳ね上げはじめた。（睦月影郎『みだれ浪漫』）

ガクガクと股間を跳ね上げるように

大量の蜜汁をすすり、奥まで差し入れてクチュクチュと掻き回し、ゆっくりとオサネまで舐め上げていくと、

「あ……、ああ……、き、気持ちいいッ……！」

美也が早くも声を上ずらせ、ガクガクと股間を跳ね上げるように反応してきた。（睦月影郎『おんな秘帖』）

膣内の収縮をキュッキュッと強めて

真綾の腰の動きは最高潮になり、粗相したように溢れる愛液は孝司の内腿までネットリと濡らした。

「アアッ……！ い、いっちゃう……！」

たちまち真綾がガクンガクンと狂おしく全身を跳ね上げ、膣内の収縮をキュッキュッと強めてきた。（睦月影

郎『はじらい吸血鬼』)

直撃するザーメンを感じ取り

「アア……、熱いわ。いま出てるのね……」

マキ子も、子宮の入口を直撃するザーメンの噴出を感じ取り、それで絶頂のスイッチが入ったように狂おしく身悶えた。そのままブリッジするように反り返り、浩之を乗せたままガクガクと身体を跳ね上げた。(睦月影郎『淫蕩熟女の快感授業』)

何度も身体を跳ね上げ

ザーメンが奥にほとばしり、同時に美津子もビクッと反り返った。

「ああーっ……、い、いく……!」

治郎を載せたまま何度も何度も身体を跳ね上げ、美津子は激しい絶頂に身悶えて喘ぎ続けた。(睦月影郎『淫ら妻の誘惑』)

恥骨が跳ね上がった

千穂は随喜に叫び、伸ばした両脚を同時に蹴り上げる動きを起こした。脚が下がるときには、恥骨が跳ね上がった。(北山悦史『蜜のソムリエ』)

狂おしく腰を跳ね上げ

義之はすぐにも果てそうになり、必死に奥歯を噛み堪えながら動いたが、それよりも早く政子が絶頂に達したようだ。

「い、いく! ああーッ……!」

声を上げ、ガクンガクンと狂おしく腰を跳ね上げ、激しく悶えはじめた。(睦月影郎『女神の香り』)

体を躍らせた

(あっ、出る!)

と思ったときには、怒《ど》濤《とう》の射精に体が痙攣していた。

「んむっんむっんむっ……!」

「んっ、むむーっ! んっんっんっ……!」

腰に両脚を回している鈴が、一瞬遅れて体を躍らせた。(北山悦史『やわひだ詣で』)

身体を反り返らせて

下からの突き上げが最高潮に達すると、

「アアーッ……!」

浩子は絶叫し、ガクンガクンと全身を痙攣させた。そのオルガスムスの勢いは激しく、正也を乗せたままブリッジするように身体を反り返らせて股間を跳ね上げた。(睦月影郎『僕の初体験』)

股間を跳ね上げながら

前後の穴に入ったどちらの指もきつく締められ、痺れるほどだった。

「あッ! 駄目、本当にいく……、ああーッ……!」

蘭はがくがくと激しく身をよじり、股間を跳ね上げながら気を遣ってしまった。（睦月影郎『蜜猟人 朧十三郎 紅夕風』）

絶頂の波が押し寄せてきたように

「な、何これ……、こんなの初めて……、い、いっちゃう……、アアーッ！」

たちまち絶頂の波が押し寄せてきたように、奈緒子は口走るやいなや、狂おしく全身を反り返らせ、股間を跳ね上げた。（睦月影郎『僕の初体験』）

腰を跳ね上げながら

やがてオサネを舐め回すうち、美和の痙攣が大きくなってきた。

「アアーッ……！」

たちまち弓なりに身を反り返らせ、彼女はガクンガクンと狂おしく腰を跳ね上げながら気を遣ってしまった。

（睦月影郎『うたかた絵巻』）

飛び跳ねるような絶頂の突き上げを

「いっい……ひぃ～～っ！」

ひときわ大きい声を放ち、若妻は四肢を痙攣《けいれん》させた。しばらく小刻みに痙攣してから、飛び跳ねるような絶頂の突き上げを見せた。（北山悦史『吐息 愛蜜の詩』）

全身を跳ね上げながら

せんが声を震わせて動きを激しくさせた。そしてとうとう、彼の顔中にぬらぬらと舌を這わせながら、

「ああーッ……！　なんて、気持ちいい……！」

彼女は狂おしく全身を跳ね上げながら、絶頂に達してしまった。（睦月影郎『ふしだら曼陀羅』）

全身が跳ねあがった

「すごいっ……すごいわっ……はぁうあああああああーっ！」

腰振り運動が急停止し、がくんっ、がくんっ、と全身が跳ねあがった。

「い、いくっ！　いっちゃううううーっ！」（草凪優『祭りの夜に』）

狂おしく、がくんがくんと

「ああーッ……！　い、いっちゃう……！」

内部の奥深い部分に直撃を受けた美代も、同時に気を遣ったように声を上げた。

そのまま狂おしく、がくんがくんと柔肌を跳ね上げて悶えた。（睦月影郎『流れ星 外道剣 淫導師・流一郎太』）

喉の奥から声を絞り出し

文也は中を掻《か》き回すように貪《むさぼ》り、大きめのクリトリスまでゆっくりと舐め上げていった。

「アアッ……！」

友恵が喉の奥から声を絞り出し、内腿で彼の顔を締め付けながらビクンと腰を跳《は》ね上げた。（睦月影郎『巨乳の味』）

股間を強くこすりつけながら

「い、いっちゃう……。ああーッ……！」

梓は口走るなり、狂おしくがくんがくんと全身を跳ね上げ、股間を強くこすりつけながら気を遣った。（睦月影郎『蜜猟人 朧十三郎 紅夕風』）

お尻を跳ね上げるような絶頂の痙攣

懐に忍ばせた左手では、両乳房、両乳首を甘く荒く愛撫してやった。

「どうして、どうして……あああ、吟さん、吟さんの手は最高です。最高ですぅ。う～っ、うんうんうん！　うんうんうん！」

紫蝶は結い上げた髷を吟次の左肩にあずけ、お尻を跳ね上げるような絶頂の痙攣起こした。（北山悦史『吉原螢狩り始末帖 花魁殺し』）

びくんっ、びくんっ、と全身を跳ねあげた

体内で男の爆発を受けとめ、由美香が絶叫する。

「ああっ、いくっ！　わたしもいっちゃううううううーっ！」

童顔をぎゅっと歪ませて、びくんっ、びくんっ、と全身を跳ねあげた。（草凪優『晴れときどきエッチ』）

魚のように跳ねあがった

満身の力を強腰にこめる。肉底がこそげ取れるほど豪快に抉りまわす。

「ンッフ。ンンンンッ。イ、イクッ。ンクッ。イクッ。アアアァーンッ、イイイクゥゥーッ」

両手を縛られたままの女体が、美しい魚のように跳ねあがった。（黒沢淳『熟妻フェロモン 誘惑テニス倶楽部』）

躰をゴム鞠のようにバウンドさせて

肉の合わせ目に唇を押しあてた。

舌を伸ばし、下から上に舐めあげると、

「はぁあああああんーっ！」

繭美は絶叫し、肉づきのいい躰をゴム鞠のようにバウンドさせて歓喜を示した。（草凪優『ごっくん美妻』）

あぐらの上で躰をバウンドさせると

「はぁああっ……いいっ！　はぁああああっ……いいいいいいっ……」

沙由貴があぐらの上で躰をバウンドさせると、豊満な双乳が上下に揺れ、硬くなった乳首が周一の胸板をくすぐった。（草凪優『マンションの鍵貸します』）

震度5か6ぐらいの感じで

やわやわとした花びらやコリッとした肉のマメも舌先に感じながら、神島はべちょべちょと、わざと下品な音をさせてメスの器官を舐めまわした。

「イ、イク……イク……んんっ！」

気をやったエリカの総身が、震度5か6ぐらいの感じで何度もバウンドした。（藍川京『人妻のぬめり』）

もんどりうつみたいにして

「おおぅ、イケよ。出すぞ！」

仕上げとばかりに深々と打ち込んだ瞬間、あかりは「うッ」と呻いてのけぞった。

今だと、二度、三度と怒張を押し込むと、あかりはもんどりうつみたいにして全身を躍らせる。（島村馨『夜の代打王』）

機関銃で掃射を受けた兵士のように

「あう、ああ、もう駄目、イク、イキます！」

サルタンの愛奴は悲痛な叫びを発すると一連のオルガスムスを味わって、まるで機関銃で掃射を受けた兵士のようにガクガクと全身を飛び跳ねさせた。（館淳一『魅入られて』）

飛び跳ねるような反応を

それから両手の指で陰阜を囲い、囲いをせばめ、しこり勃った肉突起を舌でなぶりながら、左右の恥肉を上下にぶれさせた。

「うぐっうぐっ、はあっはあっ……」

綾乃が、飛び跳ねるような反応を見せた。（北山悦史『隠れ医明庵 癒し剣』）

唸ったかと思うと、小気味よく跳ねた

声はまたさめざめと泣くものに変わり、総身のわなwhile
きが硬直へと移行した。

が、硬直は一瞬。

「あぐーっ！」

と唸ったかと思うと、綾の体は小気味よく跳ねた。（北山悦史『やわひだ詣で』）

陰阜が跳ねた

中指を、ずっと奥に滑らせた。指は花弁の内側にくぐり込み、どっぷりと濡れ潤《うる》んだ秘芯に埋没した。

「うーっ、おおお！」

陰阜が跳ねた。（北山悦史『淫能の野剣』）

腰の躍動が、めまぐるしいものに

吟次は責めつづけた。

「いっ、いっいっい！ んっんんっんっ！」

分厚い腰の躍動が、めまぐるしいものになった。（北山悦史『吉原螢狩り始末帖 花魁殺し』）

腕をつかんで体を跳ねさせ

硯杖は乳首の吸引を強め、左の乳首を三本の指でつまんで、引っ張ったりひねったりした。

「はあああ、うっうっう！　あううっ、うっうっう！」

突然絶頂に達したか、真矢は硯杖の右腕をつかんで体を跳《は》ねさせた。（北山悦史『匂い水　薬師硯杖淫香帖』）

【見つめる】

ねっとりとカメラを見つめる

「あうっ……ひんっ、イクっ、ねえいいでしょう？」

ねっとりとカメラを見つめる瞳の壮絶なまでの美しさに、良太は無言でうなずくことしかできなかった。

霞のかかった瞳でそれを見た美鈴は、一気に絶頂へとのぼりつめていく。（冴木透『誘惑マンション―午後2時―』）

顔を眩《まぶ》しげに見つめ

「いったのか？」

囁《ささや》きかけると、藤木希美は薄眼をあけて、虚《うつ》ろな眼差《まなざ》しで阿佐美の顔を眩《まぶ》しげに見つめ、

「いっちゃった……」

言いにくそうに呟きかけて、唇許《くちもと》をほころばせた。

（北沢拓也『好色淑女』）

いまにも涙をこぼしそうな目で

「ダ、ダメッ！　そんなにしたらっ……」

志乃が切羽つまった声をあげ、いまにも涙をこぼしそうな目で見つめてくる。知的な美貌が昂る歓喜に歪みきっている。

「イッ、イッちゃうっ！　そんなにしたら、イッちゃうっ！」（草凪優『純情白書』）

ドキッとするほど色っぽい眼つきで

響子叔母さんが昂った喘ぎ声を洩らし、ブルブルふるえながら腰を振りたてた。

「イッちゃったの⁉」

公太は驚いて聞いた。

響子叔母さんは放心したような表情で息を弾ませながら、ドキッとするほど色っぽい眼つきで公太を見てうなずいた。（雨宮慶『美人アナ・狂愛のダイアリー』）

潤んだ瞳を細めた悩ましい表情で

真希が切羽つまった声をあげる。眉根を寄せ、潤んだ瞳を細めた悩ましい表情で、下から見つめてくる。

「いっ、いっちゃうっ！　そんなにしたら、いっちゃうっ……」（草凪優『マンションの鍵貸します』）

突き上げられ、揺さぶられながら

「ああっ、あアァッ、イイ、イイわっ、あはぁっ、はぁ、うぅぅン」

　滅茶苦茶に突き上げられ、ガクガクと揺さぶられながら、由紀子は必死に眼鏡をずり上げ、快楽に歪む少年の顔を味わった。（開田あや『人妻教師　白衣の痴態』）

【もがく】

狂ったように喘ぎ、激しくもがいて

「ダメェ……、もういや……、ああああ……！」

　先生が狂ったように喘ぎ、とうとう激しくもがいて、おれの顔を勢いよく股間から突き放してしまった。（睦月影郎『淫ら少年―凌辱課外授業―』）

浮かせた脚をガクガク震わせて

　さらに義之は、彼女の両脚を抱え上げ、白く豊満なお尻の谷間にもペロペロと舌を這わせた。可憐な肛門を舐め回し、ヌルッと舌先を滑り込ませると、

「ヒイッ……！　い、いけない……！」

　珠子は息を呑み、浮かせた脚をガクガク震わせてもがいた。（睦月影郎『女神の香り』）

③「淫声」系

【うなる　唸る】

唸り声をあげて肉悦に悶え

「そう、そうよっ! んぅ、お、おほぉぅ……す、素敵っ、素敵よっ!」

里美の台詞は決して息子を喜ばせるための世辞ではない。

眉間に深く皺を寄せ、小鼻をプックリ膨らませ、ときおり下劣な唸り声をあげて肉悦に悶えているのだから。

(櫻木充『僕のママ・友だちのお姉さん』)

唸り声が喉の奥から

「ううっ!」

彼女の唸り声が喉の奥から弾け、舌先を震わせる。熱く沸騰する膣奥のねばねばした襞が、筒先のまわりで躍動したかに感じた。

「いくよ……」

「あっ、はい、わたしの膣《なか》に……、あーっ!」(末廣圭『人妻讃歌』)

息ばむような唸りを洩らすと

「許して、いっちゃう」

喉をふるわせて叫び、息ばむような唸《うな》りを洩らすと、絹地のようになめらかな白い肌のいたるところに引き攣《つ》りのふるえをおびただしく走らせ、四肢《しし》をベッドの上に投げ出して、いっときぐったりとなった。(北沢拓也『密事のぬかるみ』)

獣じみた唸り声をはりあげて

「おわう、うあううう、ぎゃー……!」

さかんによがり声をはりあげていた彼女は、やがて獣じみた唸り声をはりあげて、「イクイク」「死んじゃう」「もうダメ」などと口走りながら、年上のベテラン男の手によって何度も絶頂を極めさせられた。(館淳一『美肉狩り』)

奔馬そのもの

「あーッ、私、イッちゃいそう……イクわ。イク」

朱美は奔馬そのものだった。いきなり激しくグラインドした朱美は、天井を振りあおいで何度か、「イキそう!」と発していた。やがてひと声大きく、「イクッ」

と唸り声をあげて、全身を痙攣させた。（高竜也『美人家庭教師・誘惑授業中』）

唸《うな》るようなひと声が

「いくぅっ」

唸《うな》るようなひと声が発せられた時、秘奥に収まった二本指に、したたかに生温かいものが浴びせられた。（高竜也『叔母と美姉』）

唸り声を発して

陽子は美しい表情を険しく歪ませ、口を半開きにし、自らの手で乳房をきつく摑んでいる。それはおそらく無意識のうちにそうしているらしく、歯をギリギリと鳴らして低く長く呻いた後、

「イクわ……イク――っ」

唸り声を発して、全身をガタつかせた。（高竜也『三人相姦 少年と叔母と義母』）

【うめく　呻く】

淫靡な呻きがほとばしった

「ああッ、お姉さま、いっちゃう」

女の秘めやかな部分を隙間《すきま》がないほど嚙み合わせ、互いに腰をゆすぶりはじめた途端、尚美の口からなまめかしい声があがり、小雪の口からも淫靡な呻きがほとばしった――。（北沢拓也『したたる』）

唸るような呻きを洩らし

「ううッ、いくっ！」

真介に舌を吸わせながら、由季子は唸るような呻きを洩らし、裸体を硬直させて、何度目かの頂上に昇りつめた。（北沢拓也『夜の奔流』）

迫《せ》り上げた腰をゆすぶりまわして

「わたしも、いっちゃう、一緒にいこう、先生」

辻本珠貴が、迫《せ》り上げた腰をゆすぶりまわして呻き声をうわずらせたとき、加勢の快感のうねりは頂点に達した。（北沢拓也『花しずく』）

地響きを立てるようなくぐもった呻き

よがり乱れる紫野の口が開いた。明庵は舌を挿し込んだ。

「んももももっ」

地響きを立てるようなくぐもった呻きとともに、紫野の総身は夜具から跳ね上がり、烈しく深い絶頂に見舞われていた――。（北山悦史『隠れ医明庵 恩讐剣』）

呻き声を連続させ

小粒の肉突起が舌に収容されるということはなかったが、すずは左回りに左回りに、執拗に突起を追い回している。

「ううう、うううう、うーうーうー」

のけぞり喘ぐうたは、唇をすぼめ、ほかの発音はできないかのように、同じ呻き声を連続させた。（北山悦史『辻占い源也斎　乱れ指南』）

生臭く呻いて

絶頂が近いことを感じとって、大隈も丹田《たんでん》に力を込めて勃起を上向けた。反動をつけたストロークで肉天井をいやというほど擦りつけてやる。

「イッちゃう、イッちゃう……ああ、はうッ！……」

切羽詰まった声をあげた來未が、最後に生臭く呻いて、口を開けた。（島村馨『夜の新米監督』）

うめき声がほとばしった

赤い肉に埋まった中指が、上下に動きだした。うごめく秘肉に混じって白濁した粘液が滲み湧いてきて、指に絡みつく。

「ううっ！」

うめき声がほとばしった。薄墨を流したような二枚の粘膜に、痙攣が走る。（末廣圭『人妻讃歌』）

唸るような呻きをほとばしらせ

「あむう、いくっ」

久園寺千津が、細い頤《おとがい》を反り返らせて、唸るような呻きをほとばしらせ、裸身を波打たせて浩介を締めつけた。（北沢拓也『美熟のめしべ』）

押し殺すような呻き声が

その瞬間は、すぐやってきた。

「ああっ……い、イクわ。イクウゥッ！……」

肢体が、つづけざまに痙攣した。食いしばった歯の間から押し殺すような呻き声がもれ、やがて静寂が訪れる。（西門京『家庭教師・美蜜』）

舌に吸いつきながら呻き

「ああン……、すぐいきそう……！」

法子が声を上ずらせながら熱く甘い息を弾ませ、貪るように彼の唇を求めた。

広樹も舌をからめ、甘い唾液と吐息を吸収しながら、すぐにも高まってきた。

「ク……ンンッ……！」

法子は、ちぎれるほど広樹の舌に吸いつきながら呻き、ガクンガクンと二度目のオルガスムスに達した。（睦月影郎『アニメヒロイン亜里沙　美少女たちの淫らウォーズ』）

喉の奥で呻いて

厚志は前後のバイブのスイッチを切り、先に膣に入っていた太い方をゆっくりと引き抜いていった。

「あう……」

動きを止めて硬直した文枝が、喉の奥で呻いて下腹を緊張させた。（睦月影郎『あこがれの女教師』）

熱く呻きながら全身を波打たせ

十三郎は、唇と歯茎、舌の感触を受けながら、熟れた林檎のように甘酸っぱい芳香に酔いしれ、あっというまに大きな快感に全身を貫かれていった。

「ンンッ……！」

小眉も同時に気を遣ったように、熱く呻きながら全身を波打たせた。（睦月影郎『蜜猟人 朧十三郎 秘悦花』）

絞め殺されるように呻いて

白い歯を剝《む》き出し、おどろな髪を跳ね上げるようにして、ガクッとあごを突き上げた。

「いくッ」

絞め殺されるように呻いて、夫人はグンと腰を衝《つ》き上げ、手にした擬似棒を軸にひねりたてた。（千草忠夫『闇への供物① 美囚の契り』）

感じ入ったような呻き声を

「うう～ん。ああ公ちゃん、ああンいいッ」

響子叔母さんは感じ入ったような呻き声を洩らし昂った声で快感を訴える。公太が抱えている軀が小刻みにふるえだしたかと思うと、

「アアーッ、イクゥー！」

突然絶頂に達して痙攣するようなふるえを湧きたてた。（雨宮慶『美人アナ・狂愛のダイアリー』）

断末魔のうめき声

叔母が下半身を揺らめかせた。憲司が指を肉芽に当て、何度か擦ると、叔母の膣が細かく震えた。しなやかな女体がググッと反りかえり、バウンドする。

「んんっ！……」

断末魔のうめき声をあげて、祥子の身体が小刻みに痙攣する。（久野一成『若叔母〈美乳〉』）

むせ返るようなうめきを

「ああ、もう駄目、いくっ、いきますっ」

辰夫が硬く突起した陰核を一方の指先で微妙に揉み上げながらバイブで掻き立てると、夫人は遂に極限の状態に追いつめられ、歯を嚙《か》み鳴らしながらむせ返るようなうめきを洩らした。（団鬼六『妖女』）

食いしばった歯の間から絶頂の呻きを

快美な感覚の波が体奥《たいおう》から皮膚の表面へ、下腹から全身へと波紋のように広がり、その波はたちまち大きなうねりと化して翔子の理性を呑みこみ、時間も立場も忘れ

させた。

「あ、あうーっ！」

二十一歳のOLが、食いしばった歯の間から絶頂の呻きを吐き出し、全身をワナワナと打ち震わせたのは、それから間もなくのことだった――。（館淳一『淫色』）

腟を痙攣させて

腰を引きつけておいて、臍の下に力をこめて屹立を上向かせる。そうやって連続的に奥の天井を擦りあげる。

「うあァア、それ、いいッ。来るわ……ううン、うン、ああッ……うム！」

最後は「うム」と短く呻き、芙美は腟を痙攣させて弓なりに反りかえった。（島村馨『夜の代打王』）

抑えたうめき声が

「……イッちゃうゥゥゥ……」

詩織は震える唇で吐きだすと、早坂から視線を逸らし、右肩を持ちあげ、スーツに唇を押し当てた。

「ウグゥウゥ……」

生地を噛み締めているのだろうか、それとも、震える唇を強く押しつけているのだろうか、抑えたうめき声がもれた。（倉田稼頭鬼『若妻新入社員 恥辱の痴姦オフィス』）

なまぐさい呻きとともに

「ヒイイッ……い、いきますッ……いくううッ……」
ううんッ――となまぐさい呻《うめ》きとともに大きくのけぞり返り、苦悶にも似た恍惚の表情を遥子は高林の眼に曝《さら》した。（千草忠夫『悪魔の楽園① 白昼の猟人』）

腹から搾るような呻き声

由希子のよがり声はしだいに譫言のように変わり、ついには意味を成さなくなった。

と、不意に腹から搾るような呻き声を洩らした。

「んむううっ……あああっ、い、いくぅーっ！」（深草潤一『義母』）

一オクターブ高いアクメの呻きが

「イ、イキそう……。イッても、よろしいですか……」

「よし、ちゃんと見てやるぞ。いけ、美里」

「く、来る……来るわ……ア……アアアァ……イクッ……アアンッ」

一オクターブ高いアクメの呻きが、閉ざされた空間に尾を引いて響く。（黒沢淳『熟妻フェロモン 誘惑テニス倶楽部』）

恥じらいも忘れて昇りつめた

「あふッ、ア、はあああ、駄目ぇ、いっちゃう」

全身を痙攣《けいれん》させたあずさは、「うっ、うっ」と苦しげな呻《うめ》きをこぼしたあと、

「イクイクゥ、んうぅうぅ——‼」

恥じらいも忘れて昇りつめた。（橘真児『召しませヒップ』）

【うわごと】

うわごとのように口走った

むっちり実った肉体が激しく痙攣し、弓なりに反った。膣壁がワラワラと躍り、ポイントを突いてくる指を食いしめる。

亜矢子は、「イッちゃうぅ、イクゥ……」とうわごとのように口走った。（夏島彩『隣りの熟妻・三十一歳』）

うわ言のような切れ切れの声を発し

「あっ、ねっ、わたし……」

うわ言のような切れ切れの声を発し、渚はしがみ付く。胸板につぶれた乳房が弾んだ。（末廣圭『痴情』）

譫言《うわごと》のように口走り

「アア……、駄目よ、いきそう……、ああ気持ちいい……、い、いく……！」

松枝が譫言《うわごと》のように口走り、何度も弓なりに反り返りながら、とうとう気を遣《や》ってしまったようだった。（睦月影郎『泣き色ぼくろ』）

【奇声】

頭から抜けるような声を上げて

「思いきりイッてください。何回イッてもいいですよ。ですが、わたしが射精しないと終わりにしませんから。わたしが果てるまで、奈津殿は六回はイクことになると思います」

「六回もですか。あっ、あっ……六回……あんあんあんあんあん！」

頭から抜けるような声を上げて、奈津は絶頂した。（北山悦史『絵草子屋勘次 しぐれ剣』）

喉から絞り出すような声で

「あああ、あああ。先生、わたくし、もう、もうもう……」

手と口総動員の甘責めが始まって二十呼吸ぐらいはしたとき、ついに妙諦は絶頂に駆け上がった。

「わたくし、イキます。イキますぅ～」

喉から絞り出すような声でその時を告げ、黒衣の妙諦は総身を痙攣《けいれん》させた。（北山悦史『辻占い源也斎　乱れ指南』）

ひくりと、痙攣した

ひくりと、痙攣した。

「あああああ、イッ……キッ……イキますイキますっ」

「ほらほら存分に」

「ひ～っ！　イックッ……クククククッ！　ククククク～ッ！」

挿し込んでいる指を膣口で締め上げ、指に劣らぬ硬さに肉突起を肥大させて、美保は絶頂した。（北山悦史『絵草子屋勘次　しぐれ剣』）

きざしきった女そのものの声

「あひぃッ……ああッ、ああぁッ、あああああぁぁぁッ……」

尻を突きあげる怒張の動きに合わせて、ひときわ高い声で喉を慄わせ、きざしきった女そのものの声をほとばしらせながら真由は、この地獄に堕ちたらもう二度と元の世界へは戻れないのだと思った。（夢野乱月『凌辱職員室　新人女教師〈真由と涼子〉』）

喉に絡まったような掠れた声をあげて

根元まで膣穴のなかにペニスを埋めこんで、透は勢いよく男の精をほとばしらせた。

「透くん。あああぁっ……」

喉に絡まったような掠れた声をあげて、桜子はオルガスムスへの階段を駆けあがっていった。（里見翔『相姦蟻地獄』）

髪を振り乱して官能の声を

「あぐぅッ！　はうッ！　くぅうーン！」

濱中が腰を突きあげるたび、真由は髪を振り乱して官能の声をもらす。濱中の下腹部が真由の尻肉を打ち、お尻を叩いているような音がした。

「あああッ……も、もう……わたし……ああ、駄目っ！」（星野聖『人妻派遣社員』）

甲高い声を

クライマックスを追う二人の動きが、とまる時が来た。禁断症状に襲われたように、真野が痙攣した。そして二度目の精を放った。

獣にも似た咆哮を耳にしながら、美奈子も甲高い声を放った。

「イク！」（白石澪『人妻・同窓会の夜に』）

絞り出すような声を発して

「イッてごらん」

「本当？　本当にイッてもいいの？」

「うん」

「ああ……たまらない。イッちゃうわ……ああ、イクウッ……！」

絞り出すような声を発して、朱美が全身を硬直させた。(山路薫『甘い吐息』)

あられもない声をあげ

「ああ、イク……凄いの。ああ……イクッ」

比呂子はあられもない声をあげ、クリトリスをいじっていた指の動きをはやめながら、一方の手の指を自分のものに挿入された礼次郎の肉棒にまで伸ばしてきてからめると、肉ひだ全体を烈しく擦り始めた。(山路薫『愛欲のぬめり』)

猛り狂う駿馬のいななきのような声を

貫かれるごとに彼女の体は強張り、どうにも身動きが取れなくなっている。

「アワワッ……ワッン、さ、さけちゃうぅぅーっ」

ようやくそれだけを口から押し出すと、彼女は後はもう猛り狂う駿馬のいななきのような声を、少年二人の固い体の間で張り上げるばかりだった。(皆月亨介『母と叔母と…』)

首を締められる鶏のように鋭い声を

「ひーッ、いく……」

庭で首を締められる鶏《にわとり》のように鋭い声を上げて、中谷万智子の細身の身体が痙攣《けいれん》に打ち震え、溢れる女液が風巻の鰓に温かく滲《し》みこんできた。(北沢拓也『白い秘丘』)

喉を絞るような甲高い声を放って

「あぁッ……だ、だめッ……く、狂うッ……あひぃッ……い、イクッ、イキますッ……ひぃぃぃッ……」

喉を絞るような甲高い声を放って真由の身体が速水の腕の中でグンッとそり返った。(夢野乱月『凌辱職員室 新人女教師〔真由と涼子〕』)

【すすり泣き】

甘く切なげなすすり泣き

神崎の狙いは的を射て、麗美はいつにも増して激しく燃えた。

「あああああっ、ああっ」

甘く切なげなすすり泣きの声をもらして、悩ましげに腰を揺すっている。(金澤潤『誘惑未亡人オフィス』)

表情が淫蕩に崩れて

「あああん……ああ、あああああん」

喘ぎ声がすすり泣きに変わり、真弓の表情が淫蕩に崩れてみえた。（西条麗『熟妻・禁戯』）

喘ぎ声がすすり泣くような声に

奈央子の喘ぎ声がすすり泣くような声に変わってきた。狂おしそうに上体がうねる。

「ああ〜、いいッ……ああン、もうだめッ……もうイキそう……」（雨宮慶『人妻弁護士・三十六歳』）

突然、すすり泣きを

「ああ、ええわ。そのまま突いておくれやす。突いて、突いてッ。ああ、お腹が裂けるほどに……」と、頭髪を振りながら叫ぶ。

「ああ、死ヌ、ウウッ、ウウッ」

突然、姐さんが、すすり泣きを漏らした。（赤松光夫『人妻えっち』）

さめざめと泣いている

突起を吸い切る強さの吸引を、連続して見舞った。右手の二本の指では、恥芯を攪拌《かくはん》した。左手では、陰阜を荒く掻き撫でた。

「はあああー……はあああー……」

声の調子が変わった。さめざめと泣いている。（北山悦史『やわひだ詣で』）

よがりがすすり泣きに

「あうっ、はうッ、きもちいい――」

よがりがすすり泣きに変わる。達憲の腰も気怠さと、蕩ける快感にまみれつつあった。

「はん、あ、来る……やあん、またイッちゃうよぉ」

（橘真児『雪蜜娘』）

切羽詰まったヨガリ声を

「あぁ、駄目、駄目よお、西川くんッ、良すぎて、もう、もうッ、先生、イッちゃいそうなのおぉッ」

半ばすすり泣きのように切羽詰まったヨガリ声を上げながら、由紀子は激しく腰をせり上げ身悶えた。（開田あや『人妻教師 白衣の痴態』）

肉の悦びにずっぽりと

「もっと、もっと突いて……あう」

慶子は揺れながら声をあげた。肉の悦びにずっぽりと全身を浸している。

慶子の喘ぎは、やがてすすり泣きに変わった。（藍川京『未亡人』）

顔を反り返らせ

相手のやわらかくなった女体をおのれの身体の下に組み敷き、正常位でぐいぐいと責めたてにかかった。

「あうーん、ああッ、あなたって、すごい、ああっ、またいくっ」

小園容子が顔を反り返らせ、倉石の背に両手をまわしてすすり泣きはじめた。(北沢拓也『蜜の罠』)

背に引き攣るような波動が走り

なだらかな背に引き攣《つ》るような波動が走り、

「いくう！　もうだめっ……許してッ」

頭を起こした深里はすすり泣きの声になった。(北沢拓也『夜のめしべ』)

すがりつくように男の背を

「ああーッ、小栗さん」

小栗の激しい動きに、小雪はすがりつくように男の背を抱きしめ、

「ああッ、許して、いくうっ、いくわっ」

すすり泣くような声をあげて、全身を痙攣させていた――。(北沢拓也『爛熟のしずく』)

裸身を伸縮させて

「ああんッ、気持ちいいっ、結衣のおま…こ、気持ちいいよう」

うわ言のように淫《みだ》らな言葉を吐き散らし、抜き挿《さ》しを重ねる財津のものをくりかえし締めつけ、中年の財津を呻かせながら、

「いっちゃう、ああんッ、もう、いっちゃう」

裸身を伸縮させて、すすり泣きはじめた――。(北沢拓也『したたる』)

すすり泣きながら全身を熱く硬直させ

貪欲に悶える女体を、まるで辱しめるように松宮が抽送を激しく熱っぽくさせる。

「ああッ……あたしもう……よくなりそう……！」

すすり泣きながら花実は全身を熱く硬直させ、いっそう激しくのけぞって歓喜の声をほとばしらせる。(一条きらら『蕩ける女』)

無我夢中となって腰をうねらせ

指先を巧みに使いながら医師が、腰の動きをリズミカルに速めた。

「ああッ……先生……あたしって……あたしって……いけない女」

ついに花実は我を忘れ、無我夢中となって腰をうねらせ、すすり泣き始めた。(一条きらら『蕩ける女』)

背中がシーツから離れそうなほどのけぞって

敬一が花実を抱き締め、男っぽくたくましい抽送に熱中する。花実はすすり泣き、背中がシーツから離れそうなほどのけぞって彼にしがみつく。

「最高よ……！」(一条きらら『蕩ける女』)

すすり泣きながら口走った

荒々しい動きで正木が女体を攻める。

「最高よ！　ああッ……凄いわ……凄いのよう！」

すすり泣きながら早百合は口走った。（一条きらら『蜜の戯れ』）

叫びながら甘美なエクスタシーに

男が果てることを告げると、美奈子のすすり泣くような声がいちだんと高まり、

「ああ……あたくし……いく」

そう叫びながら甘美なエクスタシーに達した。（一条きらら『秘惑』）

【絶叫】

なまめかしい絶叫が弾け飛び

「ああーんっ、いく……いくわぁ、いくう……」

「俺も出そう……ああ、いく」

満利枝夫人の口からなまめかしい絶叫が弾け飛び、うつ伏せた裸体に痙攣《けいれん》の波立ちが走って、その身がベッドの上に崩れこみ、甘酸っぱい臭気をまき散らして腹這いになったとき、浩介はおのれを抜き出しつつ、夫人のふくよかな尻の上にどくどくと熱い精をぶちまけていた。（北沢拓也『美熟のめしべ』）

躰の内側に灼熱を感じ

煮えたぎる熱いマグマが噴出し、子宮口にどくどくと注ぎこまれる。

「はぁああぁっ……わたしもいくっ！　いっちゃううううーっ！」

躰の内側に灼熱を感じた佳乃子が、甲高く絶叫する。（草凪優『マンションの鍵貸します』）

髪を振り乱し、悦びの叫びが

「ああっ、あなた、わたし、いく……」

浩介の腹の上に両手をおいたさおりの腰が、ひときわ大きく躍動した。

「ううっ、さおり……俺、いく、いくいく」

浩介が射ち放ったとき、髪を振り乱すさおりの口からも悦びの叫びがほとばしった。（北沢拓也『美熟のめしべ』）

悲鳴のような絶叫をあげて

「……奥が好きなの。奥、もっと突いて」

羊介の背にとりすがりながら言い出し、彼が要請に応えてぐいぐいと深い突き穿ちを行なうや、

「もうだめっ！　いく、わたし、イッちゃう……」

悲鳴のような絶叫をあげて、総身を痙攣させた。（北

沢拓也『抱きごこち』）

腰をよじって絶叫し

恭二は自分から唇を重ね、舌をからめながら腰の動きを最大限に速めた。

「い、いく！　ああーッ……！」

静香が狂おしく腰をよじって絶叫し、きつく一物を締め上げてきた。（睦月影郎『酔いもせず』）

甲高《かんだか》い声をあげて

煮えたぎる男のマグマが、どぴゅどぴゅと勢いよく噴射する。

「ああっ、あぁあああああーっ！」

躰の内側に灼熱《しゃくねつ》を感じた夏実が、甲高《かんだか》い声をあげて首を振る。（草凪優『つまみ食い。』）

可憐な唇からも絶叫が

まるで絶頂が感染したように、菜津美の可憐な唇からも絶叫がほとばしりでる。

「ああっ！　いっちゃう！　いくっ！　いくっ！　いっ、いくぅぅぅ……」

菜津美の美声を耳にしながら、俊介は男根を引き抜き、勢いよく涼子の美尻に男汁をまき散らした。（赤星優一郎『若妻バスガイド』）

絶叫とともにのけ反り

優稀は両手に、膣側のバイブレーターの無線式リモコンと、直腸側のバイブレーターの電池ボックス兼コントローラーを掲げて見せた。

スイッチが入る。

「ぎいいいぃっ……あっ、あはあぁうぅっ、んんはああおぉうっ」

絶叫とともに紗弥子はのけ反り、たわわな乳肉が暴れる。（星野ぴあす『飼育週間　奴隷未亡人と息子』）

凄まじい叫び声と共に

未菜美は自ら腰を上下させ、肉棒を激しく擦り上げる。押し寄せる快感の津波は、未菜美の最後の意識を飲み込んでいく。

「ああっ、イク、イクっ、イクううううう」

凄まじい叫び声と共に、未菜美は背筋を何度も弓なりにして叫ぶ。（藤隆生『ビーチの妖精姉妹　隷辱の誓い』）

牝猫がケンカの時に発するような甲高い絶叫

肉茎ピストンの動きを速めると、

「うぎゃああ、あぎゃー……ッ！」

牝猫がケンカの時に発するような甲高い絶叫があがった。（館淳一『目かくしがほどかれる夜』）

大きく口を割って絶叫し

「ああっ、もうだめ、もう、だめだめですぅぅぅ」

もう自分がどうしようもない状態にあることを感じ取った彩香は、全身を震わせて絶叫する。

「ああっ、あああっ、ああああああ」

彩香は大きく口を割って絶叫し、身体から玉の汗が飛び散った。（藤隆生『未亡人社長 恥辱のオフィス』）

絶叫しながら狂ったように腰を揺すり

「ハァン……すごく気持ちいいっ」

三ヵ所責めに、めぐみの官能は最大限にエスカレートして、絶叫しながら狂ったように腰を揺すりたてた。

「ねえ……もうイク。イッちゃうわ……」（西条麗『淫夜「誘惑」と「恥姦」』）

女そのものの咆哮が

「……あああぅぅッ……あひぃぃぃぃッ！……」

深夜の体育館の地下、ジットリと湿り気を帯びたかび臭い密室に、艶めき、きざしきった女そのものの咆哮がいつ果てるともなく響き続けた——。（夢野乱月『凌辱職員室 新人女教師〈真由と涼子〉』）

絶叫とともに、身体が硬直

「あはぁっ！ わ、わっ、たし……い、イッちゃううっ！」

リビングいっぱいに響く絶叫とともに、麻紀の身体が硬直した。（弓月誠『大人への階段 三人の個人教授』）

全身に、津波のようなうねりが

「いくよ！」

俺は叫んだ。尻を浮かせ、のし掛かってくる裕子を突きあげる。

「ああーっ、はい……。わたしも……」

細い首筋に青い血管を浮かせ、裕子は絶叫した。

背筋が痺れた。

裕子の全身に、津波のようなうねりが走った。（末廣圭『純潔妻』）

甲高い叫びを奏でた

幹の根元が弾き割れた。瞬間、おびただしい濁液がドクッと打ち放たれた。

「あーっ！」

甲高い叫びを奏《かな》でた妻の口を、織田は塞ぐことができなかった。（末廣圭『人妻讃歌』）

秘肉が震えた

アヌスに埋めている指を、さらに突きいれる。

「あーっ！ わたし……」

口を離した美佐が絶叫した。膣痙攣を起こしたのではないかと思うほど、秘肉が震えた。（末廣圭『艶な女』）

【泣き声】

のけぞりかえって泣き声をあげ

財津は呻きながら、ぐいぐいと突き穿《うが》ちのリズムを速めた。

「ああッ、わたしもよ、あなた」

魚住純乃が、男の背をかき抱いたまま、のけぞりかえって泣き声をあげると、総身をがくがくと痙攣《けいれん》させた。（北沢拓也『爛熟のしずく』）

泣くような声が放たれ

真介がどくどくと射ち放って果てる寸前、瑞穂の口からも、

「……いくう！」

泣くような声が放たれ、真介の下で白磁の裸体が痙攣に波立った。（北沢拓也『夜の奔流』）

のけぞりかえって、喜悦の泣き声を

唸るような呻きをあげた魚住純乃が、興奮した小雪にぴちゃぴちゃと水音をたてて舌を躍らされると、

「ああッ、だめっ、いくわ」

のけぞりかえって、喜悦の泣き声をあげた。（北沢拓也『したたる』）

弾かれたように反り返った

吉野は激しく舌を躍らせた。

「ああッ、だめッ！」

奈央子が弾かれたように反り返った。

「イクッ、ああッ、イクイクーッ！」

泣き声で絶頂を訴えながら腰を振りたてる。（雨宮慶『人妻弁護士・三十六歳』）

長い黒髪を振り乱し

雨宮しのぶの細腰が、波を打ってくねり、姉丸が右手の中指を深くくぐりこませて、洞《ほら》になった内部《なか》の肉襞を捏ねくるように攪拌《かくはん》すると、

「ああッ、ああッ」

雨宮しのぶは、泣くような声をあげて長い黒髪を振り乱し、整った顔を右に左にと打ち振った。（北沢拓也『淑女の媚薬』）

泣き声混じりの声で

山根美和子が、泣き声混じりの声で、

「いくっ」

鋭く声を放ったとき、悠平も吐精を怺えきれなくなり、

「おおう、いく」

口の奥で唸ると、あわてておのがものを抜き出し、目も眩《くら》むような快感に包まれながら、どくり、どくりと、粘っこい精を射《う》ち放っていた。（北沢拓也『人妻めしべ』）

半泣きの声で悦を吐いた

恵利の双つの乳房がたわわに弾み揺らぐ。風巻は下方からぐいぐいと突き穿《うが》ちを重ねてやった。

「ああん、そんなに突かれたら、イッちゃう」

男の上で白い胸を反らせて、恵利が半泣きの声で悦を吐いた。（北沢拓也『白い秘丘』）

しゃくりあげるような泣き声を

「いくっ」

ふいに藤城友美は叫んでいた。

次いでしゃくりあげるような泣き声を洩らし、俯せの身体にさざ波のような痙攣《けいれん》の波動を走らせた。（北沢拓也『白い秘丘』）

あン、言わないで……


「すごい、締めつけてくるよ、君のオ××コが……うおッ、食いちぎられそうだ」

幹夫も、早くも上ずった声を出している。

「あン……言わないで……あっ、ああっ……あたし、あたし……あああン……」

加奈子は、泣くような声を上げた。（丸茂ジュン『天使の誘惑』）

胸を反らせて泣き声をあげた

お椀を伏せたような双の乳房が波を打ち、腰ががくがくとわななく。

「ああ、イクわ……またイク、イクう」

千秋が胸を反らせて泣き声をあげたとき、洋平もどくり、どくりと二度目の吐精を遂げていた。（北沢拓也『夜のしずく』）

ベッドシーツをにぎりしめ

「ああ――っ、すごいよ、すごくいい――ッ、深里、いっちゃうう！」

深里が両手で枕許のベッドシーツをにぎりしめ、セミロングの髪を打ち振って、泣き声をすすり上げる。（北沢拓也『夜のめしべ』）

感じ入ったような泣き声を

「アアッ、イクッ！」

響子叔母さんも達した。公太がたてつづけにスペルマを発射するのに合わせて感じ入ったような泣き声をあげた。（雨宮慶『美人アナ・狂愛のダイアリー』）

味わったことがないほどの快感が

（ああっ、イク……イッちゃう……）

加奈子の中で、はっきりオルガスムスの予感があった。

そして、その直後に、これまでのオナニーでは到底味わったことがないほどの快感が、ズーンと全身を貫き、加奈子は体を大きく弓なりにそらしながら、泣くような声をあげて達していた。（丸茂ジュン『天使の誘惑』）

【泣き叫ぶ】

喉が嗄《か》れるまで泣き叫んだ

「い、いくっ！　いっちゃうっ！　いくうううう ーっ！」

千佐都はちぎれんばかりに首を振り、長い黒髪を振り乱した。

それでもリズムはとまらない。ますます高まり、千佐都のヒップを打ち鳴らす。千佐都はオルガスムスの頂点から降りることを許されず、喉が嗄《か》れるまで泣き叫んだ。（草凪優『夜の手習い』）

美貌を歪めて泣き叫ぶ

黒光りする男根で四つん這いの肢体を貫かれた美咲は、喜悦に美貌を歪めて泣き叫ぶ。

「はぁあああっ！　はぁああああっ……」（草凪優『色街そだち』）

何度も腰を反らせる

「あああっ……はぁああっ……」

由衣はついに眼を開けていられなくなり、瞼《まぶた》を落とした。

眉間《みけん》に深々と皺を刻み、泣き叫びながら何度も腰を反らせる。（草凪優『みせてあげる』）

泣くような叫びを何度もあげ

「ああッ、いく、もう堪忍、あああーッ」

女の純乃に責め立てられているのか、純乃という名の男に目茶苦茶にされているのか、わけがわからなくなり、その錯綜《さくそう》した感覚の中で泣くような叫びを何度もあげ、頭の中が空っぽになり、気が遠くなっていった。（北沢拓也『したたる』）

激しく総身を揺すりあげ

「ひいぃぃッ……だ、だめッ……あひぃッ……あぁぁぁッ……」

狂ったように貌を振りたてた涼子は、手足の拘束をふりもがかんばかりに激しく総身を揺すりあげ、グンと腰を突きあげるようにのけぞりかえって啼き叫んだ。（夢野乱月『凌辱職員室　新人女教師〈真由と涼子〉』）

頭頂部がシーツにつきそうなほどのけぞった

花実は肉体を熱く硬直させ、頭頂部がシーツにつきそうなほどのけぞった。

「いきそう……ねえ、いっちゃう！」

「ううッ……おれも」

「好き、好き、ああッ！」

泣き叫ぶような声をほとばしらせながら、花実は甘美なエクスタシーに襲われた。（一条きらら『蕩ける女』）

女体のラインを波打たせる

「くうっ、あああーっ、変になるぅ！」

悶絶寸前になりながら、薄桃色に上気した乳房を何度も突きあげる。鬼気迫る表情の祐史に股間をぶつけられ、豊満な女体のラインを波打たせる。金属質の刺激に泣き叫びつつ、千沙はきわどい別次元に総身を踏み入れていった。（夏島彩『私は女教師』）

泣き叫ぶような声で口走った

「あなたよ……ああ、あたし……もうあなたから、離れられない！」

頭頂部がシーツにつきそうなほど、激しくのけぞって、亜由美は泣き叫ぶような声で口走った。（一条きらら『密会』）

泣き叫ぶような声をほとばしらせ

牧島が快感にこらえきれないように抽送のリズムを速め、果てそうだと告げる。

「あたしも……いき……いきそう……一緒にいって！」

泣き叫ぶような声をほとばしらせながら、奈津実は甘美なエクスタシーに襲われた。（一条きらら『密会』）

【泣きじゃくる】

泣きじゃくるような極まりの声が

「ううっ、さおり、いく」

浩介が、結合したままどくどくと射《う》ち放ったとき、浩介の下で葉村さおりの裸体が痙攣《けいれん》の打ちふるえを起こして、泣きじゃくるような極まりの声が口からあがった。（北沢拓也『美熟のめしべ』）

泣きじゃくるような声をあげつづけ

「あんッ、いっちゃう、もうだめっ」

反り返らせた喉をふるわせて、羽田冴美は泣きじゃくるような声をあげつづけ、浩介の身体の下で総身を弓状に彎曲《わんきょく》させると、引き攣《つ》りの波動を断続的に走らせつづけた。（北沢拓也『美熟のめしべ』）

獣の雄《お》叫《たけ》びのような声をあげると

朝倉は吐精を怺《こら》えられなくなった。

脳天まで矢のように駆け上がってくる痺れに唸りを洩らし、ぐいぐいと浅利園子の深みを突いた。

「あうっ、あお――っ」

浅利園子は頤《おとがい》を反らせ、獣の雄叫《おたけ》びのような声をあげると、泣きじゃくりはじめた。（北沢拓也『一夜妻の女唇』）

嗚咽の声で訴え

真介がぐいぐいと抜き挿しを速めると、

「あうっ、いくっ！　おおーん」

貴世は嗚咽の声で訴え、理知に富んだ美貌をゆがめきって、泣きじゃくりはじめた。（北沢拓也『夜の奔流』）

喉を絞るような声になって

「……イク！　ああんっ、イク」

洋平の背を深く抱き締めて叫び、ぐいぐいと突き穿《うが》たれるや、

「いやぁん、イクう……イクイクっ」

喉を絞るような声になって、泣きじゃくりはじめた。（北沢拓也『夜のしずく』）

淫猥《ひわい》な言葉をうわ言のように口にし

羊介は卑猥な言葉を使って優子の女の部分がいかに素晴らしいかを紗和にも聞こえるように声にし、さらに抜き挿しのテンポを速めた。

「あんっ、ああーんッ……いい、いいよう！」

優子も我を忘れたように淫猥な言葉をうわ言のようにつづけざまに口にし、泣きじゃくりながら、何度も達した。（北沢拓也『抱きごこち』）

かすれた叫びを弾け飛ぶように放って

一段と抜き挿しを速める。

「あン、そこっ……ああんっ、いくっ」

小笠原歩美が、かすれた叫びを弾け飛ぶように放って泣きじゃくりはじめると、悠平も吐精を怺えきれなくなり、口の奥で唸りながら、おのがものをずるりと引き出して、どくり、どくりと放出させていた。（北沢拓也『人妻めしべ』）

悦の声が、泣きじゃくるような嗚咽に

京平は腰を跳ね上げて、下方から突き上げた。双の乳房がゆさゆさとゆらぎ、

「ああっ、だめっ……いくわァ！」

友季子の悦の声が、泣きじゃくるような嗚咽に変わった――。（北沢拓也『夜のめしべ』）

泣きじゃくる声が、いつまでも

弓江は腰を振りながら、「どこが気持ちいい？」「いまなにしているんだ？」――香織に淫らな俗語で答えさせ、長く突き穿《うが》ちをつづけた。

泣きじゃくる香織の声が、いつまでもベッドルームにひびき渡った。（北沢拓也『虚飾の微笑』）

さざ波でもたてるように打ちふるわせ

「いくいく……いくう、ああーッ」

香織がのけぞらせた裸身をさざ波でもたてるように打ちふるわせ、声を絞り出し、泣きじゃくりはじめた。（北沢拓也『虚飾の微笑』）

「いっちゃう」というふり絞りの声を連発し

「いっちゃう……いっちゃう」

泣きじゃくりつつ、人妻は「いっちゃう」というふり絞りの声を連発し、さざ波のように震わせつづけていた全身を喉をひき絞るような叫び声とともに硬直させた。（北沢拓也『獲物は人妻』）

裸体を打ちふるわせて泣きじゃくり

財津は、ぐいぐいと叩きつけるような腰の動きに入り、「あんッ、だめ、もうだめっ、いっちゃう」

叶裕美子が裸体を打ちふるわせて泣きじゃくりはじめると、財津もまた目のくらむような吐精感に見舞われ、唸りをあげておのれを抜き出し、どくどくと射《う》ち放って、果てていた——。（北沢拓也『爛熟のしずく』）

【涙声】

涙声で、何度も叫んだ

祐二が腰をいやというほど強く、叩きつけてきた。

「ああッ、すごい、すごいの。イく、すぐ、イッちゃうう……ッ！」

ヒップを高く上げながら、私は涙声で、何度も叫んだ。頭が真っ白になり、強烈な痺れとともに、エクスタシーが訪れた。

「ああ、あ、いい、いい……ッ！」（内藤みか『男はときどき買えばいい』）

快感を堪えながら、顔を歪ませ

「ああぁ……ッ、い、いや……ッ！」

涙声を出しながら、こずえが振り向いた。快感を堪えながら、顔を歪ませ、半開きになった唇からは絶えずはぁはぁと荒い息が漏れている。貴樹と視線が合った瞬間、

「はああ……、イク……ッ！」

こずえの肉尻が痙攣《けいれん》し、ペニスをきつく絞り上げてきた。（内藤みか『メール不倫　年下の男の子』）

【響く】

いいわ、奥まで響く……！


「ああーッ、いいわ、奥まで響く……！」

　彼女が顔をのけぞらせて言い、ぐりぐりと股間を押しつけて動かした。

　やはり中は燃えるように熱く、蜜汁の分泌も充分すぎるほどだった。（睦月影郎『猟乱　かがり淫法帖』）

響いてる……お腹に響いてきます

「あたってるだろう？　先っぽが、由美香の子宮にあたってるだろ？」

「あたってる、コツコツあたってる……お腹がかきまわされてる。響いてる……お腹に響いてきます……ああ、ああァァ……どうにかしてください！」（霧原一輝『恋鎖』）

響く〜。あ〜、もうだめえー

「響く〜。あ〜、もうだめえー。またイクー。あ〜、イクイクッ、イクウー」

　甘膣が痙攣した。（北山悦史『蜜愛の刻』）

太鼓みたいに鳴ってるよォ

「そうら、イッていいんだぞ。そうら」

「ああァァ、響いてくるゥ。太鼓みたいに鳴ってるよォ……ああ、ああァァ……」

「そうら、出すぞ。そうら」

　田丸が深々と打ち込むと、あかりの動きが止まった。まるで真空状態に置かれたようだった。（島村馨『夜の代打王』）

喜悦の呻きを響かせ

　小豆大の淫核を丸々と剝きだし、尖り舌の先端で丹念に突きまわす。

　夫人は咥えていた雁首をまたも落とし、長々と喜悦の呻きを響かせはじめた。

「ほっ……ふっ、ひぃぃっ。そ、そこ……く、感じ。あ、あああん、沁みるぅーっ」（黒沢淳『熟妻フェロモン　誘惑テニス倶楽部』）

子宮にズーンと響くような

「うっ、うむっううううう……」

　加奈子は、思わず体を海老のようにのけぞらせた。まさに、子宮にズーンと響くような衝撃である。全身が小刻みに震え出し、頭の中は空白状態。（丸茂ジュン『天使の誘惑』）

【悲鳴】

絹を裂くような悲鳴とともに

「イクっ、イッっっくうう」

　絹を裂くような悲鳴とともに、奈々美は天上へとのぼりつめ、それと同時に良太も熱いものを一気に噴出させていた。(冴木透『誘惑マンション—午後2時—』)

甲高い悲鳴が飛び散った

　静江の裸身が、上から下へ、そして下から上へと、荒波のようにうねり始めた。

「ああーっ！」

　甲高い悲鳴が飛び散った。白い喉がのけ反る。青い血管に脈動が走る。幹の根元を強く締めつけられた。(末廣圭『人妻惑い』)

ソプラノの悲鳴が

「あんあんっ、あんんっ……イクっ、イッちゃう……くうっ……くうううっ」

「おっ、むおおっ」

　ソプラノの悲鳴が途切れたのと、良太がエキスを吐きだしたのはほとんど同時だった。

　オレンジ色の光に包まれてのぼりつめながら、二人は完全に溶け合った。(冴木透『誘惑マンション—午後2時—』)

ひときわ甲高い悲鳴を

　躰の内側で男の爆発を感じた真名実が、ひときわ甲高《かんだか》い悲鳴をあげた。

「いくいくいくっ！　わたしも、いくっ！　いっちゃううううう一っ！」(草凪優『発情期』)

あえなく悲鳴をあげる

　勇作の舌は生き物のように動き、響織子の肉裂のなかを這いまわる。

　グチャグチャにかきまわしたかと思うと、グンと伸びて肉芽にも達した。さんざんに肉芽を嬲った。

「キャゥ、ゆ、勇作さ……ヒォッ！」

　肉芽への集中攻撃に、響織子があえなく悲鳴をあげる。(巽飛呂彦『処女未亡人』)

脳天を突き抜かれるような悲鳴を

「ああーっ」

　思いがけない巨根の進入に、真弓は脳天を突き抜かれるような悲鳴をあげて、シーツをわし掴みにして、のけぞりを打った。(南里征典『課長の名器リスト』)

声にならないような悲鳴をあげ

「あ……イク」

　声にならないような悲鳴をあげ、早希の腰が痙攣した。中年男はここぞとばかりにと一気に白濁を膣内に放出する。熱液が子宮に浴びせかけられる。

「あんッ……駄目ですッ……んんッ」（夏月燐『（制服レイプ）狙われた六人の美囚』）

絶息するような悲鳴を上げ

　辰夫の鉄火のように硬直した肉棒で肉芯を更に強くえぐられた夫人は、耐えきれなくなったように辰夫から唇を離して、ああっと絶息するような悲鳴を上げ、次に辰夫の肩先に額を押し当て、キリキリ奥歯を嚙みならした。

「ああ、ねえ、い、いきそうなの」（団鬼六『妖女』）

痛切な悲鳴を轟かせて

「はっ、はぁおおおおおーっ！」

　美咲が天を仰いで絶叫する。膝立ちの肢体をがくがくと震わせ、懸命に尻を突きだしてくる。少しでも深く男根を呑みこみ、歓喜を嚙みしめようとする。

「いくいくいくっ！　いっちゃうーっ！　いっちゃうううううーっ！」

　痛切な悲鳴を轟かせて、美咲は絶頂に達した。（草凪優『色街そだち』）

甲高い悲鳴をほとばしらせ

　少し腰を引き、再度突きあげた。

「あうっ！」

　甲高い悲鳴をほとばしらせ、千春の顔がのけ反った。（末廣圭『濡事』）

草笛を吹いたような悲鳴が

「ううっ、ああっ、きて……。わたし、もう、だめ……」

　唇を離した夫人が、切れ切れの喘ぎ声を発し、股間を押しつけた。最後の一突きを放った。潤みきった襞を、ぐさりと貫き通した感覚だった。

　ひーっ……。夫人の喉に草笛を吹いたような悲鳴が響いたとき順平は、想像もつかなかったおびただしい濁液を、熱い襞間に撒《ま》き散らしていた……。（末廣圭『人妻惑い』）

悲鳴にも似た歓喜の声が

　真介は腰の動きを速めた。

「ああっ、いいッ……いいわ……ああっ、それっ……わたしのが、壊れるくらい突いてっ！」

　四十路《よそじ》の半ばをすぎた由季子の口からどん底の卑猥語が放たれ、真介が突き穿《うが》ちをつづけざまに送りこむと、

「あひーっ、いくっ！」

悲鳴にも似た歓喜の声が、のけぞり返って、男の両の腕にとりすがる由季子の口から上がった。（北沢拓也『夜の奔流』）

麗しい半裸をのけぞらせ

「ひぃぃぃ……いっちゃう！　いくっ！　いっ、いくぅうぅぅぅぅ……」

「うおおおおっ！」

菜津美が麗しい半裸をのけぞらせ、歓喜の悲鳴をほとばしらせた。（赤星優一郎『若妻バスガイド』）

下劣な悲鳴に戸惑いながら

「あ、あたし……ひっ、ひぃぃ……やっ、いやーっ！　やめ、へひぃ！」

ザクザクと膣が掘られ、自分の声とは思えない下劣な悲鳴に戸惑いながら、絶頂の階段を昇りつめてゆく美和子。（櫻木充『未亡人美人課長・三十二歳』）

金切り声を発した

「あーっ、ねっ、わたし、いくわ……。いくわよ」

頑丈そうにできているキングサイズベッドの軋み音をBGMにして、直美は金切《かなき》り声を発した。（末廣圭『妖花の館』）

甘美なうねりが怒濤のように

英司が両手で奈津実の尻を押さえ、下から腰を突き上げてくる。

奈津実は悲鳴のような声をあげ、甘美なうねりが怒濤のように押し寄せてくるのを感じた。

「凄いわ……ああ、こんなのって、初めて！」（一条きらら『密会』）

甲高い悲鳴をあげて

子宮底に浴びせられる熱い精液と、躰の内側で味わう男の歓喜の痙攣が、オルガスムスの呼び水になる。

「ああっ、いくっ！　わたしもいっちゃうっ！　あああああっ……」

甲高い悲鳴をあげて、千佐都は絶頂に達した。（草凪優『夜の手習い』）

悲鳴が限界を告げた

両方の淫穴のどちらでも、ほんの少し指先が動くだけで驚くほど人妻の身体は跳ね上がるのだった。粘膜が擦られ、そのたびに膣を中心にして下半身の筋肉がビクンと震える。その震えが小さなうねりとなり、うねりが連なり合ってさらに大きなうねりが生まれていった。

「ひっ、ひいいぃぃっ」

ついに千恵の悲鳴が限界を告げた。（嵐山鐵『婦人科診察室　人妻と女医と狼』）

鋭い悲鳴が寝室に

亜美は、早紀子の太腿をガッチリと抱えあげた。そして、唇を尖らせて、膨れあがった肉芽を咥え、軽く吸いあげてやる。

「ヒイイーッ！……」

途端に、鋭い悲鳴が寝室に響きわたった。（西門京『家庭教師・美蜜』）

悲鳴に近いエクスタシーの叫び声を

「ああああああーーーー」

響子が悲鳴に近いエクスタシーの叫び声をあげると、矢島も「おおう」と獣のような野太い呻き声をあげ、響子の中に熱い煮汁をたっぷり噴射させていった。（彌永猟二『ママの発情儀式』）

金切り声を放ってよがった

肉幹を握った左手で、また左の乳首をいらった。

「ひぃっ、いいっ！」

男のエキスが染み込みでもしたのか、結芽子は金切り声を放ってよがった。（北山悦史『蜜愛の刻』）

感極まった悲鳴しか

遼太郎の左手が乳房に伸び、乳首もろとも愛撫しはじめると、もはや感極まった悲鳴しかその口から出てこなかった。

「はぁおおおっ……だめっ……だめええぇっ……」（草凪優『性純ナース』）

艶やかな悲鳴をあげ

「ああっ、出るっ……出るっ……おおおうっ！」

痛切な雄叫《おたけ》びとともに、最後の一撃を叩きこんだ。子宮口に煮えたぎるマグマを受けた理恵子は、その日いちばんの艶やかな悲鳴をあげ、スレンダーな肢体をがくがくと震わせた。（草凪優『ごっくん美妻』）

歓喜に歪んだ悲鳴を

「はっ、はぁあううううーっ！　はぁうううううーっ！」

体内で男の爆発を感じた万里は、さらに激しくよがり泣き、健康的なボディをよじらせた。断続的な射精の発作を迎えるたびに、ぶるんっ、ぶるるんっ、と豊満な双乳を跳ねあがらせ、歓喜に歪んだ悲鳴をあげた。（草凪優『発情期』）

獣じみた悲鳴をあげて

「で、出ますっ……出ちゃいますっ……おおおおうううううっ！」

「わ、わたしもっ……わたしもイクウウウウウウウウーッ！」

灼熱のマグマをどくどくと子宮口に浴びせると、貴美子は獣じみた悲鳴をあげて絶頂に達した。（草凪優『ごっくん美妻』）

背中を弓なりに反らせて甲高い悲鳴を

カリのくびれにからみついてくる肉ひだが、眼も眩《くら》むような快美感を運んでくる。たまらず、ずんっ、と突きあげると、

「はっ、はぁああああぁーっ！」

百合子は背中を弓なりに反らせて甲高い悲鳴をあげた。（草凪優『ごっくん美妻』）

いっちゃうううううーっ！

「はっ、はぁあうううううーっ！」

響子の口から獣じみた悲鳴があがった。

「も、もうだめっ……いくっ！　いっちゃううううううーっ！」

悲鳴の途中で、響子はびくんっと腰を跳ねさせた。（草凪優『つまみ食い。』）

激しく尻を揺さぶりたて

「はっ、はぁううーっ！　はぁうううーっ！」

体内にマグマを放たれた眞由は、激しく尻を揺さぶりたて、店中に獣の牝の悲鳴を響かせる。（草凪優『おさな妻』）

あられもない悲鳴をあげて

「ああっ、イッちゃうっ！　イッちゃいますううーっ！」

社長室のローテーブルの上で、貴美子の背中が反りかえっていく。ノーブルな紺のタイトスーツから、双乳も股間の翳《かげ》りも剝きだしにし、あられもない悲鳴をあげて絶頂に昇りつめていく。（草凪優『ごっくん美妻』）

【むせび泣き】

むせび泣きは、じょじょに強まり

そのむせび泣きは、じょじょに強まり、目尻から涙が溢れる。

「ああ、あなた……」

そういいつつ達也の手で乳房を揉ませ、自身も達也の胸をなぞる。（赤松光夫『人妻えっち』）

むせび泣くような声を張り上げ

淫液まみれのざらついた布地の感触に責められ、可南子はむせび泣くような声を張りあげた。

「あっ、くうっ、ひいっ、たまらないわぁ、それ……」

（夏島彩『危険な家庭訪問　担任教師と三人の母』）

爛れたようなジュクジュク感が

爛れたようなジュクジュク感が千沙をこれまでとは違ったところに追いやっていく。

「あっ、ああっ、ひっ、おかしくなるぅ！」

むせび泣くような喘ぎ声をあげて、千沙は首を振りたてた。（夏島彩『私は女教師』）

恥骨を振り立てた

「うっ、はああっ、いいわいいわ。日高さん、やって。あたしのこと、むちゃくちゃにして」

むせび泣くような声で訴え、園香は恥骨を振り立てた。（北山悦史『潤蜜の宴』）

【よがり声】

ひっきりなしのよがり声を

膣壁が、えぐりにえぐり抜かれていた。

「イヤッ、イヤーーーーッ。アワ、ワワワワワワ」

朋美はひっきりなしのよがり声をあげた。両手で頭を押さえつけ、両脚を思いきり突っ張らせた。（由布木皓人『蜜壺くらべ』）

悲鳴のようなよがり声が

あ、ああ、それ、それよっ……ああ……それが欲しかったの……。

コリコリと満子の恥芽は硬く勃起して尖っている。それを嬲るように指腹で撫でまわすと、鋭い満子の悲鳴のようなよがり声があがった。（美園満『運命の一日 人妻が牝になった時』）

蜜鳴りさせて内腿を叩き合わせ

「うううっお……おおー、汰一、いいよおー。全部いいよおー。あーあー、イキそ。イキそ。うっ、う……うっ、うんうんうんうん」

ぢゅぶぢゅぶと蜜鳴りさせて内腿を叩き合わせ、千晴は絶頂した。（北山悦史『粘蜜さぐり』）

すすり泣くようなよがり声に

「ああッ、いく、英明さんっ」

とろとろになった肉襞がまとわりついて、佐古を締めつける。

「ああッ、俺もいく」

佐古はおめき、すすり泣くような上村美佳のよがり声にも吐精を早められ、腰をふるわせておのれを抜き出すと、唸《うな》り声をあげて、どくどくと精を射ち放っていた。（北沢拓也『密事のぬかるみ』）

恥芯から果蜜が噴きこぼれ

「あっあーっ、大悟、気持ちいい、気持ちいい。あっ、いーっ、気持ちいいよ、気持ちいいよお」

結夏子は内腿を烈しくわななかせて大悟の頭を叩き、よがり乱れた。

赤く充血した恥芯から果蜜が噴きこぼれ、暴れるお尻の谷間を縫ってベッドに垂れ落ちている。（北山悦史『淫能の蜜園』）

鼻にかかった小娘のような小声で

「あ、あ、あ、イキそうです。イキそうです」

今まで大声を上げてよがっていた清泉が、鼻にかかった小娘のような小声で切なげに、絶頂の到来を訴えた。（北山悦史『淫能の野剣』）

獣じみたよがり声をあげて

「イクイクイクッ！　イクウウウウウウウーッ！」

長く尾を引く女の悲鳴を耳にしながら、耕一は灼熱の男汁をどくどくと放出した。ちぎれんばかりに首を振り、獣じみたよがり声をあげて絶頂を遂げた女体のなかに、長々と射精し続けた。（草凪優『ごっくん美妻』）

M字開脚の躰を左右にくねらせ

「ああっ、いいっ……いいわあっ……」

佳乃子の腰の動きはみるみる速度を増していった。M字開脚の躰を左右にくねらせ、こねあげるようにして肉茎を舐めしゃぶる。（草凪優『マンションの鍵貸します』）

快楽の波にさらわれ、そこで溺れた

沙織はすでに快楽の奴隷であり、オーガズムに到達することと以外のことは何も考えられなかった。

「イク！　イク！　ああああっ！　おおん、おおおおっ！　うあんうおん！　あっ！」

沙織は快楽の波にさらわれ、そこで溺れた。（友松直之『女教師・友梨―降臨―』）

ガクン、ガクンと総身を揺らして

「イク……イクわ、山岡さん。いやッ、イクッ」

幸子がガクン、ガクンと総身を揺らして絶頂を迎えたとき、山岡のペニスにも射精の脈動がはじまった。勢いよく噴出した白濁液が、幸子の体内の奥壁に叩きつけられる。（牧村僚『人妻艶戯』）

全身をガクガクと揺すって

「うあッ、はあああ！」

セックスを巨根でこすられ、初枝は全身をガクガクと揺すってよがりをあげた。（橘真児『学園捜査線』）

喉を絞り上げるようなよがり声を

加勢は、背後からおのが長大なものを紫津に挿しこんで、女の細い胴に両手を添えると、ぐいぐいと動きだした。

「ああーッ、いいっ、いいーッ」

　若菜紫津が、腰をゆすぶりまわして、喉を絞り上げるようなよがり声をあげる。（北沢拓也『花しずく』）

全身がガクガクと痙攣したかと思うと

「あああああぁッ！」

　のけ反った英美が盛大なよがりをあげる。尻を基点にして全身がガクガクと痙攣したかと思うと、間もなくデスクに突っ伏して、荒い息づかいをこぼすだけになった。（橘真児『召しませヒップ』）

エンスト寸前の車のようにガクガクと

　泣き声に近いよがりに、俊兵も下からの突き上げを激しくする。晴美の動きとぶつかり合い、そこから理性の消し飛ぶような快楽の波が生じる。

「ああ、ああッ、あああああっ！」

　エンスト寸前の車のようにガクガクと全身を揺すり、美しい若妻はのけ反って昇りつめた。（橘真児『若妻ハルミの愉悦』）

下腹と下腹が、ピタッピタッと肉音をたてて

　美咲は、寿雄の胸に倒れこみ、両腕で、寿雄の首にしがみつく。

「ウウッ、ウウーンッ」

「アアッ、ウウーンッ……」

　ふたつの体がぴったりと密着し合って、下腹と下腹が、ピタッピタッと肉音をたてて、ぶつかり合う。絶頂はもう間近だった。（鬼頭龍一『美姉・黒下着の秘密』）

腰骨が蕩けるような大波に煽られ

「あぁぁッ……い、いやあッ……あひッ、あひぃぃッ……」

　炎を噴きあげるように涼子はヨガリ声を噴きこぼし、腰骨が蕩けるような大波に煽られ、一気に高みへと放りだされる。夢野乱月（『凌辱職員室　新人女教師〔真由と涼子〕』）

「うッ、うッ」と顎をせり上げる

　打ち込むたびに、ウォーターベッドがぼわわんと揺れて、二人を押し返してくる。

「うッ、うン……あッ……いいよ、拓海。素敵よ……」

　叔母は二の腕をつかんで、突くたびに「うッ、うッ」と顎をせり上げる。（浅見馨『叔母は未亡人　奈央子36歳』）

両手でシーツを皺になるほど握って

「うン、うン、うン……ああ、感じます。大隈さん、感じるの！」

　両手でシーツを皺になるほど握って、美羽はうねりあがってくる情動を全身で表現した。（島村馨『夜の新米監督』）

狂った小鳥の囀りにも似たけたたましい声が

「はひっ、おぅっふ……ひぃ、た・ま・ら・な・いぃーっ」

女体の背が浮きあがり、その唇から狂った小鳥の囀りにも似たけたたましい声があふれだした。乳首の痛痒がよほどよいらしく、元モデルのシャープな美貌を引き攣ったように歪ませながら、息も絶え絶えに喘いでいる。（黒沢淳『熟妻フェロモン　誘惑テニス倶楽部』）

泣くような悦の声が

「こ、こんなの初めて……気持ちいいっ」

夫人の口から、初めて泣くような悦《えつ》の声が発せられ、ベッドシーツから浮き上がった腰が快感に揺すり振られた。（北沢拓也『みだら妻』）

腰を押しつけてくる

三点を同時にいじくられ、奈緒美は絶頂に向かって身体を反らせた。

「イキそうよ、ああん、イキそうっ！　ああ、あん、あん、あん、あん、そんなにされたら、私っ！　ああん、だめ、イク、イク、ああっ！」

奈緒美は左手で徹の頭を、右手でシートの背を掴み、腰を押しつけてくる。（如月蓮『年上の隣人妻』）

愉悦にのたうちまわって

「はう、はう、……いい、いい、……うん、うん」

前田の動きに合わせるように、腰を上下に振りながら、香織は愉悦にのたうちまわっている。我れ知らず、口からもれるのは、もはや喘ぎではなく、明瞭なよがり声だ。（望月薫『若妻　夫の部下に囚われて』）

歓喜の声が喉奥から吹き上がる

隆介の強烈なピストン攻撃を受ける人妻のはりあげる声は、しだいに甲高くなり、まるで締め殺される動物の悲鳴に似てきた。そしてすぐに最初のオルガスムスが爆発した。

「ひー、イク、イキます、ううぅッ！　あうー！」

連続するオルガスムスが牡の精液を心から欲しているに違いない人妻の全身を反りかえらせ、歓喜の声が喉奥から吹き上がる。（館淳一『目かくしがほどかれる夜』）

歓喜の悦声をはりあげ

ズブ。

抜いたばかりの肉の通路に一気に突き埋めてしまうと、

「あ、あうー、うああ！」

中断によって欲求不満状態になっていた女は再び歓喜の悦声をはりあげた。（館淳一『目かくしがほどかれる夜』）

快感が肉奥から込みあげて

逃れようもなく、敏感な突起を弄ばれる。際どいセックスに身を任せる快感が、肉奥から込みあげてきた。引きさかれたような表情になって、豊かな髪をわななかせる。中学教師のしわざに、翻弄されるままになっていた。

「ひっ、ひいっ、イ、イクぅ!……来ちゃううっ!……」（夏島彩『危険な家庭訪問 担任教師と三人の母』）

身体じゅうの皮膚感覚が際立ち

「でも……でも……ふううっ、くううっ、あっ、あああんっ!」

総身をぬらつきながら摩擦されるのが、これほど妖しい快感を呼ぶとは思ってもみなかった。身体じゅうの皮膚感覚が際立ち、どこまでも研ぎすまされていく。（夏島彩『危険な家庭訪問 担任教師と三人の母』）

官能の叫び声をあげた

「あっ!　んふっ!　はぅン!　くあっ!」

康宏が腰を突きあげ、根元まで肉棒を突き入れるたび、佳美はせつなげな官能の叫び声をあげた。蜜壺のなかがすごく熱くなっている。（鏡龍樹『未亡人熟母の寝室〔Secret Lesson〕』）

絞り出すような声を発して

「ああ、いいっ……ああ、気持ちいい……いく……あっ、わたし……いく……!」

絞り出すような声を発して、千絵が公佑のからだの下で硬直した。（山路薫『美女いじめ』）

恥じらいのない声を発しながら

「素敵……、素敵よ。ね、あなたもいっているんでしょう」

恥じらいのない声を発しながら女先生は、義人の胸板にどっと、その全裸をぶつけてきた……。（末廣圭『淫香』）

狂い泣くような甲高いよがり声を

興奮にうわずった声をあげると、土佐は、ぬめる秘唇に肉棒をあてがい、ググッと腰を進めて江梨子の膣を一気に貫いた。

「あああっ……いいっ……いっ……あああーん」

上品な美しい顔を切なそうにゆがめ、狂い泣くような甲高いよがり声を響かせて、江梨子が上体をのけ反らせた。（高木七郎『婦人科医と若妻』）

夢中になって喘ぎ

溢れる愛液がクチュクチュと淫らな音を立て、ペニスがリズミカルに摩擦された。

「アアッ……、いい気持ち……、どう?　これがおまんこなのよ……」

君枝は次第に夢中になって喘ぎ、時には両膝を立ててしゃがみ込み、運動でもするように腰を上下させた。（睦月影郎『淫蕩熟女の快感授業』）

昂った小声を発して

幸音が沢崎のほうに上体をひねって、もたれかかってきた。ギュッとペニスを握りしめて沢崎にしがみついたかと思うと、

「あぁイクッ！」

昂った小声を発して軀を痙攣させると同時に腰を小刻みに律動させる……（雨宮慶『三十路妻〔密会〕』）

「いく」という言葉が連発銃を射ちまくるように

弓江は和恵の両の脚をベッドの上に降ろし、胸と胸を重ねると、早川和恵の唇をむさぼり吸いつつ、腰をリズミカルに使った。

弓江が果てる寸前、早川和恵の口から「いく」という言葉が連発銃を射ちまくるように上がった。（北沢拓也『虚飾の微笑』）

なまめかしい声を張りあげ

「あッ、ああんっ」

有森操がなまめかしい声を張りあげ、右の手指を大きくひらいた股の間で横にゆすぶりたてるようにし、身体のわきに投げ出していた左手の指でベッドシーツをにぎりしめると、腰を上下に激しく波打たせた。（北沢拓也『一夜妻の女唇』）

遠慮のない声を奔放にあげた

クールに微笑して、かおりは夫人の小指の先ほどにぷっくりと肥《こ》えた肉の実に舌をからめて、敏感なそれをころがし、咥えこんで吸いたてる。

「ああーッ、いいわ、いっちゃう、わたし」

遠慮のない声を奔放にあげた志摩夫人が、持ち上げた腰をがくがくと痙攣させた。（北沢拓也『爛熟のしずく』）

なまめかしい悦の声を

目を閉じて頷きかけをくり返した里見優美が、恭平の長大な硬直が力強く滑りこんだ途端、

「ああんっ、気持ちいいッ……イッちゃう、わたしっ！」

恭平の背に両手をまわして、なまめかしい悦の声を張り上げた。（北沢拓也『熟愛』）

すすり上げるようなよがり声

「ああッ、義母《かあ》さん、俺、いってしまう」

「わたしのおなかの上に、いっぱいかけて」

互いに遠慮のない痴語をわめきあい、浩介は抜き挿《さ》しの動きを速めると、義理の母のすすり上げるようなよがり声も刺戟となって、吐精の一瞬を迎え、おのれを抜き出すなり、これまで持ちこたえていた激情の粘液を、ど

くどくと射《う》ち放ち、やわらかくなった義母の女体に上体を崩し伏していった。（北沢拓也『美熟のめしべ』）

喉をふるわせて、よがり声を

「ああーっ、いい、いいッ……」

女の両の脚を肩にかつぎ乗せて、上体を前に屈《かが》め、両手をベッドの上におく恭平の双の腕に美雪はとりすがり、喉《のど》をふるわせて、よがり声を上げた。（北沢拓也『熟愛』）

気持ちいいでしょう。アアーッ……!

「ああ、出しているのね。これがセックスなのよ。とっても気持ちいいでしょう。アアーッ……!」

早口に言いながら、とうとう良枝も大きな絶頂の波に巻き込まれたようだった。奥に感じたザーメンの熱い噴出で、たちまち良枝も昇り詰めたようだ。（睦月影郎『メイド・淫《イン》・蜜《ハニー》』）

オルガスムスのスイッチが入ったように

「あう、感じる。気持ちいい……、ああーッ……!」

噴出を受け止めた瞬間に、優子もオルガスムスのスイッチが入ったように口走った。そして激しく腰を跳ね上げ、由美子以上に乱れて全身を小刻みに痙攣させ続けた。（睦月影郎『保育園の誘惑』）

声を上ずらせ、ガクガクと狂おしい痙攣を

口を離して喘ぐと同時に、浩明は大量のザーメンを勢いよく噴出した。

「ああーッ……! か、感じる……」

霞もオルガスムスに達したように声を上ずらせ、ガクガクと狂おしい痙攣を開始した。（睦月影郎『くノ一夢幻』）

官能の悦びを嚙みしめ

「あああぁぁぁ。銀さんっ、送り込んでっ。ゆっくり動いてっ。オチンチンで掻き回してっ」

アパートの隣人の耳が気にかかったか、小菊はその声を忍ばせた。

円谷は幹の根元までをぎっちり嵌め込み、抜き挿しを始めた。小菊が眉間に縦皺を刻み、官能の悦びを嚙みしめ、よがり声を必死に押し殺した。（安藤仁『花びらしずく』）

【よがり泣き】

ヒイヒイ喉を絞ってヨガリ啼いた

「ヒイッ……あひぃッ……く、狂ってしまいますッ……あひいいッ……」

涼子はソファをギュッと握りしめ、のたくるように貌を振りたててヒイヒイ喉を絞ってヨガリ啼いた。（夢野乱月『凌辱職員室　新人女教師〔真由と涼子〕』）

すすり上げるようなよがり泣きを

池尻はぐいと腰を叩きこみ、ぐいぐいと動いた。

「ああーッ、おおーんッ」

池尻と一緒になって腰をゆすぶりまわし、瑞原香織はすすり上げるようなよがり泣きを洩らしはじめた。（北沢拓也『夜光の熟花』）

よがり泣きながらオルガスムスのふるえに

突然七重が一際高いふるえ声を放った。荻野の頭をかき抱いてのけぞったかと思うと、

「イクーッ、イッちゃうーッ！」

よがり泣きながらオルガスムスのふるえにわなないた。

（雨宮慶『六人の熟未亡人』）

シーツをつかんで滅茶苦茶に引っぱる

陽平は男の精を放出した。沸騰する熱いマグマを、涼香のなかにどくどくと注ぎこんでいく。

「はぁあああっ……はぁあああああっ……」

子宮底に灼熱を感じた涼香は、さらに激しくよがり泣き、両手でシーツをつかんで滅茶苦茶に引っぱる。（草凪優『祭りの夜に』）

獣のごとくよがり啼いている

「イッて、イッて！　お姉ちゃん、もっともっと！」

白目を剝いて、獣のごとくよがり啼《な》いている由布子にも容赦なく、ラビアがひしゃげ、クリトリスが潰れるほどのピストンで巨根を根元まで突入させる。（櫻木充『いけない姉になりたくて』）

脳天まで突き抜けるほどの快楽に

「ひいぃ……あっ、あふう、ひぃ、いっ、いいぃん、そっ、そおおぉ！」

久しぶりの慰めに、巧みで過激なクンニリングスに翻弄され、祐奈は脳天まで突き抜けるほどの快楽によがり啼いた。（櫻木充『僕の美獣〔新妻姉と美少女〕』）

よがり泣きながら達した

「ああッ、またよ、またイクわ。今度は公ちゃんも一緒にイッて」

一度イクとイキやすくなるのか、響子叔母さんはたちまちイキそうになって懇願した。

公太は発射を告げて突き上げた。

響子叔母さんはのけ反り、よがり泣きながら達した。

（雨宮慶『美人アナ・狂愛のダイアリー』）

声の限りによがり泣き

「はぁあああっ……はぁああああああっ……」

エクスタシーの高波の上からおりることを許されなくなった悠美は、声の限りによがり泣き、山野の上で淫らがましいダンスを踊りつづけた。（神子清光『蜜色の檻』）

目尻から涙を流して

美津穂は切迫した高揚感に全身をうねらせ、

「お願いよっ、もっと早く！　もっと強くぅ……いっぱいやって！　あー、もうたまんないっ」

と目尻から涙を流してよがりまくった。（高竜也『ふとい奴』）

よがり泣きながら腰を振りたてる

美和子はしがみついてきた。同時にペニスが蜜壺深く突き入った。「イクッ！」と美和子が呻くような声を洩らして、よがり泣きながら腰を振りたてる……。（雨宮慶『三十路妻〔密会〕』）

軀がピーンと反り返った

「ああッ、そんな……だめ、ヘンになっちゃう……ああいいッ……ああッ、もうイッちゃいそう……」

と、ヨガリ泣く。

すると蜜壺が、というよりV筋がピクピク痙攣しはじめ、クーッと阿木の指を締めつけてきて、美雪の軀がピーンと反り返った。（雨宮慶『黒い下着の人妻』）

しびれるような快感の疼きに

しびれるような快感の疼きに襲われて美砂子はのけぞった。

ビクン、ビクンと肉棒が跳ねながら、ビュッ、ビュッと勢いよくスペルマを発射する。子宮を叩かれて美砂子は身ぶるいとめまいに襲われた。

「アア～ッ、イクゥー、イクゥー！」

よがり泣きながら絶頂を訴えて腰を揺すりたてる美砂子の目尻から熱いものがあふれてきた。（雨宮慶『熟美人課長・不倫契約書』）

オルガスムスのふるえに包まれて

「アアーッ、イクイクーッ！」

響子も絶頂を訴え、倒れ込んで公太にしがみつくとオルガスムスのふるえに包まれてよがり泣いた。（雨宮慶『美人アナ・狂愛のダイアリー』）

【わめく】

狂ったようにわめいた

高木美雪は、有花の口から猥語を聞くことで男と同様の昂《たか》ぶりをおぼえるらしく、唸るような呻きを洩らし、

「いくっ！　有花さん、わたし、いくわ！」

汗ばんだ裸体を右に左にとよじって、狂ったようにわめいた。（北沢拓也『熟愛』）

あまりの激悦に泣き喚く

雁の括れに肉襞が削ぎ取られ、亀頭の「拳」で容赦なく子宮が叩きのめされる。

「ひいぃ！　んいいっ！　おぉ……くひっ、んあぁぁ！」

いまだかつて味わわされたことのない快感に、あまりの激悦に泣き喚く由伽。（櫻木充『危険な隣人　おばさまと新妻姉』）

獣のように喚くと

千鶴はクリッと引き締まったヒップを、狂ったように揺さぶった。

「あああああーっ。もう、死ぬうーっ……」

最後に一声獣のように喚くと、彼女は義弟の手によがり汁をドッと噴きこぼした。（藤崎玲『三十六歳の義母〔美囚〕』）

キャゥ！　キャオオッ！　キャオン！


「キャゥ！　キャオオッ！　キャオン！」

玲の反応が高まるのを合図のように、紘市はさらに強く腰を叩きつけた。玲のヒップが紘市の腰に打たれ、乾いた音をたてる。（柳静香『初めての愛人』）

④「痴語」系

【いや、いや】

それはしないでッ……いやッ、いやですッ

「よし、女になった祝いに俺のザーメンをたっぷり射込んでやる」

「……ヒッ……そ、それはいやッ……ああッ……そ、それはしないでッ……いやッ、いやですッ！」（夢野乱月『凌辱職員室 新人女教師〔真由と涼子〕』）

秘口が収縮し、蜜を絞り出した

「あう！　いやっ！　いやァ！　うぅん……くっ！」

はじめてのクンニリングスに亜紀は鼠蹊《そけい》部を突っ張り、桜貝のようにかわいい爪の張りついた足指を反らせ、数秒で気をやって打ち震えた。白い喉がのけぞり、眉間の皺はさっき乳首を口に含んでもてあそんだときよりいっそう深く刻まれていた。秘口が収縮し、蜜を絞り出した。（藍川京『診察室』）

全身に大きな震えが

熱を持った肉芽は、こりこりと硬さを増し、なぶっている舌先がぴりぴりする。

「いやっ、いやよ、雅弘。いっちゃう。ああ、ママ、いっちゃう」

ブリッジをするように腰を浮かせた加代子の全身に、大きな震えが走った。（牧村僚『母姉誘惑』）

声がせっぱ詰まって

「あう、いや……いやいや……いや」

紅子の声がせっぱ詰まってきた。肉のマメを揉みしだく指の動きが速くなってきた。それでも下品にはならず、優雅に見える。

「ああっ、いやいやいや」

足指の擦れる音がしはじめた。（藍川京『緋の館』）

【くる、くる　来た来た】

そんなことされると……あっ、きちゃう！

拓己は腰をグラインドさせながら、右手を女陰に伸ばし、クリトリスをいじり回した。

「あぁーっ……そんなことされると……あっ、あっ、きちゃう！」

熟夫人は唇を噛みしめ、瞼をぎゅっと閉ざした。淫裂からは涎れのように大量の愛液が漏れだし、（星野聖『〔三人の美乳〕黒い下着の熟妻』）

きそう……くるわ

征吾は必死だった。突き上げてくる快感に耐えながら、子宮も破裂せよとばかりに肉棒を叩き込んだ。

「あーっ、きそう……くるわ……」（高竜也『淑女の愛花』）

全身が、一本の棒のように

「あーっ、くる……くるわっ、うーっ‼」

征吾の二本指を秘孔に呑み込んだまま、翔子の全身が、一本の棒のようにピーンと突っ張った。（高竜也『淑女の愛花』）

眉を苦しげに寄せて

尖った乳首からひろがる甘美感、バイブを埋めこまれた秘孔を襲う信じがたいほどの喜悦、そしてアヌスから頭の先へと抜けていく重苦しい衝撃……。

「来る、来る……ああ、いやッ！」

眉を苦しげに寄せて、前髪の生え際に大粒の汗を噴きこぼし、香織は間近に迫ったエクスタシーの波に身構えた。（北原童夢『看護婦・凌辱病棟』）

腰から下だけを魚のように揺らして

「ぐううっ、うっ、うっ、ううんっ、はあっ、来た、来たわ、あああああん！」

手のひらを口にあてがい声がもれるのを懸命に防ぎながら、綾子は腰から下だけを魚のように揺らして徹を受けとめる。（如月蓮『年上の隣人妻』）

【死ぬ　死んじゃう】

あふうんっ、死んじゃう！

智久も限界に達した。綾乃もバドガールのコスチュームをまとったまま、背中を激しくのけ反らせる。嵐のような恥辱と快感が彼女をはるかな高みに連れ去ったのだ。

「あふうんっ、死んじゃう！」（真島雄二『お姉さんたちの特別レッスン』）

死ぬっ、死ぬっ

円谷は熟女の括《くび》れた腰に両手を回し、腰の上下動に弾みをつけさせた。

「いいわっ。凄くいいっ。銀さん、よすぎるっ。わたし、死ぬっ。死ぬっ、死ぬっ」

　熟女が気を取り乱し、辺り憚《はばか》らず大きなよがり声を上げ始めた。（安藤仁『花びらしずく』）

死ぬ……死ぬう

　脳天を突き抜けるような感覚に、とうとう陽子はかつてない狂態を晒した。

「死んじゃいそう……あああ、死ぬ……死ぬう」

　全身を揺さぶって吠えた。（高竜也『三人相姦 少年と叔母と義母』）

もうダメ、死ぬ……！


　膣内がキュッキュッと実に悩ましい収縮を繰り返し、文也も大量のザーメンを噴出させながらピストン運動を続けた。

「も、もうダメ、死ぬ……！」

　友恵は口走ると、反り返ったまま硬直し、あとは声も出せずヒクヒクと痙攣《けいれん》するばかりだった。（睦月影郎『巨乳の味』）

し、死ぬ……！


　泉はすぐにも気を遣り、がくんがくんと狂おしく痙攣した。

「し、死ぬ……！」

　泉が口走り、力尽きたように硬直を解いてぐったりとなった。（睦月影郎『蜜猟人 朧十三郎 紅夕風』）

そのまま失神したようにグッタリと

「あうう……、し、死ぬ……！」

　もう一度恭吾が射精し、そのほとばしりを奥に感じ取った途端、彼女は口走り、そのまま失神したようにグッタリとなってしまった。（睦月影郎『女流淫法帖』）

駄目っ、死んじゃう……


　風巻は目眩《めくるめ》く放射感に見舞われながら腰を振りつづけた。

「いやあッ、駄目っ、もう、駄目っ、死んじゃう……」

　美砂が泣き声を上げて、風巻の背にしがみついてきた。（北沢拓也『白い秘丘』）

死ぬっ死ぬっ、死ぬう～


「いっい……あっ、し……死ぬー死ぬー死ぬー」

　弓なりに反った奈津恵の体が、ガクガクと弾んだ。

「あっ、死ぬっ死ぬっ、死ぬう～～」（北山悦史『家庭教師』）

感じすぎてどうかなっちゃう

「アアー、感じる。か、感じすぎてどうかなっちゃう」

　朋美は背を弓なりに反りかえした。

「死んじゃう、死んじゃう、死んじゃう」

頭を左右にグラグラとさせた。（由布木皓人『蜜壺くらべ』）

肉幹も折れよとばかり、膣が収縮

「あっ、だめ……あーあー、だめえ……し、し、死ぬ……うーっ、うーうー」

香子がそう訴えた瞬間、鉄棒のように硬直している曲がり肉幹も折れよとばかり、膣が収縮した。（北山悦史『吐息 愛蜜の詩』）

死ぬわ、死ぬ

ドクドクドクッ。

精液がペニスを走り抜け千穂の子宮口へ噴射された。

「叔父さまっ。あああ、死ぬわ、死ぬ」（館淳一『つたない舌』）

死んじゃう死んじゃう死んじゃう

浅見はラストスパートをかけた。どうしてこんなにも腰がよく動くのかと思うほど、カクカクとビデオの早まわしのように働く。

「アッ、アワワワワワッ。死んじゃう死んじゃう死んじゃうッ」（由布木皓人『蜜壺くらべ』）

も、死んじゃうふぅー！

「あふぅ、飛んじゃう、も、死んじゃうふぅー！」

とうとうソファーの座面に突っ伏して、志津子はペニスの支えがなければ尻を掲げていることもままならないといった具合。（橘真児『召しませヒップ』）

死ぬ、死んじゃうよ

腰を持ちあげ、引きつけておいて、ずりゅう、ずりゅうと奥までえぐりこんだ。先っぽが子宮口にこつこつあたり、引いていくときはGスポットをいやというほど擦りつける。

「ああ、ああァァァァ……死ぬ、死んじゃうよ……ああァァァァ」（島村馨『夜の新米監督』）

死んじゃう、死んじゃうったらー

「あうっっ」

柔肉一枚隔てて、男根と拳がずりずりと荒々しくせめぎ合う、未知の絶頂。

「や、や、恐い、恐い、いや、死んじゃう、死んじゃうったらー」（渡辺やよい『そして俺は途方に暮れる』）

感泣し抱きついて

肉棒と子宮口がグリグリこすれ、うずくような快感が阿木を襲う。奈美子のほうはもっとたまらないらしい。たちまち絶頂に達して、

「もう死ぬッ、死んじゃう！」

と、感泣し抱きついてきた。（雨宮慶『黒い下着の人妻』）

獣のごとき嗚咽をあげ

「おおぉ、んんぅ！　ひぃ、イクぅ……ま、またあたしい……くうっ！　イク、イクイグぅ……んあぁぁ、し、死んじゃう、死んじゃふううぅ！」

獣のごとき嗚咽をあげ、狂ったように泣き喚き、気をやりつづける七海。（楠木悠『叔母と三人の熟夫人　いたずらな午後』）

真上から膣を串刺しに

アダルトビデオで「学習」したマングリ返しの体位を実践し、真上から膣を串刺しにする。

「おほうぅ、こ、これすご、すごいいぃ！　く、んひっ……し、死ぬ、死んじゃふっ！」（櫻木充『だれにも言わない？』）

グチュグチュと淫汁が溢れ

「し、死んじゃうぅゥゥ……」

キュッキュッと蜜壺を収縮させ、結衣が泣き叫びながらも、尻を前後に振る。そのたびにグチュグチュと淫汁が溢れ、内腿に淫汁が白濁した帯を描いた。（倉田稼頭鬼『美人派遣社員　最終電車の魔指』）

全身ががくがくっと、ひときわ激しく痙攣し

何度目かの昂《たか》まりが女を襲い、今まででもっとも激しい絶頂に達した。

「ああああ、も、もう、死に、死にそうッ！」

女の全身ががくがくっと、ひときわ激しく痙攣《けいれん》し、躰を大きく弓なりに反らせた次の瞬間、すべての筋肉が弛緩した。（安達瑶『危な絵のおんな　南蛮侍妖かし帖』）

ひときわ激しく裸身を跳ね躍らせ

「あうー、死ぬ、死ぬう……うッ！」

京太の精液がまるで灼熱した鉛の液体か何かのように、膣の奥で噴き上げた液を受け止めたリカは、ひときわ激しく裸身を跳ね躍らせ、ビンビンと四肢を突っ張らせた。（館淳一『清純派アイドル　特別レッスン』）

裸体が躍り上がった

「あン、あン、あン……死ぬ、死んじゃう。殺して！　結衣を殺して！……あああァァァ、うはン！……」

たて続けに打ち据えた瞬間、裸体が躍り上がった。激しく背中を反らせて、そのまま前に突っ伏していく。（霧原一輝『初夢は桃色』）

裸身がビンビン、ビンビンと躍動した

「ひーッ、あうう、死ぬ、死ぬう……ううッ！」

悦子のよがり声が断末魔の人間のように、切迫してかん高いものになった。絞殺される女が喉の奥から噴出させるような絶叫。

「ぎゃああ、あうー……、うぎゃあああうぐぅッ！」

いきなり何かが悦子の子宮で弾けたように、裸身がビンビン、ビンビンと躍動した。（館淳一『美肉狩り』）

途方もない高揚に

「アアーッ、センセ、死んじゃうぅっ！」

パンティの圧迫感そのままに、念願のペニスをねじこまれる。屈折した角度がたまらなく、熟れた身は途方もない高揚に追いこまれた。

「はああっ、ひいいっ、いいぃ！……もう、どうしようもなく、なってしまいそうよぉっ！……」（夏島彩『危険な家庭訪問　担任教師と三人の母』）

はでやかなうめきを

豊かな繁茂の切れ目に、桜色の肉真珠が突き立っている。ヒダの合わせ目で包皮を半ば脱いで、殻を剝いたギンナンのような形に艶やかな粘膜を露出させていた。

バイブの根元にある突起でそれをくじいてやると、純子はいっそうはでやかなうめきを張り上げる。

「くうっ、うああっ……、あああ、野島さん、もう死んでしまう……」（室伏彩生『熟蜜の誘い』）

津波のような快感の命ずるままに

「んっ、あああっ、死んじゃう、ああっ、あああああっ」

全身に玉のような汗を浮かばせながら、亜希はまた意識すらも快感に飲み込まれていく。

視界は靄《もや》がかかったようになり、言葉すら発することができない。亜希はもう、ただただ、津波のような快感の命ずるままに、全身を震わせるだけだ。（藤隆生『美人ゴルファー　公開調教』）

シャンデリアが震えるほどの歓びの声

肉棒はびくん……びくんと脈打ちながら男のエキスを吐きだした。

「死ぬ死ぬ死ぬ——ッ!!」

志麻子はスイートルームのシャンデリアが震えるほどの歓びの声を上げてから失神してしまった……。（高竜也『愛戯の媚薬』）

眉根に皺を刻み込み、歯を食いしばり

征吾の熱水の吐射は、翔子の子宮頸管にぶち当たって、子宮全体を心地よく震わせた。翔子は相手が義弟であることを忘れて、歓びの声を上げた。

「あーっ、私、私、死んじゃうぅーっ」

眉根に皺を刻み込み、歯を食いしばり、左右に激しく顔を振る翔子は、まさに悶絶寸前であった。（高竜也『淑女の愛花』）

【饒舌】

ダメっ、もう、アタシ、ひぃんっ

　浩史は恥骨に鼻を擦りつけるようにして、コリコリと粒だったクリトリスを唇で固定すると、尖らせた舌先で突きまわし、また音を立てて吸いついた。

「だ、ダメっ、もう、アタシ、ひぃんっ、イヤぁ……ダメだよおっ……よすぎて……強すぎぃ……いィ……いい、イク、イッちゃうぅん！」（開田あや『眼鏡っ娘パラダイス』）

そうよっ。もっとっ。あんっ、蕩《とろ》けるっ。吸ってっ

「うっ。いいわ、いいっ。鉄平っ、舐めてっ。そう、そうよっ。もっとっ。あんっ、蕩《とろ》けるっ。吸ってっ。うぐぐぐっ。凄っ、凄いっ。燃えるっ。溶けるっ。あぁぁぁぁ。もっとしゃぶってっ。舞い上がるっ。あああんっ、いっちゃいそっ……」

　男の頭を股座《またぐら》に引きつけ、親方夫人が狂ったような声を上げた。（安藤仁『花びらしぐれ』）

淫らな痴語を吐きちらして

「ああーっ、おおーん、いく……またいくわァ……ああーん、いいッ……もっとよ、もっと紗和をぐちゃぐちゃに辱《はずか》しめてちょうだいッ……ああっ、そうよ……ああ、だめっ……いくっ、いくう！」

　箍《たが》をはずして紗和は文字どおり一匹の美しい牝《めす》と化し、淫らな痴語《ちご》を吐きちらして、羊介の下で腰をゆすぶりまわした。（北沢拓也『抱きごこち』）

もっと……イッちゃいそう……駄目

　痛みと快感に呻いた。それをじっと堪えて、平静を保とうとつとめた。だが、リズミカルで力強い抽送が容赦なく開始されると、祥子のそんな努力もすぐに吹き飛んだ。

「あああ、駄目……ハァ……早く、終わらせて……早くぅ……もっと……もっとよ、もっと……イッちゃいそう……駄目。あああ、イッちゃうわ……イク……」（高竜也『美人家庭教師・誘惑授業中』）

紅潮した顔を右に左に激しく振って

「あ〜〜んっ。ふぁ〜〜〜んっ。い〜〜〜っ。オ×××が、いっ。う〜〜〜んっ。目が回るっ。ぐるぐる回るっ……。いいのっ。いいっ。どうしてなのっ？　高田さん、教えてっ。わたし、狂っちゃうっ。ねっ、死にそっ。あ〜〜〜んっ、くるっ。くるっ。きてるっ……」

佐和子は片手で畳を引っ掻き、紅潮した顔を右に左に激しく振ってよがった。（安藤仁『花びらさがし』）

して、してっ……あ〜っ、もう駄目。来て

「うううっ、もっとしてして……あーっ、たまんないわ、どうしよう、イキそうよ。イッちゃいそう……して、してっ……あーっ、もう駄目。来て、来て来てっ、あたし、イッちゃう、イクわっ……イク……イクイクッ」（高竜也『少年と三人の母』）

生臭く呻いて、上半身をのけぞらせ

「あン、あン、あン……ああ、ああァァァァ……おかしくなる……万里子、おかしいの。一杯よ。雄一郎のが一杯に膨らんでる……ああ、死ぬ……死んじゃう……雄一郎、殺して……万里子を殺してください！　ああ、ああァァァァ……はうッ！」

最後は生臭く呻いて、万里子は派手に上半身をのけぞらせた。（島村馨『夜のラブ・キャッチャー』）

して、して！……もう死にそうにいいの

「して、して！……もう死にそうにいいの……あああ。どうしよう、彦ちゃん。ねえ、一緒にイキましょう……来て、来て、もう私……イッちゃいそうなの……早く、一緒に」

これほどまでに肉の快楽に溺れる美しい叔母を見ると、真彦は一緒にイクことに集中して、抜き差しを速めていった。（高竜也『三人相姦 少年と叔母と義母』）

【たすけて】

イッちゃう！　たすけて！

力を振り絞って、朝原は続けざまに下腹部をせりあげる。腰の蝶番《ちょうつがい》が軋《きし》んだ。跳ねあげられながら、志津子はしがみついている。

「いや、いや……イッちゃう！……浩ちゃん、たすけて！」（霧原一輝『初夢は桃色』）

身を捩って悶絶

伊佐夫の舌がクリトリスに伸びる。彼は蕾を唇でチュッチュと吸いながら、舌で器用に皮を剝き、ナマの肉芽を舌先で転がした。

「いやああっ！　ああっ……ああ——んっ！　助けて……勘弁して……いやあああっ！」

敏感な蕾を責められ、友美は身を捩って悶絶する。（黒沢美貴『となりの果実』）

秘穴からは熱い汁が溢れ

「あううんっ、助けてーっ！」

そう叫ぶと、しつこいクンニでアクメに達したようだった。床に寝転がり、背中をのけ反らせている。秘穴からは熱い汁が溢れ出し、トロッとこぼれていた。（真島雄二『夜の秘書室』）

両脚の間から飛沫が散った

「いっ、いやあっ！」

切迫した感情が、鋭く叫ばせた。

「も、もうやめてっ……助けてっ……いやあああああああーっ！」

長く尾を引く悲鳴が終わる前に、大きく開いた両脚の間から飛沫が散った。（草凪優『夜の手習い』）

あなたの熱いのが、私の中に出てる

「あなた、私、ほんとにイキそう。ねえ、助けて」

そんな政美に限りないいとおしさを感じつつ、山岡はさらに激しく腰を打ちつけていく。

「ああっ、駄目、イクッ」

全身を揺らしてオーガズムに達した政美の上で、山岡は射精した。濃い白濁液が、政美の肉路に向かってドクドクと噴出する。

「ああ、わかるわ。あなたのが、あなたの熱いのが、私の中に出てる」（牧村僚『人妻艶戯』）

【変になる　おかしくなる】

駄目ぇ、変になっちゃ、うぅ！


千沙はまさしく人が変わったように、ナスで性器を抉る作業に没頭した。膣内の筋がこわばり、痙攣しそうになる。得られなくなった性感を取り戻そうと、ナスのへたの部分を握りしめ、懸命に膣孔をかき乱す。

「ああん、駄目ぇ、変になっちゃ、うぅ！」（夏島彩『私は女教師』）

だめぇ……おかしくなるぅ

「そんなに激しくしないで……ああんっ」

たまらず朱唇が音をあげても、激しい愛撫は一向にとまらない。湯にふやけた陰唇を口腔へ吸いこみ、甘嚙みしながらさんざんに引き伸ばす。

女陰ごとひとまとめにして、舐りつくすような勢いだ。

「そんなにされたら、だめぇ……おかしくなるぅ」（黒沢淳『熟妻フェロモン　誘惑テニス倶楽部』）

身をくねって逃れようと

「ああっ、あんっ、ダメッ、おかしくなっちゃいますうっ！」

激しい波が、押しよせてきた。由依は身をくねって逃れようとしたが、男の力はそれを許さなかった。

ああっ、くううう、へっ、変になるぅっ！……（夏島彩『危険な家庭訪問　担任教師と三人の母』）

そんなふうにされたら、おかしくなるぅ

「ひっ、いやあっ、そんなふうにされたら、おかしくなるぅ！……」

「大きなおマメが、硬くなっていますよ。今日はマダムの欲求不満を、徹底的に解消してさしあげましょう」

爪先で繰りかえし掠めるようにされては、指の腹でジワジワとプッシュされた。（夏島彩『危険な家庭訪問　担任教師と三人の母』）

悩乱の声とともに

「佐和子さん……いって！　ほら、いって見せて！　ほらっ！」

「あああぁぁぁ……へ、変になっちゃうぅぅぅ……」

悩乱の声とともに、勃起を握る佐和子の手の動きがピタリと止まった。（赤星優一郎『若妻バスガイド』）

ああっ、駄目。おかしくなっちゃう

宏美の様子を気にかけつつ、諸岡はラストスパートに入った。

「またよ、諸岡さん。あたし、また変な気持ちになってきたわ。ああっ、駄目。おかしくなっちゃう」（牧村僚『情事のゆくえ』）

下半身が忙しく暴れる

「ふあ、はああぁっ！」

熟女の下半身が忙しく暴れる。修はむっちりした尻を両手でおさえ、抵抗も逃げることも許さず、ひたすら女芯を舌と唇で責めた。

「許して、お願い……ヘンになっちゃう」（橘真児『召しませヒップ』）

へんよ、へんなの……

「ああ、ああァァァ……へんよ、へんなの……」

「越えろ。一戦を越えるんだ」

吼《ほ》えながら腰をつかった。

「あン、あン、ああッ！……イッちゃう！……ああ、あァァァ……はう、うはンッ！……」

肩をつかんでいた手をソファに落として、真央が顎を突き上げた。（霧原一輝『初夢は桃色』）

切羽詰まった声を上げながら

「タツオキ……あああン……変、私、変よォ……ああああっ……あうっ」

ふいにアンが切羽詰まった声を上げながらのけぞった。

とたんに、アンのそこが、龍起のペニスを痛いほど締めつけてきたのだ。（丸茂ジュン『翔んで、ウタマロ』）

おかしくなってしまいそう

怜子は、またすぐに乱れ始め、

「ああ、小父さま。怜子、おかしくなってしまいそう……ああ、どうすれば……」

おそらく、一体自分がどうなっているのか、怜子自身がもうわからなくなっているのだろう。（山路薫『義父の指』）

いや……おかしくなっちゃう

「ああッ……も、もう……」

不意に腰を顫《ふる》わせ始めた。抽送を止めて押しつけた腰をグリグリ捻じりだす。

「あッ、あ……いや……おかしくなっちゃう……いや……」

「そこで『いく』と言うんだ」

「そんな、はずかしい……あ……ダメッ……い、いくッ……いきますッ……」（千草忠夫『悪魔の楽園① 白昼の猟人』）

身を弓なりに反らせ

そしてとうとう朧は小雪のクリトリスを舐めはじめた。

「アアッ……！　変になりそう……」

小雪が身を弓なりに反らせ、ガクガクと狂おしい痙攣をはじめた。（睦月影郎『巫女の秘香』）

熱い吐息をもらした

ぼってりした大陰唇を押しこむように愛撫する。

「ふ、ふおおおっ……」

たまらず麗子は熱い吐息をもらした。

（ああ、熱いっ。お、おかしくなっちゃうっ）（藤崎玲『麗獣（人妻姉奴隷）』）

あらぬよがり声を上げて

由佳はもうひたすら官能の世界に溶け込んで、切ない喘ぎ声の合い間に「変になっちゃう！」とか「気持ちよくて死にそう……」などと若い娘のようにあらぬよがり声を上げて、隣でひっそりと息を殺している梨奈を挑発し、自分自身の欲情も煽り立てた。（高竜也『ふとい奴』）

淫らな獣になっていくみたい

「あぁう……そんなにされると……おかしくなるわ……淫らな獣になっていくみたい……自由にして……もっといやらしいことをして」

喘ぎながらそう言う涼子の声を聞くと、学人は世界一いやらしい男になりたくなった。（藍川京『柔肌いじり』）

太腿を突っ張らせて

もうどこをどうされても過敏に反応してしまうようで、

富士子は撫でられた太腿を突っ張らせて痙攣させた。内腿の柔らかな肉を、フルフルと震わせた。

「も、もう駄目。感じすぎて体がヘンになりそう」（由布木皓人『悦楽あそび』）

大量の蜜を洩らしながら

史雄はクリトリスを舐めながら内部の天井のコリコリを刺激した。まるでクリトリスを、内から外から愛撫しているようだった。

「ああ……ダメ……、ヘンになっちゃう……、アアッ！」

香菜はガクンガクンと激しく全身を痙攣し、大量の蜜を洩らしながら硬直した。（睦月影郎『感交バスガイド』）

ズンズンと股間を突き上げ

行男は彼女の上半身を押さえつけるように肩に手を回し、次第に勢いを付けて律動を速めていった。

「あ……、ああ……、何だか、身体が変に……」

美保子は泣きそうな声で言い、それでも下からズンズンと股間を突き上げて、彼に動きを合わせはじめていた。

（睦月影郎『情欲少年—妖艶フェロモンめぐり—』）

身も世もなく悶え泣き

「くぅぅうーっ！　の、能勢くんっ……そんなにしたら……お、おかしくなっちゃうっ……」

耕一に尻を向けた立ちバックの体勢で指責めにあっている詩央里は、もはや身も世もなく悶え泣き、相手が年下の部下であることも忘れてしまっているかのようだった。（草凪優『ごっくん美妻』）

びくっと肌を震わせて

美里も感じているのか、あるいは濡れることなど自在なのか、たまにびくっと肌を震わせて反応し、梓の顔を内腿で挟みつけていた。

「も、もう駄目……、気持ち良過ぎて、変になりそう……」（睦月影郎『蜜猟人　朧十三郎　秘悦花』）

ダメ、変になっちゃう……！

祐一はクリトリスを舐め回しながら、指を根元まで押し込み、内部の上下左右を探ってみた。どこも細かな襞が心地好く蠢き、天井には栗の実大の膨らみがあった。

そこをこすると、

「ああッ……、ダメ、変になっちゃう……！」

恵子が声を上ずらせ、たちまちガクガクと全身を痙攣させはじめた。（睦月影郎『僕と先生の個人授業』）

おかしくなっちゃうっ

「そ、そんなにしたら、わたしっ……おかしくなっちゃうっ！」

桜子は潤んだ瞳で裕作を見つめ、おののくように首を振る。

「おかしくなっちゃうっ……また噴いちゃうっ……」
（草凪優『純情白書』）

ガクガクと肌を痙攣させ

生温かくしょっぱいオシッコの味に、すっかり濡れた愛液の酸味が混じっていた。

さらに膣口周辺には、白っぽい粘液までまつわりつき、おれは夢中になって舐め上げた。

「ああーっ……、変よ、熱いわ……、あうう……！」

香澄がガクガクと肌を痙攣させ、本格的なオルガスムスを迎えはじめたようだった。（睦月影郎『淫ら少年―凌辱課外授業―』）

おしりの下はおもらしをしたかのように

「はあああ、あ、ひゃふぅ、ウ、んんん」

よがりがせわしなくこぼれ、女らしい肢体が歓喜にたゆたう。

「おかしくなっちゃう、ああッ、だめぇ」

こぼれた唾液と愛液で、弘枝のおしりの下はおもらしをしたかのように濡れている。恥芯一帯もぐしょぐしょで、まさに摑《つか》み所がないといった風情。（橘真児『ヒップにご用心！』）

【ダメ　もう駄目】

ああ、もう駄目。だ、駄目よ

「こ、これよ。あたし、これが欲しかったの。ああ、もう駄目。だ、駄目よ。でも、いい。す、すごく、いい」

左右に首を打ち振り、美雪は悲鳴に近い声をあげた。体の震えも、徐々に大きなものになっていく。

「駄目、いく、いっちゃう。ああっ、ふ、藤本先生」
（牧村僚『人妻 桃色レッスン』）

ぴちゃぴちゃとうるみを左右に飛び散らして

「ああーんっ、高遠さんってすごいッ、わたし、イッちゃう……イッちゃっていい？」

甘えるように言い出し、ぴちゃぴちゃとうるみを左右に飛び散らして、

「いくう……だめえ！」

まろみを帯びた白い腰をがくがくと迫《せ》り上げて、快感の頂上をきわめた。（北沢拓也『天使の介護』）

いやっ、ああ、駄目

「ああっ、だ、駄目よ、そんなところ」

恭子の全身に、断続的に震えが走るのを感じつつ、明彦は肉芽への愛撫を続行した。そっと舐めまわすばかりでなく、ときには舌先をぶるぶると震わせて、バイブレーターのように突起をなぶったりもする。

「いやっ、ああ、駄目」（牧村僚『未亡人叔母』）

全身に小刻みな震えが

「むむ、だ、駄目よ、一馬さん。駄目、ああっ」

強引に唇を離し、麗子が叫んだ。全身に小刻みな震えが走る。

それはあっという間の出来事だった。ペニスを挿入するまでもなく、麗子は絶頂に達してしまったのである。

（牧村僚『淫望の街』）

泣くような声を糸を曳《ひ》くように

「いやあ、だめえっ……もうだめえ！」

「一緒にいこう、和恵っ」

和恵にあたたかく締めつけられ、弓江も動きながら、おめきをあげる。

頷きかけた早川和恵が、ざくざくと突き穿《うが》たれると、

「だめっ、いく……ああん、いっちゃうぅ！」

泣くような声を糸を曳《ひ》くようにあげた。（北沢拓也『虚飾の微笑』）

淫猥な音が、部屋いっぱいに

ぴちゃぴちゃ、くちゅくちゅという淫猥な音が、部屋いっぱいに響き渡る。

「駄目。ほんとに駄目。哲也くん、あたし、ああっ」

（牧村僚『蜜姉―甘い誘い―』）

ベッドから腰を浮かし

「だ、駄目。駄目よ、哲也くん。あたし、いっちゃう」

なおも哲也が舌を使うと、政美はとうとう絶頂に到達したらしかった。ベッドから腰を浮かし、がくがくと全身を痙攣させる。（牧村僚『蜜姉―甘い誘い―』）

腰に小刻みな痙攣が

彼女のその泣くような声に刺戟され、京平は、ぱっくりとひらき割れた千穂子の秘部の狭間に舌を浸《つ》けてそよがせた。

「ああーン、もうだめですっ」

ぴちゃぴちゃとうるみが跳ね、千穂子の腰に小刻みな痙攣《けいれん》が走った。（北沢拓也『夜のめしべ』）

びくびくと痙攣の打ちふるえが

「いっちゃう……ああ、そこ……ああん、だめっ、いく、あなたぁ」

葉村さおりの雪白の裸体にびくびくと痙攣《けいれん》の打ちふるえが走り出すと、浩介も思うさま呻いて、どくどくと熱い精を、収縮する愛人の内奥深くぶちまけていた。（北

沢拓也『美熟のめしべ』)

くびれた腰つきを淫らに揺すり

香穂自身たまらない気持ちになったらしく、大胆にくびれた腰つきを淫らに揺すりだした。

「へへ、そんなに誘うなよ、おまえ。こっちまでたまらない気分になる」

「いやん、もう駄目っ。あああぁぁぁ……い、いくうぅぅ」

香穂の白い肌がうねり、ワンレングスの黒髪がざくん、ざくんと波打つ。(綺羅光『麗姉妹―慄える秘蜜―』)

下半身が跳ねるような動きを

「いい、いい、あ、駄目よ、駄目……」

すすり泣きとよがりが間断なく洩れ、頑丈なデスクがギシギシと軋んだ。

「ああ、いくの、イク、いやあぁぁ」

下半身が跳ねるような動きを示す。(橘真児『召しませヒップ』)

白い喉を見せて大きくのけ反った

慎司はぬらりと軽く舐め上げてから、さらにもう少し強めに歯を立てた。

「あああーっ、だめぇっ! んんんっ……」

由希子はいっそう甲高い声でよがり、白い喉を見せて大きくのけ反った。(深草潤一『義母』)

声が裏返り

肉弾を骨盤に轟かせたくなり、貴樹は大きく振りかぶってまた打ちつける。

「はあぁ〜ッ!」

途端、乃里子の声が裏返り、びりり、と貴樹の肉茎が通電したかのように痺れ、直後に立っていられないほどの快感が訪れてきた。

「だめ……ダッめぇ……!」(内藤みか『メール不倫年下の男の子』)

半泣きの声を上げながら

「あッ……ねえ、ああ、もう、ダメ……ッ」

さやかが半泣きの声を上げながら、膣を締めてきた。小ぶりのヒップごと力いっぱい絞り上げられて、貴樹の肉茎も悲鳴を上げる。

「あああ……ッ!」

さやかの腰が弾み、ペニスを何度も何度も強く包んでくる。(内藤みか『メール不倫 年下の男の子』)

腰を振りまくりながら

「あううんっ、もうダメ、イッちゃうわ!」

彩美が腰を振りまくりながら、派手な絶頂に達した。その直後に政信はペニスを抜き去り、色っぽいヒップに精液をまき散らす。（真島雄二『夜の秘書室』）

淫らな音が、女陰からもれて

ムームーと声をもらし、亀頭を舐めしゃぶった。張り形の出し入れを激しくさせていき、オーガズムへと向かっていきはじめた。グヂュグヂュという淫らな音が、女陰からもれてきた。

「アッ、アワワワワ。も、もう駄目。イッ、いくーーーーうッ」（由布木皓人『蜜壺くらべ』）

あっ、駄目っ……すぐ、きちゃいそう

熟夫人は、淫裂上部の肉芽に、左手の中指を重ねる。そこは完全勃起した状態で、薄赤い豆が包皮からぷっくり顔をのぞかせている。熟夫人は愛液にぬめった指で、そこを転がすように撫ではじめる。

「あっ、駄目っ……すぐ、きちゃいそう」（星野聖『〔三人の美乳〕黒い下着の熟妻』）

だめ、それだめ

「ああ、あくう、だめ、それだめ、感じる」

宇都宮の肉棒は、抜け落ちる寸前までバックし、そして、いっきに根元まで突き刺さる。（藤隆生『ビーチの妖精姉妹　隷辱の誓い』）

もう駄目。イクわ、私、イク……

「それよ。それ、いい……イッちゃう……もう駄目。イクわ、私、イク……彦ちゃーん、来て！」

オルガスムスに達する寸前の陽子の凄絶な美しさに圧倒されつつ、真彦は言った。

「ぼくもイッちゃう……いっぱい出すから、叔母さんも一緒に……ああ、出る……出るよ！」（高竜也『三人相姦　少年と叔母と義母』）

あっという間に、アクメの高波に

雄造がリモコンのスイッチを入れた。いきなり「強」にする。

「あっ、駄目、駄目ッ、動かしちゃ、駄目ですっ」

立ちあがろうとした彩子が、尻餅をついた。爆発寸前のおんなを激しく掻きまわされ、あっという間に、アクメの高波に頭から呑まれていく。

「い、イク……イクうっ……」（香山洋一『シンデレラの教壇　女教師・未公開授業』）

間欠泉のように愛液が迸り

深々と突き刺さった京介の舌が、偶然にも由紀の敏感ポイントを刺激した。

「あ、待って、そこ、そこはぁっ！　だ、メ、ダメなの！　ダメって、言ぃっ、ってるぅ、のぉ……あぁっ！」

軽くアクメした由紀の淫裂から、間欠泉のように愛汁が迸り、京介の口の周りをしとどに濡らす。（弓月誠

『甘い生活　最高の義母と最高の義姉妹』）

絶頂の波をかぶったよう

「うち……うち、もう、あかん……イッてしまうわ」

「ぼくも、イクよ」

「ね、お兄ちゃんが先に……」

「うん」

が、次の瞬間、妙子のほうがわずかに早く、絶頂の波をかぶったようだった。（山路薫『夜の従妹』）

声をあげて、身体をのけ反らせる

小夜子を言葉でいたぶっていた智司も、徐々に余裕がなくなっていく。少しでも多くの快感を汲みあげようと、激しく腰を振る。

「アンッ、アアアンッ……だ、駄目……ファアアアアアッ！」

小夜子は声をあげて、身体をのけ反らせる。（松田佳人『女教師学園　秘蜜の時間割』）

四つん這いの身体を震わせ

「ああっ、ダメッ！」

理恵が切羽つまった声をあげ、四つん這いの身体を震わせた。

「もうイクッ！　イッちゃうううううーっ！」

黒髪がぶわっと宙に舞い、白い背中がのけぞっていく。

（草凪優『ふしだら天使』）

切羽詰まった声が響く

三つの吐息と、ぐちゅぐちゅといやらしい音がキッチンに響く。そこに留美子の切羽詰まった声が響く。

「あぁっ……、も……もうだめ……あああぁぁっ、イ、イク……イクぅ……」

豊満な乳房をぷるるると揺らすと、留美子は全身を硬くして股をぎゅっと閉じた。（新堂麗太『個人授業〈女家庭教師と未亡人ママ〉』）

腰を跳ね上げるように狂おしく痙攣し

大量に溢れる蜜汁が動きを滑らかにさせ、純平は危うくなると動きを止めて呼吸を整え、また再び激しい律動を繰り返した。

「も、もう駄目……、ああーッ……！」

たちまち澄子が腰を跳ね上げるように狂おしく痙攣し、声を上ずらせて昇り詰めた。（睦月影郎『秘め色吐息』）

膣内を実に悩ましく収縮させた

「あぁッ！　も、もう駄目……」

千織が狂おしく股間を押し付け、藤吉の耳元で喘いだ。同時に、がくがくと激しい痙攣を起こして悶えながら、膣内を実に悩ましく収縮させた。（睦月影郎『寝みだれ秘図』）

それ、だめよ。だめよ。

クリトリスを舌裏でなぶり、花弁を唇にすすり取り、秘口に舌を深々と挿し込んだ。

「ううっあ！　あ！　母さんそれ、だめ。う～っあ！　母さんそれ、だめよ。だめよ。うっあっあ！　母さん、だめになる。あーあー母さん、だめになるう！」

わめき悶えて結夏子はぐうんと腰をせり上げ、硬直した。（北山悦史『淫能の蜜園』）

全身に絶頂の大波が

果実臭に似た甘酸っぱい息が鼻腔に満ち、甲介も股間の動きを速めていった。

「アア……、い、いっちゃう……、もう駄目、ああーッ……！」

たちまち美貴の全身に絶頂の大波が襲いかかり、彼女は口走りながら、がくんがくんと凄《すさ》まじい痙攣《けいれん》をはじめた。（睦月影郎『色は匂えど』）

女の肉突起も、脈動を起こし

「あっあっあ、あたし、だめです。う～っ、くっくっ……あたし、だめになっちゃいます」

男の射精のように、美遊は恥骨を律動させた。しこった女の肉突起も、間違いなく脈動を起こしている。（北山悦史『媚熱ざかり』）

噴き出した果蜜が、後ろのほうに

「もうっあ！　あ、お願い、もう……ううっあ……お願い～」

琴美は体をかがめたり反らしたりして哀訴した。二、三度そうしたとき、尻肉の谷割れに差し込んでいる駿一の指が、ぬらりと濡れた。

噴き出した果蜜が、後ろのほうに広がっていったのだった。（北山悦史『蜜のソムリエ』）

それ以上の刺激を拒むように

なおも石根が腰を抱え込み、愛液をすすりながらクリトリスを舐め続けると、

「も、もうダメ……！」

それ以上の刺激を拒むように、真紀が全身を硬直させて言い、彼の顔を股間から突き放してきた。（睦月影郎『熟れどき淫らどき』）

全身をガクガクと揺すって

「おおお、出る」

「あああ、ああ、ダメぇ！」

快感に抗う言葉も意味を為さず、晴美は全身をガクガクと揺すって昇りつめた。その膣奥に、藤治郎が熱いザーメンを注ぎ込む。（橘真児『若妻ハルミの愉悦』）

【やめて】

やめてっ！　そんなにしないでっ

　周一は唇でクリトリスを包みこみ、吸いたてた。口のなかで唾液を溜め、卑猥に尖った官能の中枢器官を泳がせた。泳がせながら、舌先でねちっこくもてあそんだ。

「はっ、はあああっ……や、やめてっ！　そんなにしないでっ……」（草凪優『マンションの鍵貸します』）

腰の動きが激しくなって

　史雄は跳ね上がる彼女の腰を抱え込んで、本格的に舐め回した。楚々とした茂みに鼻をこすりつけていると、興奮によるものか花粉のような体臭が徐々に濃くなってきた。

「あ……、アアッ……、やめて……、ああーッ……！」

　舌先で弾くように舐め上げるたび、香菜の声が上ずって、次第にガクガクする腰の動きが激しくなっていった。（睦月影郎『感交バスガイド』）

総身を揺すりたてて啼きながら

「ヒイッ……お願いッ……も、もう、やめてッ……ああぁッ……い、いやッ……」

　官能の波に翻弄され、羞恥の極みに押しあげられそうな気配に真由は貌を振りたて、総身を揺すりたてて啼きながら哀訴した。（夢野乱月『凌辱職員室　新人女教師〔真由と涼子〕』）

もういいわ……、やめて

　たちまち美佐枝はガクンガクンと激しく全身を反り返らせ、声を上げた。和樹がなおも舐めながら、膣内の天井の膨らみをこすると、まるで射精するかのようにクチュッと愛液がほとばしってきた。

　愛液が多く、潮吹きまでする体質なのだろう。和樹はその激しい反応に悦び、舌が疲れるまで舐め続けた。

「も、もういいわ……、やめて……」（睦月影郎『無垢な小悪魔』）

【ゆるして】

堪忍してっ！　許してっ！

「牧子、もっと狂えっ！」

「銀さんっ、堪忍してっ！　許してっ！　いきそっ！」

女将が上体を弓反らせ、クライマックスに到達しようとした。（安藤仁『花びらしずく』）

熱いものが尿道を駆け下りていく

子宮口からはおびただしい愛蜜があふれ出て、俊一の指の動きとともに外に飛び散っている。

「ああ、だめえ、だめえ」

そして、ついに下腹部の感覚がなくなるのと同時に、熱いものが尿道を駆け下りていく。

「いやあ、許してえ、許してえ」（藤隆生『未亡人社長　恥辱のオフィス』）

痴呆のような顔を曝《さら》した

「ああッ……も、もう、ゆるしてッ……いきますッ……あ、いくううッ……」
ううんッ――となまなましい呻《うめ》きを発したマキは大きくのけぞりつつ、ディルドオを食い締めた腰を二度三度跳ね上げ、それからグダッと椅子の中に崩れ、痴呆のような顔を曝《さら》した。（千草忠夫『悪魔の楽園① 白昼の猟人』）

もう……ゆるして……


呻きが耐え切れぬ歔《な》き声に変わった。悲鳴が歔き声を中断し、さらに切なげな歔き方に変えた。

「もう……ゆるして……ゆるして……」

汗に絖光《ぬめひか》る腹を荒々しいまでに波打たせつつ、和香は歔いた。（千草忠夫『闇への供物① 美囚の契り』）

男の背にとりすがりながら

「いやっ……恥ずかしくて、だめっ」

千穂は細い声で言いながらも、昂奮したように迫《せ》り上げた腰をゆすぶりまわし、真介にぐいぐいと突き穿《うが》たれると、

「ああーんっ、イッちゃう……許してッ、いく……いくう」

泣くような声をあげ、男の背にとりすがりながら、真介の下で裸身をおびただしく痙攣させた――。（北沢拓也『夜の奔流』）

ああッ、堪忍してッ

浩介は指を抜き出し、水飴《みずあめ》でも流したような畔上由佳子のまくれひらきの女の部分に唇を被せ、あふれるうるおいを、ずずっと音をたててすすりたててやった。

「ああッ、堪忍してッ」（北沢拓也『美熟のめしべ』）

感じすぎて、感じすぎて

「アー、凄いッ。凄い凄いッ。ゆ、許してッ。感じすぎて、感じすぎてヘンになりそうッ」

そう言っている恭子の口を、浅見は唇を寄せて塞いだ。

（由布木皓人『蜜壺くらべ』）

ピンクの唇をわななかせて

「……あぁぁッ……いやッ……ああッ……ゆ、ゆるしてッ……あうぅッ……」

真由が貌をのけぞらせ、黒々と茂った涼子の女の丘の上で、唾液と樹液に濡れたピンクの唇をわななかせて啼いた。（夢野乱月『凌辱職員室 新人女教師〔真由と涼子〕』）

ああんっ、許して

辛島は、莢《さや》から飛び出して屹立した女秘書の桃色に光る肉芽《にくが》に舌を絡めて、その屹立した芽を吸ってやった。

「ああんっ、許して……辛島さん、だめよ、イッちゃうっ」（北沢拓也『みだら妻』）

きざしきった声を噴きこぼして

「……ああッ……ゆるしてッ……あぁぁッ……だ、だめッ……」

痺れるような快美感に涼子は激しく身をよじりたて、速水の唇をもぎ放すときざしきった声を噴きこぼして啼いた。夢野乱月（『凌辱職員室 新人女教師〔真由と涼子〕』）

ふいごのように息を喘がせながら

アナルコイタス特有の高原状態が彼女を襲った。一度達したくらいでは彼女のなかに沸き起こった嵐は収まらず、彼女を駆りたてつづける。

「アアア。ま、またくるっ……。もう許して。これ以上は、姉さん死んじゃう……」

麗子はふいごのように息を喘がせながら訴えた。（藤崎玲『麗獣〔人妻姉奴隷〕』）

もう堪忍して……

「も、もう堪忍して……、ダメ……、ああーッ……！」

彼女は回転しながら喘ぎ、遠心力で大量の愛液を周囲にまき散らした。（睦月影郎『女流淫法帖』）

自らを投げだしてしまいそうな高揚が

震動する二枚の弁の間に、膨れあがった肉玉を挟みつけた。

「あっ、あんっ、ひぃぃっ、ゆ、許してぇっ！」

ジンジンする肉玉を、両側から震わされる。挟まれているため逃れることもかなわず、自らを投げだしてしまいそうな高揚が、肉の奥底から込みあげた。（夏島彩『危険な家庭訪問 担任教師と三人の母』）

拒むように、必死に腰をよじった

「も、もう堪忍《かんにん》……、アアーッ……！」

美鈴は弓なりに反り返り、口走るなり硬直した。そして、それ以上の刺激を拒むように、必死に腰をよじった。（睦月影郎『蜜猟人 朧十三郎 淫気楼』）

力尽きたように声を絞り出し

膣内も肛門も、指が痺れるほどキュッキュッときつく締まり、同時に彼の顔に向けて愛液がピュッとほとばしった。まさに潮吹き、女性の射精を目の当たりにして、伸治も激しく興奮した。

「も、もう堪忍……」

真紀が力尽きたように声を絞り出し、全身の強《こわ》ばりを解いてグッタリとなった。（睦月影郎『福淫天使』）

火の塊のようなものがせり上がってきては

ついさっき、乳首を執拗に弄んだその同じ舌と唇と歯が、現実とはちがうもどかしい時間の流れのなかで、忍耐強く女園を攻め続けた。

「いやっ！　許して！　あぁう……先生……あはあ……」

鼠蹊部が突っ張ってはゆるみ、いきなり火の塊のようなものがせり上がってきては弾けていく。理絵は声をあげ、汗まみれになり、やがてくたくたになった。（藍川京『蜜の誘惑』）

美熟母は歯を食いしばって

「ほら、雅代、俺のデカ物が子宮口まで届いてるだろ。どうだっ」

「んはぁ……はひ……と、届いてます……んはっ、も、もう許してぇっ」

「謝る前にもっとケツを締めろっ。おら、おらっ、おらっ」

と、女の髪を引き摑んで頭を振りまわし、落ちてきた尻股をガツンとかち割る。

尻ごと上へ持っていかれる衝撃を、美熟母は歯を食いしばって必死に耐えている。（黒沢淳『熟妻フェロモン誘惑テニス倶楽部』）

許してっ、お願いっ

気が狂ってしまいそうなくらいの衝撃だった。バイブレーターによる容赦ない刺激で、否応なくオーガズムに押しやられていく。

「アアッ、もうダメッ！　許してっ、お願いっ……アアアアーッ！」

目を引きつらせて海老反りにのけぞったかと思うと、一気に脱力し、泡を吹いたようになった。（夏島彩『危険な家庭訪問　担任教師と三人の母』）

⑤「貪欲」系

【イカせて】

イカせて……イカせてください

「ああ……いい……オッパイ、いい……」

乱れ髪をべったり貼りつかせた美貌を、右に左に振る。激しく突かれないじれったさを補うように、自ら双臀を大胆にうねらせている。

「い、イカせて……有紀を、イカせてください」（香山洋一『新妻・有紀と美貴』）

突いてっ。いかせてっ……

「ふっ、突いてっ。いかせてっ……」

ソファーに臥した人妻が、男根を深々と嵌入《かんにゅう》されて背中が弓反った。（安藤仁『花びら慕情』）

甘い悲鳴を発しながら

月野は女体の内側に挿入した指にピストン運動を加えて、弾力豊かな子宮の奥壁を押しこねた。

「おねがい……一度イカせてっ～ん。イキたいっ～～ん」

美人マネージャーはとうとう限界に達して、料亭中に響き渡るような甘い悲鳴を発しながら熟れた肢体を揺すりたてた。（山口香『牝獣狩り』）

いかせてっ。クリトリスがよすぎていきたいっ

「いかせてっ。クリトリスがよすぎていきたいっ。いかせてっ。いくいくっ……」

矢吹美沙子が面を振り、再び弓反った。（安藤仁『花びらあさり』）

ひびき渡るような悦の声を

「俺のもので、また気をやりたいのか、ん？」

「……いかせて！　お願い……」

恭平のものが深々と滑りこむと、千景はベッドルームにひびき渡るような悦の声を上げ、男の背をひしと抱いた。（北沢拓也『熟愛』）

いかせてっ。いっちゃうっ。いこっ。

式場はスコスコと調子をみるかのように送り込み、ドスン、ドスンと肉竿《にくざお》を突き込み、敷蒲団ごと女体を抱き込んだ。

「あふっ。あふっ。きてるっ。いいっ。いかせてっ。いっちゃうっ。いこっ」

恥骨同士がぶつかり合い、陰核が巻き添えを食うと、田丸美姫がクライマックスを迎えかけた。(安藤仁『花唇のまどろみ』)

イカせて……お願い

「……も……もう……ゆるして……ああッ……い、イカせて……お願い……」

息もたえだえに声を慄わせて哀願し、男の力に屈した。(夢野乱月『凌辱職員室 新人女教師〈真由と涼子〉』)

【おねだり】

あん……またグネグネして

「グネグネしながら深く入れて……止めないで……浅くして……ああ……いい……ぐるっと動かして……そう……あん……またグネグネして」

霊子は悶えながらも淫具が止まらないように、たえず言葉を押し出した。(藍川京『緋の館』)

お願い、入れて

「いい……気持ちいい……いいわ……おっきいのも入れて……お願い、入れて。うんと突いて」

学人は蜜でてらてらと光る顔を上げ、血管の浮き出た肉刀を、びっしょりと濡れている秘口に、真後ろから突き刺した。(藍川京『柔肌いじり』)

出して! なかに出して!


朝原は速射砲のように連打した。

「ああ、ああァァ!……出して! なかに出して!……今よ、ください!……いやァァ、あああァァァ、はうッ!」

いったん持ち上がっていた真央の上体が、激しくのけぞったかと思うと、後ろに倒れた。(霧原一輝『初夢は桃色』)

もっと出して、うちの中に

俊介も声を上げ、下からズンズンと股間を突き上げながら、ありったけの熱いザーメンを彼女の内部に噴出させた。

「あう……、熱……、もっと出して、うちの中に……、アアーッ……!」

松枝は、何度も何度も湧き起こる絶頂の波に身悶え、グリグリと股間を擦り付け続けた。(睦月影郎『淫刀 新選組秘譚』)

ザーメンいっぱい出してぇ

「みどりちゃんのなかが気持ちいいから、またイッちゃいそうだよ」

「うん――ああっ、あん、いいよ。オマ×コに、ザーメンいっぱい出してぇ」（月里友洋『若妻保母さんいけないご奉仕』）

ああ、もっと――速くして

「ああ、もっと――速くして」

開いた脚を幼児にオシッコをさせるみたいに自ら抱え、亜季子がはしたなくおねだりをする。速いリズムで奥を突かれるのが好きなのだ。（橘真児『眠れる滝の美女』）

出してっ！　いっぱい出してっ！


「出してっ！　いっぱい出してっ！」

獣じみた雄叫びをあげ、篤史は最後の一打を突きあげた。

「イッ、イクッ！　わたしも、イッちゃううーっ！」

女膣に横溢《おういつ》する牡のエキスを感じ、佐緒里は白い喉を見せてのけぞった。（草凪優『微熱デパート』）

お口に出してっ！　たくさん飲ましてっ！


恍惚《こうこつ》に全身をぶるぶると震わせながら耕一の足もとにしゃがみこみ、花蜜に濡れた肉茎をつかんだ。

「お口に出してっ！　たくさん飲ましてっ！」

発作の痙攣を開始した肉茎をしごき、口唇で咥えこむ。双頬を限界まですぼめたいやらしい顔で、男の精を吸いたてる。（草凪優『ごっくん美妻』）

ハメてぇ、もっと突いてっ

「おおぉん！　は、はひぃ……ハメてぇ、もっと突いてっ！　うはあぁ、あなたの和代をぉ、ハメ殺してくださいましーっ！」

子宮が叩きのめされるたび随喜の潮をちびらせ、胸にしがみついてくる和代。（楠木悠『叔母と三人の熟夫人いたずらな午後』）

カラダに浴びせてっ

「わたしのカラダに浴びせてっ」

クライマックスに達した人妻が下地にしがみついたまま、やっと口走った。（安藤仁『花びらあさり』）

嚙んで……そこを！


千秋は大ぶりの蕾を唇でとらえて吸ってやった。とたんに友里子は、のけ反り、

「いい、いいわあ、き、気持ちいい、もっと、もっと」

と乱れた言葉を口走った。その歓喜の声が、高くなり、

「い、いきそう……お願い……嚙んで……そこを！」

と彼女は叫んだ。千秋が軽く歯を当ててやると、彼女は全身をふるわせて、エクスタシーに達したらしかった。（一条きらら『秘惑』）

今よ、ちょうだい！


「そうら、イケよ。シヅちゃん、一緒だ。一緒にイクぞ」

　朝原はふたたび律動を開始して、幼なじみの膣肉を深々と突いた。

「あッ！　あッ！……ああ、イクぅ。今よ、ちょうだい！」（霧原一輝『初夢は桃色』）

お腹……突き破ってぇーっ

「おらっ、このまま一気に最後まで行くぞ！」

「はい……んぉ……ひ……貴和子のお腹……突き破ってぇーっ」

　度重なる歓喜の渦に巻きこまれ、貴和子は息も絶え絶えになっている。（黒沢淳『熟妻フェロモン　誘惑テニス倶楽部』）

膣《なか》に、熱いあなたを、いっぱい撒き散らして

「あーっ、いい。いくわ。いきそうなの。ねっ、きて……。わたしの膣《なか》に、熱いあなたを、いっぱい撒き散らして」

　切れ切れに言った公江の全身に、激しい痙攣が走り抜けた。（末廣圭『虚色の館』）

精子を飲ませて！


　晋平はぐいぐいと腰を叩きこむ。

「あんっ、ああんっ、そこ、好きッ！　あんっ、いく……いくいく、いくぅ！　高遠さんの精子を飲ませて！　飲ませて下さい！（北沢拓也『天使の介護』）

奥に来てッ、いっぱい突いてッ

　麻生早紀の真っ白い総身に、痙攣《けいれん》のふるえが漣《さざなみ》のように走り、頭が後ろに深く反り返った。

　浩介は、動きのリズムを速めた。

「ああッ、奥に来てッ……、いっぱい突いてッ」（北沢拓也『美熟のめしべ』）

もっと出して、いっぱい……


　激しい快感に呻きながら、ありったけの熱いザーメンをほとばしらせると、

「アアッ……！　熱いわ。もっと出して、いっぱい……、いく、ああーッ！」

　内部に噴出を感じ取った途端、真綾は声を上ずらせ、オルガスムスのスイッチが入ったように狂おしく全身を跳ね上げた。（睦月影郎『はじらい吸血鬼』）

我慢できない、お願い

「もう、わたし、我慢できない、お願い」

　両手を差し出して、挿入をねだった。（北沢拓也『淑女の媚薬』）

もっと激しくして

「あ……、あうう、き、気持ちいい……、もっと激しくして……」

言われて、治郎はリズミカルに腰を突き動かしはじめた。

「あっ……、いく……！」

美津子が口走り、ビクッと全身を反らせて硬直した。（睦月影郎『淫ら妻の誘惑』）

いいわ、奥にあてて、あなた

たわわな双つの乳房を波打たせ、はげしく身悶える未亡人の裸体に、浩介は指を退けて覆いかぶさり、葉村さおりを力強く貫く。

「ああーッ、いいわ、奥にあてて、あなた」（北沢拓也『美塾のめしべ』）

ああッ！　いいわ、突いて

彼女の内腿全体が陰戸と化したかのように、彼の股間をしっかりと締め付けてきた。

「ああッ！　いいわ、突いて……」

のぶも、陰戸ばかりでなく下半身全体で男をくわえ込んだ感覚になっているのだろう。喘ぎながら狂おしく腰をよじってきた。（睦月影郎『艶色ひとつ褥』）

おま××を、舐めて……


「さあ、言ったら舐めて上げますよ」

十三郎はまだ触れず、美少女の陰戸を近々と見つめながら言った。

「アア……、私の、お……、おま××を、舐めて……」

とうとう茜が小さく言い、膨らんだ雫をとろりと垂らしてきた。（睦月影郎『蜜猟人 朧十三郎 紅夕風』）

狂おしく身悶えて口走り

右手の二本の指を膣口に入れ、彼女の脚を下ろしながら再びクリトリスに吸い付いていった。

「ああッ……！　いいわ、噛んで……！」

紫乃が狂おしく身悶えて口走り、恭吾も前後の穴の中で指を蠢かせながら、上の歯で包皮を押し上げ、完全に露出したクリトリスを軽く噛みながら、舌先で弾いた。

（睦月影郎『女流淫法帖』）

突いて突きまくって下さいッ

「お願いッ……ねえッ……ご主人さまッ……遥子を突いて突きまくって下さいッ……」

うつつなく口走りつつもどかしさに悶え泣く。（千草忠夫『悪魔の楽園① 白昼の猟人』）

突いて。オマンコを突いてちょうだい

女は、「くくっ」と鳩が鳴くみたいな声をこぼして、痙攣するように背中を反りかえらせた。

「あァ、イクッ、イク……今よ、突いて。オマンコを突いてちょうだい」（北原童夢『倒錯の淫夢』）

顔に、白いのをひっかけて

「いいわよ、出して。あたし、ちゃんと合わせるから。いっぱい出して。あたしの顔に、白いのをひっかけて」

　哲也のペニスが、ついに射精の脈動を開始した。びくん、びくんと、肉棒が震えはじめる。

　噴出した欲望のエキスは、狙い違《たが》わず、仁美の顔面を直撃した。額から鼻、唇にかけての部分が、べっとりと白濁液に濡れる。

　その直後、悲鳴に近い声を放って、仁美はがくがくと全身を揺らした。（牧村僚『蜜姉―甘い誘い―』）

熱いのどぴゅどぴゅ発射してぇぇッ

　瞳は体内に剛を迎え入れると、激しく締めつけて腰を振った。

「出して！　瞳の中に、熱いのどぴゅどぴゅ発射してぇぇぇッ！」

　恥を棄て、すべてを棄てて、瞳は絶叫した。（刀根剛『お姉さまのヘアサロン　童貞特別サービス』）

あなたのコレ……コレで

　爆発を耐えるように彼は腰の動きをぎこちなくさせる。

「ううン、イヤ、いかせてくれなくちゃ……好きになったあなたに、いかせて欲しいの……あなたのコレ……コレで……ねえ……ねえ」

　とても女医とは思えない、甘ったるい声で和香子はせがんだ。（一条きらら『蜜の戯れ』）

お願いです、これを……

「もう、わたくし……それ以上されると……柊様、後生ですぅ」

　梢は、肩から手を滑らせると、きばり勃ったものを握ってきた。

「柊様……お願いです、これを……」

「心得ました」

「あ、あああ、柊様、後生……」（北山悦史『淫能の秘剣』）

あとでなんて。ううう！

「イキそうですぅー。イキますぅー。いーいーいー。ああああ。わわわわわ」

「絶頂は我慢。果てちゃうのは、もっとあとで」

「あとでなんて。ううう！　あ！　あとでなんてそんな。あんあんあん！　あんあんあんあんあん！」

　早由季は円錐形の乳房を躍らせ、禁を破って絶頂した。（北山悦史『媚熱ざかり』）

もっと強くお臀を抱いて

　奥深くまで挿入した男の肉に複雑な襞が粘つき、きゅっと閉じこめられた。筒先が鬱血《うっけつ》する。

「いきそうです」

「わたしもよ、ねっ、一緒に……。もっと強くお臀を抱いて」（末廣圭『夢ごこち』）

男の精を吸い出すように

「いいわっ！　出してっ！　なかで出してっ！」

泣き叫ぶような声とともに、女膣が強く収縮した。男の精を吸いだすように、淫らがましい痙攣をはじめた。（草凪優『下町純情艶娘』）

とろんとした妖しい目の色で

「したいです！……して下さいッ」

鸚鵡《おうむ》返しのように、香織がとろんとした妖しい目の色で弓江の顔を見つめ返して、甘え声で、彼が口にしたと同じ俗語を声にする。（北沢拓也『虚飾の微笑』）

精液、わたしにかけて!!


「ね、霧杉君の精液、わたしにかけて!!」

弘枝がまたも信じられないことを口にした。

「え、いいんですか!?」

「うん、ちょうだい――あ、はああッ、イクぅ！」（橘真児『ヒップにご用心！』）

腰のあたりをぶるぶる震わせ

「もうちょっとよ、俊くん。ねっ、もうちょっとだけ我慢して。ああ、そろそろだわ。ほんとにもうすぐなの。ああっ、いく、いっちゃう。ああっ、俊くん」

腰のあたりをぶるぶると震わせ、上体を大きくのけぞらせて、雪枝はオーガズムに達した。（牧村僚『義母と叔母』）

豊満なヒップを揺さぶり

「ああっ……あああっ……」

浅瀬をもてあそばれた沙由貴が、しきりに腰をくねらせる。早く最後まで貫いてほしいと、豊満なヒップを揺さぶりたてる。

周一は、躰中のエネルギーを勃起に集中させて、熱くたぎった蜜壺をずぶずぶと貫いていった。

「はっ、はぁあああああうううーっ！」

子宮口をずんっと突きあげると、沙由貴は四つん這いの背中を反らせた。（草凪優『マンションの鍵貸します』）

声を上ずらせて口走り

孝二郎は充分に内部を味わい、新たな蜜汁の溢れるワレメに鼻を押しつけた。そのまま大量の淫水をすすりながら再び割れ目からオサネまで舐め上げていった。

「ゆ、指も入れて……、お願い……」

たちまち冴が声を上ずらせて口走り、孝二郎もオサネに吸い付きながら指を膣口に押し込んでいった。（睦月影郎『あやかし絵巻』）

股間を激しく押しつけて

「お、お願い、もう少し……だけ……」

綾乃は乱れ髪を唇へふくみ、上体を前へ倒して、腕立て伏せをするように布団へ両手をついた。そして腰を前後に動かし、股間を激しく押しつけてきた。（斎藤晃司『同級生のママと僕』）

余りをせがむように強く吸った

「ク……、ウウ……」

喉を直撃されながらも、美和は口を離さず、小さく鼻を鳴らしながら噴出を受け止めた。

こんな無垢なお嬢様の口に出して良いものだろうか、と思ったが、そんな後ろめたさも快感になった。

美和は口に溜まった分を喉に流し込み、なおも余りをせがむように強く吸った。（睦月影郎『うたかた絵巻』）

おま…こがこわれるくらい

「ああーっ、いいっ、由紀のおま…こがこわれるくらい、いっぱいやって。由紀を目茶苦茶にしてっ」

高い声で叫び、倉石にぐいぐいと突き穿《うが》たれると、

「いやっ、いくっ」

部屋の外にまで響くような、喜悦の声をあげつづけた――。（北沢拓也『蜜の罠』）

噛んで、思い切り噛んで

「噛んで、思い切り噛んで」

女の要望に応えて、ガヂリッと乳首の付け根を噛んだ。星型のピアスが歯茎に食い込んだ。

「はンッ！……」

女がつらそうに呻き、顎を突きあげた。（北原童夢『倒錯の淫夢』）

もっと吸ってっ。噛んでっ！

「あっふっ。あう、あうっ。クリトリスがいいっ。もっと吸ってっ。噛《か》んでっ！」

「何だって、真沙子。おさねを嬲《なぶ》っていいのかい？　こうか、こうかい？」

駒形は窄めた口唇で捉《とら》えた肉の小粒に歯を立てて訊いた。

「いっ、いっ、いっ、いいいいぃぃぃ……」（安藤仁『花びら慕情』）

噛んで……

「噛んで……」

今にも泣き出しそうな声に促されて、征吾はこわごわ歯をたてた。

「うーっ、ううう……もっと強く！」

皮膚が破れないだろうか……。

だが再度の要請に、思い切って強く噛んだ。

「くうーっ、イクイクッ！」

由加は全身を痙攣《けいれん》させて、呆気なく果ててしまった。

（高竜也『淑女の愛花』）

そこ、そっと噛んで

浩之が舌先をクリトリスに集中させると、挿入してい
る指が痺れるほどマーヤは肛門を締めつけながら喘いだ。
「ああッ……！　ねえ、そこ、そっと噛んで……」
またマーヤが、上ずった声で口走る。彼女は、噛まれ
るような刺激が好きらしい。（睦月影郎『淫蕩熟女の快
感授業』）

噛んで、もっと強く

十三郎が内腿を舐《な》め、そっと歯を当てると、
「アアッ……！　噛んで、もっと強く……」
蘭が声を上ずらせて口走った。頑丈な肉体は、少々痛
いぐらいの刺激の方が心地よいのだろう。十三郎も、遠
慮なく歯を食い込ませ、弾力ある肌を噛みしめた。
「あうう……、気持ちいい……」
蘭が身悶え、さらに大量の淫水を漏らした。（睦月影
郎『蜜猟人 朧十三郎 紅夕風』）

【けもの　獣】

獣のような声を放って

灼熱の溶岩にも似た男の溶液が、一気呵成に放たれる
と、

「ううううッ、イッちゃう……イク……イクぅー」

獣のような声を放って、真純は五体を痙攣させた。

（高竜也『少年と三人の母』）

ケモノのように唸った

「いってしまいそう！……どうしよう、ハァン……やっ
て！　いっぱいやってっ……」
指のピストン運動に加えて、舌によるクリトリスへの
小突きが始まったから、翔子は腰をガクガクさせなが
ら頂上を目指して腰を躍動させた。
翔子はケモノのように唸った。（高竜也『淑女の愛花』）

獣じみた咆哮を

子宮底にドクドクと熱いマグマを注ぎかけると、その
熱を感じた理恵が、もう一度大きく背中を反らせた。
「ひっ、ひいいっ！　ま、またイクッ……イッちゃうっ

……イッ、イクウウウウウウーッ！」

獣じみた咆哮《ほうこう》を寝室にこだまさせ、四つん這いの肢体をよじりまわす。（草凪優『ふしだら天使』）

獣にも似た声を発して

灼けただれた女性器に多量のザーメンが注ぎこまれると、それが紡ぎだす肉の快楽に陽子は溺れて、「イクの……イク——ッ」と獣にも似た声を発して、久しぶりのオルガスムスを味わったのだった。（高竜也『三人相姦　少年と叔母と義母』）

獣じみた悲鳴を

彰宏はくびれた腰を両手でつかんで、突きあげた。腰を反らせ、四つん這いの女体を貫いた。

「はぁあうううううーっ！」

最奥まで貫かれた夕梨子が、獣じみた悲鳴をあげる。（草凪優『発情期』）

淫らな牝の咆哮が

「イッてしまいそうか？」

社長は余裕綽《しゃく》綽《しゃく》の声で言い、指の出し入れのピッチをぐんぐんとあげていく。

「神聖な職場でイッてしまうのか？」

「ああっ、いやあっ！　いやあああっ……はっ、はぁうううう一っ！」

淫らな牝の咆哮《ほうこう》が、社長室中にこだました。（草凪優『ごっくん美妻』）

けものじみた叫び声が

由紀子は乱暴に立たされ、背後から宏の愛に満ちた凶暴な肉棒に貫かれていた。

「あああああっ！」

けものじみた叫び声が由紀子の喉からしぼり出された。（友松直之『女教師・友梨—降臨—』）

獣の牝の悲鳴を

噴射を感じてぎゅっと引き締まった女膣のなかに、どくどくと注ぎこんでいく。

「はぁあああっ！　はぁあああああーっ！」

日向子が獣の牝の悲鳴を解き放つ。（草凪優『色街そだち』）

獣じみた悲鳴をあげ

「わ、わたしもっ……わたしもいくっ……いっちゃうううう一っ！　はぁおおおおおおーっ！」

獣じみた悲鳴をあげ、のけぞる女体を、昌彦は後ろからしっかりと抱きしめた。（草凪優『晴れときどきエッチ』）

オットセイか何かのような咆哮

剛士は、上唇と舌と下唇の三連弾で、責め倒すほどクリトリスをいたぶった。

「あうっあうっあうっ。あうっあうっあうっあうっ」

オットセイか何かのような咆哮を連続させ、そして男のような腰づかいから上下動に体反応を変化させて、美遊は絶頂した。（北山悦史『媚熱ざかり』）

獣のごとく喚《うめ》き散らし

「あひーっ！　お、おっ、おおぉ、い、イッ、いぃんぐぅ！」

焦らしに焦らされ、おかしくなりそうなまでに女体を疼かせていた曜子は、子宮口まで達する一撃に獣のごとく喚《わめ》き散らし、数回のストロークで呆気なく絶頂した。

（櫻木充『美・教師』）

喜悦に顔面を引き攣らせ

女体を二つに折り曲げて、腰にバネを効かせて、高回転の抽送で子宮を乱打する。

「んあっ、んひっ！　そっ、それぇ……おっ、おおぉ、それがいいっ！　すごっ……おおぉ、すごひーっ！」

セックスの喜悦に顔面を引き攣らせ、獣じみた唸り声をあげる留美。（櫻木充『義姉《あね》の魔惑』）

怪鳥のような雄叫《おたけ》びを

「ああ……だめよう……イキそうになる」

「いけばいい。イッちゃえよ。何度でも」

城山がもう一突き、ぐいと送り込むと、

「ひーっ」

と、みずえは怪鳥のような雄叫《おたけ》びをあげた。（南里征典『密命 征服課長』）

獣じみた唸り声を

「う、っ」

射精した。

「あ、あ……」

精液を注ぎこみながら裕介が恥骨を押しつけるようにすると、喜久恵の躰がビクンと顫え、喉を反らせて獣じみた唸り声をたてた。（館淳一『卒業』）

咆哮して、一気にオーガズムの大波に

「イッ、イイッ。アッ、アワワワワワワ！」

涼子は上半身をぐらぐらとさせた。小振りの美乳が、胸の上でゆさゆさと揺れた。

岡林はなおも突いて、突いて突いて貫いた。

「イクッ。イクイクイク。イッ、イイイイィイイ！」

涼子は咆哮《ほうこう》して、一気にオーガズムの大波に浚《さら》われていった。（由布木皓人『悦楽あそび』）

一匹の獣となって

未菜美はもう、自分が夢の世界にいるような気持ちに

なり、ただ快感だけを貪っていく。

「ああ、だめ、ああっ、イク、イキます、ああっ」

未菜美は頭の中から、チームや麻衣子のことさえも吹き飛び、もう一匹の獣となって、叫び続ける。(藤隆生『ビーチの妖精姉妹 隷辱の誓い』)

牝《めす》の叫びが弾け飛んだ

「ああっ、いい……羊介さん、すごいッ……いく、いくう!」

頭を後ろに反り返らせた円城寺理美の唇《くち》から牝《めす》の叫びが弾け飛んだとき、羊介も目もくらむような快感のうねりの極点で声をあげ、

「ぼくもいく……いくいく、出るう」

おのがものを抜き出すなり、どくどくと二度目を放射させていた。(北沢拓也『抱きごこち』)

獣のような呻きを

半透明のうるみが、搾《しぼ》り出され、反町はいくぶん甘酸っぱい匂いを放つインストラクターのうるおいを音を立てて啜《すす》りこみ、さらに彼女の敏感な肉の芽を吸い続けた。

「あうう」

獣のような呻きを、冴子は口からほとばしらせ、敷布に八の字に投げ出した二肢を突っ張らせて、深いオルガスムスに達したようである。(北沢拓也『獲物は人妻』)

野獣が吼《ほ》えるような淫靡な唸り声を

麻生優子は、蒼平の指が深く挿し込まれて、やわらかな直腸壁の粘膜をこすりたてて抜き挿しをくりかえすと、うつぶせた裸身をびくびくとわななかせ、

「ああッ、だめっ」

沈めていた頭を起こすや、

「あううっ、いくっ」

野獣が吼《ほ》えるような淫靡な唸り声をほとばしらせた。(北沢拓也『とめどなく蜜愛』)

白いけだものになりきって

和恵の腰が狂ったように円を描き、目の先で双つの乳房が波を打つと、弓江も獣のように唸り、下から突き上げる。

「イッちゃうよぉ!」

男の腹の上に両手をおいて、腰をゆすりたてていた和恵が白いけだものになりきって、絶叫し、髪を振り乱す。(北沢拓也『虚飾の微笑』)

獣のような叫びを

恭平にぷりぷりした尻の双の小山をわしづかみにされて、硬直を挿し込まれると、うつ伏せた背にさざ波のようなふるえを走らせ、泣き声を上げた。

恭平は「おう、おう」と声をあげ、小刻みに腰を叩き

こんだ。

　菜穂子が枕許のシーツを両手でひきつかみ、獣のような叫びを上げた。（北沢拓也『夜を這う』）

浅ましい一匹の牝と化し

　秋友はうめきながら、大きく腰を振った。

「ひいーッ、おおきくてすごいッ……気持ちいいッ」

　高村陽子は浅ましい一匹の牝と化し、真っ白い下肢を男の腰に巻きつけ、自らも腰をゆすぶりまわして、

「いく……いくよう」

　卑俗な叫びを上げて、秋友が果てる寸前、全身をおびただしく痙攣させていた——。（北沢拓也『美唇狩り』）

けものが絶息するような呻きを

「……うむう、ぐむう」

　けものが絶息するような呻きを発し、いったん息をつめると、

「ああ、いくっ」

　頭を後ろにのけぞらせて、極《きわ》まりの言葉を淫靡に口走る。（北沢拓也『一夜妻の女唇』）

牝の叫びが上がって

　恭平が抜き挿しを速めてどくどくと射ち放つ寸前、男の腰を両手で押さえつけて裸体を反り返らせた藤谷淑美の口から、

「ああっ、いくっ……わたしもいくわっ！」

　牝の叫びが上がって、絖白い総身が痙攣に打ちふるえて硬直した。（北沢拓也『夜を這う』）

獣のような声を

「あううっ……うぐう！」

　獣のような声を洩らした松宮美世子が、うつ伏せた総身を打ちふるわせ、

「いくっ！　いくう」

　悲鳴のような絶叫をあげた。（北沢拓也『夜のめしべ』）

【そこ　そこそこ】

ああっ、そこよっ。それがいいのっ

　下地はアヌス愛撫を諦め、ベロの矛先を陰核へ向けようとした。

「ああっ、そこよっ。それがいいのっ。ふうっ、感じるっ。クリトリスがいいっ。舐《ねぶ》って。嬲《なぶ》ってっ」

　口唇でのクリトリス愛撫を受けた人妻が感じきったかのように発し、愛の蜜液をたっぷりと溢れさせ、シーツを濡らした。（安藤仁『花びらあさり』）

そ、そう、そこ……

勢いづいた京介は、膣の中にずぼずぼと、何度も舌を出し入れて、敏感点を刺激する。

「じ、上手、き、京っ……すぅっ！……けぇっ、くぅぅん！　そ、そう、そこ……あ、あひぃっ！」（弓月誠『甘い生活　最高の義母と最高の義姉妹』）

そこ、そこ、感じるぅ

「あっ、んっんっ。感じる。はあ、はああん。美々花さん、そこ、そこ、感じるぅ」

美々花の手を押さえて叫ぶように言った澄麗が、ベッドからずり落ちた。（北山悦史『女家庭教師―秘密の個人レッスン―』）

腰を突き出して悶えている

すみれはやけに感じているようで、腰を突き出して悶えている。それが半端ではない。

「そこそこそこそこ、いい～」

すみれが口戯を忘れているのが気になるが、侘助は中指も押し込んで、ありとあらゆる動きで女壺の中を掻きまわした。（藍川京『爛漫花』）

身も世もなく乱れきった

埋めこんだ指を動かすと、佳乃子は甲高い悲鳴をあげて身をよじった。

「あうう―っ！　そ、そこっ！　そこがいいっ！」

最奥にある子宮口のまわりをぐりぐりと掻き混ぜると、佳乃子は首にいやらしい筋をくっきりと浮かせ、身も世もなく乱れきった。（草凪優『マンションの鍵貸します』）

いきむような嗚咽《おえつ》を漏らし

晶はことさら粒を大きくし、包皮から芽吹いたクリトリスに責めを集中させた。舌で弾いたり、右に左に嬲《なぶ》ったり、器用に舌を使って牝肉の急所を苛め抜く。

「はぁ、あぁぁん、そ、そこっ……い、イッ……ん、んぅ！」

いきむような嗚咽《おえつ》を漏らし、わなわなと全身を震わせる亜由美。（櫻木充『だれにも言わない？』）

迫り上げた腰を淫らにゆすぶりまわし

恥ずかしいと訴えながらも、松宮美世子は迫り上げた腰を淫らにゆすぶりまわし、京平がぐいぐいと腰を打ちつけはじめると、

「あぁッ、そこっ……そこが好きッ……ううん、いいッ……いく！　おおおっ、いく！」

牝の声を遠慮なく張り上げる。（北沢拓也『夜のめしべ』）

突き上げたあごを右に左に

「あああ、それ、感じます。うっ、うううう」

突き上げたあごを右に左に振って、美遊はよがった。剛士は、乳首をつまむのを、左右とも、今度は親指と人差し指と中指の三本にした。

「はあ〜、はああ〜。いいですぅー。的場さん、それ、ううう、感じますぅー」

美遊は、背をいっぱいに反らして胸をうねり上げた。

（北山悦史『媚熱ざかり』）

顔を右に左にと傾けて

「わたしもいくわ……周平さんのはちきれそうなのが気持ちいいところに当たるの……もっとあてて……ああ、ひいいッ…あああッ、そこだわ、そこお……」

快感に歪めきった顔を右に左にと傾けて、義母がすすり泣きはじめたとき、周平はおのれを抜き出し、美穂子の波をたてる腹部の上に、おびただしい精をぶちまけていた。（北沢拓也『愛らしき狂獣』）

泣くような声で憚《はばか》りなく悦を吐き

「ああんっ、すごいっ、ああっ、そこっ、阿佐美さん、そこっ」

石島奈穂子が、泣くような声で憚《はばか》りなく悦を吐き、阿佐美にやわらかくとろけきった深みをつづけざまに突き穿《うが》たれると、

「わたし、いくっ、ああっ、いくーっ」

喉奥《のどおく》から絞り出すような声を放ち、両手で阿佐美の背を抱きしめつつ、湾曲《わんきょく》に反り返らせた身体を激しく打ちふるわせ、頭を後ろにくり返しのけぞらせた。（北沢拓也『好色淑女』）

ひときわ激しい声をふるわせ

「あッ、そこ、わたし、いくわ」

これまでに何度か、小さな頂《いただ》きをくりかえしていた日高典香が、ひときわ激しい声をふるわせ、汗に光る絖《ぬめ》白い裸体を浩介の下で波打たせた。（北沢拓也『美熟のめしべ』）

恥も外聞もなく叫び狂った

「そこ、ああっ、そこ、そこ、ああっ、いいいっ」

虎吉が張型を秘奥で回転させると、彩香はもう恥も外聞もなく叫び狂った。（藤隆生『未亡人社長 恥辱のオフィス』）

そこっ、そこ、もっと

「あんっ、ああーんっ……気持ちいいっ、ああんっ、そこっ、そこ、もっと」

「こうか、優子、ん？ それともこうか？」

「あんっ、それ……気持ちいいッ……ああんっ、もうだめっ……いっちゃう、いっちゃうよう！」（北沢拓也『抱きごこち』）

あんッ、そこっ、そこに欲しい

「あんッ、そこっ、そこに欲しい」

昂平は、ベッドシーツに両手を置いて、ぐいと深くすべりこませてやる。

「ああッ、奥まで来てる……」(北沢拓也『夜を紡ぐめしべ』)

女の洞《ほら》が収縮するようなうねりを

「ああーっ、いいわッ……ああん、そこッ……そこ、もっと突いてッ……ああ、そうよ、ああっ、いいッ……いく、いくわァ!」

辻村美季子の白磁色の裸体に小刻みな痙攣が走り、晋平の硬直をもてなしている彼女の女の洞《ほら》が収縮するようなうねりを起こしたとき、……(北沢拓也『天使の介護』)

そこ、そこだわ!


「そうよ……いいわ、そこ、そこだわ!」

円城寺理美の迫り上がった腰がゆすぶりまわされ、羊介は呻《うめ》きをあげた。(北沢拓也『抱きごこち』)

【もっと　もっともっと】

もっともっどぉ、抉《えぐ》って

真上に晒された女陰に、本気汁でふやけた膣穴にズブズブと肉杭《にくくい》を捻《ねじ》り込む。

「どう、これっ……奥、入るっ⁉」

「んいいぃ、はっ、入るぅ! これっ、これいい、これ好きーっ! そうっ、もっともっどぉ、抉《えぐ》って、奥まで嵌めでえぇ!」(櫻木充『いけない姉になりたくて』)

猥褻きわまる言葉を

「あああッ、いいッ……いいわあ」

京平の長大なたぎり勃ちがすべり込んだ途端、松宮美世子は奔放な牝の声をあげ、

「……もっと!」

お尻をゆすり立てて、猥褻きわまる言葉を口にして、京平を締めつけてきた。(北沢拓也『夜のめしべ』)

とち狂ったように尻を突きあげ

「駄目……駄目、やめちゃダメぇ……もっとぉ……ねえ、もっと!」

口隅から涎れを零し、瞳に涙を潤ませて、とち狂ったように尻を突きあげながら交尾をせがむ美和子。（櫻木充『未亡人美人課長・三十二歳』）

痴語を乱れた息づかいで声にして

「……もっと！　もっとぶっすりとちょうだいッ……あなたをぜんぶ欲しいのッ」

端《はした》ない痴語を乱れた息づかいで声にして、高々と跳ね上げていた双の脚を、男の腰が逃げぬように池尻の尻に蟹《かに》のように巻きつけてきた。（北沢拓也『夜光の熟花』）

欲しいわ、もっと……

「いやらしいな、紫津のおま…こときたら。俺のものを奥へ奥へと引きずり込んだりしてさ。そんなに奥に欲しいのか」

「欲しいわ、もっと……もっと奥に、深く入れてちょうだいッ」（北沢拓也『花しずく』）

もっともっとというふうに尻を揺する

「いい……いいッ、ア、感じる」

気が緩んであらわな声が出てくると、晋作は彼女の臀部をピシャリと打った。牽制《けんせい》するためなのだが、それがまた刺激になるのか、弘枝はもっともっとというふうに尻を揺する。（橘真児『ヒップにご用心！』）

自ら腰を振って

「もっと、もっと、もっとっ。目茶苦茶にしてっ！」

律動的な抜き挿しで満たされない人妻が、自ら腰を振ってきて、狂ったような声で訴えた。（安藤仁『花びら慕情』）

あられもない声を張りあげ

「ハアン……気持ちいい。もっと、もっとォ……」

全身を波打たせて、ママはあられもない声を張りあげ、その瞬間ヒクヒクと蠢きながら淫肉が肉茎を締めつけてきた。（長谷純『女蜜の旅』）

自らも女陰を突きあげ

「す、すごっ、すごいぃ……もっと突いて、もっともっと奥まできてぇ！」

両脚を腰に巻きつかせ、俊弘の身体を引きつけると同時に、清子は自らも女陰を突きあげた。涙目で絶叫し、喉に無数の血管を浮かばせて、男根をしゃぶりつくす。（楠木悠『叔母と三人の熟夫人 いたずらな午後』）

快感で全身を震わせながら

快感で全身を震わせながら、明日菜がしがみついてくる。

「気持ちいい、気持ちいい……ッ！」

身をくねらせ、ヴァギナを回転させるかのように擦りつけ、もっともっと、と喘いでいる。（内藤みか『若妻

の誘惑 童貞白書』）

もっと、もっと、入れて

「ああ、もっと、もっと、入れて」

　肉びらが身動きができないぐらいに、突っこんでもらいたくなり、美和はさらにヒップを高くあげた。健一はただひたすらに、美和のヒップを抱きしめながら、突いてきている。

「ああ……いいいい、イクぅッ！」

　やがて、美和は大きな声をもらした。（内藤みか『三人の美人課長 新入社員は私のペット』）

いやらしいこと、淫らなこと……もっともっと

　美奈子が今まで耳にしたことも口にしたこともないような、性器や行為の俗称や淫らな言葉を、男が吐き散らすほど彼女は燃え上がってゆく。辱しめを受けている意識が、たまらなく刺激的なのだった。

「もっと、言って……いやらしいこと……淫らなこと……もっともっと……いじめて」

　激しく喘ぎながら美奈子はうわごとのように口走る。

（一条きらら『秘惑』）

もっと奥までっ

「も、もっとよっ……」

　夕梨子が眉根を寄せた淫らな顔で振りかえる。

「もっと奥までっ……腰をつかんで、わたしのお尻を突きあげてっ……」（草凪優『発情期』）

メチャクチャにして！


「どうだ、俺のはデカ過ぎて痛いか、気持ちいいか……たっぷりと……うう……突きまくってやるぜ」

　美奈子の腰を摑んで男が狂おしく腰を揺すった。

「いいっ……いいっ……いいっ……もっと……もっと……あたくしを……メチャクチャにして！」

　髪をふり乱し、弓なりにのけ反って、美奈子はすすり泣くような声をあげた。（一条きらら『秘惑』）

深く突いてええっ

「はぁああっ……はぁああああっ……」

　夕梨子が首を振り、長い黒髪をうねらせる。

「いいわっ、彰宏くんっ……もっと突いてっ！　深く突いてえええっ……」（草凪優『発情期』）

背中をもっこりと膨らませたり

　汰一は右手を極所に這い込ませ、肉突起をこすり立てた。

「いっ、あ！　あーあー、汰一、いいわいいわ。もっと、あ、ああ～ん、もっとやってぇ」

　千晴は、背中をもっこりと膨らませたり、逆に、大きくしなり返らせたり、横に振ったりもして、よがった。

（北山悦史『粘蜜さぐり』）

激しい力で股間を押しつけ

浩之は、上の歯で包皮を押し上げるように当て、軽く下の歯で挟むようにしながら、舌先でチロチロとクリトリスを舐め上げた。

「あう！　そ、それ、もっと……、アアッ！」

マーヤはガクガクと腰を揺すりながら喘ぎ、浩之が窒息してしまうほど激しい力で股間を押しつけてきた。

（睦月影郎『淫蕩熟女の快感授業』）

すぐにも昇りつめそうに

先端をあてがい、一気にヌルヌルッと挿入していくと、

「アアーッ……！」

郁代は、すぐにも昇りつめそうに声を上げた。

「も、もっと突いて。奥まで感じるわ、アアッ！」

郁代は激しく喘ぎ、まだ二度目とは思えないほど貪欲に求めてきた。（睦月影郎『淫ら香の誘い』）

狂おしく身悶えた

「アアッ……！　き、気持ちいいッ……！」

美々香が顔をのけぞらせて口走り、量感ある内腿できつく彼の両頬を締め付けてきた。祐作はクリトリスを吸い、指を膣口に入れて内部をこすった。

「も、もっと……、メチャクチャにして……」

美々香はすっかり我を忘れ、声を上げて狂おしく身悶えた。（睦月影郎『叔母の別荘』）

もっと、もっと——


「もっと、もっと——」

それが尻を叩けということなのか、それともピストン運動を指すのか、わからぬまま、両方を激しくする。

「あ、いいい……ン、んふぅ」（橘真児『ＯＬに手を出すな！』）

もっと突いて……


「ああッ……、もっと突いて……！」

小眉が面の中で口走り、下からもずんずんと股間を突き上げてきた。

強く弱く、深く浅く肉棒を出し入れするたびに、どんどん溢れてくる淫水が柔襞に摩擦され、くちゅくちゅっと淫らに湿った音が響きはじめた。（睦月影郎『蜜猟人朧十三郎　秘悦花』）

もっと！　突いて

小刻みに腰を突き動かすと、溢れた愛液が摩擦されてピチャピチャと鳴り、密着した肌から加奈子の高まりが伝わってきた。

「も、もっと！　突いて、奥まで……！」

唇を振り放し、加奈子が口走った。（睦月影郎『蜜猟

のアロマ』）

噛み切ってしまって……！


「アア……、そこも、噛んで……！」

　蘭が激しくせがんできた。大丈夫かな、と思いつつもこりこりと歯で噛んで刺激すると、

「ああーッ……！　もっと思い切り……、噛み切ってしまって……！」

　蘭ががくがくと狂おしく身悶えながら声を上げた。十三郎も力を入れて噛みしめると、柔肉が迫《せ》り出すように盛り上がり、早くも蘭は気を遣《や》ろうとしていた。（睦月影郎『蜜猟人 朧十三郎 紅夕風』）

もっと突いて、奥まで……


「アアッ！　い、いきそう……、もっと突いて、奥まで……。あう！　いいわ、気持ちいい……、いく……、あーッ……！」

　乃梨子が声を上ずらせて口走り、互いの股間をぶつけ合った。そのままオルガスムスに達し、ガクンガクンと全身を波打たせて悶えた。（睦月影郎『福淫天使』）

もっと出して、いっぱい……


　彼も喘ぎ、身を震わせながら熱い大量のザーメンを勢いよく注入した。

「あう、感じる。もっと出して、いっぱい……」

　噴出を感じ取った奈津子が言い、快感を噛みしめるように目を閉じ、キュッと膣内を締め付けてきた。（睦月影郎『叔母の別荘』）

髪を乱して口走り

　裕美の腰を抱え込んだまま、ズンズンと腰を突き動かした。

「もっともっと……、メチャクチャにして」

　裕美が髪を乱して口走り、自分からもお尻を突き出して塚田のリズムに合わせてきた。（睦月影郎『蜜猟のアロマ』）

耳元で熱く口走った

　甲介も抱き留め、ゆっくりと股間を突き上げはじめた。

「あうう……、もっと突いて、奥まで……」

　美貴が声を上ずらせ、彼の耳元で熱く口走った。（睦月影郎『色は匂えど』）

淫らに声を上げた

　三上は、ヌルヌルッと一気に根元まで挿入し、熱い粘膜に受け入れられながら身を重ねた。

　内部は熱く、キュッと締まる膣口が三上自身を心地よく高まらせた。

「ああッ！　もっと……」

　美貴子は下から必死にしがみつき、日頃の淑《しと》やかな印

象とは打って変わって淫らに声を上げた。（睦月影郎『淫ら香の誘い』）

声を上ずらせて喘ぎ

「ああ……、い、いきそう……」

「私もよ。もっと突いて……、アアーッ……！」

たちまち、りんが声を上ずらせて喘ぎ、がくんがくんと狂おしく全身を波打たせはじめた。（睦月影郎『炎色よがり声』）

吸引されている突起が脈動する

ぐい、ぐい、ぐいと、まさは恥骨を突き上げた。突き上げの頂点のときに、吸引されている突起が脈動するのが感知される。

「イクわ、イクわ。あああああ！　もっと、もっとやって。あ！」

一瞬、息を止めた感じのあと、まさは跳ね上がるような痙攣を起こした。（北山悦史『手当て師佐平　白肌夢街道』）

⑥「交歓」系

【いっしょに　一緒に】

一緒に、ねえ、一緒にイッてえっ

「西川くんっ、イキそっ？　ねえ、ねえ、もう、先生、気持ちよくて、くうっ、あぁ、一緒に、ねえ、一緒にイッてぇっ‼」

「う、うう、ぼ、僕もい、イクぅう」（開田あや『人妻教師　白衣の痴態』）

一緒にイッて

「あン、あン……、んんッ、イッちゃう。拓海、一緒よ。一緒にイッて……今よ、拓海、ちょうだい。熱いのをちょうだい！……うああッ！」

　叔母の喘ぎが風に乗って運ばれるのを感じながら、拓海は連続してえぐりたてた。

「ああ、ああッ……はうン！」（浅見馨『叔母は未亡人　奈央子36歳』）

一緒よ、私だけはいや

「また、また、イッちゃう……ああ、一緒よ、私だけはいや。一緒に……ああ、智己……来てェ」

　叔母のあらわな声を聞いて、智己も射精した。叔母の絶頂を告げる膣肉の痙攣を感じながら、男液を噴きあげる。（浅見馨『叔母はスチュワーデス』）

一緒よ……今よ

「あぁァ……かけて……昌平のをかけて……私をあげるわ。昌平にあげる。好きなようにして……ああ、来る……一緒よ。昌平、一緒よ……今よ……ちょうだい！」

　叔母の声に誘われ、昌平は渾身の力を振り絞って、屹立を押しこんだ。（浅見馨『叔母はナース』）

アアッ、いっしょにっ

「いい、いいッ、アア、お義父さまッ……美貴、イッちゃいますっ」

　座席に爪を立て、美貴は大声で告げる。怒張を呑んでいる双臀には、脂汗が浮いた。

「おう、おう、美貴さんっ」

「アアッ、いっしょにっ、お義父さまっ、美貴といっしょにっ」（香山洋一『新妻・有紀と美貴』）

一緒よ。一緒に来て

「イクわ、雅史さん。私、イッちゃう。ねえ、一緒よ。一緒に来て」

「おおっ、恵津子さん！」

恵津子の体が大きく揺れだした直後、雅史は射精した。（牧村僚『熟女の贈りもの』）

あたしと一緒にいって。もういくわ

「いいわよ、隆史くん。あたしと一緒にいって。もういくわ。ああ、どうしましょう。こんなにいいなんて」

雅子が絶頂寸前であることは歴然だった。こうなれば、隆史も遠慮する必要はなかった。いつ暴発してもいいという気分で、腰の動きを徐々に速めていく。

「駄目、いっちゃう。ああっ」（牧村僚『人妻乱戯』）

坊やもママと一緒にいって

「いいのよ、坊や。ママももうじきいくわ。ねえ、一緒に、ママと一緒に、坊やもママと一緒にいってちょうだい」

「ううっ、ママ、ああっ」

「ああっ、坊や」（牧村僚『熟淫妻』）

一緒に……ママと来て

「智ちゃんがわたしのなかで暴れてる。ああ、ママ、気持ちいい……どうしよう。ママだけイクなんていや。智ちゃん、一緒に……ママと来て。イキそうなの」

加減のない母の腰遣いに終焉が近いことを悟った智仁は、一気にエネルギーを集中させた。（白石澪『美母と少年・七年相姦』）

お願いです、小父さま

それまでやわらかく撫でまわしていた乳房を揉み上げ、ぷっくりと勃った乳首を甘くよじっていく。

「ああ……怜子も、また……小父さま、怜子と一緒に。お願いです、小父さま」

「そうや。一緒や。怜子と一緒にいくで……」（山路薫『義父の指』）

一緒にっ……一緒にきてえええーっ！


「い、いやいやいやっ！　もうダメえええーっ！」

彩香が叫んだ。

「もうイクッ！　イッちゃうよおっ！」

「ぼく、ぼくもっ……ぼくもイキそうっ……」

「はぁああっ……一緒にっ……一緒にきてえええーっ！」（草凪優『微熱デパート』）

縋《すが》るような声で、せがんだ

「連れて行ってください。一緒よ、いくときは一緒によ」

縋《すが》るような声で、沙恵子がせがんだ。

沙恵子の足を肩に乗せていた高田は、その白い足を下ろすと足指をぺろりと舐め上げ、繋がったまま密着した。

（安藤仁『花びらめぐり』）

背中がシーツから離れるほどのけぞって

「ううッ、花実……！」

敬一が、腰の動きを速めながら果てることを告げる。

「一緒よ、あなた、一緒にイッて！」

背中がシーツから離れるほど花実はのけぞって、エクスタシーの叫びをあげた。（一条きらら『蕩ける女』）

一緒にきてえっ

「ぼ、僕も、もう出ますっ……」

裕作は唸った。

「ああっ、きてっ！　一緒にきてえっ……」

綾香が我を忘れて絶叫する。（草凪優『純情白書』）

腰が痙攣を繰り返す

（あぁ、イクぅううっ！　一夫さんと一緒にっ、いっしよにぃいいいい……っ！）

びくびくっ……じゅわぁ〜っと、紗奈の腰が痙攣を繰り返す。（兵藤凜『母と僕　紗奈33歳』）

絞り出すような声が

「ああ、イク……お兄ちゃん、ああ、うち、イク。一緒に。お兄ちゃんも一緒に……」

と言いながら伸び上がるように顔を反らしてきて、次郎の唇を求めた。次郎は頭を持ち上げて唇を重ね、乳首を愛撫し、腰を振った。

「ああ、お兄ちゃん、イクッ」

絞り出すような声が聞こえ、華絵の全身が硬直した。

（山路薫『夜の義姉』）

一緒にっ……きてっ

「い、一緒にっ……一緒にっ……きてっ……」

仲井戸はこらえていた欲望を解き放つように、激しいばかりに突きあげた。

「は、はぁおおおおおーっ！」

紗貴子が叫ぶ。

「ダメダメダメッ！　イクッ！　イッちゃうううううーっ！」（草凪優『桃色リクルートガール』）

切なくも狂おしい媚びた泣き声とともに

「あんっ、そんなに突いちゃ……だめっ。裕美、イッちゃいますっ……修くんと一緒にイキたいのっ……」

切なくも狂おしい媚びた泣き声とともに、裕美の背中が反りかえった。

「クソッ！　イケッ、イクんだっ、裕美っ！」

「裕美っ……一緒に……イキますっ……イ、イッ、イクうううっ！」（菅野響『二人の義姉・新妻と女子大生』）

シーツを鷲《わし》掴みにして

「判るっ。内部がトロトロに蕩《とろ》けてるのっ。熱いオチンチンで掻き回されると溶けそっ。いかせてっ。一緒にいってっ！」

四つん這いの姿勢で蒲団に平伏《ひれふ》した熟女がシーツを鷲《わし》摑みにして昇り詰めた。（安藤仁『花びらあさり』）

クリトリスをぐりぐり押しつけ

「ハッフーン、いきそうなの……どうしよう。もう駄目……来てよ、来てっ、一緒にいくの……あなた、来てっ！　いっちゃうぅーッ‼」

体の重みをかけ、やや前のめりになった奈美はクリトリスを誠治の恥骨にぐりぐり押し付けた。全身に痙攣《けいれん》が走った。（高竜也『叔母と美姉』）

上体が不自然なほど大きく揺れた

「出ちゃう。ああ、出ちゃう。先生、ぼく」

「あたしもよ、伊藤くん。あたしもいくわ。ああっ、い、いくっ」

がくん、がくんと、佳枝の上体が不自然なほど大きく揺れた。（牧村僚『蜜姉―甘い誘い―』）

体が、がくがくと不自然に揺れ

ほどなく絶頂の大波が押し寄せてきた。敬子の体が、がくがくと不自然に揺れはじめる。

「ああっ、孝弘くん。おばさんも、おばさんもいくわ。ねえ、一緒に」

「うぉーっ、ああ、お、おばさん」

小刻みに痙攣する敬子の体に向かって、孝弘のペニスから、大量の白濁液が噴出した。（牧村僚『人妻　禁断の誘惑』）

媚肉が強烈に締まった

「はあっ、榊原さまっ……も、もう、美幸、い、イッちゃいますっ……ああ、きてっ……いっしょに、榊原さま、美幸といっしょにっ」

美幸の媚肉が強烈に締まった。（香山洋一『美肉姉妹狩り　二十七歳と二十三歳の牝檻』）

精汁を吸い尽くすように柔襞が収縮した

「う……、いく……！」

短く呻き、突き上がる快感に身悶えながら、ありったけの精汁を噴き上げた。

「アアッ……！　わ、私もいく……！」

合わせたように蘭も口走り、がくんがくんと激しい痙攣を繰り返しながら、彼女も大きな絶頂を迎えたようだった。膣内が締まり、精汁を吸い尽くすように柔襞が収縮した。（睦月影郎『蜜猟人　朧十三郎　紅夕風』）

閉じていた瞼が、ひっそり上がった

「いきそうだ」

我慢できなくなって、言った。

「はい、わたしも」

それまで閉じていた瞼が、ひっそり上がった。和《なご》やかな笑みをたたえてくる。(末廣圭『白日夢』)

絞り出すような声を洩らして

「陽子……僕も一緒にイキそうだよ……」

「ほしい……ああ、イクわ。イク……ああッ……!」

激しく突き上げていた腰を頂点で止め、息を詰めた陽子が、

「あッ、あ、ああ……」

絞り出すような声を洩らして、のけぞる……。(山路薫『甘い吐息』)

言葉とも呼べない叫びが

「あひいっ、ふほおんっ」

麻美の唇からは、もはや言葉とも呼べない叫びがもれるだけだった。

「あんっ、イクっ、イクっ……ねえ、良太さんも一緒に……お願い」(冴木透『誘惑マンション—午後2時—』)

【おいしい　美味しい】

美味しいです。体中、美味しいです〜っ

「美味しいです。あ〜、美味しいです。体中、美味しいです〜っ」

美雪は感動の言葉を繰り返して、よがり悶《もだ》えた。

そしてややあって、肉づき豊かな熟女の体はしなやかにたわみ上がり、大きな波打ちを見せ、跳ね上がるような痙攣《けいれん》に変わって、烈《はげ》しく絶頂した。(北山悦史『隠れ医明庵　恩讐剣』)

精液ってこんなに甘かったのね

沙也加の口の中で爆裂して飛び出した精液は、口腔内を飛び、跳ね回った。口の外に飛び出さないように、口先を閉じる。

「うぐ、っぐぐぐ……うん、ぐぅ……」

沙也加は、鼻孔を膨らませて呼吸を整える。口の中で精液は粘ついてうまく飲み込むことができない。

「甘い……甘いわ……精液ってこんなに甘かったのね……」(聖龍人『女医と従姉と同級生』)

【きて　来て来て】

きてっ、早くっ

「うわわわっ……もうダメッ……きてっ、早くっ……来てっ、いっちゃうぅ……」

　高く跳ね上がった明美の両足が、征吾のヒップを挟み付けて引き寄せた時、征吾は肉棒に生温かい女の溶液が浴びせられるのを、はっきりと感じとった。（高竜也『淑女の愛花』）

来てっ、思いっきり出してっ

「あああっ、結季さんっ、もうダメだァ、射精しちゃう！」

「来てっ、思いっきり出してっ……！」（室伏彩生『熟蜜の誘い』）

きて……イクわ

「ああ、きて……イクわ。ね、あなた、イクわ……」

「桃子……！」

　全身を強く抱き締め、深く挿入したまま、舌をからめていくと、からだの中で盛り上がっていた波が、一気に襲いかかってくるのを感じた。

「ああ、イクよ」

「ああ……ああ、あなた」（山路薫『夜の従妹』）

逼迫した声を放って

　智己は腰を引きつけると、連続して打ち込んだ。パン、パン、パンと肉が弾ける音がして、叔母が「ううッ」と息を詰めた。

「ああァ、来て……今よ……来て」

　叔母が逼迫した声を放って、上体をのけぞらせた。（浅見馨『叔母はスチュワーデス』）

耐え切れなくなって、あからさまに

　とうとう耐え切れなくなった志麻子は、あからさまに訴えた。

「早く来て来てッ！　おま△こが燃えちゃうわ……お願い、かけてッ、いっちゃいそう……いくわ……一緒に、あああぁッ……」（高竜也『愛戯の媚薬』）

吼えるように言って

「イク、イク、いっちゃう……田丸さん、来て、来て！」

　美貴が吼《ほ》えるように言って、しがみついてくる。（島村馨『夜の代打王』）

腰が、頽《くずお》れそうに

　膣奥の襞が蠕動《ぜんどう》した。幹の根元に強い緊縛《きんばく》を感じた。

襞全体が収縮していくような。

「もう……、あーっ、わたし……。きて、きてください。膣《なか》に、あなたをいっぱい……」

切れ切れの声をほとばしらせた晴香の腰が、頽《くずお》れそうになった。（末廣圭『妖花の館』）

上半身がのけ反った

「ああ、きて、きて……。いいの、大丈夫よ。膣《なか》に。わたしも、ああっ……」

それまでほとんど動かなかった接合部分が、激しくうごめいた。膝を支えにして腰を上下に振る。筒を伝って粘液が噴き漏れてくる。

千尋の上半身がのけ反った。（末廣圭『淫香』）

肉の洞がきゅっきゅっと締まった

「いっちゃうっ……。もういくぅ～っ……。ねえ、ねえ、きて～っ……。きてっ、きてっ！」

深雪の腰の動きが止まり、高田が教えた〝8の字〟の括約筋を使おうとして尻穴《けつあな》を締めたらしく、肉の洞がきゅっきゅっと締まった。（安藤仁『花びらめぐり』）

快美感が、閃光と化して全身を

「ああっ、きてっ……きてえっ……」

佐緒里がひときわ激しく腰をくねらせる。絶頂に近づいた蜜壺が収縮し、肉棒をしゃぶりたててくる。膝がガクガクと震えだした。こみあげる快美感が、閃光と化して全身を貫いた。（草凪優『微熱デパート』）

【随喜】

随喜の呻きを轟かせ

「ひいっあっ。あううっあううっ、あうう～っ」

随喜の呻きを轟かせる琴美は、快感がきつすぎるのか、せり出した腰を戻した。すかさず駿一は両手をお尻に回して引きつけた。（北山悦史『蜜のソムリエ』）

泣きむせぶような声で随喜を訴え

汰一は会陰と肛門をこねくった。右手の中指の反復運動は、振幅を大きくさせた。クリトリスを吸う律動も強めた。

「はあ～、いい～。はああ～、汰一、いい～。いい～。全部、全部いいよおー」

泣きむせぶような声で千晴は随喜を訴えた。（北山悦史『粘蜜さぐり』）

体を弾ませながら歓びの声を

広樹は、両手を後ろに回してお尻を引き寄せると、恥芯からクリトリスまで、大きな舌づかいで舐め上げはじめたのだった。

「ひいっ！　あっあ……あっ、あんあんあん！」

　父の舌戯に春香は翻弄され、体を弾ませながら歓びの声を放った。いつかしら、父の頭を撫でさすり、随喜を訴えている。（北山悦史『春香二〇歳─初めての相姦体験─』）

随喜の叫びをひときわ大きくして

「あんあんあん！　あんあんあんあん！」

　尻肉を夜具に打ちつけて、なつはよがり狂った。喜重郎の頭が、忙しく上下している。指示どおり、舐めているのだ。

（これはもう、絶対勃ってるな）

　佐平が喜重郎の魔羅のことを思ったとき、随喜の叫びをひときわ大きくして、なつは絶頂した。（北山悦史『手当て師佐平　柔肌夢心中』）

半狂乱の体で悶えた

　拓馬は舌を抜き、恥芯から肉のうねまでの責めに変えた。

　大ぶりの動きで舌を往復させた。舌だけでなく、唇もつかった。唇だけで恥芯をねぶりながら、ときに、とがらせた舌で責めもした。

　どの責めにも忍は随喜《ずいき》し、半狂乱の体で悶えた。（北山悦史『やわひだ巡り』）

随喜し、身悶えた

「うおっ、うおっ、うおおおお」

　美遊は獣のように咆哮《ほうこう》を上げ、自分がそうしているという意識はないのだろうが、剛士の頭を掻きむしって随喜し、身悶えた。（北山悦史『媚熱ざかり』）

恍惚とした三白眼《さんぱくがん》になって

「あああ、あああ、そんなに強くしたら。おおお、あははん、そんなに強くしたら。あ〜あ〜、陽菜ぁ〜」

　花菜は恍惚《こうこつ》とした三白眼《さんぱくがん》になって随喜を訴えた。そんなに強くすると、またイッてしまうと言っているのだ。

（北山悦史『隠れ医明庵　恩讐剣』）


胸を突き出し、左右にくねらせて随喜の様を

　硯杖は真矢の左の懐に右手を差し込んで乳房を揉み立て、乳首をあやした。

「はああん、はああん。あ、あ、あ。はああんはああん、あああああ」

　真矢は背をたわめ、胸を突き出し、左右にくねらせて随喜の様を見せた。（北山悦史『匂い水　薬師硯杖淫香帖』）

極楽にいるような……

義之は、なおも丁寧に陰唇と柔肉、クリトリスを舐めた。自分のザーメンの匂いやヌメリはなく、珠子本来の体臭と、それに今になってヌラヌラと淡く蜜が溢れてきたではないか。

「あ……、ああ……、何と心地よい……、極楽にいるような……」

珠子は目を閉じ、何度かビクッと顔をのけぞらせて口走った。（睦月影郎『女神の香り』）

倒錯の悦楽感に飲み込まれ

「あひっ、ひーっ！　ひっ、いく……いくう……いってしまいまぁーす！」

ついに万浬は、洪水のように押し寄せてくる倒錯の悦楽感に飲み込まれ、全身を激しく痙攣させた。そして、眩暈《めまい》のするようなエクスタシーの中で譫言《うわごと》にも似たよがり声をまき散らすのであった。（深山幽谷『新妻公開調教室』）

乳首もまた、しこりを極まらせ

「だめですっ。先生先生、あははんあははん」

綾乃は随喜に喘《あえ》ぎ、総身を打ち震わせた。明庵は素早く顔を落とし、右の乳首を吸い取った。

乳首もまた、しこりを極まらせていた。（北山悦史『隠れ医明庵　癒し剣』）

子宮口がひしゃげそうなほどの快感が

「きゃおっ！」

子宮口がひしゃげそうなほどの快感が襲った。真夕子もまた、美しい顔をくしゃくしゃに崩して官能を貪り、叫んでいた。（柳静香『初めての愛人』）

お腹の中身がはみだすこの感じ

「ハゥッ。ハヒィイーッ。コレ、コレですぅ。お腹の中身がはみだすこの感じ、玲司さんのオチン×ンでしか味わえないぃ……」

濡れ唇が響かせる、沁みわたるような絶賛の声を心地よく聞きながら、斜め下方から再び穿ちこむ玲司。（黒沢淳『熟妻フェロモン　誘惑テニス倶楽部』）

歓喜でワナワナと震えて

真後ろに立ち、勉は背面立位で責める。彼女の胸をはだけさせ、制服からはみ出した乳房を背後から揉みしだきながら、腰を斜め下から勢いよくぶつける。

「ああ、ああッ、いい」

みどりが啼《な》くような声でよがる。からだを支える手も、やや爪先立った足も、歓喜でワナワナと震えている。

（橘真児『若妻ハルミの愉悦』）

喜悦に全身を震わせ

小夜子は高々と差しあげた白い尻の下でぱっくり開い

た秘孔に、後ろから怒張を深々と差しこまれ抜き差しをされ、桜色の陰裂から愛液を垂らして喜悦に全身を震わせ絶頂に達した。（東根叡二『45日調教 女銀行員理沙・二十八歳』）

歓喜の声を迸らせ

景子のしっとりとした白い内腿が、ヒクヒクと小刻みに妖しく蠢《うごめ》いている。

「アアーッ、ンンアッ、イクッ、イッちゃうわっ、アアッ、ダメッ、イクーッ」

景子は狂喜じみた歓喜の声を迸らせながら、身体をガクガクと痙攣させた。（鷹澤フブキ『淑女たちの愛玩美少年』）

肉という肉が歓喜に震える

勇造は激しく動きまわる眞由の尻肉にきつく指を食いこませて、断続的に男の精を漏らしつづけた。

放出するたびに痺れるような快美感が全身を襲い、呻き声がこみあげてくる。

頭のなかが真っ白になり、五体の肉という肉が歓喜に震える。（草凪優『おさな妻』）

喜悦に歪んだ悲鳴が

指でくつろげた女の割れ目に、唇をぴったりと押しあてた。

「あぁあああああーっ！」

喜悦に歪んだ佳乃子の悲鳴が、淫靡に荒《すさ》んだ連れこみ旅館の部屋中に響き渡った。（草凪優『マンションの鍵貸します』）

唸りを上げて、随喜の涙を

アクメに達している最中で、過敏になっている肉路を掘って掘って掘りまくる。

「ひぃ、いひぃぃ……あっ、ううっ！　また、また来ちゃう、くっ、くうぅ、い……ぐぅ」

断末魔のごとき唸りを上げて、連続のオルガスムスに随喜の涙を流す美希。（櫻木充『いけない姉になりたくて』）

熱湯のごときほとばしりを子宮で感じ

ビュッ、ビュッ、ビュビューッ……。

二度目とは思えないほどの勢いで、膣内に白濁が吐瀉される。

「あぁん、で、出てるぅん、んんっ！　あたしもイッ、くぅ……イク、イクイクぅ！」

熱湯のごときほとばしりを子宮で感じ、早紀子も同時に悦を極める。（櫻木充『年上の彼女（危険な個人授業）』）

【ちょうだい】

たくさんちょうだい。噴きかけて

「あっ、あっ、あっ……」

断続的な喘《あえ》ぎ声に合わせ、陰茎を取り巻く複雑な襞を収縮させる。

「きて。あーっ、きて。あなたを、たくさんちょうだい。いっぱいよ。噴きかけて」

抱いていた背中に激しい痙攣《けいれん》が走った。（末廣圭『火照り』）

生々しい声を放って、身体を弓なりに

母の白い裸身も、荒波に揉まれる小舟のように揺れ動いている。

「あッ……ああァァ……いやぁ、イクぅ……欲しい、ちょうだい！……ああァァ……来る……今よ……はあンンン」

母が生々しい声を放って、身体を弓なりに反りかえらせた。（浅見馨『叔母はナース』）

今よ、ちょうだい

「ああ、ああァァ……イクぅ……今よ、ちょうだい」

肉路のざわめきに誘われて、熱い液体が切っ先からしぶいた。

射精の快感に尻を震わせながら駄目押しとばかりに打ち込むと、

「来るッ……はうッ！……」

シートの端をつかんで、叔母が思い切りのけぞった。（浅見馨『叔母は未亡人 奈央子36歳』）

なかにちょうだいっ！


「なかにちょうだいっ！　明良くんをちょうだいっ！」

「おおうっ……おおううっ……」

雄々しい声を絞りだして、明良が最後の楔を打ちつけてくる。（草凪優『夜の手習い』）

賢司くんのちょうだい!!


「あ、あっ、愛美さん」

「いいよ、いいよ、いいよ。あ、あっ、来る。賢司くんのちょうだい!!」

「いく――」

愛美を力強く腕に抱き、賢司は彼女の膣奥に熱い滾《たぎ》りを何度も注ぎ込んだ。（橘真児『新婚えっち』）

ちょうだいっ！　なかにっ

「……僕も、もう、出ちゃうよっ、いい？　いい？」

「いいわっ、ちょうだいっ！　なかにっ、なかに出してぇえ！」（如月蓮『年上の隣人妻』）

自分の腿を抱き寄せて

初音が自分の腿を抱き寄せて、より密着を求めた。

「ちょうだいっ、ああ、中に、中にいいのよっ！　かけて、熱いのかけてえ！」（如月蓮『三つの熟女体験〈人妻同窓会〉』）

肉路の奥が、ひくひくと

「いいわよ、雅弘。そのまま出してかまわないわ。ママの中に、いっぱい」

「おおっ、ママ。あっ、で、出る。ああっ、ママ」

全身を激しく震わせ、雅弘は欲望のエキスを放出した。それに合わせるように、母の肉路の奥が、ひくひくと小刻みに痙攣する。（牧村僚『母姉誘惑』）

わたしのチツをどろどろにして

「……イッてしまいそうです、ううッ、出そうっ」

「いいわよ、イッてちょうだいッ……わたしのなかで発射して！　わたしのチツをどろどろにしてちょうだいっ！　いいのよ、いま危険なときじゃないから……」（北沢拓也『夜を這う』）

上気した顔を向けて哀願

湧きあがる射精への欲求に身を任せて、強烈な一撃を叩き込んだ。

「うッ、はあァ……ああ、すごいわ。ああァァ……いッちゃう！……美貴、イッちゃう！……ちょうだい。田丸さん、ちょうだいよォ」

美貴が上気した顔を向けて、哀願してくる。（島村馨『夜の代打王』）

指の色が変わるほどにつかんで

「あン、あン、あン……ああ、ヤッ……声が……ううッ、あン、あン、あン……ちょうだい。雄一郎、ちょうだい」

万里子が会議用テーブルを指の色が変わるほどにつかんで、「あン、あン、あン」と身体を震わせた。（島村馨『夜のラブ・キャッチャー』）

真っ白い尻肉が淫らに振りたてられ

「イクのね？　あぁぁっ来てぇ……私のなかに出してっ！　あなたの白いお汁を、た、たくさんちょうだいぃいっ」

汁に濡れた真っ白い尻肉が淫らに振りたてられ、結合部分から二人の汁がちびりでる。（弓月誠『年上初体験〈僕と未亡人〉』）

ちょうだいっ！　ザーメンをオマ×コにっ！

「なかに……なかにちょうだい」

「僕のザーメンがほしいのかい？」

拓己も激しく腰を突きあげる。機関車のピストンのように激しく突き動かすと、綾香の唇から悲鳴のような嬌声がもれる。

「ああーっ！　ちょうだいっ！　ザーメンをオマ×コにっ！」（星野聖『〔三人の美乳〕黒い下着の熟妻』）

なかにちょうだい

「ああぁ、イクよ……イクよ、美華さん！」

「なかで……なかにちょうだい」（都倉葉『下町巫女三姉妹』）

⑦「燃焼」系

【熱い】

熱いッ！……焼けちゃうゥ！

「イイイイ！　イク！　イキますッ！　イッちゃぅ！」

巨大なヒップが、ビクッ、ビクッ、と痙攣する。

同時に俊也も達すると、瑠衣の膣奥へと熱い白濁を放った。

「うっ、ううう‼……」

たちまち瑠衣の中を満たし、子宮にまで到達して中を満たしていく。

「熱いッ！　俊也の……中まで入って来るぅ！　すご、いッ、焼けちゃうゥ！」（神楽稜『年上トライアングル人妻誘惑カフェ』）

熱いわ。もっと出して

「ああっ……、出る……！」

口走り、巳之吉は環の奥に向けて、どくんどくんと勢いよく精汁を噴出させた。

「あう！　感じる……、熱いわ。もっと出して、巳之吉……！」

一番深い部分に射精を感じ取った環は、駄目押しのような快感を得て身悶えた。（睦月影郎『みだら秘帖』）

熱い。腰が焼ける〜っ！

「あ〜、腰が、腰が……」

「腰がどうした」

「あっ、熱い。あ〜っ、腰が焼ける〜っ！」

「そうか。どんどん焼ければいい。死ぬまで焼けろ。どうだ。おまえもお姉ちゃんみたいに潮を噴くのか。焼けたらその潮で消してみろ」（北山悦史『美姉妹　魔悦三重姦！』）

熱く呻き、狂おしい痙攣を

唇を重ね、舌をからませながら彼は呻き、ありったけの熱いザーメンを勢いよく沙耶香の柔肉の奥にほとばしらせた。

その噴出を感じ取った途端、沙耶香も熱く呻き、ガクンガクンと狂おしい痙攣を起こしはじめた。

「ああ……、熱いわ。もっと出して、アアーッ……！」

（睦月影郎『女神の香り』）

どんどん熱くなって
「ああっ、素敵よ。あなたに掻きまわされているわ。奥のほうからどんどん熱くなって……。ねっ、一緒にいって。そうでしょう、わたしも昇りつめているんでしょう。（末廣圭『艶な女』）

肉棒の熱さを感じながら
「わ、わああっ、おばさん！」
「ボク！ ああっ、素敵よ、ボク……」
ほとんど本能的に、宏くんはピストン運動を開始した。テクニックも何もない、動物に戻ったセックスだ。でも、私は不思議なほど感じていた。肉棒の熱さを身体の奥深いところで感じながら、言いようのないエクスタシーに包まれていったのだ。（牧村僚『熟妻と少年 個人授業』）

キュッと膣内を締めつけて
たちまち正也も絶頂の快感に貫かれ、奈緒子にしがみつきながら柔肉の奥に向けて、ドクンドクンと勢いよく射精した。
「あ……、熱い……、もっと出して……」
ザーメンの噴出を奥深い部分に感じ取り、奈緒子がキュッと膣内を締めつけて言った。（睦月影郎『僕の初体験』）

やはっ……熱い
武司は下唇をきゅっと噛んで息をつめ、佐都子の腸のさらに奥深くへと熱い精汁を放っていった。
「やはっ……熱い、あついのぉ……」
彼女はほとんどすすり泣きながら、いつの間にか両手でシーツを摑みしめて前髪をしきりにこすりつけ、次第に手足の力を抜いてその場にへたり込んでいった。（御影凌『美少女ないしょの初体験授業』）

ああーッ……熱いわ
熱い大量の精汁が勢いよく噴出し、どくんどくんと脈打つように柔肉の奥にほとばしった。
「ああーッ……！ 熱いわ。いく。いい気持ち……！」（睦月影郎『浅き夢見じ』）

おっ奥が、熱い！

「あああああ！ イ、イク！ イキます、もうイクぅぅぅ！」

敏行も負けじと最後の突き押しを叩きこむと、佳奈子の膣奥へと放った。

「はあああぁ、熱いわ、お、奥が、熱い！……」

佳奈子もまた、自身の奥底に熱すぎる奔流を感じてうめくのだ。（巽飛呂彦『密会 未亡人社員・三十五歳』）

あああ、熱いぃー
いつの間にか自身も限界を迎えていた萩多は、オルガスムスの蠕動《ぜんどう》を示す膣壁に搾《しぼ》り取られるように、多量の精液を彼女の子宮目がけて放った。

「あああ、熱いぃー」

ほとばしりを感じたか、それによって舞は二度目の頂上にはしった。（橘真児『学園捜査線』）

うーっ、熱いーっ

征吾は思いっきり深々と突っ込んだ。弾けるように熱水がほとばしると、

「うーっ、熱いーっ……いく、いくいく」

と明美は低く呻《うめ》いて痙攣した。（高竜也『淑女の愛花』）

熱いわ、感じる……

短く呻《うめ》き、小太郎は身を震わせながら射精した。それは二度目とも思えぬ快感と量で、勢いよくほとばしったそれは、いちばん深い部分を直撃した。

「あう……、熱いわ、感じる……」

噴出を感じ取りながら松枝が口走り、一物がちぎれるほどきつく締め付けてきた。（睦月影郎『おしのび秘図』）

熱いッ、オマンコが熱い

「熱いッ、オマンコが熱いの。凄い、凄い凄い凄いーン」

珠美が声をあげながら、お尻を激しく上下させていた。珠美は「オマンコが熱い」を連発してイキまくった。（由布木皓人『濡れあそび』）

体奥の熱い塊を一気に脳天へと

慶子の最も感じる肉のマメに舌先を押しつけて包皮を剝き上げ、強弱をつけてこねまわした。

「んん……んん……ああ、イ……イク……くうっ！」

焦らされてようやく訪れた法悦は、心臓を弾き、体奥の熱い塊を一気に脳天へと押しやった。（藍川京『炎華』）

ザーメンの温もりを感じとって

祐一はいつしか激しく股間をぶつけるようにピストン運動をし、たちまち大量の熱いザーメンをドクンドクンと恵子の柔肉の奥に噴出させた。

「あう……、熱いわ、感じる……、もっと出して……」

恵子は、内部に満ちるザーメンの温もりを感じ取って口走り、自分もオルガスムスの波を迎えたようにヒクヒクと全身を痙攣させた。（睦月影郎『僕と先生の個人授業』）

くたっと全身を弛緩させ

「はぁぁ……あぁっ、あぁ……熱いぃ……」

生まれて初めて、体の奥に感じた射精の衝撃に梨絵子は小刻みに体を震わせ……やがてくたっと全身を弛緩させた。（開田あや『眼鏡っ娘パラダイス』）

熱が尻を加熱させ

「あッ、あッ……も、もう、いやあ……」

藍子が泣き声を爆ぜさせつつ腰を激しく振りたてだした。直腸粘膜を鰓《えら》で擦りたてられて生じた熱が尻を加熱させお腹を灼《や》き、いまや脳まで灼き狂わせ始めている。

（千草忠夫『悪魔の楽園① 白昼の猟人』）

噴出を感じて喘ぎ

甲介も舌をからめ、賀夜の艶めかしい匂いに包まれながら、たちまち昇り詰めてしまった。

「あん、熱いわ。いく……！」

噴出を感じた賀夜が喘ぎ、狂おしく身悶えながら気を遣った。（睦月影郎『色は匂えど』）

膣《なか》が、うずうずしてくるわ

「気持ちいいの、ほんとうよ。あなたの口が……、あーっ、わたしのそんなところを、食べているわ。熱いの、どんどん熱くなって、ねっ、膣《なか》が、うずうずしてくるわ」

言葉を吐くことができなかった。（末廣圭『色彩』）

お乳が燃えるっ〜〜ん

梶山は二つの胸のふくらみを左右から押しつけて肉の歪みを起こさせて、尖り勃った双方の乳頭を交互に啄《ついば》み、しゃぶりたてた。

硬直した乳首に軽く歯を宛てがって甘噛みを加えていくと、

「お乳が燃えるっ〜〜ん。こんな気持ち、久しぶりっ〜〜ん」（山口香『総務部好色レポート』）

果実の匂いの息を弾ませながら

「深々と突き入れるたび、美代が顔をのけぞらせ、果実の匂いの息を弾ませながら彼の背に爪さえ立ててきた。

やがて浩継は絶頂の快感に貫かれ、股間をぶつけるように激しく突き動かしながら、ありったけの精汁を柔肉の内部に放った。

「あう……、熱いわ……、何だか、身体が宙に……」

（睦月影郎『浅き夢見じ』）

体内に灼熱を感じ

すさまじい勢いで快美感がこみあげてきたかと思うと、勃起しきったペニスをどくんっと震わせ、煮えたぎる欲望のエキスを噴射していた。

「はっ、はぁあああああああーっ！」

体内に灼熱《しゃくねつ》を感じた夕梨子が、甲高く叫んだ。（草凪優『発情期』）

焼け爛《ただ》れるような熱い摩擦快感が

焼け爛《ただ》れるような熱い摩擦快感が下腹部を包み込むと、

「あうっ〜〜ん」

女体が仰け反り返り、社長秘書は忘我の世界に飛び込んでいって、薔薇《ばら》色の夢を見はじめた。（山口香『取締役秘書室長 出世快道まっしぐら』）

絶頂の波に身悶え

俊介も声を上げ、下からズンズンと股間を突き上げながら、ありったけの熱いザーメンを彼女の内部に噴出させた。

「あう……、熱……、もっと出して、うちの中に……、アアーッ……！」

松枝は、何度も何度も湧き起こる絶頂の波に身悶え、グリグリと股間を擦り付け続けた。（睦月影郎『淫刀 新選組秘譚』）

熱いっ！ 焼けそう！

四郎の肉棒が、満を持して弾けた。

どくっ、どくんっ！ どろどろにとろけた灼熱の精液が、ゆかりの肉壺の中へ噴きだし、満たして、逆流する。

「ああっ、ああっ、熱いっ！ 熱いのおっ！ 四郎さんの精液、ゆかりの中にいっぱい！ こんなに、熱くて！ ああっ、焼けそう！」（巽飛呂彦『隣りの若奥様と熟奥様 人妻バレー教室』）

身体の中心部がカッと熱くなり

「あーっ、イクッ……」

肘で支えていた上半身から急に力がなくなり、真由はぺしゃっと突っ伏していた。

「ハァ、ハァ……」

ドクドクと注ぎこまれてくる男の精を受けて、身体の中心部がカッと熱くなり、最後の大きな快感が一気に弾けていた。（海堂剛『凌辱の輪廻 部下の妻・同僚の妻・上司の妻』）

総身が、炎《ほむら》になって

天井を向いた秘芯が、ねっとりとした銀色の蜜で光っている。反り返って側面に血管の浮き立った肉棒を、鳴嶋は秘肉のあわいに押し当てた。それから、深雪の目を見つめ、ゆっくりと沈めていった。

「ああ、熱い……」

緋色の長襦袢に包まれた深雪の総身が、炎《ほむら》になって鳴嶋を包み込んだ。（藍川京『未亡人』）

熱いわ……うはァァァ

温められた溶岩流がツーンとした射精感とともに噴火して、叔母の体内に注ぎ込まれる。

「ああ、感じる。熱いわ、拓海の熱い……うはァァァ！……」

発作中の分身をなおも腰を振ってしごいていた叔母が、上体をのけぞらせた。（浅見馨『叔母は未亡人 奈央子36歳』）

あ、熱いっ……あそこが熱いっ

「あ、熱いっ……あそこが熱いっ……熱くて溶けちゃいそうっ……」

言いながらしたたかに腰をまわし、呑みこんだ男根をこねあげる。(草凪優『マンションの鍵貸します』)

声を上ずらせながら

「あうう……! 熱いわ。もっと出して。アアーッ……!」

彼が射精した途端、噴出を感じ取った由紀も同時に絶頂に達したらしく、声を上ずらせながらガクガクと全身を波打たせた。(睦月影郎『フェロモン探偵局』)

【染まる 染める】

全身を朱に染めて

桃子が全身を朱に染めて背中をのけぞらせた時、満を持していたこわばりの先端から、熱い男のいのちがほとばしった。

桃子は喚き散らしながら、あられもなく乱れ、そして果てた。(高竜也『淑女の愛花』)

肌がいっぺんに赤くなった

顔面だけでなく、宏美の肌がいっぺんに赤くなった。その直後、いやいやをするように左右に首を振りながら、宏美は全身を小刻みに震わせた。肉洞がきつく締まり、やがてふっとゆるむ。(牧村僚『情事のゆくえ』)

たぎった総身が桜色になり

次々と体位を変え、四つん這いにして、うしろから犯すころ、長襦袢ははだけ、腰にようやく巻きついていた。背中の汗を銀色に光らせた紗絵子は一匹のメスになっていた。

「もっと。ああ、もっと。くううっ、もっと恥ずかしいことをして……私を犯して。恥ずかしいことをして」

たぎった総身が桜色になり、淫らに照り光っている。(藍川京『未亡人』)

全身が鮮やかなピンク色に

「はぁううっ……はぁうううううーっ!」

美咲の悲鳴が切迫してくる。見なくとも、しとやかな美貌がくしゃくしゃになっている様子が想像できた。四つん這いの肢体は全身が鮮やかなピンク色に染まり、汗で濡れ光っていた。(草凪優『色街そだち』)

女体がピンク色に染まって

白い女体がピンク色に染まってのけ反った。そのタイミングに合わせるように、男もまた溜まりきっていたスペルマを一気に放った。（高竜也『美人家庭教師・誘惑授業中』）

ピンク色に上気して

「ああっ、いいっ！　耕一くん、とってもいいわあっ！」

ちゅば、ちゅばばっ、と音をたててクリトリスを吸いたてると、理恵子はスレンダーな肢体を跳ねあげて熱い声をもらした。薄オレンジの間接照明のなかでも、雪白だった全身の素肌が生々しいピンク色に上気していることがわかった。（草凪優『ごっくん美妻』）

首筋まで赤く染まり上がり

「ひいいいぃぃ、ダメエエぇっ」

悲鳴が高まりより切羽詰まったものになっていった。首筋まで赤く染まり上がり、身体全体が熱を帯びてきている。うっすらと汗も浮かび出し、ぬらつく肌も淫靡であった。（嵐山鐵『婦人科診察室　人妻と女医と狼』）

全身がうっすら紅潮し

「あああ……はうぅン……あっ……はあぁぁ」

江梨子は女体を引きつらせながら、荒くなった息を整えようとしている。全身がうっすら紅潮し、女体から匂いたつような妖艶な色香がにじみでている。

両手を後ろ手に縛られ、肛門を肉棒で差し貫かれた江梨子には、被虐的な色香が漂っていた。（町村月『美人課長・誘惑残業中　午後五時半からの江梨子』）

朦朧と快感の波に

「はあっ、はあっ、あっ、あっ、あっ、あああっ！」

急に穿たれた陰肉に合わせるように白桃が揺れる。壺の中は蜜でとろけ、杭が打たれるたび瑞々しい破裂音がする。

だが、頰を染めた初音は何も聞こえないようで朦朧と快感の波に身を委ねている。（如月蓮『三つの熟女体験（人妻同窓会）』）

肌が、うっすらピンク色に

「はうぅぅ……お、お義兄さん……私、もう……あぅうっ！」

玲子は首を横に振りながら、激しく腰をしゃくりあげる。やわらかな乳房が揺れ、淫靡に形を変えていた。

胸の周囲の白絹のような肌が、うっすらピンク色に染まっている。（綾杉凜『妻の妹・三十九歳』）

全身を紅潮させて

「あああああ……イク！　イクイク！　くうぅぅン！　イッちゃううぅっ！」

弥生は、胸の周囲が真っ赤に見えるほど、全身を紅潮させていた。（綾杉凜『息子の女教師』）

乳房の周囲が、さあっと薄桃色に

真由の女体がぐぐっと反りかえる。

「あああっ！」

乳房の周囲が、さあっと薄桃色に染まった。真由は女体を反らせながら、ぴくぴくと引きつらせた。（星野聖『人妻派遣社員』）

桜色に上気し

仰向けで繋がり、力強い抽送を受ける真佐子の裸体が桜色に上気し、しっとりと汗ばんできた。

「もう少しで、いくっ。あっ、あっ、あっ、ああああぁぁぁ……」（安藤仁『花びらざかり』）

乳房の周囲が朱に染まり

濃密な体液が彼女の膣内に注ぎこまれていく。

「あはぁぁあっ！」

その瞬間、弥生もまた背中を反らせてエクスタシーに達した。乳房の周囲が朱に染まり、全身を痙攣させながら首をのけ反らせ、藤堂に抱えられた両足をぴんとつっぱらせる。（綾杉凜『息子の女教師』）

朱が射した項《うなじ》の血管が

「もうダメっ。勘忍っ。許してっ。いくっ。いくっ。死ぬっ。死ぬ～っ」

薄目を開けた渚の眸が泳ぎ、朱が射した項《うなじ》の血管がピクピクと攣《つ》り、向こう倒しになりかけた。（安藤仁『花びらざかり』）

熟した肉体は快楽色に

熟した肉体は快楽色に染まり、たおやかにしなり上がっていく。

指と口とで両乳首を愛撫し、蜜壺に指を抜き挿しさせながら、拇指球で快楽の突起を連打した。

「いっ……いっいっいっ！」（北山悦史『吉原螢狩り始末帖　花魁殺し』）

顔が、赤々と染まった

「好きなんだ。愛してるんだよ。おれ、母さんのこと。ずっと母さんとシタイって思ってたんだ」

言いながら大悟は膝と指を荒っぽくつかった。

膝に、熱いぬめりが感じられた。指でいたぶる肉のうねは、硬くしこっている。見上げる結夏子の顔が、赤々と染まった。（北山悦史『淫能の蜜園』）

桜色に染まり上がった肌にさざ波を

裕介は抜き挿しを荒らげた。熱持った柔肌に、体ごとぬめり込ませる思いで動いた。髪をまさぐり掻き、耳を、ほっぺたを、顔面を撫でまくって絶頂をあおった。

「い～っ、あ……っあっあっ、うぐうぐ、いっ、い～っ！」

桜色に染まり上がった肌にさざ波を立てて恵美香は絶頂した。（北山悦史『蜜愛の刻』）

【電撃】

稲妻のような電撃が貫き

十歳以上も年下の高校生によって、オルガスムスを味わわされようとしているのだ。

「ああーっ、イクっ……。い、イッちゃううっ」

稲妻のような電撃が彼女を貫き、脳裏に閃光が走る。（西門京『熟末亡人教師 秘密生活のはじまり』）

雷に打たれたようにのけぞり

獣じみた雄叫びをあげて、最後の一打を打ちこんだ。煮えたぎる熱いマグマを、子宮底にドクドクと注ぎかけた。

「はぁああっ……はぁうううううううーっ！」

乃梨子は雷《かみなり》に打たれたようにのけぞり、全身をよじらせた。額をシーツにこすりつけ、絞りだすような声をあげながら、ピクンッ、ピクンッ、とヒップをはねあげた。

（草凪優『ふしだら天使』）

稲妻に打たれたような衝撃が

「いっ、いくっ！ いくうっ……」

しっかりと閉じた瞼の奥でなにかが白く閃光し、稲妻に打たれたような衝撃が訪れる。自分の躰が、びくんっ、びくんっ、と跳ねあがるのをどうすることもできない。

（草凪優『夜の手習い』）

総身が電流を浴びたように

「ああっ……んっ！ イクゥ！」

美琶子の総身が電流を浴びたようにビクッビクッと痙攣し、細い喉元が折れるように後ろに伸びきった。（藍川京『人妻』）

雷にでも撃たれたような悲鳴を

明庵は両前腕で綾乃の腿を押し込み、それまでは舌でなぶっていた肉突起を吸い取った。

「ああーっ！」

雷にでも撃たれたような悲鳴を上げ、綾乃が痙攣を起こした。（北山悦史『隠れ医明庵 癒し剣』）

電気が背筋を駆け抜ける

「あ、あああァッ……」

女芯が熱くなってじんじんとしている。そこを男の指が動くだけで、ぞわぞわと電気が背筋を駆け抜ける。と、その時、お駒の全身が突然硬直し、次に瞬間激しく反り返った。まるで感電したかのような反応だ。……ついに、気を遣ってしまった。（安達瑶『危な絵のおんな 南蛮侍妖かしの帖』）

感電しているように震えながら

彼女はクリットを自分から激しく彼の指に擦《こす》りつけると、ぶるぶると震え出し、呼吸が荒くなり、ついに背中をぐっと反らしてオーガズムに達した。

「あうっ。イッて、イッてしまう」

まるで電流を流されて感電しているようにビリビリ震えながら、亜里沙は声をあげた。（安達瑶『は・れ・ん・ち』）

雷に打たれたように

「イクイクイクッ！　イクウウウウウウウーッ！」

二十七歳の麗しい社長秘書は背中をブリッジするようにのけぞらせ、全身を硬直させた。そして次の瞬間、雷《かみなり》に打たれたようにびくんっ、びくんっ、と総身を跳ねあげ、ローテーブルの上に崩れ落ちた。崩れ落ちてもしばらくは、五体の肉という肉を痙攣させて、切迫した呼吸がとまらなかった。（草凪優『ごっくん美妻』）

電気ショックを受けて

律子はその『両穴同時攻撃』でほとんどノックアウト寸前に陥っていた。背中を弓なりに反らせ、肩も大きく揺れ、頭ががくがくと動いている。まるで電気ショックを受けて、全身をのたうたせているようだ。

「わ、私、も、もう、だ、だめ……」（安達瑶『は・れ・ん・ち』）

落雷にでもあったかのように

「ああっ、出てる……和輝君のオチ×チンが……オマ×コの中でビクビクいってる。熱いのが……熱いのが……くるっ」

真穂は背中を弓のように大きくしならせると、砲弾形の乳房をワナワナと震わせた。まるで落雷にでもあったかのように、全身をガクンガクンと痙攣させている。

（鷹澤フブキ『社長秘書―誘う指先―』）

電気ショックを浴びたように

「ふうううううう――‼」

ほとばしりを受け、昇りつめた肉体がさらなる歓喜にさざめく。ビクッ、ひくんと、電気ショックを浴びたようにあちこちを痙攣させてから、夏希は力尽きて床に突っ伏した。（橘真児『学園捜査線』）

電気が走るわ

彼女の腰が前後に揺れ出した。男の肉を絞り、揺すり、深くくわえ込む。筒先に丸く感じる襞の壁が当たる。

「ああっ、そこ、いい……、電気が走るわ」

舌の絡まりをほどいて彼女は、途切れがちの喘ぎ声を放った。（末廣圭『色彩』）

感電でもしたかのように

「アッ、イイッ……イッ……イッ……アッ……フゥアーッ……」

ガクンッ……。その瞬間は唐突に訪れた。真穂の上半身は感電でもしたかのように、ソファの上で大きく跳ね上がる。（鷹澤フブキ『社長秘書―誘う指先―』）

閃光のような快感が

篤志は、ふたたび腰の律動を速めはじめる。徐々にグラインドのスピードをあげ、激しく蜜壺を掻きまわす。

「んんんんっ！」

くぐもった官能の叫びをあげながら、明日美は背中を弓のように反らせる。股間から、閃光のような快感が衝きあがってきた。（黒沢禅『午前0時の美人看護婦』）

稲妻のような絶頂感が

「あああああっ！」

女体の中心を、稲妻のような絶頂感が突き抜けた。頭のなかが、完全な真空状態になり、全身が粟立つ。（黒沢禅『午前0時の美人看護婦』）

電気ショックを受けたように

俗に言う「マングリ返し」のポーズに仕立てあげ、真上から肉杭をうがちこむ。

「ぐひーっ、い、いいっ！　お、おっ……ん、んんぅ、い、イッ……イクッー！」

気がふれたように頭を掻き毟り、寛子は獣のごとく絶叫した。電気ショックを受けたように女体を痙攣させ、秘唇からビュッ、ビュビュッと絶頂潮を噴射させる。（楠木悠一『最高の隣人妻』）

電気が走るっ

二本の指に抜き挿しを加えて、膣口に摩擦刺激を与えながら蛸《たこ》の吸盤のような子宮頸管を圧迫していくと、

「あたまに……電気が走るっ……」

彼女は部屋中に響き渡るような甘い叫びを発しながら、激しく体をうねらせた。（山口香『火遊びが好き』）

感電したように女体を弾ませた

弥生は後ろ手に縛られた両手を突っ張らせ、お尻を突きだした。ぐっと秘孔の入り口が締まる。藤堂は彼女の尻肉に指を食いこませ、猛然と腰を振りはじめた。

「あああぁ……イク！　イク！　くあぁぁぁっ！」

弥生が感電したように女体を弾ませた。（綾杉凜『息子の女教師』）

強烈なアクメの閃光が

「ひいっ！」

初めての耳への愛撫だった。柔らかな耳たぶに生温かい弟の舌が触れた瞬間、強烈なアクメの閃光が全身を走った。

「あっ、ああっ、イクッ、イッちゃうっ……イキますうっ！」

キリキリとバイブを締めあげ、裕美は弟にすがりついたまま絶頂を告げた。（管野響『二人の義姉・新妻と女子大生』）

電流のようなエクスタシーが

勃起した肉芽を突つかれ、膣孔から誠一の顔を目がけてブシュッと牝汁がほとばしった瞬間、

「ハアーッ！」

電流のようなエクスタシーが全身を駆け巡った。（冬野螢『痴漢とのぞき 人妻・三人の私生活』）

電気ショックに打たれたような

一気にズブズブッと、侵入された。ヴァギナの天井を突かれ、絶息したようになる。

「ヒイッ！……はううっ、すごくなるぅ！」

電気ショックに打たれたような衝撃が、背骨を伝って脳髄まで駆けのぼった。たちまち、全身に行きわたる。（夏島彩『危険な家庭訪問 担任教師と三人の母』）

雷に打たれたように頭のなかがスパーク

荒馬のようにいきり勃つペニスの先端で、彼女の子宮口をぐりぐりこじった。

「あっ、あっ、あっ……。も、もう駄目ぇーっ」

麗子の背中がブリッジのように反りかえり、腰から下が激しく痙攣する。そして雷に打たれたように頭のなかがスパークした。（藤崎玲『麗獣〈人妻姉奴隷〉』）

電気が走ったかのように

何種類もの訴えが、あかねの喘ぎ声の中に、あった。

「ああぁ、イ、イくぅ……ッ！」

彼女の身体が反り、びりびり、と電気が走ったかのように、軽く痙攣した。

絶頂したのだ。（内藤みか『はじめての、おねえさま』）

感電したように引きつった

「あぅあぁあっ……イク！　イッちゃううぅっ！」

里佳の女体が、感電したように引きつった。三枝もまた性の頂点に達し、熱い欲情が爆発するのを感じた。（星野聖『絶対禁忌 妻の友人と…』）

電気ショックを受けたように

「ひ、ひっ！　こ、壊れちゃうぅ、もう、もうっ……おおおぉ、イグーッ、う、うう」

由布子は右に左に腰を捩《よじ》らせ、電気ショックを受けたように全身を痙攣させた。（櫻木充『いけない姉になりたくて』）

いきむような声をあげ

「おぉ……ん、んっ、んぐぅ」

弓子はいきむような声を上げ、両手でがっしりと肘掛《ひじか》けを摑んだ。

右に左に身を捩らせて、ギシギシと椅子を軋《きし》ませる。全身を激しく痙攣《けいれん》させて、バイブ責めに悶えているその姿はまるで映画で見られる、電気椅子で処刑されている死刑囚のようだった。（櫻木充『だれにも言わない？』）

稲妻さながらの刺激が

「あひぃぃッ……あぁぁッ……いやよッ……あひぃッ……あぁぁッ……」

封じ込めようもなく、ほとばしるように声が噴きこぼれた。甘美な痺れがうねるように渦巻き、稲妻さながらの刺戟が脳天で次々と爆ぜ、喜悦の声となって口から放たれてしまう。（夢野乱月『凌辱職員室 新人女教師〔真由と涼子〕』）

電撃のような刺激が背筋を貫き

叩きつけるような強靭なストロークで抉りたてられると、電撃のような刺戟が背筋を貫き、脳天で続けざまに爆ぜ、脳髄を真っ白く灼き尽くした。（夢野乱月『凌辱職員室 新人女教師〔真由と涼子〕』）

電気でも走ったように

細かな襞を舌先でクチュクチュ掻き回すように舐め、溢れた愛液をすくい取りながらゆっくりとクリトリスまで舐め上げていくと、

「あう……！」

利津子が声を上げ、電気でも走ったようにビクッと下半身を震わせた。（睦月影郎『福淫天使』）

【爆発】

全身に快感の爆発が

「んんんッ！……」

つままれた乳首から全身に快感の爆発が走り、胸乳をつかまれたまま、ぎくりと固定する。美女は中年の凌辱者とディープキスを交わしながら、びくびくと強烈に達しきったことを全身で示していた。（夏月燐『〔制服レイプ〕狙われた六人の美囚』）

頭が割れる。背骨が焼ける。おなかが爆発する

龍也は分厚い尻肉をひしゃげ返らせて肉幹を叩きつけた。

「あ〜っ、頭が……頭が……」

狂ったような声で菜南子がわめいた。頭が割れる。背骨が焼ける。おなかが爆発する。お尻が浮いてく。（北山悦史『美姉妹　魔悦三重姦！』）

貪欲な女の性感をとことん爆発させた

美奈子の身体に細かい震えが起こった。そしてひと声短く叫んだ直後、女体の中心が音をたてるように締まった。

今度は笠原が唸って全身を硬直させた。

男の熱いほとばしりは、貪欲な女の性感をとことん爆発させた。（白石澪『人妻・同窓会の夜に』）

膣壁は蛇腹のようにうねった

「いいわ……なかに出して……ああイク……イクううぅッ！」

二人は同時に、爆発的なオルガスムスに昇りつめた。

精液のほとばしりを受けると、麻美の膣壁は蛇腹のようにうねった。（亜沙木大介『兄の婚約者・弟の牝奴隷』）

膣から脳天まで、一気に串刺しにされたような

「ああーっ！……」

子宮口を強烈に突かれ、噴出した液体が壷内を満たす。

膣から脳天まで、一気に串刺しにされたような強烈な快感に、貴和子は全身を硬直させ、待ちに待った激しい爆発を受けとめていた。（西門京『熟未亡人教師　秘密生活のはじまり』）

汗まみれの裸身に痙攣が走り

「うー、ぐく、くうううう！」

汗まみれの裸身に痙攣が走り、最初のオルガスムスが爆発した。俊介は裸になり、震えおののく柔肌にわが身を重ねていった。（館淳一『アイドル女優　ぼくの調教体験』）

女陰で閃光のような快感が炸裂

「あああああっ！　も、もう……駄目ぇっ！」

女陰で閃光のような快感が炸裂した。潮流のような性感の波が女体を包みこみ、明日美は背をのけ反らせる。（黒沢禅『午前0時の美人看護婦』）

頭のなかで小さな爆発がつづけざまに

「ならこれはどうだ」

一転、彼は最深部めがけて力の限り打ちこんだ。

「アヒィーッ。だ、駄目ぇーっ」

子宮の奥が熱く蕩け、目が眩んだ。全身が痙攣し、頭のなかで小さな爆発がつづけざまに起きる。（藤崎玲『三十六歳の義母【美囚】』）

女体の奥で小さな爆発が

「いいわ、出して。もう一回、ママのなかにいっぱい出して!」

次の瞬間、熱いものがしぶいた。

子宮の壁に白いつぶてが叩きつけられる。その瞬間、清香も今まで感じたこともないような性感の頂点を味わった。女体の奥で小さな爆発が連続する。それはまさに爆ぜる感覚だった。(久野一成『初めての義母美乳寝室』)

下半身が爆発的なわななきを

「ヘンになっちゃう、飛んじゃう、あ、アッ、ダメ――」

華奢な背中が反り返った途端、

「あああああぁぁッ――‼」

歓喜の絶叫が響き、舞の下半身が爆発的なわななきを示した。(橘真児『美尻物語』)

ビッグバンとはこれだったに違いない

「ぷはッ、あああぁ、イクイク――ん、ンふぅうあああっ‼」

全身をのたうち回らせて、美津代は絶頂した。ビッグバンとはこれだったに違いないと信じられる強烈な爆発。心臓も一瞬止まった気がした。(橘真児『学園捜査線』)

脳内で何かが爆発したかのような

「ああっ、ああっ、イックうううううううう」

彩香は脳内で何かが爆発したかのような、強烈な衝撃を受ける。五体がばらばらになりそうになり、背骨が砕け落ちていく錯覚にとらわれる。(藤隆生『未亡人社長恥辱のオフィス』)

どす黒いエクスタシーの渦が

「ウァウッ! ンングッ! ンゥウォオ〜ッ!」

「そろそろじゃねぇか? どっちでイクんだかわからねぇが……」

間もなく、激しく衝き上げられる身体の奥から、どす黒いエクスタシーの渦が巻き起こった。今まで味わってきたものとは違い、身体を根こそぎ異空間に持っていかれそうな悦楽の爆発……。(風間九郎『緊縛処女 倒錯の快感調教』)

⑧「失神」系

【落ちる】

官能の深みへと落ちて

「奥さん、出しますよ」

子宮に向けて勢いよく男の精を注ぎこんだ。

「あああああああああああ、イクーッ！」

礼美は白い喉もとも露わに上体を反らせて、官能の深みへと落ちていった。（西条麗『熟妻・禁戯』）

痙攣しながら落ちてきた

「ひいっあ！　あっあんあん！　あんあんあんあん！　あんあんあん！」

一回一回の発音に体を飛び跳ねさせて、立ったまま、小夜は絶頂した。

絶頂の叫びはじき消えたが、体の痙攣は長くつづいた。そして痙攣しながら、小夜は源也斎の上に落ちてきた。（北山悦史『辻占い源也斎　乱れ指南』）

大弓反りの体が烈しく痙攣し

「あっ、う〜っ、う！　うあああ、くくっ！　あっ、イクわイクわイクわっ！」

大弓反りの体が烈しく痙攣し、真奈美は逆さまに落ちた。（北山悦史『蜜愛の刻』）

天空へと上昇しながら落ちていく

私は知らず知らずのうちに脚を突っ張らせ、恥丘をせりあげていきんでいる。

あぁ、来る！……

地獄と天国が交錯し、すれ違った瞬間に私は落ちる。天空へと上昇しながら落ちていく。（北原童夢『倒錯の淫夢』）

お尻がベッドに落下してくる

「ああっ、駄目、駄目よ、哲也くん。あたし、あたし、もう、ああっ」

がくん、がくんと大きく全身を揺らして、敬子はオーガズムを迎えてもちあがっていた敬子のお尻が、まるでスローモーションのように、ゆっくりとベッドに落下してくる。（牧村僚『蜜姉―甘い誘い―』）

意識を深い闇へと沈めて

熊川もこもった声をあげ、ほとばしる精を亜希の中に放った。

「あ……ああ……」

驚くくらいに熱い精液が、腸壁に染みこんでいくのを感じながら、亜季は意識を深い闇へと沈めていった。

（藤隆生『美人ゴルファー 公開調教』）

全身がバラバラになった感じ

「うあ、イク――う、うふぅうぅぅうぅッ！」

熱したフライパンに落とされて、飛び散ったような衝撃。別の表現をすれば、いつものエクスタシーのように肉体がふわりと浮く感じではなく、浮かんだあと限界まで上昇し、そこから一気に墜落して叩きつけられ、全身がバラバラになった感じか。（橘真児『学園捜査線』）

快美な官能のうねりのなかに

かすれた声をあげて沙耶香は大きく上体をのけぞらせた。

「ううう……」

ドピュッ、ドピュッと注ぎこまれた男の精が秘芯で弾け、沙耶香は快美な官能のうねりのなかに身を委ね、やがて快楽の淵に沈んでいった。（海堂剛『凌辱の輪廻 部下の妻・同僚の妻・上司の妻』）

奈落へ落ちるような哀声を

「んぁ、んひぃっ。あ、イクッ。イクのっ……あ、イクゥ。あぅっ、あああぁ……あああぁんっ……ぁ……」

奈落へ落ちるような哀声を響かせながら、褐色の肢体がひときわ大きくのけ反った。（黒沢淳『熟妻フェロモン 誘惑テニス倶楽部』）

浮きあがった双臀がベッドに落下

「イクわ。私、ほんとにイッちゃう。ああっ！」

北川の肩から脚をおろし、彩華は中空に腰を突きあげた。その体勢でぴたっと動きを止めたあと、がくがくと全身を震わせた。スローモーションのようにゆっくりと、浮きあがった双臀がベッドに落下してくる。（村井一馬『禁愛タブー』）

落ちる……怖い……


加虐の昂奮にとらわれて、田丸は連射する。ズブズブと上から打ちおろすと、芙美が訳のわからないことを口走りながら、顎を突きあげて快感をあらわにする。

「あン、あン、あン……落ちる……怖い……落ちる……」（島村馨『夜の代打王』）

身体を震わせ忘我の境地へ

大きく叫ぶと、絞り出すように腰を振り、膨らんだ亀頭から猛烈な勢いで白い粘液を撒き散らした。

排泄器官に起こった逆流に怯えつつ、千恵は身体を震わせ忘我の境地へ落ちていった。（嵐山鐵『婦人科診察

室　人妻と女医と狼』）

【崩れる】

がっくりと床に崩れ落ちた

熱く煮えたぎった欲望のエキスが、祥子の肉洞に向かって噴出していく。

遅れること数秒、祥子はまた悲鳴に近い声を放ち、がくがくと全身を揺らした。どうやら自分の指で、絶頂に到達することができたらしい。

ソファーの背もたれから手を放し、祥子はがっくりと床に崩れ落ちた。（牧村僚『欲望のソナタ』）

がくがくと体を揺らし、崩れ落ちて

「ああん、イキそうだわ。私、イッちゃう……」

「俺もだよ、淑恵。気持ちよすぎる。おお、淑恵！」

淑恵は上体を突っ張らせ、動きを止めた。やがてがくがくと体を揺らし、田村の上に崩れ落ちてきた。（牧村僚『高校教師』）

膝から床に崩れ落ちた

玲子の言葉は差し迫ったものになっていた。慎吾のほうも、ペニスがぴくぴくと妖しい動きをはじめている。

「関口くん、あたし、いっちゃう。ああっ」

がくん、がくんと上体を揺らしたあと、玲子は膝から床に崩れ落ちた。（牧村僚『人妻の肉宴』）

がくん、がくんと全身を揺らし

「いくわ、慎吾さん。あたし、いく」

紗希が絶頂の接近を訴えてきた。慎吾はさらに指を使う。

「駄目よ。ほんとにいっちゃう。慎吾さん、ああっ」

がくん、がくんと全身を揺らし、紗希が慎吾に体を預けてきた。（牧村僚『人妻の肉宴』）

力尽きたように畳の上に

まず由希子がオーガズムを迎えた。遅れること数秒、硬直が射精の脈動を開始する。

やがて二人は、力尽きたように畳の上に崩れ落ちた。抜けた肉竿の先端から、白濁液がしたたる。（牧村僚『高校教師』）

全身を弛緩《しかん》させてくずおれ

「あ、いや、やめてっ！　いいい、イッてしまう……ああ、嫌あっ……うぐっ」

彼女の背中ががくがくと弓なりに反り返った。そのまま硬直して、息が止まった。

やがて律子はぐったりと全身を弛緩《しかん》させてくずおれ、目に涙を溜めながら、ひくひくと揺れ戻しに身を任せた。(安達瑶『は・れ・ん・ち』)

膝が折れ、腰が崩れ落ちて

「あっ、あっ、わたし……。あーっ、わたし、いくわ。もう、いくの。いっているわ。あなたも、早く……」

切れ切れに訴える彼女の首筋が、苦しそうに反った。男の肉を呑みこむ襞が、ぴくんぴくんと痙攣する。その刺激がふぐりをきゅーんと引き絞り、幹の根元に強い脈動を走らせた。

聖子の膝が折れた。腰が崩れ落ちていく。(末廣圭『紅の館』)

上体ががくがくと大きく揺れた

ペニスが脈動を開始した直後、由希子の上体ががくがくと大きく揺れた。ほぼ同時に、二人は快感のきわみを迎えたのだ。肉棒が震えるごとに、熱い白濁液が由希子の肉洞に向かってほとばしっていく。

荒い息を吐きながら、由希子が体を預けてきた。(牧村僚『人妻浪漫』)

身体が一気に崩れて

敏行がそこへ最後の肉棒を叩きこむ。

「きゃおぅ!」

びく、びく、と震えたか、と思うと、佳奈子の身体が一気に崩れてくる。

「あ、あぁ……あ」

力を失って、敏行の体の上に折り重なる佳奈子。(巽飛呂彦『密会 未亡人社員・三十五歳』)

ビクンビクンッと総身を慄わせ

「あひいいッ……いやよッ、いやいやッ……ヒィイッ……い、イクッ……ヒイイィィッ……」

顎を宙に突きあげ、背筋を弓のようにたわめて、尾を引くような叫びを放つと、涼子はビクンビクンッと総身を慄わせてマットに崩れ落ちた。(夢野乱月『凌辱職員室 新人女教師〈真由と涼子〉』)

がくがくと全身を揺らし

ペニスから口を離し、母は大きく上体をのけぞらせる。

「イクわ、裕一、ママ、イッちゃう!」

がくがくと全身を揺らしたあと、母はがっくりとベッドに崩れ落ちた。(牧村僚『相姦志願 熟女先生と少年』)

津波のような官能が腰を砕き

「あぁぁッ……あぁうぅぅッ……」

獣じみた声とともにそり返った身体がブルブルガクガクととめどなくアクメの痙攣に慄え、やがてガクンと崩れ落ちた。(夢野乱月『凌辱職員室 新人女教師〈真由と涼子』）

へたへたと床の上に

「あーっ、イクーッ」

上体を大きくのけぞらせて麗奈はオルガスムスに駆けあがった。その途端、流しの縁を摑んでいた手から力が抜け、へたへたとフローリングの床の上に崩れ落ちた。（西条麗『秘戯』）

身体がぺしゃんとつぶれた

「はあーっ」

深い吐息をもらして、美貴の身体がぺしゃんとつぶれた。

「はあ、はあ……」

突っ伏したまま喘いでいる。（里見翔『相姦蟻地獄』）

くたくたと床に崩れた

「あーっ……」

上体を大きくのけぞらせた後で、急に虚脱したようになり、流し台を摑んでいた手が離れて、桜子の身体はくたくたと床に崩れた。（里見翔『相姦蟻地獄』）

狂おしく叫び、その場に崩れ落ちた

背筋から頭のてっぺんまで、高揚が駆けのぼる。姿見のなかでは、陶酔しきった女が悶えている。

「イク、イクッ、イクよぉ！」

千沙は狂おしく叫び、次の瞬間、その場に崩れ落ちた。（夏島彩『私は女教師』）

力の抜けた身体は、その場にへたりこんだ

「ん、んん……」

最後の大きな波が脳天まで突きあげる。

やがて力の抜けた身体はだらりと腕をさげ、壁に額をつけたままその場にへたりこんだ。（如月蓮『三つの熟女体験（人妻同窓会）』）

女体が震え、膝にまったく力が入らなくなる

「くうぅぅっ」

下唇を嚙み、もれそうになる喜悦の嬌声を抑えこむ。女体が震え、膝にまったく力が入らなくなる。亜希は崩れ落ちるようにその場に腰を落とした。（鏡龍樹『兄嫁姉妹』）

膣内射精に焼かれたように

自分からも腰を振ってクンニをむさぼる菜々子。

「アアァァァ！……」

まるで俊也の膣内射精に焼かれたように、ついに崩れ落ちる瑠衣……。（神楽稜『年上トライアングル　人妻誘惑カフェ』）

めくるめく瞬間が訪れて

「これがフィニッシュだー！」

壺底に突き抜けるような衝撃が走った。

「くふうっ、あああーん」

　めくるめく瞬間が訪れて、智子は田淵の上に崩れ落ちた。ヒクヒクと波打つ孔底に樹液が放たれた。（西蓮寺祐『インモラルマンション　高層の蜜宴』）

四肢がベッドシーツに投げ出され

「むふう、だめっ、いくっ」

　顔と髪を左右に振りたてて杉田真紀子は叫び、顔を歪めきって忽《たちま》ち頂上に昇りつめていた。風巻の身体の下で、女の汗の匂いを噴き上げる白い裸体が一瞬硬直したかと思うと、力でも尽きたように長い四肢がベッドシーツに投げ出され、そのまま静かになった。（北沢拓也『白い秘丘』）

痙攣の波動に全身を打ちふるわせ

　稲垣は、淫靡に吼えながら、腰を突き上げたままどくどくと射ち放ち、小雪は小雪で、稲垣の激しい吐精を受けとめたとき、その灼熱《しゃくねつ》の痺悦《ひえつ》に、

「あああッ、だめ、いくう」

　痙攣《けいれん》の波動に全身を打ちふるわせ、髪を乱し振り、口を食いしばると、手錠をかけてベッドに固定した稲垣の上に、やわらかく崩れ伏していった。（北沢拓也『爛熟のしずく』）

電池の切れた人形のように

「ヒイン！」

　ひときわ高く、玲が声を放った。そのまま、電池の切れた人形のように、力を失って崩れていこうとする。（柳静香『初めての愛人』）

胸の上にどっと崩れこんで

　男の腹の上に両手を置いて腰をうねらせていた小園容子が、ぴくぴくと倉石を締めつけながら、憚《はばか》りのない声をあげたかと思うと、

「いくうーっ、ああっ、いくっ」

　喉を引き絞って叫び、白眼を剝き、立てていた上半身を不安定にゆらしたかと見るや、倉石の胸の上にどっと崩れこんできた。（北沢拓也『蜜の罠』）

全身から力が抜けていき

「もう、わたし、だめ……」

かすれた声をあげた浩子さんの膝が、ガクガクッと揺れ、椅子に乗せていた片方の足が落ちた。

　全身から力が抜けていき、床に崩れ落ちる。

　床に這いつくばった背中が、激しく波打った。（末廣圭『情視』）

【失神する】

目を剝いたまま失神

松丘の野太い指が、奈津子の子宮を掻きまわしている。

「クウッ‼ ム、ムゥン……」

つぎの瞬間、石本奈津子はブルブルと下半身を痙攣させ、目を剝いたまま失神してしまったのだった。（高輪茂『女性捜査官 悪魔たちの肉検査』）

頭のなかが空っぽになったようになり

「んあぁぁぁっ！」

頭のなかが空っぽになったようになり、次の瞬間、アクメの大波が女体を呑みこんでいく。志穂里は女体をぶるぶると震わせ、生まれて初めてといってもいい快感に身を委ねた。（星野聖『〔三人の美乳〕黒い下着の熟妻』）

がっくりと頭を落とすと

「ああっ、イク、イクうううう、イクっ、イッちゃうううう」

未菜美はついに断末魔の叫びを上げると、全身を激しく痙攣させせて、悶え狂う。

「ああ……ああ……ああ」

そして、がっくりと頭を落とすと、そのまま意識を失った。（藤隆生『ビーチの妖精姉妹 隷辱の誓い』）

泡を吹いて失神する

「くあ、あ……あっ、ああっ！ んぐぅ、あわわうぅ！」

カッと目を見開き、やにわに黒目をひっくりかえし、志穂は絶叫とともに昇天した。

髪の毛を逆立たせ、全身を激しく痙攣させて、そのまま泡を吹いて失神する。（櫻木充『二人の美臀母』）

身体がぺしゃっとつぶれた

ドピュッドピュッと注ぎこまれてくる透の精を秘芯で受けとめながら、奈央はオルガスムスへの階段を駆けのぼっていた。

「イク、イクーッ……」

奈央の身体がぺしゃっとつぶれた。そのまま身じろぎもしない。腹這い状態で身動きしないのは、失神状態に陥ったのだろう。（里見翔『相姦蟻地獄』）

上体を大きくのけぞらせ、快感のきわみを

「出るぞ、佳代子。おおっ、佳代子」

「私も、私もイクわ。ああっ」

夫のペニスが脈動を開始したとき、私も上体を大きくのけぞらせ、快感のきわみを迎えていた。体内に白濁液の噴射を実感し、一瞬、気が遠くなる。（牧村僚『熟女願望 隣りの人妻と僕のママ』）

弾かれたように弓なりに反り返り

薫夫人は、激しい発作がおさまると同時にワッと号《ごう》泣《きゅう》を爆《は》ぜさせた。

そこへ猛がドッとばかり灼熱を注ぎ込む。

「ヒィィ……」

弾《はじ》かれたように弓なりに反り返り、腰をブルブルッと痙攣させた夫人は完全に失神してしまった。（千草忠夫『餓狼 処女喰い』）

振り絞ったような咆哮を

「イ、イクッ！ アッ、アアァァァァァァッ！」

門脇がラストスパートをかけると、咲子は腹の底から振り絞ったような咆哮《ほうこう》をあげた。そしてついに白目を剝いて失神してしまうと、門脇も熱いザーメンを子宮口めがけて放出させたようだった。（由布木皓人『情欲の蔵』）

声すら失い肉人形となり

子宮を突き破らんかという激しさで剛棒が突き上がる。亜紗美の身体が完全に反り返った。全身が硬直し引き絞られたかのようになる。声すら失い肉人形となり跳ねているだけとなった。はやくもエクスタシーを迎えさせられてしまったのだ。（嵐山鐵『婦人科診察室 人妻と女医と狼』）

切れぎれの声をあげ

大量の男の精が、先端の割れ目から勢いよく一気にほとばしっていた。

「あっ、あああああっ……イクーッ」

上体を弓なりにのけぞらせて、美紀は切れぎれの声をあげ、がっくりと首を折った。そのまま手足を投げだして動かなかった。完全に失神してしまったらしい。（長谷純『女蜜の旅』）

際限のない淫欲地獄へ

男たちはなかなか果てなかった。これでもかとばかりに腰を揺さぶり、際限のない淫欲地獄へ木綿子を引きずり込もうとする。

（もうダメっ！ 死んじゃうっ！）

凄まじいエクスタシーの嵐に翻弄されながら、木綿子は意識を失った。（風間九郎『緊縛処女 倒錯の快感調教』）

目の前がチカチカと瞬《またた》き

ぷっくり膨らみはじめたピンク色の突起をぐーっと内側めがけて押しこんだ。

「ヒ、ヒイィーッ……」

綺麗な両脚をピンと突っ張らせると、彼女はそのまま中条の腕のなかで大きく反りかえった。目の前がチカチカと瞬き、麗子はそのままなにもわからなくなった。（藤崎玲『麗獣〔人妻姉奴隷〕』）

しぶきをバシャバシャとしぶかせ

「だめっ！　許して……洩れちゃう！」

あたたかいしぶきを、晋平の腹部にバシャバシャとしぶかせ、

「いくっ！　……がいっちゃう！」

迫《せ》り上げた腰をがくがくと痙攣させ、卑猥な俗称を口にし、快感を告げると、失神したようにぐったりとなった。（北沢拓也『天使の介護』）

【脱力】

そのまま、ガクッ、と力を失い

「ひぁっ！　ああああっ！　あ、あぅ……あんっ！」

叫ぶように声をあげるゆかり。みけんのシワがキュッ、と深くなる。

ぴゅぴゅっ！　ぴゅっ！　愛蜜が、勢いよく噴きだしてシーツまで飛んだ。

そのまま、ガクッ、と力を失い、倒れるように動かなくなる。（巽飛呂彦『隣りの若奥様と熟奥様　人妻バレー教室』）

がくんっと力が抜けた

「ぐっ……ぐっ……」

女体がガクガクと震えだした。

佐緒里は太腿で篤史の顔を挟んだまま、激しいばかりに股間を上下させせはじめる。

「はっ！　っぐうっ……」

突然、女体からがくんっと力が抜けた。（草凪優『微熱デパート』）

乳房や太腿をぶるぶると震わせて

「ひいいっ！　ひいいいいいっ……」

万里は喉を絞って悲鳴をもらしながら、全身を激しくひきつらせ、剝きだしの乳房や太腿をぶるぶると震わせて、やがてぐったりと力を抜いた。（草凪優『発情期』）

全身から急激に力が抜け

断続的な喘ぎ声を発しつづけ美紀は、驚くほどの勢いで、股間を迫りあげた。

「きて……。わたし、もう、いきます」

俺は最後の一突きを放った。

「あーっ！」

嗄《か》れた叫びを喉に裂いた美紀の全身から急激に力が抜け、顔がガクンと沈んだ。（末廣圭『睦み愛』）

後頭部をのけぞらしてから、一気に

ああ、見られてる、なにもかも見られている！　そう思った瞬間、堪えきれずに絶息した。濃厚な快感が性器に迸り、そのままカクカクッと裸体が痙攣する。

「イッ、イクゥッ！……当間センセっ、恥ずかしいけど、典江イッちゃいますぅっ！」

後頭部を背後にのけぞらしてから、一気に脱力した。（夏島彩『危険な家庭訪問　担任教師と三人の母』）

大きな息をついて脱力した

「ダメ……舞、いっちゃうよぉー」

男の頭を挟む腿が、爆発の前ぶれのように小刻みに震えた。ならばと口撃目標をクリトリスに集中させ、コリコリしてきた尖りを舐め転がす。

「ああ、ああッ、イク、ううううう、う、はあああ！」

ガクンガクンと、壊れた機械みたいに全身を波打たせた舞は、「はあー」と大きな息をついて脱力した。（橘真児『ＯＬに手を出すな！』）

牡《おす》を咥《くわ》え込んだ膣が蠕動《ぜんどう》

牡《おす》を咥《くわ》え込んだ膣が蠕動《ぜんどう》する。締めつけも著《いちじる》しい。さすがに上昇しそうになり、浩嗣は奥歯を噛《か》んで耐えた。

「う……はぁ、ハァ――」

やがてぐったりと脱力した女体が、しなだれかかってくる。（橘真児『眠れる滝の美女』）

全身を小刻みに震わせながら

「あ、やあああ、らめぇッ！」

大きな声が薄闇にほとばしり、尻割れがギュウッと力強くすぼまる。下肢《かし》がビクッ、ピクンと断末魔のごとく痙攣《けいれん》した。

「イク――ンううううう！」

舞は呻きを絞り出すと、全身を小刻みに震わせながら脱力した。（橘真児『ビーチ区へようこそ』）

身体からすべての力が抜け落ちた

「ああっ」

絶息《ぜっそく》するような悲鳴が響くと同時に、亜希の両脚が激しく痙攣し、乳房が大波を打つように激しく揺れる。

そして、痙攣が二度三度と続いた後、亜希の身体からすべての力が抜け落ちた。（藤隆生『美人ゴルファー　公開調教』）

くたりと崩れるように

「あはぁぁ……ン」

胎内にどっぷりと熱い牡汁を注ぎ込まれる感覚に、由紀子は小さく体を震わせ、やがてくたりと崩れるように脱力した。（開田あや『人妻教師 白衣の痴態』）

急に力が抜けた状態になり

ひと際深く膣奥にペニスを突きこんで、透は限界まで弾けた男の精を勢いよくほとばしらせていた。

「イクーッ」

上体を大きく反らせて達した直後に、急に力が脱けた状態になり、奈央の身体はくたくたと崩れ落ちた。（里見翔『相姦蟻地獄』）

甘い喘ぎとともに、がっくりと

俊太郎は早紀のVとCの両方を攻めながら、躰を曲げて乳首にも舌を這わせ、軽く噛んだ。

「あ。はあああっ！」

三大性感帯を一度に攻めたてると、早紀は彼が驚くほど大きな声をあげて、一気に絶頂に駆けのぼった。

背中を反らせしばし凝固した彼女は、甘い喘ぎとともに、やがて、がっくりと力を抜いた。（安達瑶『女体の刻印』）

力を抜いて体重を預け

「ああーッ……！　い、いく……！」

射精を感じ取りながら、千夜も声を上ずらせ、がくんがくんと狂おしく絶頂の痙攣を開始した。

彼は美少女の収縮の中、最後の一滴まで心おきなく射精した。千夜も搾り取るように締め付け続け、やがて彼が動きを止めると同時に、ぐったりと力を抜いて彼に体重を預けてきた。（睦月影郎『あやかし絵巻』）

がくん、と脱力した

女襞が、健一自身を包んできた。

「ああ……ッ、い、イク……ッ！」

美和がベッドの上で、がくん、と脱力した。それでもなおいやらしく脈打ちつづけている女壺のなかに、健一は熱いエキスを注ぎこんだ。（内藤みか『三人の美人課長 新入社員は私のペット』）

グッタリと力を抜いて

ゆっくりとクリトリスまで舐め上げていくと、

「ああーッ……！」

奈津はきつく内腿で彼の顔を締めつけながら喘ぎ、反り返って硬直していたかと思うと、急に失神したようにグッタリと力を抜いてしまった。（睦月影郎『みだれ浪漫』）

【放心】

放心し、能面のような貌《かお》に

乙女が白いシーツをギュッと摑み、歯を食い縛った。

「ほう、可愛いよがり顔だ。そそられるっ。おっ、オ×××で締めつけてきたっ」

「いかせてっ。もう、いくっ」

「いきたけりゃいっちゃいな。俺はまだ突くぞ」

小沢春菜が放心し、能面のような貌《かお》になった。（安藤仁『花びらあさり』）

記憶が飛んでしまったような

「あああああっ、イクーッ」

かすれた声をあげて、美紀はぐったりと手足を投げだした。秘芯に注ぎこまれる精を受け、一瞬記憶が飛んでしまったような状況に陥ったらしい。（長谷純『女蜜の旅』）

気を失ってしまいそうなアクメの

「はぁぁぁぁっ！」

十和子もその瞬間、絶頂に達していた。憎むべき凌辱者の肉棒に差し貫かれ、子宮に精液を注ぎこまれながら、エクスタシーの悦楽に身を委ねている。

自己嫌悪も胸の疼きも感じなかった。女体を支配しているのは、気を失ってしまいそうなアクメの余韻だけ。（黒澤禅『三十四歳の実姉』）

目をうつろにして宙を

五代は素早く、亜希の秘唇から逸物を引き抜き、ほとばしる粘液を亜希の乳房にふりかけた。

「はあ、はあ、はあ」

亜希はあまりに激しいエクスタシーのためか、肉棒が引き抜かれた後も、目をうつろにして宙を見ている。（藤隆生『美人ゴルファー　公開調教』）

足をダラリと下ろし、放心の態《てい》に

「銀さんっ、いく、いくっ、いっちゃうっ」

鹿浜百子が男の腰で組んでいた足をダラリと下ろし、放心の態《てい》になった。（安藤仁『花びらしずく』）

女体ごとどこかに放りだされたように

「あああっ、亜矢子、イクゥ！　亜矢子、イッちゃうぅ！」

生々しく蠢いていた膣孔が、肉棒を激しく食いしめたと思った瞬間、女体ごとどこかに放りだされたように感じた。膣壁がヒクッヒクッと引きつれ、おさまりようのない痙攣をはじめる。

「こんなこと、初めて……」

亜矢子は放心しきって、口走った。（夏島彩『隣りの熟妻・三十一歳』）

虚ろな目は焦点が定まらず

「あああっ……いっ……いいーっ！」

肉壺は断続的に収縮を繰り返した後、ゆっくりと弛緩していった。浮いていた腰がソファに沈むと、弓反り状態だった上半身も元に戻って背凭れに頽《くずお》れた。

千絵はふくよかなバストを波打たせ、荒い呼吸をなかなか鎮められない。虚ろな目は焦点が定まらず、虚空を彷徨うばかりだ。（深草潤一『兄嫁との夜』）

瞳孔は完全に開き

夫人の瞳孔は完全に開き、口もともだらんと弛緩してしまった。

「お、お願ひぃ……つ、突かないでぇ……こ……れ以上イッたら、変になりゅ……」（黒沢淳『熟妻フェロモン誘惑テニス倶楽部』）

ふーっと意識が遠のいて

「聡美！」

久雄は叫んだ。返事をしようとした唇を塞がれた。舌先がのめり込んできた。吸った。

その瞬間、わたしの膣奥に何かが弾け飛んできた。わたしのお肉に強い痙攣《けいれん》が走り抜け、ふーっと意識が遠のいていった……。（末廣圭『夢うつつ』）

【無言】

声もなく体を弾ませつづけた

「日高さん、あたしイキそーよー。あ、あー、イキそーよー」

「イッていいよ。好きなだけイッて」

今度は望みどおりイカせてやると、涼太は右手でショーツ越しに果肉を揉み、左手を後ろから股に潜らせてそっちからも揉んで、絶頂を促してやった。

五秒とせずに園香は絶頂の痙攣を見せた。後頭部と背中を壁にぶつけ、声もなく園香は体を弾ませつづけた。

（北山悦史『潤蜜の宴』）

声もなく、打ち震えて

せり上げられっぱなしの恥骨が痙攣した。膣襞が、甘美なひきつりを起こした。

肉幹の根元の左上と右横、右下に、ぴゅっぴゅっと愛液が噴出するのが感じられた。その直後、萌香は絶頂した。

声もなく、打ち震えている。（北山悦史『粘蜜さぐり』）

あとは声にならず

怜治は口走り、ありったけのザーメンを柔肉の奥にドクドクと脈打たせながら、美人女優と一つになった幸福感を全身で味わった。

「か、感じる……」

麻衣子も、内部に満ちるザーメンの温もりを感じ取ったように呟き、あとは声にならずヒクヒクと小刻みな痙攣を続けた。(睦月影郎『人気女優 僕のときめき体験』)

声を殺して昇り詰めた

達也が右手を大きく開き、両の乳首に指先を当て、左手を弘美の股間に運んで、クリトリスを指の腹で押しながら回した。

もちろん、下から分身を突き上げることも忘れてはならない。

「あ、あ、あ、イ、イク〜ッ」

弘美は、手を口にくわえ、声を殺して昇り詰めた。(宇佐美優『抱いてください』)

体がぐらついて落ちそうに

早由季が烈しく体を躍らせた。

声もなく、達している。

早由季の体がぐらついて落ちそうになり、あわてて剛士は抱き支えた。(北山悦史『媚熱ざかり』)

声もなく絶頂へと

とどめ、とも思える一撃が深々と真夕子の子宮を直撃したとき、真夕子は声もなく絶頂へと達した。

「ひっ……!」

「ううぅ、おおぉ!……」

そして真夕子の深奥で、紘市の肉棒が爆発した。(柳静香『初めての愛人』)

息が止まったように声が止まり

突然、お母さんが、空気の抜けたような声を上げた。

「ふわぁぁっ、あわあああ……」

それから、口を開いたまま、息が止まったように声が止まり、ビクッビクッビクッと全身を痙攣させた。(室伏彩生『熟蜜めぐり』)

【悶絶】

甲高い悲鳴をあげて悶絶した

ときには浅い抜き差しを繰りかえしてじらし、ふいに根元まで突きこんで奥をこねまわす。

「あう、ああ……あーッ! あッあッあッ!」

抜き差しのリズムを変えるたびに、麻美は低い声ですすり泣き、あるいは甲高い悲鳴をあげて悶絶した。（亜沙木大介『兄の婚約者・弟の牝奴隷』）

白目を剝いてそのまま悶絶

かつてない魂ごと揺さぶりたてるような衝撃に、女教師は知らずしらず叫んでいた。それでも涼が手を休めずにいると、

「キィーッ……も、もう、死ぬぅーっ……」

一声うめき、本当に白目を剝いてそのまま悶絶した。（藤崎玲『女教師姉妹』）

たちまち絶息し

「ああっ、なにをするの！　いやっ、いやぁ！……くうっ、我慢できなく、なっちゃうぅ！」

美しく伸びた脚を破廉恥に折りたたまれ、またしても秘部を剝きだされる。ペニスを膣に挿入されたまま、敏感な肉芽がピンセットに挟みつけられた。金属片で縦に横に挟まれ、強弱の変化をつけて嬲られる。猟奇的な衝撃が、クリトリスを侵していく。千沙はたちまち絶息し、ヒイヒイよがった。（夏島彩『私は女教師』）

絞り出すような声を洩らし

「いく……ああ、いく。ね、うち……うち……」

可愛く甘えた声を出しながら、息を詰めた次の瞬間、

「あ、ああ……いいっ……！」

絞り出すような声を洩らし、絶息した。（山路薫『義父の指』）

上体を絞り尽くすようによじらせながら

息をのみながら上体を反り返らせ、

「ああ、いい。いく……ああ、うち、いってしまう」

首筋を大きく浮き立たせて、いっそう激しく腰を揺すり立ててきたかと思うと、

「あ……ああ、いい。雄兄ちゃん、いく。いく……おお、いくぅ……！」

上体を絞り尽くすようによじらせながら絶息した知世だが、雄二も射精の快感が急速に押し寄せてくるのを感じて、動きを止めない。（山路薫『義父の指』）

腰の動きを止めて、絶息

なおも舌の動きを速めていくと、

「あっ……！　ああ、いく……ああ、先生、わたし……！」

絞り出すような声を洩らした圭子が、くねらせていた腰の動きを止めて、絶息した。（山路薫『美女いじめ』）

白目を剝いて悶絶した

「理沙、お前のなかに、イクぞっ！」

「ああっ、私も、い、イッちゃうっ！」

いつもの倍の白濁が子宮を直撃し、理沙は白目を剝いて悶絶した。（東根叡二『45日調教 女銀行員理沙・二十八歳』）

身をよじらせて悶絶

ぱっくりと口を開いた花びらの間で指を泳がせ、包皮を剝ききったクリトリスをねちねちと転がした。

「ああっ、いやいやいやっ……やめてっ、そんなところ、舐めないでえええっ……」

沙由貴が身をよじらせて悶絶する。（草凪優『マンションの鍵貸します』）

秘口がキリキリ収縮を

擦りたてられる膣壁がピッピッといまわのほとびりを怒張に弾《はじ》きかけながら痙攣し、秘口がキリキリ収縮を繰り返し始めた。

「ああッ……も、もう……」

「そら『いきます』と言え。降参しちまえ」

「あ、あ……ヒ、ヒ、ヒィ……」（千草忠夫『餓狼 処女喰い』）

悶絶の声が吹きあがった

「遠矢部長がそうしたいんなら、由美はしたがうから……だから……もっと……」

遠矢は、ぐいと由美の括約筋の径《みち》にこわばりを深く沈めこませた。

「ひぃーっ、いいっ……だめっ」

由美の口から悶絶の声が吹きあがった。（北沢拓也『夜光の獲物』）

絶息したように言葉をのんだ

「ああ、いくわ」

「うん」

「いい。ああ……こんなにいいのは、初めて……」

いいながら、途中で息をのみ、珠美は突然、絶息したように言葉をのんだ。（山路薫『美女いじめ』）

悶絶の絶叫を絞り出した

「あんっ、あんっ……すごいッ……わたし、イッちゃう！」

千香子が子宮口につづくぬらぬらした肉襞で四方から羊介の硬直を圧迫しつつ、頭を起こして、髪を乱し振り、

「……いく！ ああん、あううっ」

悶絶《もんぜつ》の絶叫を絞り出した。（北沢拓也『抱きごこち』）

息を引き取るような弱々しい声を

「ママ、いいよォ、素敵だよ」

「わたしも……」

「いきそうだぁ……」

奥田の額の汗が、ポタポタと結合部に垂れ落ち、愛液

と混じって菊門に流れ出す。

「いくっ。いっく……」

江見沙代子が、息を引き取るような弱々しい声を発する。（安藤仁『花びらのささやき―欲しがる人妻　蜜夢めぐり―』）

悶絶の声が弾け飛んだ

卑語を口にしつつ、真介はぐいぐいと腰を打ちこみ、右手の中指を唾液で濡らし、ひくひくと収縮する瑞恵の不浄の穴にくぐりこませた。菫色《すみれ》にくすんだ瑞恵の裏の花弁が、真介の指を締めつけ、

「ぐむぅ……いくっ！　ぐがあ」

瑞恵の口から悶絶の声が弾け飛んだ。（北沢拓也『夜の奔流』）

【真っ白に】

頭の中が真っ白になって

女の歓喜する姿を見たいがために、なんとか堪えていた秀人は、待ってましたとばかりに男の熱液をほとばしらせた。

その衝撃が、由佳にまた新たな快感をもたらした。

この瞬間、頭の中が真っ白になってしまった由佳は隣の梨奈の存在など忘れ、女だけが知る歓びの声を放った。

（高竜也『ふとい奴』）

ベッドシーツを握りしめ

「やめないでっ、すごくいいっ、頭の中が真っ白になっちゃうっ」

美和子夫人が両手で枕許のベッドシーツを握りしめ、シャギーの髪を乱し振って、廊下にまで聞こえるような絶叫をあげた――。（北沢拓也『愛宴の人妻』）

頭のなかが真っ白になっていく

「ああっ！　私……おかしくなる……んんー！」

秀司の言うとおり、恥ずかしい体勢で交わるほど下半身にひろがった快感が大きくなっている。

沙耶は頭のなかが真っ白になっていくのを感じた。

（都倉葉『下町巫女三姉妹』）

官能の叫びをあげて

指先が秘毛の茂みを掻き分け、敏感なクレヴァスの上端をとらえる。閃光のような快感が、股間で弾けた。

「あああああっ！」

明日美は目の前で爆弾が炸裂したように、頭のなかが真っ白になるのを感じながら、官能の叫びをあげていた。

（黒澤禅『午前0時の美人看護婦』）

頭のなかが白くなり

「ア、ア、イイ、イイッ。アッ、アワワワワ、アッ、アアアァァァ！」

よがり声というよりも、獣の咆哮《ほうこう》となっていた。頭のなかが白くなり、一気に昇りつめていった。（由布木皓人『蜜壺くらべ』）

なにも考えられなくなって

肉洞のなかでさらに膨張したペニスが弾け、すさまじい勢いで白濁液が子宮に襲いかかってきた。

「ああ、昭。姉さんもイク。イッちゃう。あっ、ああんッ」

弟のほとばしりを胎内に感じた直後、舞子の頭のなかでなにかが弾けた。腰に激しい痙攣が襲い、ビクンッと盛大に跳ねあがる。目の前が真っ白になり、なにも考えられなくなっていくのである。（芳川葵『相姦三重奏』）

目の前が真っ白に

ひこっひこっひこっと、奈津恵は腰を弾ませた。目の前が真っ白になった。頭の中も真っ白になった。（北山悦史『家庭教師』）

アクメが高波となって

「んいぃ！」

ギュッと身体が縮こまり、一瞬呼吸がとまる。

背筋が大きくのけ反り、全身に瘧が駆け抜け、アクメが高波となって官能の大海原に女体をさらってゆく。

「……………」

力つきたように床に崩れ落ちる琴乃。しばし真っ白なひとときを味わう。（櫻木充『未亡人美人課長・三十二歳』）

身体のなかを衝撃が駆け抜け

肉穴深く突き刺さった硬いものの先端から熱い体液がほとばしって、仁美の子宮を打った。

「わ、私も……ああ、先生もイクぅぅ……」

熱いほとばしりを受けた瞬間、仁美の身体のなかを衝撃が駆け抜け、頭のなかが真っ白になった。全身が硬直し、膣穴が収縮する。（新堂麗太『女体授業 二人の家庭教師』）

光の瞬きにも似た映像が

《イクイク、あん、オマンコいっちゃう》

心の声はさらに淫ら。そして、パッパッと光の瞬きにも似た映像が流れ込んできた。それが、最後には真っ白になる。

（これが女性のオルガスムスなのか！）（橘真児『召しませヒップ』）

火花が弾けたような快感

篤志の指が秘所の敏感な肉豆に近づいてくる。明日美は腰をしゃくって、彼の指にクリトリスをすりつけた。

「あああああっ！」

火花が弾けたような快感。明日美は、頭のなかが真っ白になるのを感じた。（黒澤禅『午前０時の美人看護婦』）

魂まで吹き飛ばされるほどのオルガスムスが

今までのセックスでは感じたことがない、魂まで吹き飛ばされるほどのオルガスムスが女体を突き抜ける。

（こんなの……あぁ、初めて……）

目の玉がひっくりかえり、頭のなかが真っ白になる。

（櫻木充『年上の彼女（危険な個人授業）』）

真っ白な世界へ身を投げ捨て

「はあああぁ、イク、イクっ、イクッ、イクうううううう」

亜希は腰が砕けるかと思うほどの快感に、激しく全身を震わせながら、真っ白な世界へ身を投げ捨てていった。

（藤隆生『美人ゴルファー 公開調教』）

【モーロー 朦朧】

虚《うつ》ろな視線を宙に遊ばせて

虚《うつ》ろな視線を宙に遊ばせて、嬉々とした顔つきになった満利枝夫人が、乳房を舐めまわす浩介にぐいぐいと動きのリズムを速められると、たちまち顔を歪めた。

「あっ、いい。……いいわぁ……いきそう、わたし……いっていい？」（北沢拓也『美熟のめしべ』）

淫楽に酔い痴《し》れたように顔をしかめ

「……下品なことを言って！ 昂奮するの」

淫猥《いんわい》な顔をつくって訴え、羊介が卑猥な言葉を口にすると、

「ああ、いく……もういくわ！」

淫楽に酔い痴《し》れたように顔をしかめ、髪を乱し振った。

（北沢拓也『抱きごこち』）

大股開きでへしゃげたまま

熱汁を噴き散らす極太を、うねる膣壁がさらに絞りつくす。最後の一滴まで残さず落としこみ、湯気立つ抜き身をゆっくりと引き抜いた。

大股開きでへしゃげたまま、貴和子は微動だにしない。その瞼は薄く開いているが、ほとんど焦点が定まっていないようだ。（黒沢淳『熟妻フェロモン　誘惑テニス倶楽部』）

面輪が能面のように

絹子の息づかいが乱れ、喘ぎ声がぐぐもってくる。

「ぐぐぐっ……うぐぐぐっ……。………」

絹子のぐぐもった喘ぎが弱々しくなり、高田の腰で組んだ足を下ろすと、苦痛にゆがんでいた面輪が能面のように穏やかになり、口許に笑みを浮かべた。（安藤仁『花びらさがし』）

陶然とした眩量《めまい》に向かって

「ああ、イク……こんなにいやらしく悶えながら……わたし……ああ、イク」

乳首を指で強く摘み、ブリーフの上から小刻みに指を動かしてクリトリスを擦りながら、友美は陶然とした眩量《めまい》に向かってのぼりつめていった。（山路薫『羨ましい指』）

蕩《とろ》けた眼差しが宙を彷徨《さまよ》って

里香は自分の体のそんな反応に気づいているのかいないのか、蕩《とろ》けた眼差しが宙を彷徨《さまよ》っている。腰や太腿も痙攣するように小さく跳ねる。オーガズムが余韻を引いているのは間違いないが、イッた瞬間の反応は思いのほか大きかった。（深草潤一『兄嫁との夜』）

目の焦点がぼやけ

亜紗美の身体が震え出す。この日何度目なのか判らない絶頂が迫りくる。目の焦点がぼやけ全身に力が入っていく。

ひときわ高い悲鳴が響き渡ると同時に亜紗美が絶頂を極めた。

「イ、イクぅぅっ！」

高く甘い嬌声が室内を満たし、亜紗美の身体から力が抜けていった。（嵐山鐵『婦人科診察室　人妻と女医と狼』）

気が遠くなりそうなほどの鮮烈な快感

「ああッ、もう……！」

上体を弓なりにして激しくのけぞる花実の尻を、真木が両手でつかんで下から腰を突き上げる。それに合わせて花実も、抽送運動に変えて歓喜の声をほとばしらせる。

花芯を繰り返しつらぬかれる甘美な感覚が熱さと深さを増していき、気が遠くなりそうなほどの鮮烈な快感が押し寄せて花実は悲鳴のような声をあげる。（一条きらら『蕩ける女』）

気が遠くなりそうなエクスタシーの波に

英司が、放出しそうだと繰り返し口走った。

「ああッ、凄いエクスタシーが……！」

英司の上で白い尻を狂おしく揺すりたて、義弟の体液を子宮の奥に注がれながら、奈津実は気が遠くなりそうなエクスタシーの波に襲われた。（一条きらら『密会』）

あっ……イッてまう……


「あっ……、イッてまう……、んんんん……」

目を閉じたまま、ゆっくり上体をのけぞらすと、口を半開きにして、動きを止めた。

「麻緒さん、ほんとに、イッたの……？」

やはり返事はない。絶頂のさなかにある麻緒の耳には、祐二の声は、もう届かないのだろう。（室伏彩生『熟蜜の誘い』）

頭がボーッとしてきたわっ

子宮頸管に指頭をあてがって子宮を押し上げていくと、

「あうっ〜〜ん。頭が、ボーッとしてきたわっ〜〜ん」

桃子は肢体を弓なりに仰け反り返し、硬直させた。二指を咥えた膣口が強い力で収縮していった。（山口香『取締役秘書室長　出世快道まっしぐら』）

女陰が熱く充血して

琴美が両腕で光郎の背中にしがみついた直後、ヒクッと大きな津波が押しよせた。

「あんっ！　あ、んーっ」

意識が朦朧となると膣口が締まり、女陰が熱く充血して、続けて痙攣の嵐が訪れた。（まどかゆき『魔性姉妹』）

⑨「浮遊」系

【恍惚】

恍惚の彼方へと飛翔し

　雄彦が最後の一打を振りだした瞬間、麻由美も、

「はぁううぅっ！　わたしもっ……わたしもイクウウウーッ！」

　甲高い悲鳴をあげて身をよじった。繋がり合った夫婦はガクガクと膝を震わせ合い、恍惚の彼方へと飛翔していった。（草凪優『ふしだら天使』）

女膣が波打つように収縮し

「もうイクッ！　イッちゃううぅーっ！」

　総身を反らせて絶叫した。

　恍惚に達した女膣が波打つように収縮し、勃起をきつく食い締めてくる。（草凪優『淫らに写して』）

慈母のような貌《かお》に

「うっ、出るっ。出る、出るっ」

「あっ、あっ、あっ。熱い液が判るっ。あんっ、気持いいっ。いっぱい弾けてるっ。うううううっ」

　未亡人が恍惚《こうこつ》として絶頂に達し、慈母のような貌《かお》になった。（安藤仁『花びらすがり』）

恍惚の叫びをあげた

　雄叫びとともに腰を反らせ、最後の一撃を打ちこんだ。沸騰するマグマを、ドクドクと子宮底に浴びせかけた。

　その瞬間、彩乃も恍惚の叫びをあげた。

「イクイクイクッ！　イッ、イクウウウウウウウーッ！」

　絶叫し、ヒップを跳ねあげる。（草凪優『桃色リクルートガール』）

苦悶の面輪が穏やかになり

　高速のストロークから一転し、円谷は何度か浅く突き、ここぞとばかりドスンと力強く打ち込んだ。その律動は〝九浅一深〟の技巧に似ていた。

「銀さん、よくって、いきそうっ。いっちゃうっ、死ぬっ……」

　熟女の眸が泳ぎだし、苦悶の面輪が穏やかになり、恍《こう》惚《こつ》とした。（安藤仁『花びらしずく』）

全身を揺すって恍惚感を

「ああっ、駄目。あたし、いっちゃう。ほんとに、ああっ、村井さん」

明日香の体が絶頂の到来を示す痙攣をはじめたとき、私は射精した。ペニスが脈動するごとに、明日香も全身を揺すって恍惚感をあらわにする。（牧村僚『淫望の街』）

恍惚とした表情が泣き顔に

太腿の痙攣が全身に移行し、恍惚とした表情が泣き顔に変わる。

「あ、いく、いく！　先生、いくぅぅぅぅぅぅ〜‼」

甲高い嬌声《きょうせい》をあげた直後、亜沙美の身体がガクガクと上下に揺れ動き、秘唇から小水のような透明液をしぶかせた。（向坂翔『女教師』）

惚けたような表情に

猛烈な勢いで、ぬかるみの中心をかきまわしつづける。

「ん……は……あう」

麻美は上体を起こし、ブルブルと震えた。惚けたような表情になっていた。

やがて首を大きく後ろにのけぞらせ、どうと倒れた。（亜沙木大介『兄の婚約者・弟の牝奴隷』）

恍惚とした表情で、口からはよだれさえ

「ああっ、都のお尻、お尻が気持ちいいんですぅ」

彩香のいる場所から垣間見える都は恍惚とした表情で、口からはよだれさえ流れている。瞳はしっとりと潤み、都が快楽の極致にいることを表しているようだ。（藤隆生『未亡人社長　恥辱のオフィス』）

恍惚にこわばりきった裸身を跳ねあげ

どくんっ、どくんっ、という肉棒の痙攣を感じて、悠美の躰がのけぞった。

「イッ、イクッ！　悠美もイッちゃうううううううーっ！」

恍惚にこわばりきった裸身をビクンッビクンッと跳ねあげて、悠美はエクスタシーに達した。（神子清光『蜜色の檻』）

快感の電流が、喉から全身を貫く

「ウウンッ、ウググッ」

夫の性交渉では味わったことのない快感の電流が、喉から全身を貫くようだった。

綾乃は精液を嚥下すると同時に、すさまじいまでの男の性を感じ取り、身体をブルブルと震わせた。恍惚とした目つきになりながら、絶頂を迎えたのだった。（澪田貴『熟女【スウィート・フレグランス】』）

眉間に皺を寄せ、身を震わせる

「ふううんんっ。ああっ……あああっっ」

達してしまったのだろう、八重子が眉間に皺を寄せ、身を震わせる。若女将の八重子はいつも美しいが、男二人に犯される姿は、さらに凄《すご》みを増して色っぽく輝いている。恍惚とした八重子の顔を見て、ついに限界にきたのだろう。寅吉が弛んだ身体を打ち震わせ、息子の嫁の口の中で射精した。（黒沢美貴『かくれんぼ』）

両手で宙をつかみ

「ああ、イキます……あっ、イク、イク、イクっ」

両手で宙をつかみ、裸身をエビのようにそらせつつ、由希は激しく気をやった。

絶頂の恍惚のなかで次の瞬間、頬に異物を感じた。額や目蓋からもねばついたものが滴っている。

由希が目を開くと、白濁が視界に入ってきた。その向こうに夫のペニスがあった。（佳奈淳『美人秘書・由希二十四歳 性隷の初夜』）

ジクジクした感覚が、多面的に拡がって

由依は羞恥も忘れて、ぬらついた股間を中学教師の口もとにせり出した。ジクジクした感覚が、多面的に拡がっていた。マグマが爆発しそうになっている肉芽を、動いている舌に思いきり擦りつけた。

「あんっ、くううっ、イッ、イクゥッ！」

恍惚感でいっぱいになって、痙攣しながらソファの背凭れにせりあがる。（夏島彩『危険な家庭訪問 担任教師

と三人の母』）

【昇天】

白目を剝いて昇天

貴美子は美貌を歪め、あげている脚で宙を蹴った。

浅見は貴美子を強く抱きしめ、腰の律動を猛然と速めた。

「イ、イイイイイ、イッ、イクーーーーーッ！」

放出の間際に、貴美子は白目を剝いて昇天してしまった。（由布木皓人『蜜壺くらべ』）

背をのけ反らせながら昇天する

「出して、出してーっ、なかに……なかにちょうだいぃ……くっ、ぐうう……あ、あたしも……おぉ、イク、イクイグゥー！」

白目を剝き、頭髪を掻き毟り、清子は背をのけ反らせながら昇天する。（楠木悠『叔母と三人の熟夫人 いたずらな午後』）

全身をおののかせ、一気に昇天する

怒濤のピストンで人妻を追いこむ。

太腿を腹に抱き、素早く、深く、蕾を乱打する。

「うっ！　ん……んっ！　イッ……イグぅ！」

全身をおののかせ、喉をまっすぐに伸ばして、芳美は一気に昇天する。（楠木悠『叔母と三人の熟夫人　いたずらな午後』）

泣き喚き、白目を剝いて天国に

「んぐっ……ふぐぅ！　んひっ……ひ、ひぃぃぐぅ、イク、イクイクぅ、イグゥ！」

白人女のように泣き喚き、白目を剝いて天国に駆け昇る。（櫻木充『危険な隣人　おばさまと新妻姉』）

一気に肉悦の頂点を

「くひぃ……い、イッ！　く、くぅ……ああっ！　いぃ、ん、んんぅ！」

すでに天国の入り口を彷徨《さまよ》っていた亜由美は、強烈な陰核の刺激に誘われて、一気に肉悦の頂点を極めた。（櫻木充『だれにも言わない？』）

天空に舞いあがった

肉棒がアヌスにまで突き抜けそうに打ちこまれた瞬間、子宮頸管に熱いスペルマが降り注いだ。その衝撃が引き金となり、志穂は天空に舞いあがった。

「イクーッ！」（高竜也『三人相姦　少年と叔母と義母』）

膣肉が、ビクビクビクビクと収縮を

「んん……、あああぁ……」

お姉さんの膣肉が、ビクビクビクビクと収縮を繰り返していた。

──ああ、お姉さん、絶頂してるっ。僕の力で、お姉さんがまたイッた！　今、お姉さんは天国にいるんだ……！（室伏彩生『熟蜜めぐり』）

叫びながら昇天していった

「あぁ、はあああ……ッ！」

自分でも驚くほどに濡れた声をしていた。

「あああ、イクぅ……ッ！」

何度もそう叫びながら、美和は昇天していった。びくびくッびくッ、とヒップが身震いを起こしている。（内藤みか『三人の美人課長　新入社員は私のペット』）

薔薇色の天国に昇って行った

「行きますよ……」

萩野は桃尻を両手で固定して、ズッコンバッコンと杭《くい》でも打ち込むような振幅《しんぷく》で女体を貫きはじめた。

「あうっ、あうっ、くうっ〜〜ん」

程なく……美人次長は美しい牝獣に変身をして、薔薇色の天国に昇って行った。（山口香『好色専科』）

腰を振り乱しながら昇り詰めた

ダイナミックに突きまくっているうちに、真央はだんだん床に顔をこすりつけるような体勢になってしまった。ボリューム感のある乳房も大きく揺れ動きながら床に接触している。

「あふううんっ、イクーッ!」

真央が腰を振り乱しながら昇り詰めたので、政信もペニスを引き抜き、盛大に発射した。(真島雄二『夜の秘書室』)

すがるように夜具に爪を立て

「吟さん、あ、あ、これは何なのですか。体が、体が、浮いていきます」

すがるように夜具に爪を立てて、小蝶が言った。

「イクことを、昇天するとも言うじゃないか。それだよ」

そう答えて吟次は、小指球での尻肉連打を荒くした。

(北山悦史『吉原螢狩り始末帖 花魁殺し』)

終局の嵐に呑み込まれて

江見は正常位で激しい攻勢に出た。水飴《みずあめ》のようにねばつく女陰を突き捏ねながら、乳房を両手で束ねて揉み、吸う。

「ああん……凄い」

の連発が、「わっ……わっ……いくっ」の叫びに変わり、美保子はやがて終局の嵐に呑み込まれて、昇天してしまった。(南里征典『課長の名器リスト』)

【陶酔】

甘美な陶酔のうねりに溺れて

加奈恵は彼の背中に回した両手を腰に移し、夢中で彼の名を呼んでは歓喜の声をほとばしらせた。

「いいッ……いいッ……竜生さん……こんなに、いいなんて……!」

身体の芯に噴き上がるような甘美な陶酔のうねりに、加奈恵はたちまち溺れてエクスタシーの叫びをあげた。

(一条きらら『蜜の戯れ』)

忘我の世界に飛び込んで

焼け爛れるような熱い摩擦快感が肉の棒を包み込むと、

「……きたっ……」

彼女は甘い叫びを発し、胸のふくらみを横田の手に委ねながら、激しく裸体を斜め上下に揺すり、忘我の世界に飛び込んでいった。(山口香『火遊びが好き』)

熱い陶酔感の波に翻弄され

「ねえ、駄目……あたしの身体、狂っちゃう……!」

悲鳴のような声をあげて早百合は肉体の熱いふるえが止まらないのを感じた。たて続けにエクスタシーになった経験はなかった。心臓が破裂しそうなほどのせわしない呼吸。息も絶え絶えといった感じで口走る歓喜と不安の言葉。とめどなく噴き上がる熱い陶酔感の波に翻弄され、気を失ってしまいそうだった。(一条きらら『蜜の戯れ』)

陶然とした目つきになって

「あ、はああ……」

「ん……あ……んああ……」

二人はこれからさせられることを察し、陶然とした目つきになって、早くも愉悦の喘《あえ》ぎを漏らしている。

「陽菜さん、おまんまんを、お姉さんのおまんまんにくっつけてください」

そう言って明庵は陽菜のお尻を押した。(北山悦史『隠れ医明庵　恩讐剣』)

噴き上がるような強烈な陶酔のうねり

「ねえ……さっきより……凄い波が……凄いエクスタシーが……ああ!」

頭頂部がシーツにつきそうなほどのけぞった花実の、腿や尻の筋肉が硬直し、小さな痙攣が走る。身体の奥から、とめどなく噴き上がるような強烈な陶酔のうねりに、花実はエクスタシーのおとずれを告げた。(一条きらら『蕩ける女』)

うっとりと悦に入り

美穂の腰が、がくりと落ち、高田はその尻を抱え上げた。

「美穂ちゃん。これが〝駅弁ファック〟だぞ。気持ちいいだろ? ほうら、だんべの中がひくついてらあ」

美穂を抱っこする姿勢で腰を送り込む高田は、秋田のお国言葉で、そう言った。

高田に抱っこされたまま繋がる美穂は、眠る子のようにうっとりと悦に入り、ポニーテールの髪がゆらゆら揺れていた。(安藤仁『花びらめぐり』)

硬いものが当たってる

肉棒は美少女の胎内深く突き刺さり、その先端は子宮頸管を心地よく圧迫した。

「当たるわ……硬いものが当たってる」

たったそれだけのことで、桃子はもう陶酔しきっていた。(高竜也『淑女の愛花』)

クンニの快感にメロメロになり

「あああっ、ふううう……」

クンニの快感にメロメロになり、もうこれ以上フェラチオを続けることはできないようだった。綾乃はペニスに頬ずりしながら智久の腰に抱きつくようにしており、押し潰された巨乳の感触がなまめかしかった。（真島雄二『お姉さんたちの特別レッスン』）

【とろける　溶ける】

身も心もとろけていくような快美感

　公太が苦悶の表情を浮かべていうなり腰を突き上げた。響子は呻いてのけ反った。グッグッと膨れ上がったペニスが暴れるように跳ねて、ビュッ、ビュッと勢いよく射精する。そのたびにしたたかに子宮を叩かれて、身も心もとろけていくような快美感と一緒にめまいに襲われた。（雨宮慶『美人アナ・狂愛のダイアリー』）

溶ける……あ、あ、おさねが

「ちぎれる……溶ける……あ、あ、おさねが……」のけぞり方がひどく、笛にも似て聞こえる声で、うたが言った。（北山悦史『辻占い源也斎 乱れ指南』）

あられもなく肉悦を訴えて

　仙太郎は少し顔を引き、舌先で乳首をなぶり倒した。

「あっあんあん、あっあんあんあん。柊様、柊様、感じます。乳首がとろけそうです。消えてしまいそうです」

　あられもなく肉悦を訴えて、きぬは腰をくねらせた。（北山悦史『淫能の野剣』）

身も心も溶けてしまうような熱い喘ぎ

「あ、あ……ああ……」

　身も心も溶けてしまうような熱い喘ぎを洩らしながら、志津乃が絞り尽くすように身をよじらせ始めた。（山路薫『義父の指』）

魂まで蕩けるような

　亀吉が再び股間を強く密着させ、ビュッと音がするほどの勢いで迸らせた時、

「ああ、あなた……！」

　魂まで蕩けるような声を出し、それから絶息したまま全身を硬直させ、悦びの痙攣が白い肌を震わせたのだった。（山路薫『義父の指』）

全身がドロドロに溶けていきそうな

　香奈子は子供のように、ヒステリーを起こした。かまってもらえなくなった女体は、どうしようもないほど疼きまくっていた。

　そして千鶴は、全身がドロドロに溶けていきそうな快感のなか、媚薬にまみれたディルドゥを思いきり食い締めていた。（藤崎玲『三十六歳の義母〔美囚〕』）

乳首もオマ×コも、溶けちゃうよう

「ほーら、イクのよ。イキなさい」

百合子が乳首をつまみあげ、ぐにぐにと指で押し潰す。

「はぁあおおおーっ！　熱いっ！　熱いよおっ！　乳首もオマ×コも、溶けちゃうよう、おおおっ！」（草凪優『ごっくん美妻』）

女体をとろとろに溶かして

口腔に伝わってくるやわらかく温かい舌の感触。下半身に穿たれた熱く硬い肉棒の感触。二つの温もりが、明日美の女体をとろとろに溶かしてしまいそうだった。

「んんんん！　んっ！　ふんんん」

口腔を塞がれているので、官能の叫びは鼻から抜けた。（黒澤禅『午前0時の美人看護婦』）

大股開きの女体が腰をくねらす

名器の予感に気を逸らせる男の指先が、強引に襞を掻き分けて洞奥へと進む。

「んんんーっ。あ、上に当たる……あん、イイ……ああん、溶けるぅ」

指一本の侵入だけで、はしたない大股開きの女体が盛んに腰をくねらす。（黒沢淳『熟妻フェロモン　誘惑テニス倶楽部』）

とろけるような声をあげ

「ああン、だめ、いっちゃうッ」

羽田彩香が、とろけるような声をあげ、口を食いしばって裸体を痙攣させたとき、弓月も二度目の放射をこらえきれなくなり、おのがものを抜き出すなり、低く呻いて、どくりどくりと白濁した精をぶちまけていた――。（北沢拓也『人事部長の獲物』）

身体がとけていく

「ヒイッ……イク、イク、イクうっ……」

波の音すらかき消すような声を放ち、有紀は激しく気をやった。

目も眩むようなエクスタシーの愉悦に、身体がとけていく。（香山洋一『新妻・有紀と美貴』）

オマ×コ、とけちゃうっ

一撃で、有紀の脳髄まで灼けた。全身が炎に包まれ、素肌が火を吹いた。

滝沢はぐいぐい突いてでた。

「アッ……アア……い、いい……とけちゃうっ、有紀のオマ×コ、とけちゃうっ」（香山洋一『新妻・有紀と美貴』）

とろけるような声をあげた

「はあああっ……んっ」

美加がとろけるような声をあげた。智司と同じかそれ以上の快感を得ているのだ。

「あぁんっ、もっと、もっと強く！　ファアッ……」（松田佳人『女教師学園 秘蜜の時間割』）

腰がトロトロに蕩けるような

「ヒイィッ……く、狂ってしまいますッ……あぁぅぅッ……」

子宮と内臓が揺さぶられ、腰がトロトロに蕩けるような異様な感覚に、涼子は身をのたうたせ、わななくように啼き続けた。（夢野乱月『凌辱職員室 新人女教師〔真由と涼子〕』）

躰が溶けてしまうわ

抽送をはじめる。よく締まった肉襞がじんわりと肉棒を締めつけてくる。

「ああ、気持いい……躰が溶けてしまうわ……もっと奥まで入れて……」（藍川京『年上の女』）

溶けちゃいそう

「イッてください！　美枝子さん、僕の口でイって！」

舌をさらに激しく動かし、肛門を掘りまくる。両手指を猛スピードで抜き差しして淫裂を愛撫した。何度となく美枝子が噴きあげるよがり潮のせいで、慎介の顔はもうびしょ濡れだ。

「あぁぁっ、お尻の穴が感じるぅ！　あ、アソコもぉ、と、溶けちゃいそう……」（弓月誠『年上初体験〔僕と未亡人〕』）

お股が蕩けそうだわっ〜〜ん

梶山が蠢いている女体の入口に口をつけて吸い上げると、

「うう……お股が蕩けそうだわっ〜〜ん」

真由は皺まみれになった敷布を細い手指で引っ掻きながら、熟れた女体を弓なりに仰け反り返した。（山口香『総務部好色レポート』）

蕩《とろ》けるような声が噴きこぼれて

「あむうっ……うぐぐっ」

やがてそのルージュを塗ったばかりの口から、ああ……と、蕩《とろ》けるような声が噴きこぼれて、未亡人の熱い鮪《まぐろ》の切り身のような舌が、ぬたっと男の舌に搦《から》みついてきた。（南里征典『密命 征服課長』）

と、溶けてしまう

「あああ……、と、溶けてしまう……！」

すずが口走り、激しく身を反らせてがくんがくんと痙攣を起こした。（柊幻四郎『女神降臨』）

下半身が蕩ける思い

「アーン、おかしくなっちゃうー。こんなきついフェロモン嗅いでるとおかしくなっちゃうん」

房代は、若い男のフェロモンに下半身が蕩ける思いである。

「右腕もー、右の腋の下の匂いも嗅がせてー」

匂いを嗅いだまま、房代は絶頂の到来を訴えた。（澪田貴『熟痴女』）

オマンコがとろける

理沙は腰の抜けるほど姦られつづけて、ヒーヒーとよがりまくった。

ときおり、「オマンコがとろける。オマンコがとろける」と、うわごとのように口ずさんでいた。（由布木皓人『情欲の蔵』）

全身の毛穴が粟立つような

ペニスが引きつり、肉壺に熱い体液が注ぎこまれてくる。

その瞬間、沙耶は、これまで感じたことのない、全身の毛穴が粟立つような感覚をおぼえた。

それが生まれて初めての本当のエクスタシーだったと気づいたのは、ずっと後になってのことだった。（都倉葉『下町巫女三姉妹』）

幸福に惚けたような表情で

背筋が粟立ち、全身が燃えあがるような絶頂が訪れた。

ほぼ同時に、秀司の肉棒が、びくんと引きつる。

（ああ……秀司君の熱いものが……あたしのなかに……）

亜衣は、とろけてしまいそうなエクスタシーに身を委ねながら、身体の奥に注ぎこまれる秀司の濃厚な体液を、幸福に惚けたような表情で受けとめるのだった。（都倉葉『下町巫女三姉妹』）

直腸までもが抉られているよう

「いひぃ、く、イクイク……い、ひっ！　イグぅんんーっ！」

土下座をするような姿勢でラグに突っ伏し、オルガスムスを極める悦美。

雁高の肉エラで膣襞が擦られ、直腸までもが抉られているようで、今までに感じ得たことがない激烈な快感が女体の芯を蕩けさせる。（櫻木充『美・教師』）

ステキで蕩《とろ》けそっ

立位でぎっちり繋《つな》がった駒形は、腰で突き上げるようにして打ち込むと、ヌポヌポと結合の摩擦音が唸《うな》りを上げた。

「ああんっ、何でいいのっ。ステキで蕩《とろ》けそっ。辰さんと添《そ》い遂げたいっ」（安藤仁『花びら慕情』）

蕩けるっ。もっとよくして

「動いてっ、メロメロにしてっ！」

「こうか、こうかい?」

　求められて男は腰を遣り出した。

「ああっ、いっ。いいわっ、いいっ。蕩《とろ》けるっ。もっとよくしてっ」(安藤仁『花びらすがり』)

激しい力で股間を跳ね上げ

「ああッ……、溶ける、すごいわ……、アアーッ……!」

　たちまち桃がガクンガクンと狂おしい痙攣を開始し、彼を乗せたまま激しい力で股間を跳ね上げはじめた。

(睦月影郎『くノ一夢幻』)

いい! 溶けてしまう

「ああッ! いい! 溶けてしまう……!」

　声を上ずらせて口走ると、圭はがくがくと狂おしく全身を波打たせた。(睦月影郎『猟乱 かがり淫法帖』)

精汁を飲み込むように

　明男は呻き、ありったけの熱い精汁を内部にほとばしらせた。下から股間をぶつけるように動き続け、魂まで絞り出す勢いで全て出し切った。

「アア……、溶ける……」

　澄子が、内部に満ちる精汁を飲み込むように膣内を収縮させていった。(睦月影郎『泣き色ぼくろ』)

とろとろに蕩《とろ》けるっ

　駒形は両手を伸ばして、手に余る双の乳を掴みかけて、ゆっくりと腰を前後させた。

「凄いっ。いいっ、いいわっ。とろとろに蕩《とろ》けるっ」

(安藤仁『花びら慕情』)

身体が、溶けちゃう

　すると、さとみが急激に狂おしい痙攣《けいれん》を開始したのだ。

「アア……、な、何これ。すごいわ……。身体が、溶けちゃう……、ああーッ……!」

　たちまち声を上ずらせ、ガクンガクンと全身を跳ね上げはじめた。(睦月影郎『情欲少年―妖艶フェロモンめぐり―』)

身体が、溶けてしまう

　賀絵は自分から腰を突き動かし、股間のみならず豊乳もこすりつけてきた。

　玄馬も下から股間を突き上げはじめ、大量に溢れる淫水に内腿を濡らした。

「アア……、身体が、溶けてしまう……」(睦月影郎『はじらい曼陀羅』)

何これ、身体が、溶けそう

　鉄夫も彼女のリズムに合わせて股間を突き上げ、シッカリと両手を回してしがみついた。

　と、何度か動いているうち、

「アアーッ……！　何これ、身体が、溶けそう……、変よ。あう！　むうーっ……」

途端に春香が切れぎれに言い、ガクンガクンと全身を波打たせた。（睦月影郎『人妻の香り』）

微笑みを浮かべて喜悦に酔い痴《し》れ

「うっ、いいっ。ふっ、蕩けるっ、溶けるっ。ドロドロになるっ」

女将が眉間に縦皺を刻んで険相を造ったかと思えば口唇に微笑みを浮かべて喜悦に酔い痴《し》れ、その妖しい相貌が七変化した。（安藤仁『花びらしずく』）

全身を狂おしく波打たせ

「あ……、い、いく……、溶けてしまう……」

たちまち声を上ずらせ、奈緒子がガクガクと全身を狂おしく波打たせはじめた。（睦月影郎『僕の初体験』）

あっ、あっ……溶けてしまいそう

正也は腰を突き動かしながら浩子の耳たぶを噛み、耳の穴にも舌を入れて蠢《うごめ》かせ、あるいは何度も唇を重ねて舌を吸い合いながら急激に高まってきた。

「あっ、あっ……、何だか変……、溶けてしまいそう……」

たちまち浩子の喘ぎが上ずりはじめ、喉の奥から声を絞り出すようなトーンに変わってきた。（睦月影郎『僕の初体験』）

激しく腰を突き動かしながら

彼は暴れ馬にしがみつく思いで大きな美女の肌の上で翻弄《ほんろう》され、とうとう彼女は気を遣ってしまったようだ。

「と、溶ける……、アアーッ……！」

蘭は声を上げ、激しく腰を突き動かしながら乱れに乱れた。（睦月影郎『蜜猟人　朧十三郎　紅夕風』）

譫言《うわごと》のように口走り

「も、もう駄目……、身体が、溶ける……、アアーッ……！」

沢は譫言《うわごと》のように口走り、一朗太を乗せたまま身を弓なりに反らせた。そして狂おしく股間を跳ね上げ、さらに硬直してがくがくと痙攣した。（睦月影郎『流れ星　外道剣　淫導師・流一郎太』）

うっとりと口走り

快感に呻きながら身をよじり、藤介はずんずんと股間を突き上げながら、最後の一滴まで放出し尽くした。

「ああ……、溶ける……」

せんがうっとりと口走り、熟れ肌の硬直を解きながら動きを止め、そのまま身を預けてきた。（睦月影郎『ふしだら曼陀羅』）

【飛ぶ　飛んじゃう】

飛ぶ、飛ぶ、飛んじゃう！

　何度も何度も貫かれるたび、外に向けて解放している自分の裸体が、突然、浮き上がってしまうかのような、強烈な絶頂が奈緒美に襲いかかってきていた。

「ああ〜ッ！　飛ぶ、飛ぶ、飛んじゃう！」

　何度もそう叫びながら、奈緒美はカッと目を見開いて、空を見つめた。（内藤みか『新妻愛液通信』）

飛んじゃう。どこかに舞い上がってく

　神谷は、壊れよとばかりに怒張を突き刺した。身長百八十三センチ、体重九十キロの躍動を受けて、ベッドが波打っている。

「あッ、あッ、あン、あン、あン……あああ、はあああ……茜、飛んじゃう。どこかに舞い上がってく……ああ、あああッ……はうン！」

　茜が絶頂に押し上げられるのを感じて、神谷もコントロール弁を開いた。（島村馨『夜のラブ・キャッチャー』）

ヒクヒクと全身をわななかせ

「あっ、あ――飛んじゃう」

　グッ、グッと重みをかけてわれめを肉茎にこすりつけ、舞は堪え切れなくなったか倒れ込んできた。それによって臀裂が無防備に開き、達憲の指が第二関節まで埋没する。

「ああっ、ふぁあああ、あん、あふぅ！」

　ヒクヒクと全身をわななかせ、舞は絶頂した。（橘真児『雪蜜娘』）

と、とぶぅ、飛んじゃうッ！

　目も口も半開きにした恵美は、アクメ顔になりかけながら、康志の肩に強くしがみついてきた。

「と、とぶぅ、飛んじゃうッ！」

　康志の指をぎゅうぅ、と締め付けながら、恵美は腰を左右に強く振り、そして一気に身体の力を抜き、

「あ、あぁ〜ン！」

　と鼻から吐息を漏らした。（内藤みか『総務部肉欲課』）

だめぇ、飛んじゃう

　震える肉体を抱きしめ、ラストスパートで激しく攻めると、未発達な肢体がビクンビクンと跳ねた。

「イクイク、う、だめぇ、飛んじゃう」（橘真児『雪蜜娘』）

飛んでく飛んでく

「あ、あ、あ……飛んでく飛んでく」

鼻にかかった声で言って、小蝶はお尻を弾ませた。両手の指は、夜具を掻きむしっている。

「こうか。こうか。小蝶さんはこれがいいか」

吟次は両手を盛んに稼動させて、小蝶の快感を煽ってやった。(北山悦史『吉原螢狩り始末帖 花魁殺し』)

どっかに飛んでいっちゃう!


「ああ、ああ……へんよ、咲良、へんなの。身体が浮かんでる。どっかに飛んでいっちゃう!……ごめんなさい。咲良ばっかり感じてる」

「いいんだ。それでいいんだ。咲良が悦ぶのを見て、俺も昂奮してるんだから」(島村馨『夜のラブ・キャッチャー』)

淫らに腰を揺すりたて

「あ、あっ。すごい、今日の透くん、すごい。はあはあ」

桜子は快感に酔いしれていて、グチョグチョと卑猥な蜜音が耳を打った。

「すごいのは、おばさんも一緒だよ。オマ×コのなか、ニチョニチョだもんね」

「ああ、透くん、もっともっと!」

淫らに腰を揺すりたてて、桜子はオルガスムスへ飛翔していった。(里見翔『相姦蟻地獄』)

と、飛ぶッ!


興奮で張りつめた乳房の皮膚が引っ張られ、由衣子の胸に快感が走った。刺激で一滴また一滴、新たな乳が溢れてくる。

「あああぁ、と、飛ぶッ!」

その瞬間、堪えてきた本能がついに飛びだし、由衣子は肩を震わせた。

同時に、母乳がまるで音をたてるように乳首から四方に飛び散っていく。(内藤みか『美乳三姉妹』)

【浮遊】

身体が浮きあがり、ふわふわと漂いながら

篤志は腰を激しく突き動かしながら、巧みに舌をくねらせ明日美の舌に絡めてくる。激しい腰の動きとは対照的な舌の動きに、明日美は頭が痺れてしまうほどの心地よさをおぼえた。

もうなにがなんだかわからない。身体が浮きあがり、ふわふわと漂いながら、どこまでも昇りつめてしまいそうだ。（黒澤禅『午前0時の美人看護婦』）

身体が浮いちゃうっ〜〜ん

月野は上から女体の上半身を抱き締めて、唇に唇を重ねてディープキスをしながら腰を上下に蠢かしていった。肉の棒が子宮の奥深くを貫いていくと、

「身体が浮いちゃうっ〜〜ん」

美人マネージャーは口づけから逃れて、忘我の世界に飛びこんでいった。（山口香『牝獣狩り』）

宇宙に投げだされたような気分に

「アアッ、駄目っ、またイッちゃうぅっ！」

せわしなく責めこまれながら、眉間に感覚が収斂する。美貌を振りたてて喘ぎつづけ、千沙は今日二度目のヴァギナ・オルガスムスに達した。

より深く膣が引きつれ、宇宙に投げだされたような気分になる。次の瞬間、ふっと現実感に引き戻されながらも、まだまだ何度でもイキたいと思う。（夏島彩『私は女教師』）

別次元へとさまよいだして

「あんっ、くううっ！……いやらしすぎるぅ！……」

中学教師の顔の前に、秘められた排泄器官を露わにし、これ以上ないほどの嬲られ方をしている。通常では考えられないようなことをされているのに酔い、可南子は深い満足感を覚えた。

「あっ、ひいっ、ああんっ！……」

熟れた女体は際限なく悶えながら、別次元へとさまよいだしていった。（夏島彩『危険な家庭訪問 担任教師と三人の母』）

オルガスムスの波に呑みこまれて

「もっとよ、もとっして！……いっぱいしてして！」

熱く湿った女肉の強い締めつけと、したたかに愛液を浴びせられた肉棒がスペルマを力いっぱい子宮口にぶちまけると、美和は次々と襲ってくるオルガスムスの波に呑みこまれて無限の彼方に浮遊した。（白石澪『美母と少年・七年相姦』）

絶頂の螺旋を舞い上がって

「オー、そろそろ一発出すかな」

「こっちもだ。呑ませてやるぞ、そりゃっ」

膣内で、口で、次々と射精が始まる。やや遅れて相馬も肛門へ欲情のしぶきを浴びせかけた。男たちの大量の白濁をすべての粘膜で受け止めながら、香穂も新たな絶頂の螺旋を舞い上がっていった。（綺羅光『麗姉妹―慄える秘蜜―』）

からだが宙に泛かび上がる快感を

「ああ……おじさま、いいですか、イッてもいいです

か」

「我慢をしないでいいのです、わたしもう……」

「ああ、おじさま……わたし……ああ、イクッ……」

大きな波に攫《さら》われ、友美はからだが宙に泛かび上がる快感を覚えた。(山路薫『羨ましい指』)

体が浮き上がったような

二人に嬲られているうち、ついに美恵子は、生まれて初めてのオルガスムスを味わった。

「あッ、あッ、あーッ!」

大声をあげてのけぞった。頭のなかで白い光が爆発し、ピンク色の渦巻きがぐるぐる回って、体が浮き上がったような気がした。甘美な感覚が全身を駆け抜けて十七歳の新鮮な肉を痙攣させる。(館淳一『目かくしがほどかれる夜』)

まばゆい光のなかに浮遊して

真帆は二本の指が子宮に届くほど最奥に押しこんだ。目に見えないところで閃光が散った。

「イク」

低い歓びの声をあげながら、真帆はまばゆい光のなかに浮遊していた。(高竜也『若兄嫁と未亡人兄嫁』)

軀が舞いあがっていく

「あーっ、頭が……、ぼんやりしていくの。軀が舞いあがっていくわ。もっと突いて。奥で、ねっ、あなたがわたしのお肉を……」

声を切らせた奈津子の全裸が、力を失って覆いかぶさってきた。(末廣圭『色彩』)

浮かんでる感じがする

「ほんとに浮かんでる感じがする。ああ、駄目だわ。いっちゃいそう」

驚くべき体験だった。ペニスを挿入し、体を合わせただけで、恵津子は全身をぶるぶると震わせ、いとも簡単に快感のきわみに達してしまったのである。(牧村僚『淫望の街』)

ふわふわ宙に浮かんでるみたい

肉の蕾《つぼみ》を集中的に攻撃すると、里佳はじきに音《ね》をあげた。ペニスから口を放し、困惑気味に叫ぶ。

「変よ、芳和。あたし、なんだか変。ふわふわ宙に浮かんでるみたい」(牧村僚『蜜約』)

な、何だか、身体が宙に……


濡れはじめているワレメを舐め回した。もちろん両脚を浮かせて可愛い肛門も舐め、微香で胸を満たしてから、クリトリスを念入りに舐めた。

「ああ……、な、何だか、身体が宙に……」

栄子が声を上ずらせ、次第にガクガクと腰を跳ね上げて悶えはじめた。（睦月影郎『女神の香り』）

うっとりした表情で口走った

「アア……、何だか、身体が宙に……」

口を離し、良枝がうっとりした表情で口走った。

純平も激しく高まり、そのまま絶頂を目指すべく、股間をぶつけるように勢いよく律動した。（睦月影郎『秘め色吐息』）

身体が宙に……


孝二郎は、ぬるっとした滑らかな粘膜を味わい、充分に堪能してから再び割れ目に舌を戻し、小粒のオサネに吸い付いていった。

「か、身体が宙に……、もう堪忍して……、アアーッ……！」（睦月影郎『あやかし絵巻』）

お空を飛んでいるみたいに、軀がふわふわして

おばさんと一つになった実感が、ふつふつと湧きあがってくる。

おばさんの瞼がひっそり上がった。

微笑んでくる。とても和《なご》やかな笑みに見える。

「わたしは幸せよ……。お空を飛んでいるみたいに、軀がふわふわして」（末廣圭『萌ゆるとき』）

宙に舞うような

ただの相手ではない。雲の上の姫様なのだ。栄之助は舌の根が疲れるのも構わず、姫の前と後ろの匂いを貪《むさぼ》り、充分に菊座を舐め清めてから再びオサネに舌先を集中させた。

「ああッ……！　宙に舞うような……」

姫が口走り、内腿を小刻みにヒクヒクと痙攣《けいれん》させた。（睦月影郎『おんな秘帖』）

身体が宙に……怖い

重五は充分に内壁の粘膜を味わい、再び割れ目に戻り、念入りにオサネを舐めた。

「アア……、何だか、身体が宙に……、い、いや、怖い……、ああーッ……！」（睦月影郎『うれどき絵巻』）

体が浮いちゃう

「祐子さん、出そうだ」

「私、もう駄目！　ねえ、体が浮いちゃう。稲岡さん、ああっ！」

祐子はベッドから腰を浮かせてブリッジをつくり、がくがくと体を震わせた。四十にして初めて、オーガズムを迎えたのである。（牧村僚『熟女の贈りもの』）

身体が宙に舞うような

「そこ、もっと……」

彼女が声を上ずらせて言い、義之は上唇で包皮を剝き、完全に露出したクリトリスを小刻みに舐め回した。愛液の量は格段に増し、彼女の白く滑らかな下腹の波打ちが激しくなっていった。

「な、なんと、心地よい……。身体が宙に舞うような……、アア……」

絵島は快感と感激に身悶え、熟れ肌を震わせて喘ぎ続けた。（睦月影郎『女神の香り』）

雲の上にいるみたいに……

「気持ち良かった？」

「ええ……、まだ、雲の上にいるみたいに……。こんなに気持ち良かったの、初めてです……」

訊くと、美鈴は目を閉じたまま、息を弾ませて小さく答えた。（睦月影郎『蜜猟人 朧十三郎 淫気楼』）

めくるめく官能の極致に漂った

「はあ、イク、んふううう――！」

晴美も四肢を痙攣させ、めくるめく官能の極致に漂った。（橘真児『若妻ハルミの愉悦』）

⑩「錯乱」系

【イキっぱなし】

またイク……またイクわ！


「んいぃ！　も、もう……もう駄目っ！　あたし、またイク、イクイグぅ……ゆ、裕也さん、またイクわ！　あたひ、ひぃ、イグゥーッ！」

　イキ癖がついた女体は瞬く間に音をあげて、君江は三度昇天する。（櫻木充『義母（スウィート・ランジェリー）』）

頭を掻き毟り……気をやりつづける

　貴之は彼女が望むまま三度男根をうがちこんだ。子宮をも貫くように激しく女陰を掘削する。

「ひぃ……は、はぅ……おっ、んぅ！　いい、いいいっ！」

　頭を掻き毟り、全身に瘧を走らせ、気をやりつづける美和子。（櫻木充『未亡人美人課長・三十二歳』）

数分おきに絶頂を

　怒濤のごとき連打で膣をえぐる。胸骨から毟れるほど乳房を搾りあげ、琴乃の首がガクガクと上下に揺れるほど荒々しい突入を繰りかえす。

「ういいーっ！　ま、また……またイクッ、イクイク、イグーッ！」

　頭を掻き毟り、涙を零し、琴乃は数分おきに絶頂を迎える。（櫻木充『未亡人美女課長・三十二歳』）

イキッ放しの状態に

　狂おしいばかりの愉悦に晒され、弓子は高潮のごとく襲いくるオルガスムスに悶え啼いた。ピストンの速度は倍加し、雁高《かりだか》の亀頭に粘膜が抉られれば、女体はもはやイキッ放しの状態に陥ってしまう。

「もう、もうダメ、ダメぇぇ……あ、ひっ……ん、んんあぁ……」（櫻木充『だれにも言わない？』）

いきむような声をあげ

　ズブンッ、ズブンッと遠慮なく巨砲を根元まで嵌める。子宮をも突き破らんばかりにポルチオを乱打し、痙攣している肉襞《にくひだ》を抉り、粘膜を削る。

「うぅ……お、いっ……んぐ、あぐっ」

　美希はすでにイキッ放しの状態か、子宮に伝わる衝撃にいきむような声をあげ、全身を激しく痙攣させている。

（櫻木充『いけない姉になりたくて』）

ワナワナ乱れながら……締めつけた

「ああんっ、せんせっ、やっ、由依、イッちゃううっ！」

アイドルのような容姿をした人妻は、激しい戦慄とともに、何度目かの絶頂を迎えようとしていた。ワナワナ乱れながら、滑らかな内腿で無意識のうちに、青年教師の腰まわりをきつく締めつけた。（夏島彩『危険な家庭訪問 担任教師と三人の母』）

たてつづけにオルガスムスを感じ

「ママも一緒に……イキそうよ、そう、もっとして……あああああ、ここも、イクッ」

美和の歯がギリギリと鳴った。智仁は堪えに堪えていたものを一気に放った。

子宮が突きあげられ、おびただしい量の男の精が熱い肉路にぶちまけられると、美和はたてつづけにオルガスムスを感じて、意識を失った。（白石澪『美母と少年・七年相姦』）

次々と気をやって

「くっ！　もうだめっ！　いくっ。ああっ！」

激しい痙攣がママの総身を駆け抜けていった。卵形の顎が突き出され、細い喉が伸びきった。ママは次々と気をやって打ち震えた。（藍川京『美しくも淫らに』）

呆れるほどにイキつづける

甲高く叫びながらブルブルと豊臀を震わせ、夫人の肢体が前のめりに崩れた。

「ま、また……イクーッ、おぉん、またイクッ……イクッ……んぉふっ……げ、限界っ……イクゥーッ……狂ぅ……ンアァ……ング、イグ、イグォ……」

白臀をさらけだしたまま、雅代夫人は呆れるほどにイキつづける。（黒沢淳『熟妻フェロモン 誘惑テニス倶楽部』）

クネクネとお尻を動かし

「アア……、気持ちいい……、突いて、奥まで乱暴に……」

沙羅が喘いで言いながら、自分から腰を前後させはじめた。

「あうう……、ま、またいく……、アアッ……！」

沙羅がクネクネとお尻を動かし、きつく締め付けながら口走った。（睦月影郎『くノ一夢幻』）

ガリガリとシーツに爪を立て

もっとも感じる体位で男根を喰らわされ、アクメの波が鎮まりやまぬうちに、さらなる高みに昇りつめてゆく。

「い、くっ、イク、イクぅ……ううう、あっ！　イグイグーッ！」

オシメの体位で四肢を痙攣させ、ガリガリとシーツに爪を立て、七海はこの日何度目かの絶頂に達する。（楠木悠『叔母と三人の熟夫人 いたずらな午後』）

鼻をすすり、泣きじゃくりながら

「イヤイヤ、ヘンになっちゃう――あ、はふぁああ」

一度到達したところから、さらに上昇する感じなのか。あられもなく身をうち揺するさまは、理性すらなくしてしまったかのよう。

「ああ、またいっちゃう、イク」

鼻をすすり、泣きじゃくりながら達する志津子。（橘真児『召しませヒップ』）

次々とクライマックスを迎え

逃げようとする腰を両手でがっしりと押えながら、潤一郎は花芽や花びらを舐めまわし、唇で挟み、吸い上げた。

「あう！　くっ！　んくっ！　あっ！」

結花里は次々とクライマックスを迎え、そのたびに花蜜を噴きこぼし、バウンドした。（藍川京『年上の女』）

大きな波に立て続けに襲われ

数度目に花びらを軽く吸い上げたとき、絶頂の波が小夜を襲った。それがわかったとき、彩継は我慢できず、太腿を押さえ込んで、会陰から肉のマメに向かって、べっとりと舐め上げた。

声を上げた小夜は、最初の波に被さるように、二度目の大きな波に立て続けに襲われ、ベッドを揺るがすように痙攣《けいれん》した。（藍川京『閉じている膝 人形の家2』）

体を弓なりに反らせて

若い男根を激しく打ちこまれる佐知子は、体を弓なりに反らせてイッた。連続したオルガスムスがはじまったのだ。

「あう、イクイク、イクーッ！」

絶叫し、白目を剝くようにしてのけぞり、ガクンガクンと汗まみれの裸身を躍動させる。（館淳一『誘惑』）

羞恥と同時に快感が

「くうううっ！　んんっ！」

羞恥と同時に快感が突き抜けていく。悠美は汗みどろになって声を上げた。

何度も絶頂を迎えた。花びらや肉のマメも充血し、ぷっくりとふくらんでいた。（藍川京『炎華』）

全身がビクビクと痙攣しては

「うう、ふー、ううぐー……」

まだパンティの残骸を嚙まされて、縛られたまま床に転がっている悦美が、悩ましい呻き声をあげながら、裸身を悶えさせている。それにようやく気がついて身を起こした慎一は、彼女がまだオルガスムスを味わっていることに気がついた。全身がビクビクと痙攣しては、ガクガクと腰を突き上げ、ガクッと力が抜け――たと思ったら、またワナワナと体が震えはじめ、呻き悶えながら、また背中が弓なりにのけぞる。（館淳一『美人オーナー密室監禁』）

連続アクメで意識朦朧と

連続アクメで意識朦朧《もうろう》としている悠美は、もはやなんの躊躇《ちゅうちょ》もなく山野の言葉を肯定《こうてい》する。

「いいっ！　いいっ！　山野さんのチ×ポのほうがずっといいっ！　あぁあああっ……ま、またイキそうっ……」（神子清光『蜜色の檻』）

立て続けの絶頂に全身を痙攣させ

「……っ、ひ、ひあぁっ、ダメ、やめて、良すぎて、ダメになるぅ、はぁ、あ、ああっ、また、あ、キちゃう、あ、ダメ、い、イクゥ！」

立て続けの絶頂に児玉先生は全身を痙攣させ、秘部から失禁とみまごうほどの愛液を噴き出した。（開田あや『眼鏡っ娘パラダイス』）

狂おしく腰を跳ね上げて、続け様に

「上になって……」

小夏が言い、二人は繋がったままごろりと寝返りを打ち、たちまち竜介が上になった。

彼は柔肌に身を預けながら激しく律動し、柔らかな乳房を胸で押しつぶしながら唇を求めた。

「ンンッ……！」

小夏は彼の舌を吸いながら呻き、狂おしく腰を跳ね上げて、続け様に絶頂を迎えてしまった。（睦月影郎『うたかた絵巻』）

声を絞り出して気をやり続け

「アア……、すごい……、いきそう……」

瑞穂が声を上ずらせて言い、早くも絶頂の痙攣を起こしはじめた。

彰二も急激に昇りつめ、ありったけの熱い精汁をほとばしらせ、股間をぶつけるようにいつまでも動き続けた。

「ああーッ……、いい……！」

瑞穂もがくんがくんと狂おしく身悶え、声を絞り出して気をやり続けた。（睦月影郎『燃え色うなじ』）

悦汁の熱いシャワーが降りそそがれた

固く目を閉じたままの真理子が、三度目の絶頂に、全身をぴくぴく痙攣させる。上半身が反り返り、勃起乳首が上を向いた。びっしょり汗に濡れた乳房は、油を塗ったみたいに、ぴかぴかに輝いている。

「う、ぐぐ……」

真理子に深く突き刺さっている弘明の先端に、悦汁の熱いシャワーが降りそそがれた。（弓月誠『大人への階段 三人の個人教授』）

また来ちゃう……

キッツキみたいに頭を振って、硬く尖らせた舌で、真奈美の膣を存分に抉る。

「あぁっ、ダメ、だめだめ、だぁっ……メェ……あぐっ、あぐぅうっ！ ま、また来ちゃう、来ちゃう……きぃっ、チャ……あぁっ！」

一度達したせいで敏感になっているのか、立て続けに真奈美は絶頂を迎える。（弓月誠『甘い生活 最高の義母と最高の義姉妹』）

続けざまに気をやって

前とうしろを巧みな指で同時にいたぶられ、あずさの喘ぎは途切れることがなかった。

「あぐっ！ うっ！ くうっ！」

絶頂に襲われはじめ、続けざまに気をやっている。電気仕掛で動いているようだ。（藍川京『診察室』）

【苦悶】

美しい顔を苦悶にしかめた

「ああーッ、いくっ、いっちゃいます」

叶裕美子が、真っ白い頸を深く反り返らせると、泳がせた両手で財津の首に取りすがるようにして、美しい顔を苦悶《くもん》にしかめた。

財津は、眉間に皺《しわ》を作って小鼻を広げきって昇りつめはじめた叶裕美子の、女の悦《よろこ》びに妖《あや》しく歪《ゆが》む顔を上から打ち眺めながら、掻き混ぜるように腰を使った。（北沢拓也『したたる』）

苦悶にも似た表情を浮かべ

「ひいいっ、んぐあああああっ！」

「んおおおおおっ！」

苦悶にも似た表情を浮かべながら真綾が顔をのけぞらせた瞬間、身体の動きがぴたっと止まった。（穂南啓『〔誘惑スポーツクラブ〕金曜日の熟妻たち』）

眉間に皺を寄せ、苦悶の表情を

「あっ、駄目。駄目よ、哲也くん。あたし、あたし、ああっ」

それは一瞬の出来事だった。ベッドから腰を浮かしたかと思うと、仁美はがくん、がくんと、大きく全身を揺らしたのだ。

哲也は上体を起こし、膝立ちになった。眉間に皺を寄せ、苦悶の表情を浮かべた仁美を、うっとりと見おろす。

(牧村僚『蜜姉―甘い誘い―』)

目をぎゅっと閉じ

「あっ、駄目、いっちゃう。あたし、いっちゃう。松田くん、ああっ」

がくん、がくんと全身を揺らして、祥子は快感の極みへと駆けのぼった。両手を下におろし、雄一の顔と指を秘部から振り払おうとする。

雄一は素直に応じ、肉芽から舌を放し、指も引き抜いた。

祥子は目をぎゅっと閉じ、眉間に皺を寄せて苦悶の表情を浮かべていた。(牧村僚『人妻再生委員会』)

腰を宙に突きあげたあと、ゆっくりと

「た、たまらないわ、北川くん。あたし、いっちゃう。ほんとにもう、ああっ」

がくがくと全身を揺らし、これまで以上に腰を宙に突きあげたあと、幸代はゆっくりと双臀を座布団の上に落下させた。隆史の顔を股間から引きはがし、挿入された指を、淫裂から引き抜こうとする。

隆史は幸代のするままに任せ、しばらくじっと彼女を見つめた。眉間に皺を寄せ、苦悶の表情を浮かべていた。

(牧村僚『人妻乱戯』)

体にぶるぶるっと震えが走った

智文のペニスは呆気なくはじけた。肉棒の先端から、濃厚な欲望のエキスが猛然とほとばしる。

その直後、咲子の体にぶるぶるっと震えが走った。射精とほぼ同時に、快感のきわみを迎えることができたらしい。

苦悶の表情を浮かべながらも、咲子は決してペニスを放そうとはしなかった。(牧村僚『人妻生足クラブ』)

腰を浮かし、体全体でブリッジを

「ああっ、いくわ、水島くん。あたし、いっちゃう」

彩香はまた腰を浮かし、体全体でブリッジを作った。やがて全身をがくがくと震わせ、双臀をベッドに落下させてくる。

彩香は目を閉じて、苦悶の表情を浮かべていた。(牧村僚『熟女相談室　少年たちの相姦初体験』)

ぎゅっと目を閉じて、苦悶の表情を

「あっ、駄目。駄目よ、先生。あたし、なんか変。おかしいわ。あたし、あたし、なんだか、先生、ああっ」

大きく上体をのけぞらせたあと、がくん、がくんと体を揺すり、沙希はベッドに突っ伏した。肉棒をくわえ直すだけの気力は、残されていないらしい。ぎゅっと目を閉じて、苦悶の表情を浮かべている。（牧村僚『人妻 桃色レッスン』）

ペニスを肉襞でしごきたてた

「お、叔母さん！ 出ちゃう、出ちゃいそうだよ、叔母さん！」

「いいのよ、出して！ 叔母さんの中に、ボクのを出していいのよ！」

いよいよくる……。そう思った瞬間、芳枝は動きを速めた。快感をむさぼるように、苦悶の表情を浮かべた顔を左右に激しく振りながら、夢中で明彦のペニスを肉襞でしごきたてた。（牧村僚『姉と叔母 個人教授』）

【狂う 狂っちゃう】

ふうっ。狂っちゃうっ

ピタッ、ピタッ、ピタッと小気味よく打ちつけると女が畳に爪《つめ》を立て、躯を弓反らせた。

「ああんっ。あんっ。あんっ。頭の中が真っ白になるっ。ふうっ。狂っちゃうっ」（安藤仁『花びらくらべ』）

気が、気が狂いますっ

「気が、気が狂いますっ」

絶叫するなり、外股開きの肉尻が真下へ落ちた。一瞬、女体は和便器に踏ん張ったような格好になり、両膝を突きながら前のめりに倒れこむ。

「んふっ……こんなのでイクなんて、屈辱ぅ……あ、でも……オゥン。イイの、クリがこんなになっちゃ……もうダメ……イク……イクゥーッ」（黒沢淳『熟妻フェロモン 誘惑テニス倶楽部』）

気が違っちゃうーっ！


「ヒヒヒ、アヌスを責められて割れ目から蜜を垂らしたというわけじゃな。亜紗美、いっそのことアナル責めで万浬をいかせてやれ」

山川の注文を受けた亜紗美は万浬のハイヒールを持ってさらに脚を大きく拡げさせ、アヌスにはまったソーセージを以前にもまして激しく動かした。

「あいっ、あひぃーん！ ああっ、気が違っちゃうーっ！」（深山幽谷『新妻公開調教室』）

快楽に狂いながら腰を蠢かした

「ああああっ、お馬さんみたい……。馬と……ヤッてるみたい……。ああん、すごい……お馬さんのオチンチン……ぶっとい……あ……ああああっっ」

伊東の身体に彫られた龍や毒蜘蛛に自分の痴態を見られているようで、美和は快楽に狂いながら腰を蠢かした。（黒沢美貴『かくれんぼ』）

閃光が何度も炸裂

「うおーん、うおーん、ああーん」

獣じみた自分の声に鳥肌が立つ。こんな声をあげさせてしまう一樹の胸を叩《たた》いてやりたい心境だった。恥ずかしくて、たまらない。だが、それも一瞬で、再び襲ってきた快感に、智子は錯乱状態になった。神経の回路が切断されたような感じだった。真っ暗になった視界の中で閃光《せんこう》が何度も炸裂した。（西蓮寺祐『インモラルマンション 高層の蜜宴』）

激しく身悶え、きつく股間をこすりつけ

彼は股間を突き上げながら喘ぎ、一気に大量のザーメンを噴出させた。

「あう、いく……、アアーッ……！」

熱い噴出を感じ取ると同時に、由美子も声を上げてガクンガクンと狂おしい絶頂の痙攣《けいれん》を開始した。由美子の絶頂は凄まじく、彼の上で激しく身悶え、きつく股間をこすりつけてきた。（睦月影郎『保育園の誘惑』）

狂おしく身悶えながら

真綾は喘ぎながら激しく腰を動かし、たちまちガクガクとオルガスムスの痙攣を起こしはじめていった。

「い、いく……、アアーッ……！」

真綾は狂おしく身悶えながら口走り、キュッキュッと悩ましくペニスを締めつけてきた。（睦月影郎『はじらい吸血鬼』）

脳天まで衝撃が響く

間髪入れずに、次の深い突きのひと太刀が繰り出される。またしても脳天まで衝撃が響く。由紀子の脳裏に発狂の二文字がよぎった。

このまま私は狂ってしまうのだろうか。あるいは本当に死んでしまうのかもしれない。

それでもいい、と由紀子は思った。（友松直之『女教師・友梨―降臨―』）

切羽詰まった声をあげて

立て続けに、反動をつけたストロークを叩き込んだ。

「あッ、あッ……あぁぅぅ、おかしいの。狂ってしまう。田丸さん、芙美、おかしい、おかしいの……あぁッ、恥ずかしい！」

芙美は切羽詰まった声をあげて、ほっそりした首筋をく。内部の粘膜がググッと盛りあがり、粒状のものが茎胴を擦りあげてくる。（島村馨『夜の代打王』）

腰で、背筋で、脳天で続けざまに爆ぜた

「あいいぃッ……いいッ、イクッ……イクイクッ……イクぅぅぅぅッ……」

ずっと抑えられ続けた官能が、腰で、背筋で、脳天で続けざまに爆ぜた。断末魔の痙攣がガクガクと汗みずくの総身を襲い、狂ったように貌を振りたてて、涼子は昇りつめた。（夢野乱月『凌辱職員室　新人女教師〔真由と涼子〕』）

も、もう、気が狂っちゃうッ

麗子の頭のなかではもやが渦巻き、まともにものが考えられない。

「も、もう、気が狂っちゃうッ。あぁぁ、気持ちいいーッ」

ハッと気づき、彼女はあわてて身を竦めた。（藤崎玲『麗獣〔人妻姉奴隷〕』）

息も絶えだえに啼き喚いた

「ヒヒッ……。ヒィイッ。た、助けてっ。ああもう、気が……。く、狂っちゃうーっ」

彼女は息も絶えだえに啼き喚いた。事実このままでは本当に気が狂うと思った。

「あ、またっ。またイキますっ。ヒイーッ、イ、イクゥーっ」（藤崎玲『女教師姉妹』）

壮絶なまでの狂態を示しながら

精液は締めつける膣道を押し開くように子宮頸管にぶちまけられた。その衝撃が真希を夢幻の世界へ導いた。

「わわわわわ……くぅ……」

壮絶なまでの狂態を示しながら、真希はしたたかに濃厚な女の甘蜜を肉棒に降り注ぐのだった。（高竜也『熟・姉・交・姦　少年たちの初体験』）

【断末魔】

断末魔の悲鳴をあげて

「あっ、あっ、イク……、やめて……もう……、許してぇ……」

「食らえ！」前田が吠えた。

一瞬、肉茎が膨らんだかと思うと、ドクドクと劣情が香織の子宮にほとばしる。

「くぅ」

たまらず香織も、断末魔の悲鳴をあげて闇に堕ちていった。(望月薫『若妻　夫の部下に囚われて』)

断末魔の叫びを上げると

麻衣子を犯している男も、麻衣子の叫びに呼応するように、四つんばいの麻衣子の真っ白なヒップに、腰を叩きつける。

「ああ、だめ、ああ、イクっ、イクっ、あああああああ」

ついに麻衣子は断末魔の叫びを上げると、そのまま前に突っ伏すように崩れ落ちた。(藤隆生『ビーチの妖精姉妹　隷辱の誓い』)

断末魔にも似た悲鳴をあげ

美肌から甘酸っぱい汗の匂いを噴きだして、ほつれ髪を唇に咥えた人妻の表情は、震えがくるほどにいやらしい眺めである。

「ふぁあああっ、いくっ！　いくっ！　いっちゃううぅう……」

突然、郁美が断末魔にも似た悲鳴をあげ、全身を激しくのた打たせた。(赤星優一郎『若妻バスガイド』)

尻肉を震わせて、あっけなく絶頂を

「あ、だ、駄目っ……イ、イ、イッちゃう……ああ、見ないでっ」

満子は尻肉を震わせて、あっけなく絶頂を迎えてしまったのである。

黒田は指を入れたまま、満子の断末魔を見届けている。(美園満『運命の一日　人妻が牝になった時』)

断末魔の叫びを

怒濤のように押し寄せる官能の大波に真由は激しく貌を振りたてて、われ知らず、すがりつくように速水の背にしがみついた。

「ヒイィッ……だッ、だめッ……いやッ、いやあぁぁぁッ……」

真由は総身をガクガク慄わせて、絶頂を告げる断末魔の叫びを噴きこぼした。(夢野乱月『凌辱職員室　新人女教師〔真由と涼子〕』)

ヒクヒクと断末魔のように

「い、いっちゃう！　アアーッ……！」

とうとう浩子が本格的に昇り詰め、ガクンガクンと狂おしく身をのけぞらせた。

「ああ……」

いちばん深い部分に彼の噴出を受け止めながら、浩子はヒクヒクと断末魔のように震え、やがて徐々にグッタリと力を抜いていった。(睦月影郎『美乳の秘密』)

断末魔にも似た声をあげる

猛蔵は湧き上がる痙攣と切羽つまった息づかいに合わ

せて、勁く抉った。

「あぁッ」

断末魔にも似た声をあげるその美貌を、猛蔵はふかぶかと腕に抱きこんで覗き込んだ。（千草忠夫『闇への供物① 美囚の契り』）

果汁の奔流を溢れさせ

続けざまに、尤之進は熱い果汁の泉に向かって、連打を叩き込んでいった。

背すじをさらに反り返らせて、志麻は断末魔のような悲鳴を放ちながら、果汁の奔流を溢れさせ、そのまま絶頂へと昇りつめていった。（由紀かほる『女子大生 蜜猟教室』）

美しい顔をのけぞらせ

「は、はい。あああっ、も、もう駄目え！ イ、イク！ イキます、あっ、イ、イクぅぅぅ！」

果たして佳奈子は、美しい顔をのけぞらせ、断末魔の悲鳴のように絶頂を告げると、身体を硬直させた。（巽飛呂彦『密会 未亡人社員・三十五歳』）

絶叫が、可憐な喉から迸る

「んんんーっ！ んぐああああああああああっ！」

史香の顔が思い切りのけぞる。重なっていた唇が解け、断末魔の悲鳴のような絶叫が、可憐な喉から迸る。（穂南啓『誘惑スポーツクラブ』）

悲鳴にも似た嬌声とともに

今にも爆ぜそうなのを堪えながら、ラストスパートとばかりに大きく腰を突き動かした瞬間、亀頭が子宮口をぐりっと抉った。

「ひっ！ ひあああああああっ！」

「ち、千波さんっ！」

凄まじいほどの締めつけ。断末魔の悲鳴にも似た嬌声とともに華奢な身体が激しい痙攣にうち震える。（穂南啓『〔誘惑スポーツクラブ〕金曜日の熟妻たち』）

白い喉をさらしあげ

「あぁぁッ……だ、だめッ、だめよッ……あひぃッ……ま、またッ……いッ、イクッ、イッてしまうッ、イクうッ……」

速水の体を突き飛ばさんほどの勢いで腰を突きあげた涼子は、のけぞるように白い喉をさらしあげ、ヒイィィッと断末魔の悲鳴を噴きこぼして、官能の頂点を極めた。（夢野乱月『凌辱職員室 新人女教師〔真由と涼子〕』）

断末魔の痙攣とともに

「あひぃぃッ……あぁッ、だめよッ……あぁぅッ……いッ、イクッ……」

官能の深淵に放りだされるような刺戟の渦に、涼子は速水の背にしがみつき、断末魔の痙攣とともに吠えるような叫びをあげて絶頂を極めた。(夢野乱月『凌辱職員室　新人女教師〔真由と涼子〕』)

総身を揺すりたてて

「……あひいッ……ま、またッ……ああッ、狂うッ……あひッ、あひッ、イクッ、イクッ、イキますッ……ヒイイィィッ……」

涼子は真由の貌に亀裂を押しつけるように腰を突きあげ、ガクガク総身を揺すりたてて断末魔の声をあげた。(夢野乱月『凌辱職員室　新人女教師〔真由と涼子〕』)

【またイク】

あんッ、だめっ、またいっちゃう

悠平は、水浸《びた》しになった若い優花の秘部に唇を深く被せて、あふれこぼれた二十歳のとろみのあるうるみを、ずずっと音をたててすすりたてた。

「あんッ、だめっ、飲んだりされたら、またいっちゃう」

池本優花の腰が、またぞろ、がくがくと感電でもしたようなふるえをたてる。(北沢拓也『人妻めしべ』)

癖でもついたように腰を跳ね上げて

「あああッ、感じすぎて、どうにかなってしまうわ」

「小雪さんが、いっぱい感じてくれて、よがり狂ってくれると、わたしも興奮してよ。おしっこしたかったら、してもいいのよ」

「ああんッ、恥ずかしいッ」

魚住純乃の両手を駆使した淫戯に、小雪はひくひくと癖《くせ》でもついたように腰を跳ね上げて、また達していた。(北沢拓也『したたる』)

わかるわ、どくどく出てる

大きな脈動とともに噴出した精液が、そのまま菜穂子の肉路の奥壁に叩きつけられる。

「ああっ、わかるわ。坊やの熱いのが、どくどく出てる」

そう叫んだ直後、菜穂子は上に乗っている俊之を振り落とすほどの勢いで宙に腰を突きだし、やがてがくがくと全身を痙攣させた。熱いほとばしりを体内で受け止めながら、二度目のオーガズムに達したのである。(牧村僚『姉と黒いランジェリー』)

痙攣の波動を走らせつづけ

「あうっ、いくっ」

遠矢は、だが二弾目を怺《こら》え、力強く有美子の深まりを突いてやった。

「だめっ……またいくっ……いやあ、わたし……わからなくなる……」

名和有美子は悲鳴のような叫びをあげ、くり返し、俯せの全身に痙攣《けいれん》の波動を走らせつづけた。（北沢拓也『夜光の獲物』）

泣くような声を

「ああんっ、そんなことされたら、またイッちゃうっ」

辛島の舌が躍りはじめ、ぴちゃぴちゃと淫らな水音を奏でると、石原由加利は背を反り返らせ、泣くような声を上げた。（北沢拓也『みだら妻』）

あたし、またいっちゃう

「ああっ、す、すごい。こんなに、こ、こんなに感じるなんて」

宏美のあげる喜悦の声が、早くも絶頂の近さを知らせていた。挿入と同時に肉芽をなぶられることで、相当の刺激を受けたらしい。

今度こそ、置いてきぼりは食わないぞ。諸岡は腰の動きを速めた。ペニスが肉襞をこすり、潤滑油のはずの淫水がくちゅくちゅと淫猥な音をたてる。

「駄目よ、諸岡さん。あたし、またいっちゃう」（牧村僚『情事のゆくえ』）

意味不明の声を上げ、三度目の絶頂に

奈津の恥骨が振動した。

腹腔で、何かが蠢いている感じだ。

「もぉっ……！　うぅっ……！　いぃっ……！」

意味不明の声を上げ、奈津は三度目の絶頂に達して、総身をわななかせだした。（北山悦史『絵草子屋勘次　しぐれ剣』）

卑猥な独唱を響かせた

面白いように絵里香の悦びを引きだし、乱れさせられる快感に酔いしれながら、ゴリゴリと子宮口に亀頭をこすりつける。

「ああああっ！　だ、ダメぇ！　また、またなのぉ……いくうぅぅ……」

野太い指揮棒にコンダクトされて、絵里香が卑猥な独唱を響かせた。（赤星優一郎『若妻バスガイド』）

泣き声にも似た甘い声が

「ああァ、ン！」

また深く、ずぅん、と入れられて、真由子は甲高い声を上げた。

「ああぁ、またイくぅ……ッ！」

このまま永遠に、彼に撃ち込まれていたい。そう願い

ながら、真由子は壁に上半身をもたせかけ、ヒップは彼に預けながら、快楽の渦の中にと、呑み込まれていった。（内藤みか『男はときどき買えばいい』）

アクメに身を打ち震わせて

アクメに身を打ち震わせている悦美に構わず、背中に覆い被さり、両手でむんずと巨乳を掴み、高回転のピストンで女陰をうがちまくる。

「ひ、ひっ！　だ、ダメ、今はダメぇ！　また、また来ちゃうぅ、あたし、イッ……ちゃふうぅ、うううんっ！」（櫻木充『美・教師』）

生き返ったように再びしがみつき

藤吉も、まだ勃起したまま、続けて射精できる状態を保っていた。

試みに、少しずつ動きを再開させると、

「アアッ……！　ま、またすぐいきそう……」

志乃は生き返ったように再びしがみつき、下から股間を突き上げてきた。（睦月影郎『寝みだれ秘図』）

完全に治まっていないときに挿入され

学人は秘口がひくついているうちに、テラテラ光っている笠の張った亀頭を、真後ろから瑞絵の中心に打ち込んだ。

「くううっ」

エクスタシーが完全に治まっていないときに太いものを挿入され、また瑞絵が気をやった。（藍川京『柔肌いじり』）

絶叫しながらしがみつき

女体の両腿を抱えこみ、さらに激しく腰をつかった。

「あうー、もう死にそう。イッてえー、ああ、私もまたイク！」

絶叫しながら紀美子がしがみついてきた。（館淳一『媚肉の報酬』）

全身を絞り尽くすように弓なりになって

「怜子も……怜子も気持ちいい。ああ、小父さま、怜子、また……」

尻を亀吉の股間に押し付けるようにしながら、怜子が両腕を頭上に差し上げ、全身を絞り尽くすように弓なりになって、

「ああ、いい。小父さま、小父さま……ああ、怜子、また、いってしまいます！」（山路薫『義父の指』）

一度目の時よりも長い間、絶息した

亀吉は唇をすぼめてクリトリスを強く吸いながら舌先で弾いた。

「ああ、いく……小父さま、怜子、また、いってしまいます！」

息苦しそうに訴え、怜子が一度目の時よりも長い間、絶息した。（山路薫『義父の指』）

快感に溺れている

膣奥を深々と抉《えぐ》られ、舞が頭をガクガクと揺する。もはや見られていることなどどうでもよくなったらしく、セックスの快感に溺《おぼ》れている。

ならばこちらも遠慮なくと、再びピストンの速度をマックスにまであげる。

「いいい、い――そんなにしたら……またイッひゃうよお」（橘真児『ビーチ区へようこそ』）

またイク……死ぬう

それまで堪えていた智仁も、一気に溜まりきった精液をいっせいに放った。

そのすさまじいまでの衝撃は、新たな性感をつむじ風のように膣内に巻き起こした。

「またイク……イッてるの……死ぬう」（白石澪『美母と少年・七年相姦』）

⑪「局所」系

【アナル】

お尻、気持ちいいーっ

あっという間にアクメが訪れた。それもまた、アナルコイタスの特徴だ。

「アッ、駄目っ。もうイクわっ。隆也っ。姉さん、もうイッちゃうっ」

千春が呆然と見守る前で麗子は背中をぐんと撓め、頭を大きく跳ねあげた。

「おおおお……。い、イクッ。お尻、気持ちいいーっ」

犬が遠吠えするときのような格好で、麗子は絶頂に達した。（藤崎玲『麗獣〔人妻姉奴隷〕』）

お尻でイッちゃうッ

「ああッ……お尻でイッちゃうッ……どうしてぇッ」

アナルセックスで感じてしまった被虐の思いから、急激に腰の快感が高まっていく。

「いやあッ……い、イキますッ！」（夏月燐『〔制服レイプ〕狙われた六人の美囚』）

お尻でイッちゃううううーっ！

アナルの奥に、灼熱の精を放った。ぐらぐらと煮えたぎる欲望のエキスを躰のなかに感じた繭美が、

「はぁおおおおおおおーっ！」

ひときわ獣じみた声をあげて四つん這いの肢体を揺りたてる。

「わ、わたしもイクッ……お尻でイッちゃうううううーっ！」（草凪優『ごっくん美妻』）

お尻でイッてしまいますッ

涼子の尻に速水がビシビシ肉音も高く腰を打ちつける。

「ひいいッ……ああッ、イクッ……り、涼子はお尻でイッてしまいますッ……ああッ、い、イキますッ……あうううぅッ……」

ググッと背をたわめ、顎を突きあげた涼子はギリギリ歯を噛み鳴らし、獣じみた唸るような喜悦の声を放って絶頂を極めた。（夢野乱月『凌辱職員室 新人女教師〔真由と涼子〕』）

おしりがジンジンするのぉ

「ね、オチンチン出し挿れしながら、もっと叩いて」

篤志は抽送を再開させると彼女の尻をぶちまくった。

パンっ、パシッ、ぴしゃっ――。

「ああ、あああ、すごい――おしりがジンジンするのぉ」(橘真児『召しませヒップ』)

出ちゃうの、もうだめなのよ

「出ちゃうの、関谷君。もうだめなのよ」

「なにが出ちゃうんだい、センセ」

関谷が指で菊座をこねくる。妖美な腰がブルッと悶えた。

「……ウ、ウンチよ、ねえ、ああっ」

錯乱した意識の中でもなお、香澄は羞恥に顔面を火照らせる。(綺羅光『女教師・恥辱の旋律』)

後ろでイクなんて

やや尻を持ち上げていた藤子も、気をやった瞬間に尻を落とし、絶頂の余韻に浸っている。

侘助は後ろから腰を掬い、尻をグッと高く持ち上げた。すぼまりが恥じらうように、キュッと菊口を堅く閉じたが、またゆるみ、豊かな表情をつくった。

「オクチでイクなんて……後ろでイクなんて……恥ずかしい」(藍川京『爛漫花』)

お尻がっ、す、すごいっ

もっと強い打ちこみを欲しがって、尻奥がうずうずと疼く。たまらず肉刀を噛みしばったまま、お尻をくなくなと打ち揺らした。

「いっ、いっ、イクうううっ。お尻がっ、す、すごいっ。うっ、うあっ、うあああっ。イッちゃうううっ！……あ……あ、あんっ……うううむっ……」(鳴瀬夏巳『肛虐マンション 人妻狩り』)

お尻でもっとしてッ

「アアッ。ウウンいいッ。ねッ、お尻でもっとしてッ」

響子叔母さんが悩ましい表情を浮かべて腰をうねらせた。前後を同時に責められるのをもどかしがっているような感じだ。(雨宮慶『美人アナ・狂愛のダイアリー』)

お尻いいッ

「ウウ～ン、いいッ。ああ公ちゃん、お尻いいッ」

響子叔母さんがよがり泣くような表情で快感を訴える。アナルの強い摩擦感とくすぐりたてられる感覚に公太も快感に襲われて射精を我慢できなくなった。

「たまンないッ、イクよ！」

響子叔母さんがウンウンうなずく。(雨宮慶『美人アナ・狂愛のダイアリー』)

尻がもっととせがむように蠢いた

引き寄せながら、暴発寸前の怒張を大胆にめりこませていく。

全身の肌が紅潮し、突き出された尻がもっととせがむように蠢いた。

「ああ、ああンン……苦しい……おチンチンが喉から出てくる」

朝原は破裂音をたてて、打ち込んだ。ローションまみれの双臀で、ぬるりぬるりとすべる。

「ああ、ああァァ……すごいよ。すごい！……ああ、ああァァァ」（霧原一輝『初夢は桃色』）

肛門がヒクヒクと淫らな収縮を

菊筒の奥深くでビクンビクンと肉筋が脈動して、灼熱の放出が直腸粘膜をしたたかに撃ちつける。

次々と注ぎこまれる精液を絞りとらんとでもするかのように、肛門がヒクヒクと淫らな収縮をくりかえす。

（赤星優一郎『年上淫情アルバム』）

痺れるような快美感が

ズブッ――重い衝撃とともに肉棒が涼子の尻の芯に深々と埋め込まれた。

「あひぃぃッ……あぁぁッ！」

脳天を貫通の痛みが突き抜け、その直後に痺れるような快美感が四肢を走り、ズンと響くように子宮が疼いた。

（夢野乱月『凌辱職員室　新人女教師〔真由と涼子〕』）

ああッ、く、狂いますッ

キリキリと食い締めてくる肛肉に逆らうように怒張を引き、肉音も高く腰を真由の双臀に叩きつけ、真由の内臓を抉りぬいた。

「……ああうぅッ……あぁッ、く、狂いますッ……あぁぁッ……」（夢野乱月『凌辱職員室　新人女教師〔真由と涼子〕』）

お尻が、さらに浮きあがった

ベッドから浮き気味だった玲子のお尻が、さらに浮きあがった。眉間に皺を寄せ、玲子は苦悶の表情を浮かべる。

「イクわ、西垣さん。ああっ、イッちゃう」

がくがくと玲子の全身が揺れた拍子に、肉棒がするっとアヌスホールから抜け落ちた。（牧村僚『貴婦人たちの夜』）

獣が吠えるような叫び声を放ち

「あう……、そうよ、そこを。うう、アヌスをこんなに熱心に舐めるのだから、おまえは本当にマゾっ子なんだわ。ああ、いい気持……、おうー」

そして、まったく朝人が予想していなかったことが起きた。妃美子は童貞青年の奉仕を受けてオルガスムスに到達したのだ。

「あうう、あう、お、おううー、あああうー……！」

「ハオウッ、ホオウッ――」

金本に貫かれたヒップだけを突き出し、頰を床にすりつけたまま、冷めやまぬ絶頂のうねりの中で官能に濡れきった嗚咽をくり返していた。(由紀かほる『魅せられし美唇』)

尻の穴を犯されて

「ヒィーッ、いいっ。……あっ、もう駄目っ……。ご、ご主人様。操は……操は……もう……」

彼女は今や明らかに尻の穴を犯されてよがり泣いていた。

顔を濡れたタイルに押しつけ尻を後ろにうんと突きだした格好で、深く押し入ってくる涼のものをしっかりと受けとめる。汗に濡れた背筋がきりりと撓み、真っ白い尻がそこだけ別の生き物のように蠢いていた。(藤崎玲『女教師姉妹』)

美尻をぴんっと跳ねあげ

「アアッ、駄目っ。もう駄目っ。操、もうイキますっ。ヒィーッ」

操は背中を波打たせ、次の瞬間、美尻をぴんっと跳ねあげていた。バイブが涼の手から離れそうになる。

「ああっ、イクッ。操、お尻でイキますっ。は、恥ずかしいっ」(藤崎玲『女教師姉妹』)

最後は獣が吠えるような叫び声を放ち、騎乗した体をぴいんと反りかえらせたかと思うと、逞しい筋肉のついた太腿で奉仕者の頭部を首のところで強く締めつけた。(館淳一『女神の快楽玩具』)

骨まで響くような痛みと、せつない快感が

「ああ、ああっ……夏樹さまっ……ああ、牝三号は……一生、夏樹さまの牝ですっ」

忠誠を誓いながら、由希はアナル棒で気をやっていた。(佳奈淳『美人秘書・由希二十四歳 性隷の初夜』)

菊門が痙攣を起こした

菜南子の体が跳ね上がった。石毛は腰を力ませ、菜南子のお尻を浮かした。菊門が痙攣を起こした。肉柱を奥へ奥へと引き込む動きも生じた。

「おおおっ、菜南子、いいぞ。スゴイぞ」

「ぐっ！　ぐぐっ！　うぐ〜っ！」

石毛の声が耳に入ったか、すでに聞こえてはいないか、菜南子は石毛の胸に後頭部をぶつけながら絶頂した。その痙攣と同じリズムで菊門がひきつっている。(北山悦史『美姉妹　魔悦三重姦！』)

骨まで燃え尽くすような

骨まで燃え尽くすようなオルガスムスに魂まで砕かれて、

脳裏を色とりどりの閃光が

尻たぶをぶるんぶるん揺すりながら、ぱつぱつに張りつめた肛門で、俊之をしごきまくる。

「あひぃっ、むふぅっ、……はふぅぅっ、あぐぐっ、……はぁはぁ、……ひぃぃっ」

綾乃の脳裏を、色とりどりの閃光が縦横無尽に駆け抜けていく。性器による結合では決して味わうことのできない、すさまじい下半身の充足感に、綾乃はもう、わけもわからず叫び声をあげるしかなかった。（弓月誠『年上願望（女教師と叔母）』）

背中が朱に染まっていく

「あぁぁん、恥ずかしい……お尻で……お尻でしちゃうなんて……うぅっ」

「でも気持ちいいんじゃない？　お尻の穴が、きゅきゅって引き締まってるよ」

「あぁん、そんなこと言わないで……んっ、んふぅ」

羞恥に、綾香の背中がさあーっと朱に染まっていく。（星野聖『〈三人の美乳〉黒い下着の熟妻』）

泣きたくなるほどの快感

「ああああーッ」

魚住純乃のぬるっとしたやわらかな舌が、小雪に泣きたくなるほどの快感をもたらせる。

「どう、わたしに臭いお尻を舐められる気分は」

「ああんッ、素敵、純乃さんに舐めてもらいたかったの」

「どこを？」

「小雪の、臭いお尻」（北沢拓也『したたる』）

肛門もぴくりぴくりと

肉棒の内側を精液がほとばしり抜ける。肉棒が脈動し、閃光のような快感が衝きあがってきた。史彦は快感に呻きながら、ほとばしる熱い体液を江梨子の直腸内に注いでいった。

肉棒の痙攣に合わせ、江梨子の肛門もぴくりぴくりと引きつっていた。（町村月『美人課長・誘惑残業中　午後五時半からの江梨子』）

豊臀が、ぶるっ、ぶるるっ、と

「いくいくいくっ！　わたしもいくっ！　お尻でいっちゃうううううーっ！」

四つん這いの躰が、がくんっ、がくんっ、と跳ねあがった。逆ハート形の豊臀が、ぶるっ、ぶるるっ、と激しいばかりの痙攣を開始した。（草凪優『発情期』）

尻を上下させ、あるいは振り立てて

軋《きし》みながら狭い穴に埋没していくペニスの感触に合わせるように、慧の口からよがり声が漏れた。

慧はシーツを掻き毟りながら悦楽の声と共に尻を上下させ、あるいは振り立てて、三分もしないうちに、

「ああああ、いっちゃう！」

と、叫び声を上げ、全身を震わせてドタリと腹からシーツの上に落ちた。（広山義慶『朱色の悦楽』）

尻たぶがぴくぴく痙攣し

俊之の腰が戦慄き、屹立先端から、多量の白濁が吐きだされていく。

「わ、私もぉぉおっ、ひっ⁉ ひ、ひぃぃぃっ！」

俊之の熱いほとばしりが、綾乃の直腸を熱く満たしていく。その初体験の感覚に、綾乃の背中が大きく反りかえった。尻たぶがぴくぴく痙攣し、淫裂からは、多量のアクメ汁が滴り落ちていく。（弓月誠『年上願望〈女教師と叔母〉』）

尻を、みずから押しつけて

「いっ、いやあああああーっ！」

貴美子は、ちぎれんばかりに首を振った。しかし、嫌がっているのではなかった。その証拠に、ふたつの穴を責められている尻を、みずから押しつけてくる。両膝をがくがくと震わせながら、肢体を淫らがましくくねらせる。（草凪優『ごっくん美妻』）

両方の穴を同時にふさがれるなんてッ

膝立《ひざだ》ちになった小園が、夫人の小ぶりだが丸々とした尻を両手で鷲摑《わしづか》みにし、しのぶ夫人のゆるみひらいた排《はい》泄《せつ》の穴へと、おのがものを挿しこんだ。

「ああッ、あなた、両方の穴を同時にふさがれるなんてッ」

しのぶ夫人が鋭い声をあげ、激しく髪を打ち振って歯を食いしばった。

「一度やってみたいと言っていたろうが。どうだ、気持ちいいか、ん？」

「ああッ、だめ、いくっ、いくわあ」

しのぶ夫人が背筋を波打たせて、喜悦の声をはばかりなく張り上げた——。（北沢拓也『淑女という名の獲物』）

ヒップが左右にブレだす

「あああ、あ、イキそう——」

先に終末を訴えたのは、晴美のほうであった。

「やだ、イッちゃう、おま×ことおしりが気持ちよくってイッちゃう——」

動きが乱れ、ヒップが左右にブレだす。指を締めつける秘肛の力も増す。

「ああ、イク……お義父《とう》様ぁ——！」（橘真児『若妻ハルミの愉悦』）

お気に入りの孔を貫かれ

「やあああ、ああっ、ダメぇ！！」

（今だ！）

与志美から抜いたペニスを、一兵は舞のアヌスに突き入れた。

「ひああああああああ――っ！」

お気に入りの孔を貫かれ、舞がのけ反って絶頂する。（橘真児『美尻物語』）

シーツを指の色が変わるほど握りしめ

肛門括約筋の締めつけをはねのけるように送り込んだ。ずりゅ、ずりゅと押し込んだとき、桃香が「うああッ！」と声を絞りだして、背中を極限まで反り返らせた。

「うはッ！……」

猛り狂う肉棹を強烈に圧迫されて、拓海も吼えながら精液を噴きあげていた。

前に突っ伏していく桃香の尻を追って、さらに追い討ちのストロークを叩き込んだ。

判読不可能な呻き声をあげて、桃香はシーツを指の色が変わるほど握りしめている。（浅見馨『叔母は未亡人奈央子36歳』）

尻たぼを、痙攣が幾たびも

春奈の尻は昂ぶってくると強い勢いで俊也の指を締め上げた。大きな白い尻たぼを、痙攣が幾たびも通りすぎていくさまを俊也は少しあっけにとられるような思いで眺めた。

「アンッ、もう、もういいわ」

俊也が白い尻たぼを見つめている間も、年上の女はお尻での歓喜を貪り続けていた。（藤堂慎太郎『美尻女教師』）

アナルの肉襞を嬲られる快楽

俊也が千秋の尻の狭間を指で探った。

「アンンッ、ダメーッ」

身を焼くようなアナルの焦燥が嘘のように消えて、蕩けるような心地よさが広がっていく。千秋は、アナルの肉襞を嬲られる快楽に腰を激しく突き上げて昇っていった。（藤堂慎太郎『美尻女教師』）

白い尻がひときわ大きく震えた

めくるめく快感に、春奈は酔い痴《し》れて声を上げた。教え子に向かい、アナルでの快感を告白してしまったのだ。四つん這いになって尻を突き出し、もっと責めてくれと哀願してしまったのだ。

「アンッッ、市ノ瀬君、いったわ……わかって？　アアッ、またよっ……」

ブルブルッ。何度も悦びの波に洗われた春奈の白い尻がひときわ大きく震えた。（藤堂慎太郎『美尻女教師』）

苦痛も、官能の昂ぶりに変わって

淫具に責められるアナルは貪欲で、苦痛さえも快楽に変えてしまっている。

「アンッ、とっても苦しいのに……アァン」

だが、痛みも、ギシギシと肉を軋ませる苦痛も、見事なまでに官能の昂ぶりに変わっていった。

「アンッ、アアッ、もう駄目、駄目よ、春奈ちゃん、私いくわっ」（藤堂慎太郎『美尻女教師』）

【足指】

足の爪先が反り返った

宙に跳ね上げられた花実の足の爪先が、硬直しそうに反り返った。

狂おしげに花実はすすり泣き、津坂の男っぽくたくましい抽送に、心も身体もこの上なく痺れて気が遠のきそうになる。（一条きらら『蕩ける女』）

足の先をキュッと突っ張らせ

女が突然、苦悶しているかのような表情を浮かべ、

「あっ、あっ、イキそう、イクッ、イクぅっ」

と切羽詰まった叫びをあげた。そして、一瞬、四肢を硬直させ、足の先をキュッと突っ張らせたかと思うと、次の瞬間、

「はあああああ」

と長く伸びた声をあげながら、下腹をビクビクと痙攣させた。（小野寺慧『セレブ妻　汚された美肉』）

足指で草履を突っ張った

「あっ、あっ、あう！」

掌《てのひら》で椅子の縁を、足指で草履を突っ張った美琶子が、眉間に皺《しわ》を寄せ、口を大きくあけて硬直した。総身がわずかに椅子から浮き上がった。数度の痙攣《けいれん》が駆け抜けるたびに、紙一枚ほどわずかに椅子から浮き上がる美琶子はぐらぐらと揺れた。（藍川京『人妻』）

両足の指が縮こまった

「もっとよ……もっと強く！　もっと強く吸って！」

両腿で卓也の頭を挟みつけ、両手で卓也の髪をかきむしる。

「アーンッ……アーンッ……もっと、もっとォ！」

息を乱し、自分から腰を振り、やがて両脚をピーンと突っぱって、両足の指が縮こまった。（鬼頭龍一『姉奴隷』）

爪先までビビビと痙攣が

男の器官からユカの子宮めがけてドロドロに溶けた男の激情のエキスが噴射されたのが分かった。

「あーっ、ああうっ、あっううっ、いいいうっ……いいいい」

ユカがぐんと腰を跳ね上げ左右に揺すり前後にうち振った。爪先までビビビと痙攣《けいれん》が走った。（館淳一『秘密診察室』）

足指を反《そ》っくり返らせ

静香は快感のうねりに頭が混乱したように両手でベッドをバタバタと叩いた。

銭場は肉壺の汁を啜った口で陰核に震い付き、一気に吸い出した。

「うぐ。うぐぐぐぐ……。いく。いくいくっ」

静香は鋭い快感に堪えきれずに海老《えび》反り、足指を反《そ》っくり返らせた。（安藤仁『花びらあそび』）

足のつま先が反り返った

「うぐー、ぐー……ッ！」

白目を剝くようにして頭をのけぞらし、椅子の四本の脚が宙に浮くぐらいの勢いで縛りつけられた肢体をビンビンと躍動させた。肘掛けに載せた足のつま先が反り返った。（館淳一『媚肉の報酬』）

足指をこすり合わせ

肉芽が賢一の腹部に揉みしだかれ、また甘ったるい快感が押し寄せてきた。

「ああっ……はあっ……うぅん……」

宙に浮いている足指をこすり合わせた。尻をくねっくねっと動かし、賢一が揺すりあげてくる腰の動きに合わせて快感を呼びこもうとした。（藍川京『蜜の誘惑』）

右爪先を内側に湾曲させ

「い！」

愛撫されている右爪先を内側に湾曲させ、金粉蝶は膝をひどくわななかせた。吟次は両手でなお責め立てた。

「い！　いっい！　いいいいい！」

金粉蝶は恥骨を烈しく打ち振り、両脚を痙攣させて絶頂に達した。（北山悦史『吉原螢狩り始末帖　花魁殺し』）

太股を硬直させ、足指に痙攣を

俺は、おさねを嬲《なぶ》り続けた末に、指で抓《つま》んで引っ張った。

「あ～～っ！　経師屋さんっ、いくっ。いっくっ！」

膝を立てていた絹枝さんが、その足をだらりと投げ出し、下腹をひくつかせた。

俺は追い討ちをかけるように、充血したおさねを窄《すぼ》めた口唇許で捕え、チュー～っと吸い出す。

「………」

絹枝さんが息を乱し、太股を硬直させ、足指に痙攣《けいれん》を起こした。(安藤仁『花びらあつめ』)

爪先まで熱くなり

「イク……イッちゃう……ああん」

伊佐夫の首に足を絡ませ、友美は艶めかしく腰を振って達した。体の奥から快楽が込み上げ、全身にじわじわと広がってゆく。汗が噴き出し、爪先まで熱くなり、足の指が軽く反る。(黒沢美貴『となりの果実』)

足指が、なにかを掴むようにギュウッと湾曲

「ああっ、もうダメぇ!」

華麗なカールの施された髪が、シーツの上で豊かにひろがりながら乱れる。白い喉もとが突きあがった瞬間、男という男が息を呑む肉感的な総身が、引きつれながらくねった。宙を泳いでいた足指が、なにかを掴むようにギュウッと湾曲する。(夏島彩『危険な家庭訪問 担任教師と三人の母』)

グンとあごを反らせ、足指をピンと

美代子は狂ったようにムチャクチャに窮屈に折りたたまれた裸身を悶えさせ始めた。

「いやッ、いやッ……あ……ダ、ダメッ……」

グンとあごを反らせ、足指をピンと突っ張らせたかと思うと、汗まみれの全身を激しく痙攣させた。(千草忠夫『餓狼 処女喰い』)

【口】

口をあけて激しく痙攣

(言えよ。いやらしい女ですと正直に言ってみな)

「いや……ああ……やめて……」

(言え! このドスケベ!)

「わ、私はいやらしい女です……ンンッ!」

絶頂を極めた愛希子は、口をあけて激しく痙攣した。(藍川京『秘書室』)

口をあけ、白い喉を見せて

「ヒイッ!」

生あたたかい舌が滑っただけで、喜久子は法悦を極めて激しく痙攣した。そんな恥ずかしく屈辱的なことを夫にされたことはなかった。だが、屈辱的な行為でたちまち昇りつめてしまったのだ。

口をあけ、白い喉を見せて痙攣する喜久子を、口元を蜜で濡らした孝造は顔を上げて見つめた。(藍川京『未亡人』)

顎を突き出し、口をあけ

やさしい舌の感触に、霞の腰が弾んだ。喘ぎが押し出された。ただでさえ感じる場所が、両手のいましめのために何倍も敏感になっている。

神城の舌が何度もよぎったとき、霞は押し寄せてきた激しい波にさらわれた。総身が細かく打ち震えた。

顎を突き出し、口をあけ、法悦に身を任せる霞を、神城は顔を上げて見つめていた。（藍川京『たまゆら』）

口をポッカリと開けたまま

「ああ、俊介くん……朝までずっと絵里香の身体にいやらしいことをして……」

口をポッカリと開けたまま、身体中の穴という穴すべてに勃起を突きこんで欲しいとでもいうような表情で、美人ツアコンが快感をせがんでくる。（赤星優一郎『若妻バスガイド』）

セクシーな口をひらいて

「あぁう……んんんっ……いいわ。凄くいい……続けて……」

瑠美は腰をグイと突き出した。
急速に高まってくる。もうすぐだ。

「あう！」

バスローブがすっかりはだけ、鞠のような乳房が剝き出しになって揺れている。瑠美は顎を突き出し、セクシーな口をひらいてエクスタシーに身を浸している。（藍川京『魅惑の女主人』）

口を大きくあけたまま

電気ショックを受けているように、澄絵は口を大きくあけたまま、白目を剝いてガクガクと痙攣を続けた。

「ヒイイッ！　あうっ！　やめてっ！　ああっ！　んんん！」

しとやかだった澄絵も狂ったように声をあげ、滑稽で猥褻な踊りを続けるしかなかった。（藍川京『継母』）

大きく口を開けて硬直

「あああっ！　いくぅ！」

一段と大きな波に巻き込まれた寿々菜が眉間に皺を寄せ、顎を突き出し、大きく口を開けて硬直した。（藍川京『淫らな指先』）

惚《ほう》けたように口を開け

結季が沸点に達するのは早かった。数分も続けないうちに、自らM字に開いた内腿を震わせ始め、

「うあっ、ああっ、だめェ……。もうイキそうっ、ああああ……、イクぅ……！」

切羽つまった声を上げて、したたかにオーガズムしたのだ。

祐二は、その瞬間の、結季の忘我の表情をじっと見入った。

惚《ほう》けたように口を開け、赤い舌を震わせている。眉間にシワを寄せているが、苦痛の表情ではない。（室伏彩生『熟蜜の誘い』）

いっぱいに口を開けて

椅子が壊れそうなほどにグングン突きあげた。

「あッ、あッ、あッ……うン、うン、うン！……あぁァァ、イクッ！」

智己は最後の力を振り絞って、えぐりたてる。

「うはッ……あッ、あッ」

叔母はいっぱいに口を開けて、生臭く絶頂の声をあげた。（浅見馨『叔母はスチュワーデス』）

唇を半開きにして

「あンッ、ああンッ、ああ、当たる。奥のイイところに、当たる……ッ！」

比呂子はそう小さく叫ぶと、両手を伸ばし、健一を抱きしめた。

「すごく嬉しい、すごく、気持ちいいわ」

（今だ……）

健一はそう思うと、一気に下から上へと突きあげた。

「ああぁ、あ、あン！……」

比呂子は唇を半開きにして、ぜいぜいと淫らな息を継いでいる。（内藤みか『三人の美人課長 新入社員は私のペット』）

切なそうに、眉根を寄せ

ズブリと亀頭をもぐりこませた。そしてそのまま、ズブズブと根もとまで押し込んだ。どん詰まりでクリクリとした子壺を押し潰した。

「す、凄いッ。アッ、アハーン」

朋美は口を大きくひらいた。切なそうに、眉根を寄せた。（由布木皓人『蜜壺くらべ』）

眉根を寄せ、口を中びらきに

眉根を寄せ、口を中びらきにした。内腿をフルフルと震わせ、腰を上下させた。そしてついにオーガズムへと達すると、オナニーをする手をとめた。（由布木皓人『蜜壺くらべ』）

口を痴呆《ちほう》のように開け切った

「う、うんッ……いや……いくうッ……」

グッとうなじを反り上げ、眉間《みけん》に深い縦皺《たてじわ》を刻《きざ》み口を痴呆《ちほう》のように開け切った貌《かお》を曝《さら》して、奈保子は昇りつめた。（千草忠夫『凌辱学習塾② 弄《いじ》る』）

発情した牝犬のよう

「あ、あ、あ、あ」

腰に合わせて掠れた喘ぎも途切れる。口を開けて何度も舌で唇を舐める初音はもはや貞淑な人妻ではなく、発情した牝犬のようだった。（如月蓮『三つの熟女体験〔人妻同窓会〕』）

口もめいっぱいに開いたまま

「ああっ、あぐう、ひあああああああ」

彩香は一匹の獣となり、白い肌を波打たせ、身体中を痙攣させる。

何もされていない秘裂からは愛液が飛び散り、畳に音を立てて降り注ぐ。彩香は目を見開き、口もめいっぱいに開いたまま、凄まじい雄叫びを上げて果てていく。

（藤隆生『未亡人社長 恥辱のオフィス』）

あんぐりと口を広げたまま

「んいぃ……いやっ、いやぁぁ……ん、んうぅ……ああぁ！」

喉をまっすぐに伸ばし、あんぐりと口を広げたまま、喉を搾るような声で啼き喚《わめ》く沙織。目を白黒させ、ときおり電気ショックを受けたように背骨をしならせ、涙目になって絶頂を訴えてくる。

「ダメぇ……い、イッちゃうぅ！ んあぁぁ、また、またイッちゃふっ！」（櫻木充『義姉の魔惑』）

短く達する言葉を、大きく開いた口からほとばしらせ

「ひぃーっ」

悲鳴のような声を夫人はあげ、胸を持ちあげて反り返らせた。

「いく」

短く達する言葉を、夫人は大きく開いた口からほとばしらせ、顔と髪を激しくうち振り、また、

「いく！」

と、言った。（北沢拓也『獲物は人妻』）

【クリトリス】

クリトリスがピーンと硬直し

紀之の頭を封じ込めるようにせばまっていた留美の内腿が、ぷるぷるぷるっと震えた。下唇のところに当たっていたクリトリスがピーンと硬直し、射精の脈動のような動きを見せた。

「ん～っ、んっんっんっ……！」

ふいごのような息づかいで留美が悲鳴を上げた。その全身が、小刻みに痙攣した。（北山悦史『家庭教師』）

肉突起は見事に硬化し

肉突起はそれは見事に硬化し、粘膜から突き勃っている。明庵は中指と薬指とで肉のうねを挟みつけ、上下に厳しくしごいた。

「うあっ、うああっ！」

顔を烈《はげ》しく打ち振って、綾乃は快楽の叫びを張り上げた。

「あ、あああ、だめですっ。イキますっ。果てますっ」

（北山悦史『隠れ医明庵　癒し剣』）

クリトリスも痙攣した

「うっ、あっ！　あっあ！　あ〜〜っ！」

どこか聞き覚えのあるような声を轟かせ、真希は絶頂に達した。

体だけでなく、クリトリスも痙攣した。恥芯が、ぬかるみを歩くような音を立てた。（北山悦史『吐息　愛蜜の詩』）

クリちゃんが、クリちゃんが

澄麗はベッドの下でかがんで美々花の股を開かせ、秘部に顔をうずめた。

「あっ、うう〜ん」

両手をお尻《しり》の後ろについて腰をせり出して美々花はみずから快楽を求めた。澄麗の顔の動きが、大きくなった。

「あっあっ、澄麗ちゃん、いいっいいっ、あ、ああん、クリちゃんが、クリちゃんが」

快感を与えられる部位を口にして、美々花はなお腰をせり出した。（北山悦史『女家庭教師―秘密の個人レッスン―』）

内腿で顔を締め付けながら

孝二郎は上の歯で包皮を剝《む》き、露出したオサネを前歯で挟み、軽くこりこりと刺激しながら、舌先で小刻みに弾いた。

「アア……、それ、いい……！」

冴が激しく喘ぎ、内腿できつく彼の顔を締め付けながら悶えた。

孝二郎は、大丈夫だろうかと力を加減しながらオサネの付け根近い芯を嚙み、溢れる蜜汁をすすった。（睦月影郎『あやかし絵巻』）

顎を突き上げてのけ反った

公太は嗜虐的な興奮をかきたてられてそのままクリトリスを嬲った。

響子叔母さんが悩ましい表情でかぶりを振る。荒い息遣いと一緒に苦しそうな呻き声を洩らす。軀がブルブルふるえはじめたかと思うと顎を突き上げてのけ反った。

「アー〜ッ、イクーッ、イクーッ！」（雨宮慶『美人アナ・狂愛のダイアリー』)

秘部のあわいがとろとろに

「ここが好きなんだ、おまえは……」

恭平は尖《とが》って硬くなった優美の、秘部のあわいの上べりの肉の突起を指腹で強弱をつけて揉みころがしてやる。

「あんっ、ああーっ」

優美の腰が波を打ってよじられ、秘部のあわいがとろとろに濡れそぼつ。(北沢拓也『熟愛』)

二本の指が秘口と膣ヒダに締めつけられ

指の抽送のスピードを増し、肉のマメを舌で押さえてこねまわした。

「くううっ！」

亜弓の総身が痙攣《けいれん》した。二本の指が秘口と膣ヒダに締めつけられた。

充血して太った肉のマメを、また吸い上げた。

「んんっ！」

新たな絶頂の波が亜弓を襲った。(藍川京『蜜化粧』)

激しく痙攣した

「オマメがふくらんでるぞ。どうしてこんなに太ってるんだ。えっ？」

バイブレーターがわりに、サヤの上から細かい振動を与えた。

「あ、それ、だめっ！　あう！　イ、イク！　んんっ！」

膝の上で由夏が激しく痙攣した。(藍川京『人妻のぬめり』)

クリトリスと花びらが充血を

すぐにクリトリスと花びらが充血をはじめた。

生あたたかい肉の舌は、魔法の刷毛のように、繰り返し花びらやオマメを舐め上げていく。

睦月にこんな特技があったとは知らなかった妖は、拒むことを忘れてナメナメされることに身をまかせた。そして、十回舐め上げられる前に気をやって打ち震えた。(藍川京『小悪魔な彼女』)

総身が大きく打ち震え

グリグリと肉芽をいたぶる鼻頭の動きが強くなった。

「くうっ！」

頂点を極めた美弥子の総身が大きく打ち震え、空に浮いている両脚が痙攣した。(藍川京『炎華』)

オマメもさわって

「あん……オマメもさわって」

喘ぐ涼子の言葉に、学人はぬめついた肉のマメを指でいじった。

「あう、だめ……イク……イク……んんっ！」

ついに絶頂の波が涼子を襲い、恐ろしいほど総身が痙攣した。同時に秘口もこれまでにない強い締めつけを繰り返した。（藍川京『柔肌いじり』）

肉真珠がピョコンピョコンとはじけだし

「はあぁぁぁ……す、すごいのぉ……す、すぐによくなっちゃう……」

　野太い肉茎の圧力が加えられるごとに、引きつったラビアの合わせ目から敏感な肉真珠がピョコンピョコンとはじけだして、真っ赤に充血していく。

「あああっ！　あんんっ……むぐっ……んんんん……」

（赤星優一郎『若妻バスガイド』）

顎をのけぞらせ

　京介の絶頂に煽られた理沙は、茂みの奥に指を入れ、淫核突起を指先でいじりはじめる。

「き、きょぉっ、すっ……私も、い、クゥゥゥっ！」

　ほどなく理沙は、細くて形のいい顎をのけぞらせ、真っ白い首筋を見せつけながら絶頂した。（弓月誠『甘い生活　最高の義母と最高の義姉妹』）

ドッと牝蜜が溢れ

　左手をそっとずらし、親指を女芽に添えた。

「あ、憲ちゃん。そこ、いいのっ」

　有紀がひときわ高い声をあげた。指を添えた瞬間、ドッと牝蜜が溢れ、しとどに秘毛を濡らした。

　親指を秘芽に押しつけるようにして優しくこねると、有紀の腰がくねり、ハァハァと息が荒くなっていく。

（久野一成『若叔母［美乳］』）

全身がびくんと震える

　ほどなく、舌先が肉芽をとらえた。その瞬間、美雪の全身がびくんと震える。

「ああっ、い、いい。いいわ、藤本先生」

　美雪があげる喜悦の声が、祐也の耳に心地よく響いた。

（牧村僚『人妻 桃色レッスン』）

肉芽はますます硬くなり

　俺はいちだんと激しく舌を使った。肉芽はますます硬くなり、百合香の声も甲高《かんだか》いものへと変化していく。

「だ、駄目よ、先生。あたし、もう、ああ、どうしましょう、ああっ」

　少しだけお尻をベッドから浮かしたかと思うと、百合香はがくん、がくんと全身を揺らした。（牧村僚『人妻追慕』）

肉棒をクイクイと食い締め

　指で肉のマメを揉みしだいた。

「くううっ！　んんっ！　くうっ！」

　新たなエクスタシーの波に飲み込まれた沙都美は、幾度も痙攣し、反り返り、肉棒をクイクイと食い締めた。

（藍川京『炎華』）

がくがくと全身を揺すった

舌戯に没頭した。クリトリスは、先ほどよりもいちだんと硬化している。

「うむ、むむむ……先生！　私……ああっ、駄目！」

硬直を解放した香里は絶叫し、がくがくと全身を揺すった。（牧村僚『高校教師』）

中指をクリトリスにあてがい

入口の天井にあるざらついた部分を、千絵は指先でこそげるように撫でた。その一方、右手の中指をクリトリスにあてがい、やんわりとこねまわし続ける。

「ああっ、駄目。いくわ。あたし、いっちゃう。ああっ」

上体を大きく揺らし、千絵は絶頂を迎えた。（牧村僚『人妻たちの彩宴』）

乱暴に肉芽をこねまわす

充血したままのクリトリスに、加代は中指の腹をあてがった。春紀の動きに合わせて、乱暴に肉芽をこねまわす。

「だ、駄目だ、加代さん、俺、出そうだ」

「わたしもよ、わたしもいくわ。ああっ、ほんとに、い、いくっ」（牧村僚『未亡人と僕』）

甲高いあえぎ声を

田村は眞弓の腋の下から向こうへ手をまわした。左手で乳房を揉みながら、股間におろした右手で眞弓のクリトリスを探る。

「ああっ、先生！　いいわ。すごくいい」

中指の先が肉芽に触れたとたん、眞弓は全身をびくんと震わせ、甲高いあえぎ声を放った。（牧村僚『高校教師』）

ちぎれんばかりに首を振り

「はっ、はぁうううう－っ！　はぁあうううううう－っ！」

潤みきった肉層を指で掻き混ぜながらクリトリスを刺激すると、沙由貴はちぎれんばかりに首を振り、汗ばんだ肢体を跳ねさせた。（草凪優『マンションの鍵貸します』）

膣唇が、指を嚙みしめて

泰子は敏美のクリトリスをこね上げるように揉みほぐしてゆく。片手で乳房を搾り、引導を渡すように膨らんだ胸の突起を摘んだ。

「あ、ああっ！」

敏美の腰がブルッと震えた。

「んあっ！！」

悦楽の波に呑み込まれた敏美の膣唇が、いよいよ泰子の指を嚙みしめてきた。（高輪茂『女医』）

クリトリスは、今にもはち切れそう

「お願いです……あああ、もう――」

硬く充血したクリトリスは、今にもはち切れそう。ひと舐めごとにフルフルと痺《しび》れを生じさせ、爆発の予兆を示す。（橘真児『眠れる滝の美女』）

女体は痙攣し

没我の嬌声にあおられ、裕也は頰をすぼめて肉芽を吸った。コトコトと響く微妙な脈動が彼の舌先へ伝わってきた。

「ゆ、裕也君、いくっ」

ぐっと杏菜は両ひざを立て、腰を反り上げて、裕也の頰を内股ではさんだ。クリトリスに舌を重ねている彼の真下で、優艶な女体は痙攣し、みっしりと固くなっていく。（斎藤晃司『誘惑妻』）

声が引っ繰り返った

下地は乳房を握っていた手を女の腰に当てがい、手前に引きつけた。そして、腰に反動をつけ、ドスン、ドスンと打ちつけた。陰囊《ふぐり》が遅れて陰核《クリトリス》を叩き込んだ。

「あっ、あんっ。いっ、いいわっ。クリトリスが感じるっ。ふっ、いきそっ。いっちゃいそっ」

陰核を巻き添えにされた唐沢真知子がよがり、声が引っ繰り返った。（安藤仁『花びらあさり』）

尻上がりの悩ましい声を

「おさねがいいんか。そんなにいいんか。なら、もっと構ってやるぞ！」

高田は舌先で舐《ねぶ》りまくり、ツンツンと苛《いじ》める。

「あ～～うっ。あふっ。あ～～んっ。くふっ。い～～～っ……」

佐和子がたまらず尻上がりの悩ましい声を上げ、畳をパタパタと手で叩いた。（安藤仁『花びらさがし』）

何本もの指で弄り回されているよう

「あああああっ！　ああん、あああっ……。イク……。イッちゃう――」

ローターをクリトリスに押し当てると、何本もの指で弄り回されているようで、くすぐったくも快い刺激に、美和は身をのけぞらせる。（黒沢美貴『かくれんぼ』）

秘肉がヒクヒクと蠢き

悠也はキュウリで女陰を突きながら、パンスト越しにクリトリスを摘んでグリグリと擦った。

「ああっ……あああん……ああ――っ」

悩ましい声を上げ、奈緒子は達してしまった。キュウリの先を咥えたまま秘肉がヒクヒクと蠢き、クリトリスが痙攣する。（黒沢美貴『となりの果実』）

絶叫にも近い悲鳴が

敏感な肉芽が、根元からもぎ取られそうなほどに強く擦りあげられた。

「きゃあああ！　イ、イキます！……真夕子、イク、イクぅぅ」

絶叫にも近い悲鳴がほとばしった。（柳静香『初めての愛人』）

クリトリスを指で愛撫しながら

「ああっ……もう、だめ……あっうぅぅ……、い、イキそう……」

誰に言うでもなくつぶやき、留美子はクリトリスを指で愛撫しながら、リモコンのグリップで肉腔を掻きまわしつづけた。（新堂麗太『個人授業〔女家庭教師と未亡人ママ〕』）

クリがおかしいのっ

「んひぃーっ。ク、クリがつぶれるぅ」

股布につぶされ、擦られ抜いてしまったせいか、極限まで凝った桃色の淫核は鞘から飛びだしたままおさまる気配がない。その鋭敏な神経の塊を、押しこみついでに恥骨で挽きつぶすと、ほんの数回突いただけで貴和子の顔が大きくのけ反った。

「ク、クリがおかしいのっ。感じすぎ……おぅんっ……イク……イクゥーッ」（黒沢淳『熟妻フェロモン　誘惑テニス倶楽部』）

ピクンッとクリトリスが引きつり

「あっ、ああんっ、と、当間先生っ！」

やめてっ、もうダメッ、と由依は必死に男の手を振りはらった。ピクンッとクリトリスが引きつり、あられもない絶頂感に見まわれる。（夏島彩『危険な家庭訪問　担任教師と三人の母』）

尖った肉芽に舌が這わされる

花弁が満開に広げられ、緋色の粘膜が隅々まで舐めまわされる。舌先で膣がほじられ、愛液が啜られて、クレヴァスの先端に尖った肉芽に舌が這わされる。

「はひぃ！　そ、そこはダメぇ……いぃ、や、やぁん、うっ、くうぅ！」（櫻木充『美・教師』）

頭を大きく左右に振った

荒木は右手の指をクリトリスへともっていった。

見ればまだ、クリトリスは木の芽のような大きさのままだ。中指で軽く押しつけ、バイブレーションを効かせて揉み込んでやった。もちろん、腰を働かせたままでだ。

「ああ。感じるッ。も、もうもうもう。……」

富士子は快感に堪えかねて、頭を大きく左右に振った。

（由布木皓人『悦楽あそび』）

絞り出すように訴え

「ああ、もう……」

喘ぐように言い、

「あ、小父さま。怜子……ああ、いいっ……！」

絞り出すように訴え、息を詰めた怜子の尻を抱き締め、亀吉はこりこりに勃ったクリトリスを舌先を硬くして小刻みに愛撫し続けた。（山路薫『義父の指』）

せりだしたクリトリスは小刻みに震え

徹は舌だけでなく唇全体でクリトリスをねぶりまわした。顔を擦りつけるように左右に揺すぶりながら唇で食んでいく。口のまわりに粘液がへばりつくのも気にせず、感じやすい秘豆を中心に水っぽい破裂音をさせて吸いあげる。引きつれた感じがして唇を離すたびブルルと淫肉が揺れる。

「はあっ！　ああっ！　いいわ、いいわぁ」

充血してせりだしたクリトリスは唇の先で小刻みに震える。

「ああ、イくう、イくぅ」（如月蓮『年上の隣人妻』）

クリトリスが、燃えちゃうぅ！


四郎が肉芽を集中攻撃する。にゅるっ、にゅるんっ！　潤いきった肉裂の蜜を、ダイレクトに肉芽へ運ぶと一気にこね回す。ぬちゃ、ぬちゃっ、ぴちゃぴちゃぴちゃぴちゃぷちゃっ！

「コリコリに硬くなってますよ、クリトリス」

「イぃ！　そんなにしたら……も、燃えちゃう！　クリトリスが、燃えちゃうぅ！」（巽飛呂彦『隣りの若奥様と熟奥様　人妻バレー教室』）

自ら腰をしゃくりあげ

「あぁっ、いいよ。奥さん、ううっ！」

男の肉棒が引きつった瞬間、康恵は自ら腰をしゃくりあげ、クリトリスを男の下腹部にすりつけるようにして絶頂に達していた。（相馬哲生『隣人の妻　六つの禁断寝室』）

思わず悲鳴を

中条の指が、秘唇の狭間に潜むクリトリスを見つけだした。くるくると輪を描くようにして、屹立の根元を責めあげる。敏感な突起が震えながら迫りだした。

「あぁっ、そこはっ……。ま、待ってっ」

思わず悲鳴を発した麗子に、中条の指先が襲いかかった。（藤崎玲『麗獣〔人妻姉奴隷〕』）

クリに！　クリトリスに触ってぇぇ

「触って！　直接、触って！」

「どこに？」

「クリに！　クリトリスに触ってぇぇ」

親指と人差し指、中指の三本を彼の屹立した肉棒に絡め、上下に激しくこすりながら、明日美は叫ぶように言った。（黒澤禅『午前0時の美人看護婦』）

【子宮】

熱い快感が子宮を焦がし

五代は気合い一発、ピストンをさらに激しくする。

「んあ、んく、あああ、ああっ、あああっ、ああああっ」

亜希の全身は、砕けるかと思うほどに燃え上がり、とぐろを巻く熱い快感が子宮を焦がし、脳まで達する。

「ああああっ、だめ、イク、もう、イク、イクうううう」（藤隆生『美人ゴルファー 公開調教』）

快感が子宮を突き抜いて

太くて硬いペニスが肉裂を出入りするたび、膣奥では強烈な摩擦が起こる。ぐんぐん上昇した快感が子宮を突き抜いて脳天にまで走った。一挙に押し寄せる快感を頂点にまで運びこもうと、なおもピストン運動を速めた。


やがて全身が痙攣しはじめた。

「あーっ、イク……いいわ。イクーッ！」（高竜也『美人家庭教師・誘惑授業中』）

子宮が溶けちゃうぅ

一旦膣の中で停止していた肉棒が、急に荒々しく暴れ出したので、由加も負けじとヒップを震わせた。

一挙に快感が膨れ上がった。

「あううっ、子宮が溶けちゃうぅ……」

切なさが極まった由加は、そのまま一気にオルガスムスの世界に突入した。（高竜也『淑女の愛花』）

あっ、熱い液が子宮に飛び込んだっ

「いくっ。いっちゃいそっ。出してっ。オ×××に吐き出してっ」

熟女が男の腰で足を組み、抜去を妨害した。

「おい、おいっ。チンポが抜けないっ。うっ、出るっ。出ちゃうっ！」

「出してっ。子宮に放射してっ。あっ、熱い液が子宮に飛び込んだっ。子種が元気よく泳いでるっ」（安藤仁『花びらくらべ』）

子宮がパンクしそうだわ

梶山は勢いよく全裸になると、熟女芸者の身体に覆い被さった。そしていきり勃った男の武器を濡れ綻びた女体の入口に宛てがって、一気に腰を沈めて肉の棒で女体の深部を貫いた。

「あうっ〜〜ん。硬くて鋭くて……子宮がパンクしそうだわ」（山口香『総務部好色レポート』）

あられもない悦声をあげて

頃合いをみて聡志はレジーナを仰向けに押し倒し、彼女のストッキングを履いた両足を肩にかけるようにして尻を抱えあげ、女の菊孔に肉槍の穂先をあてがい、一気に美肉を貫いた。

「あうーッ、ひい、いいッ、あう、感じる。子宮が、子宮があ……あう」

あられもない悦声をあげてしがみついてくる熟女。猛烈にピストン運動を展開されると、たちまちのうちにオルガスムスに達した。（館淳一『誘惑』）

ビクビクッと子宮が震え

女上位から側位に体勢を入れ替え、片脚を肩に担ぐ。黒ストッキングの触り心地を楽しみながら膣をめった刺しにする。

「んあああ……ひぃ、いいっぐぅ！」

ビクビクッと子宮が震え、膣の全体がバイブレーションを起こす。（楠木悠『叔母と三人の熟夫人 いたずらな午後』）

子宮をドスドス叩かれて

胃袋まで貫くほどに巨根を叩き込み、細い喉に親指を食い込ませる。

「おほぉ、あう、あぐぅ！ もうイク、イグぅ……だめ、いいっ！ ん、んんぅ！」

雁の段差に粘膜が削がれ、子宮をドスドス叩かれて、女体は僅か数分のピストンで音《ね》を上げてしまう。（櫻木充『抱いてほしいの』）

苦痛にも等しい快感が

ひときわ強く突きあげた瞬間、締めつける肉襞を抉りあげていた肉棒の先端が、さらにきついなにかに潜りこむのを感じた。と、悲鳴のような叫び声が貴江の口からあがった。

それは肉棒を子宮口に捻りこむポルチオセックスだった。

無論亀頭がすっぽり入るようなことはないが、ほんの少し潜りこんだだけでも苦痛にも等しい快感が女体を、そして肉棒を襲う。（穂南啓『〔誘惑スポーツクラブ〕金曜日の熟妻たち』）

ポルチオの大波に襲われて

「くひっ。んぉ……あ、あぁあん……また、き、来ましたわ。んふーっ」

「よし、許してやる。いけ!」

「はぃ……ありが……とござい……ンッ……ン、ヒイィイーッ!」

淫核アクメよりなお深く荒いポルチオの大波に襲われて、貴和子の白臀が軋むように激震した。(黒沢淳『熟妻フェロモン　誘惑テニス倶楽部』)

ポルチオ責めに狂喜して

汗でじっとり湿ったストッキングの脚を肩に担ぎ、女体を二つに折り畳むようにして真上から牝壺を串刺しにする。一撃一撃を根元まで、ラビアもクリトリスもつぶれるほど威勢よく、巨大な肉注射で膣路を貫通する。

「んいっ、あひぃ……す、すごっ、これすごいぃいく、くっ! イク、イグーッ」

ポルチオ責めに狂喜して、気がふれたように喚き散らし、イッてイッてイキまくる祐奈。(櫻木充『僕の美獣〔新妻姉と美少女〕』)

子宮の入口に熱い射精を感じ取り

ありったけのザーメンが勢いよくほとばしり、ドクンドクンと脈打ちながら真紀のいちばん深い部分を刺激した。

「い、いく……、すごいわ。アアーッ……!」

真紀が口走り、激しくお尻を震わせた。子宮の入口に熱い射精を感じ取り、それでオルガスムスのスイッチが入ったようだった。(睦月影郎『福淫天使』)

熱いわ、出しているのね

「アア……、熱いわ、出しているのね……」

茜は子壺《こつぼ》の入口に噴出を感じ取り、声を上ずらせて言いながら狂おしく痙攣《けいれん》した。どうやら彼女も昇りつめたようで、実に激しく悩ましい収縮で肉棒を締めつけてきた。(睦月影郎『蜜情沸々』)

オルガスムスのスイッチが入ったように

短く呻き、耕二はありったけのザーメンをドクンドクンと燦子の内部に放った。

「アアッ! 感じるわ……。い、いく……、ああーッ……!」

子宮の入口に熱い噴出を感じ、それでオルガスムスのスイッチが入ったように燦子が声を上げた。(睦月影郎『迷彩フェロモン』)

快美の奔流が駆け抜ける

最後の、渾身の一撃が肉壺の最奥、子宮口の入り口をえぐりあげた。

「ひいいっ!」

子宮口が歪むほどの衝撃。同時に、ゆかりの中を、快美の奔流が駆け抜ける。ゆかりの理性も意識も、天まで吹き飛ばしていく。

「イク！　ゆかり、イキますっ！　あぁっ！　イクッ！　イッ、クゥゥゥゥゥぁぁぁあああっ！」（巽飛呂彦『隣りの若奥様と熟奥様 人妻バレー教室』）

深い味わいが花開いた

激しい吐射を子宮に感じた朱美に、かつてない肉体の深い味わいが花開いた。

「イク、イクーッ！」

揺れる女体の上で哲也の体は弾き飛ばされそうになりながらも、結ばれた一点はしっかり狭小な狭間に食いこみ、最後の一滴まで放とうともがいていた。（高竜也『美人家庭教師・誘惑授業中』）

あっ、子宮にあたりそう

光郎が琴美の両足首をつかんで、さらに大きく開脚させた。ヒダの奥に怒張がくいこむ。

「あっ、あっ、子宮にあたりそう、あーっ、いいーっ」

肉棒の先端が子宮底に届きそうなのがわかった。淫らな摩擦音がもれる。

「あー、んっ、んんっ、ほんとにあたってる、固いモノが……あ、んっ、き、きついっ」（まどかゆき『魔性姉妹』）

奥がジンジンするぅ

深くて高速のブロウを繰り出すと、彼女は「おぅ、おお」とからだの底から絞り出すような声をあげた。

「それ、いい……奥がジンジンするぅ」

眉間《みけん》のシワを深くして、得ている快感をあからさまにする。（橘真児『眠れる滝の美女』）

奥までぇ、来ちゃってるのぉっ！


「あふっ！　うぅっ！　オ、チン×ンが……あぁ、弘明くんの、オチン×ンが、あぁっ、奥までぇ、き、来ちゃってるのぉっ！」

弘明にかき回されるたびに真理子の淫裂は、ぐちょっ、ぐちょっ、じゅぷっ、じゅぷっ、ぬちょっ、ぬちょっ、と艶かしい濡れ音を、規則的に響かせる。（弓月誠『大人への階段 三人の個人教授』）

【白目】

白目を剥いて気をやった

「ひっ、ひぃぃ！　ちょ、ちょっと……ひゃめへ、へっ、今まだ、あ、あたひ、ひぃぃんぐ、イッ……ん、んんぅ！」

アクメに捕らわれている最中に、いっそう激烈なピストンで子宮口まで抉られて、涼香は白目を剝いて気をやった。(櫻木充『感じてください』)

天をあおぐように喉をまっすぐに伸ばして

「んああぁ、い、ひ、ひっ……く、イクぅ……ほおぉ、う、うううぅ、イグうぅ」

激しくしゃくる鎌首でポルチオの性感が刺激され、熱々のザーメンを注がれて、祐奈はさらなるオルガスムスの高波に襲われた。白目を剝き、天をあおぐように喉をまっすぐに伸ばして二度、三度とつづけざまに気をやる。(櫻木充『僕の美獣(新妻姉と美少女)』)

目の玉を引っ繰り返してよがり狂って

「ふぅ、ううぅ、い、いひ、いいのぉ……お、おおぉ!」

「俺も、いいよ、凄くいいっ!」

目の玉を引っ繰り返してよがり狂っている美希を、本気でアクメしている女の阿《あ》呆《ほう》面をオカズにして、怒《ど》濤《とう》のごときピストンをお見舞いする。(櫻木充『いけない姉になりたくて』)

巨根の乱打にたまりかね

「うっ、んんっ! いっ……くっ! イクッ、イクイグゥ!」

巨根の乱打にたまりかね、ふたたび高みに昇りつめる君江。

目の玉をひっくりかえし、無数の血管を喉に浮かばせて、一度目より数倍激しいオルガスムスに絶叫する。(櫻木充『義母(スウィート・ランジェリー)』)

目の玉を引っくり返し

「あうっ、あひっ! いぃ……い、いっ! おおぉ、ほおぉうぅ!」

雁の括《くび》れで膣襞が引っ掻かれ、子宮の入り口がドスドス叩きのめされて、真央は一打一打に目の玉を引っくり返し、瞬《また》く間に絶頂への階段を駆け昇っていった。(櫻木充『感じてください』)

ブルブルと頭を揺する

ソプラノの美声を奇妙に裏がえし、右に左にブルブルと頭を揺する知代。

眉間に深く皺を刻み、めまぐるしく目の玉をひっくりかえし、助けを求めるように胸にしがみついてくる。

「ううぅ! い、いっ……く、くっ! あ、あたし、イク、イクッ、イッちゃう!」(櫻木充『未亡人美人課長・三十二歳』)

絶頂潮を噴きあげる

「イッ……く、くぅ……あんぅ、んぐ、んんんっ! イク、イクイグぅ!」

真由も同時にオルガスムスを迎える。頬をひきつらせ、薄気味悪く白目を剝いて、満開の花弁から絶頂潮を噴きあげる。（櫻木充『年上の彼女（危険な個人授業）』）

グルンッと目の玉をひっくり返す

「くほぉ！　そ、そおぉ！　もっとぉ……強くぅ、激しくしてぇ、子宮ううぅ……を、おほぉうぅ！」

高回転のピストンに子壺をめった刺しにされ、弓子もすぐさま絶頂を極めた。

右に左に身を捩《よじ》り、あんぐり大口を開けたまま、グルンッと目の玉をひっくり返す。（櫻木充『だれにも言わない？』）

どこまでも飛んで行きそうなほどの絶頂感に

「あひぃ……う、くっ！　んんぅ、イク、イクイッ……クッ！」

根元までズッポリと巨砲が埋められ、ポルチオの性感が叩きのめされて、亜由美はどこまでも飛んで行きそうなほどの絶頂感に白目を剝いた。（櫻木充『だれにも言わない？』）

白目を剝いたまま啼き喚く

「ひぃいぃ！　ひ、ひっ……おおぉ、んあぁ、ま、また……イッ、イクぅ、来ちゃうぅ！」

首が据わらぬ赤子のように、前後にガクガクと頭を揺らし、白目を剝いたまま啼き喚《わめ》く弓子。（櫻木充『だれにも言わない？』）

眼を反転させて白目にすると

「うっ……ぐううっ……いくぅ」

一声、高くそう叫ぶと、阿津子は胴震いを来し、うっすらとひらいた瞳で宙を見つめ、やがてその眼を反転させて白目にすると、オーガズムの嵐《あらし》に巻き込まれていってしまった。（南里征典『密命・牝犬狩り』）

目の玉を引っくりかえして

狂おしい嬌声を響かせて、乱れまくる祐奈の姿にますます血圧を上昇させ、ベッドが波打つほどの勢いで何十発と肉杭を叩きこむ。

「いいぃ、す、すごくいぃ、んひ、ひぃぃ！　感じる、感じちゃう」

灼熱の肉塊で肛門を擦られ、直腸を乱打され、祐奈は目の玉を引っくりかえして啼き喚いた。（櫻木充『僕の美獣（新妻姉と美少女）』）

潤んだ瞳の白目の部分が多くなり

「アンアン、気持ちいい……イク、イッちゃう……ハアン」

未来の腰の動きが速くなった。下から見あげた表情に淫蕩さが増している。潤んだ瞳の白目の部分が多くなり、小鼻は膨らんで、半開きになった唇から愛らしいピンクの舌先がのぞいていた。完全に欲情しきった牝の表情だ。（海堂剛『凌辱の輪廻 部下の妻・同僚の妻・上司の妻』）

白眼を剝いて悶絶した

たちまち遥子は大きくのけぞって悦びの泣き声を噴き上げ始める。泣きながら自分も激しく腰を使う。そのあぶら汗にぬらぬら光る白い裸身がグッと突っ張った。

「ううんッ……い、いきますッ……いくううッ……」

苦鳴さながらに声を絞り総身を絞りたてつつ遥子は白眼を剝《む》いて悶絶した。（千草忠夫『悪魔の楽園① 白昼の猟人』）

黒目がゆっくりと反転して

玲司は叫びながら、夢の女体の膣底へ大量の白濁を撒き散らかした。

射精を終えてもなお打ちこみをやめぬ男の胸の下で、亜紗美夫人の白い裸身がガクガクと揺れている。

男心を魅了してやまぬ麗しいアーモンド形の目も、すっかり瞳孔が開ききってしまい、黒目がゆっくりと反転していく。（黒沢淳『熟妻フェロモン 誘惑テニス倶楽部』）

白目を剝いて総身を痙攣させ

佐平は左肘で体を支え、厳しい抜き挿しを見舞いながら、右手で左の乳房を揉み、乳首をあやした。

三十呼吸はしなかっただろう。百合は体を硬直させ、絶頂の兆しを見せた。そして数呼吸、百合は白目を剝いて総身を痙攣《けいれん》させた。（北山悦史『手当て師佐平 柔肌夢心中』）

わなわなと全身が震えだし

わなわなと全身が震えだし、腰が奇妙にくねりだす。太腿が小刻みな痙攣を起こし、ブルンッ、ブルルンッと尻が震え、そして……。

「ひぃ……い、いっ、ぐうぅ！」

喉を搾るような嗚咽とともに、和代は薄気味悪く白目を剝いて、前のめりに床に倒れこんでしまう。（楠木悠『叔母と三人の熟夫人 いたずらな午後』）

白目を剝いて、ガクガクとのけぞった

「ひッ、ひぃーッ……」

冴美は白目を剝いて、ガクガクとのけぞった。清二郎の腰にからみついた両脚がぎゅっと締まった。

「イッちゃうッ……あぁッ、冴美、イクッ」（結城彩雨『人妻 Aの悲劇』）

白目を剝き、絶叫しながら

暴れる女体のアヌスを上下のピストン運動で責めながら、膣奥へ埋めていった二本の指を過激に動かすと、

「うあー、ぎゃー、イクイク！　死ぬーッ！」

うららは白目を剝き、絶叫しながらオルガスムスに達した。（館淳一『メル奴の告白』）

がくんがくんと頭を後ろにのけぞらせた

真介は腰の動きのリズムを速める。

「ああーっ、いくっ……わたし、いくっ」

男の硬直をぴくぴくと絞りこむように締めつけながら、浅倉紗織は真介の両の腕にとりすがり、白眼をむいて、がくんがくんと頭を後ろにのけぞらせた。（北沢拓也『夜の奔流』）

白目を剝いて硬直した

愛美の全身がピクーンッと跳ね、のけ反り、そして硬直した。

「……愛美」

白目を剝いて硬直した愛美に、玲奈が呼びかけた。

「……ウーンッ」

愛美の全身から力が抜け、弛緩してゆくのがはっきりわかった。（鬼頭龍一『姉奴隷』）

白目をむいて真後ろへ

まるで草原を駆ける裸馬に騎乗するアマゾネスのように、京太の上に跨がって快楽を貪っている女警備士は、激しい連続オルガスムスのあと、

「あうう、うぎゃああ！」

ひときわ大きく叫んだと思うと、白目をむいて真後ろへとひっくり返った。（館淳一『清純派アイドル　特別レッスン』）

白目を剝いたみたいな表情

宙に浮いた足を肩に担がれて、子宮口の最奥まで亀頭をねじ込まれる。多量の電流をチャージされたように、膣孔全体がわななく。

「ああーっ、イクッ……イクゥッ！」

脚が吊ったようになりながら、典江は白目を剝いたみたいな表情で、その場に仰け反った。（夏島彩『危険な家庭訪問　担任教師と三人の母』）

痙攣して白目を剝いて

「あむむッ……イクッ」

上にのったコンパニオンの身体を持ちあげる勢いで営業マンの体がブリッジする。痙攣して白目を剝いているモデルの直腸に、添島は熱い白濁液を次々と流しこんでいく。（夏月燐『[制服レイプ]　狙われた六人の美囚』）

白目を剝いて昇りつめ

「アア、アア、アア、アア。イイ、イイ、イイ、イイ。イッ、イッ、イッ、イク――ッ！」

背を反りかえし、シーツを鷲掴みしたかとみると、美

雪は白目を剝いて昇りつめていった。（由布木皓人『情欲の蔵』）

腰をうねらせ、白眼を剝く

「ああーッ、いいッ……このおちんこ、すごいよ、ふとくてすごぉい！　ああーン、奥に当たって、どうにかなっちゃう……琴美の、壊れそぉ！」

晋平の腹の上に両手をおいて、あからさまな痴語を口にし、腰をうねらせ、白眼を剝《む》く。（北沢拓也『天使の介護』）

白目を剝いてしがみ付いて

「膣《なか》に、出すよ」

「はい、きて……。ああっ、もうわたし、だめ……」

細い喉元が反り返った。

幹の根元に強い緊縛を感じた。一瞬、ふぐりがキューンと窄《すぼ》まった。

ドクッと噴きあがる快感を覚えたとき、白目を剝いてしがみ付いてきた千里の震える唇を、舌先で切り開いていた。（末廣圭『白の乱舞』）

あなたも、きて……

「うくっ……、あっ、わたし、いきます。あなたも、きて……」

夫人の瞳が大きく見開いたと思った瞬間、白目を剝《む》いてのけ反った。（末廣圭『人妻惑い』）

白眼を剝いてのけ反り

風巻はぬめぬめと肉の詰まった真紀子の内奥を、ぐいぐいと突き穿《うが》ちつづけた。

「ああんッ……イッてしまう……わたし、いくッ」

人妻は白眼を剝《む》いてのけ反り返り、嗚咽《おえつ》の声を上げはじめていた。（北沢拓也『白い秘丘』）

両の腕に取りすがって

佐分利はおのが硬直を矢野佳世に深く挿し込み、両手をベッドの上において、ぐいぐいと腰を振りはじめた。

「ああーッ、いいッ、いっちゃいそう」

白眼を剝《む》いた矢野佳世が、佐分利の両の腕に取りすがって、裸身に痙攣《けいれん》のふるえを走らせる。（北沢拓也『夜のうつろい』）

頭を後ろにのけぞらせて

浩介は、冴美の唇をむさぼり吸うと、腰を落として、ぐいと深くすべり込ませてやる。

「ああーッ、浩介さんとしたかったのっ」

頭を後ろにのけぞらせて、羽田冴美が白眼をむいた。（北沢拓也『美熟のめしべ』）

熱いうるみを注ぎかけつつ

「おっぱい、吸って」

浩介にせがみ、浩介が左の乳首の実を舌で弾いて吸いたててやると、

「ああッ、だめ、いく、いっちゃう」

くぐりこんでいる浩介の二指に熱いうるみを注ぎかけつつ、男の背を両手で抱きしめて、白眼を剝いてのけぞりかえった。（北沢拓也『美熟のめしべ』）

総身を痙攣に打ちふるわせ

真介が下方から力強く突き上げるや、

「いくっ！　あうーん、いくう」

口唇から舌をのぞかせて痴《し》れきった表情をつくっていた紗織は顔をゆがめきって、総身を痙攣に打ちふるわせ、白眼を剝《む》きながら、朽木でも倒れるように、真介の上にやわらかく崩れ伏してきた。（北沢拓也『夜の奔流』）

白眼を剝いて、頭を後ろに

「いくっ……ああん、いくいく、いっちゃう」

遠慮のない叫びを張りあげて、若い愛人が白眼を剝《む》いて、頭を後ろに深くのけぞらせたとき、佐古も熱い放射感に見舞われ、瑞岡志穂の面影を頭の中に過《よぎ》らせながら、脈打ちかけたおのがものを抜き出すと、唸り声を洩らして、白石千明の股の間に、どくどくと粘っこい精を射《う》ち放っていた——。（北沢拓也『密事のぬかるみ』）

【そのもの】

おま…こ、気持ちいいっ

「わたしも、気持ちいいっ、おま…こ、気持ちいいっ」

桜庭麻美が、佐分利の両腕に取りすがって、淫猥な声を野放図に張り上げる。（北沢拓也『夜のうつろい』）

女性器のあからさまな呼び名を何度も

女性器のあからさまな呼び名を可愛らしく何度も口にし、悠平に力強く深みを突き穿《うが》たれるや、

「だめっ、いっちゃう、ああーんッ、いっちゃうよう」

のけぞりかえって、鋭い叫びを、大きくあけた口から、声高に弾《はじ》け飛ばんばかりにほとばしらせていた——。（北沢拓也『人妻めしべ』）

卑猥な俗語が甲高く上がった

「ああっ、いいッ……ひい——っ、いいっ！　いっぱいしてッ！」

頭をのけぞらせた梶村実季子の口から卑猥な俗語が甲高く上がった。（北沢拓也『夜を這う』）

自分の淫らさにも昂奮を

「いやっ」

かぶりを振りながらも、貴津は根負けしたようにどん底の女性器の俗称を裏返った声で口にする。

羞恥《しゅうち》に顔をゆがめ、猥褻《わいせつ》な語句を声にする貴津だが、自分の淫らさにも昂奮を煽《あお》りたてられるのか、弓江に深くすべりこまされると、総身を痙攣《けいれん》させ、

「いくっ！　あああッ、いくう」

のけぞり返って、たちまち昇りつめた。（北沢拓也『虚飾の微笑』）

はしたなく鼻を鳴らして

「言ってごらん。何をしたいの？」

周平にソフトに囁《ささや》かれ、長大に漲ったものを挿し込まれると、早坂さおりははしたなく鼻を鳴らして、

「おま…こ、ああン、おま…こ」

悪戯っぽい声音で言い放ち、周平の背に下からしがみついてきた。（北沢拓也『愛らしき狂獣』）

淫らに叫んで

肩先を両手で押さえつけられ、火柱のようなものでやわらかく濡れそぼった部分をくすぐりたてられると、小雪は稲垣の巨体の下で身悶え、

「……犯してッ、小雪のおま…こを犯して」

桜色に染め上げた美貌を横にしながら、淫らに叫んでいた。（北沢拓也『爛熟のしずく』）

おま…こ、いっちゃう

浩介は、射精の兆《きざ》しをこらえて、腰を深く叩き込む。

「ああッ、だめ、おま…こ、いっちゃう」

叶美佳が、あけすけに絶叫して、裸身を打ちふるわせながら弓なりにのけぞらせたとき、浩介も駈け上がってくる放射の痺れに耐え切れず、おのがものをずるずるの美佳の女の部分から引き上げると、どくり、どくりと射《う》ち放ちつつ、果てていた。（北沢拓也『美熟のめしべ』）

絞り出すような声を発して

「言ってごらん。どこがイキそうなの？」

「……オメコ……ああ、オソソがイクのよ……ああッ、だめ。もう……」

絞り出すような声を発して、智子のからだが硬直し、真木はそのからだを強く抱き締めた。（山路薫『夜のご褒美』）

硬いのが、私の中に入ってる

田村はゆっくりとピストン運動を開始する。

「夢みたいよ、先生。先生の硬いのが、私の中に入ってるのね。ああ、暴れてるわ。私のオマ×コを引っかきまわしてる」（牧村僚『高校教師』）

淫魔が脳味噌のなかに

カルに攻めると、間もなく志津子はオルガスムスを迎えた。

「あう、いっちゃう……オマンコいっちゃう」

すすり泣き、堪忍してというふうに身をよじる。（橘真児『召しませヒップ』）

おさねが、おさねがっ

「いっあっ、あーあー、あーあーあー」

鈴は恥骨を烈しく躍らせて喜悦した。拓馬は両手の指でも肉粒をこねて刺激した。それで、これがそうなんですね、鈴殿は、これがよくてたまらないんですねと、伝えた。

「う〜っ、あ……あ、あー、もう、もう……あ、ん〜、おさねが……ああーっ、おさねが、おさねがっ」（北山悦史『やわひだ詣で』）

オマ×コ、溶けちゃう

「アアン、アアン、気持ちいい。オマ×コ、溶けちゃう」

奥まで押しこまれて柔らかな淫肉を擦られる快感に、真由はすすり泣きの声をもらしている。（海堂剛『凌辱の輪廻 部下の妻・同僚の妻・上司の妻』）

マ×コがイキそう

「あ……も、もうダメ、マ×コがイキそうなの……」

「アー、アー、痺れるーッ」

「痺れてるって、オマンコがか」

浅見が吐いたその四文字言葉で、淫魔が脳味噌のなかに入ってしまった。

「そ、そうよ。オマンコが、オマンコがうずいてるのよォ！」（由布木皓人『蜜壺くらべ』）

自分の言葉に激しく反応し

藤木が動きをゆるめ、さんざん焦らすと、とうとう沙代子も決心したようだった。

「オ、オマ×コが、気持ちいいっ……、アアッ！」

沙代子は、自分の言葉に激しく反応し、膣内をキュッキュッと収縮させて、藤木自身を心地よく締めつけてきた。（睦月影郎『蜜猟のアロマ』）

熱に浮かされたみたいにあらわなことを

「もっと、もっと――はあン、硬いのが奥まで来てるぅ‼」

晴美のほうも、バックから激しく突き上げられてすすり泣き、熱に浮かされたみたいにあらわなことを口走る。

「ああ、いいッ、おま×こがいいの」（橘真児『若妻ハルミの愉悦』）

オマンコいっちゃう

巨根の特性を活かし、ストロークの長い抽送でリズミ息絶え絶えに夫人が発した末期の言葉に、玲司は深く頷いた。むろん、こちらも我慢の限界だ。

「よし、一緒にいくぞ、香織」（黒沢淳『熟妻フェロモン 誘惑テニス倶楽部』）

一撃ごとに、甲高い声を

ゆっくりと、抜き差しがはじまった。

「ア、アッ、アアッ……いい、いいッ、お義父さまっ……オマ×コ、いいッ」

激しく突かれているわけではないが、一撃ごとに、甲高い声を噴きあげてしまう。（香山洋一『新妻・有紀と美貴』）

興奮をかきたてられて

「ね、どこがいいの?」

公太が腰を突き上げながらまた聞いてきた。その切迫したような真剣な表情を見て、響子はカッと頭の中が熱くなり、興奮をかきたてられて激しく腰を振っていった。

「オマ×コよ、オマ×コいいの!」（雨宮慶『美人アナ・狂愛のダイアリー』）

言いますから、やめないでっ

「言いますから、やめないでっ……」

「言ったら、やめない」

由希恵は眼を閉じ、「おま……」と言い、暫《しばら》くためらって恥ずかしそうにもう一度、「お」で始まり「ま」とつづき「こ」で終わる日本の庶民的四文字の原語を発音した。（南里征典『課長の名器リスト』）

オ×××が燃えるよう

「うっ。ううっ。感じるっ。オ×××が燃えるように感じるっ。いつもと違うっ」

熟女が膣快感を噛み締めるようにうっとり顔で発し、自らも下から腰を遣ってきた。（安藤仁『花びらくらべ』）

オ×××の中が精液で満たされてるっ

熟女が緊急の瞬間を告げ、前のめりになった。下地は繋がったまま唐沢真知子に覆い被さった。そして、彼女の後ろ髪を咥えた。

「ううううう。射精したのが判るっ。熱い液が子宮口に迸《ほとばし》ったわっ。オ×××の中が精液で満たされてるっ」（安藤仁『花びらあさり』）

躯が海老反《えびぞ》り

「い、い～～っ……。いいわっ、いい～～っ……オ×××が、いいっ。……いくっ。いっちゃうっ……。来てっ、ね、一緒に来てっ!　ああ～～っ……」

美貴子の躯が海老反《えびぞ》り、既《すんで》のところで高田は抜去した。（安藤仁『花びらめぐり』）

あそこが、いいっ

華奢な裸体がベッドに圧し潰され、男の激しい打ち込みに翻弄《ほんろう》された。

「いっ、いっ、いいっ……」

「僕も、いいっ。チンポがカッカと燃えるっ。お姉さまは?」

「あそこが、いいっ」

「オ×××が?」

「そっ。オ×××よっ。こんなの初めてっ。ふっ。グチャグチャにされるっ」(安藤仁『花唇《かしん》のまどろみ』)

泣き声混じりの絶叫をあげた

「ああんッ、おま…こ、気持ちいいようっ、いっちゃう」

一匹の美しい牝《めす》と化した小池尚美が、泣き声混じりの絶叫をあげた。(北沢拓也『したたる』)

【爪】

背に爪まで立てて

美貴子も下から股間を突き上げ、やがてヒクヒクと激しく痙攣した。

「い、いく……!」

たちまち美貴子は口走ると、三上の背に爪まで立てて弓なりにのけぞった。(睦月影郎『淫ら香の誘い』)

背に爪を立てながら

「も、もうダメ……、いっちゃう。アアッ……!」

美保子は口走り、とうとう彼の背に爪を立てながら狂おしくガクガクと腰を跳ね上げた。(睦月影郎『情欲少年—妖艶フェロモンめぐり—』)

爪が背中に食いこんで

「はあぁぁっ! 私も! 私もよ、雄ちゃん! イキそう! あああ……イッちゃううぅ!」

背中にまわった姉の両手に力が入る。爪が雄一郎の背中に食いこんでいた。(黒澤禅『三十四歳の実姉』)

駄目押しの快感を得たように

「アアッ……! もっと出して……!」

噴出を受け止めて彼の絶頂を知ると、駄目押しの快感を得たように美貴が口走り、彼の背に爪を立ててきた。(睦月影郎『酔いもせず』)

肌を波打たせ、背に爪まで立てて

怜治は口走り、もう気遣いも忘れて亜由美の花弁をメチャクチャにするように動きながら、ありったけのザーメンを噴出させた。

内部に満ちる温もりを感じ取ったのか、亜由美も彼の絶頂に連動するようにガクガクと肌を波打たせ、怜治の背に爪まで立ててきた。（睦月影郎『人気女優　僕のときめき体験』）

夜具に爪を立て

明庵は両手の指で恥肉を揉み込んで突起を刺激しながら、唇をべっとりとつけて吸い取り、ぬらぬらぬらと塗り潰した。

「いっい！　いいいっ、いっ！　あんあんあんあんあんあん！」

夜具に爪を立て、腰を躍らせて、陽菜は果てきった。（北山悦史『隠れ医明庵　恩讐剣』）

爪を立てるほど腰を強くつかんだ

「あぁう……来るわ……も、もうすぐ……」

大きすぎる快感の予感に、ペニスを噛んでしまうかもしれないと、千詠子は慌てて口から屹立を出した。

「くっ！」

すぐさま激しい波が千詠子を襲った。爪を立てるほど郷原の腰を強くつかんだ。膣口が収縮を繰り返した。（藍川京『年上の女』）

背に爪を立てて、白眼をむいて

秋友は抜き挿しを行ないながら、頤《おとがい》を反り返らせて喘ぐ容子夫人の耳朶《じだ》を唇でくすぐるようにして淫らな言葉をそそぎこんでやる。

容子夫人は、秋友の囁きに昂奮し、絶頂を早めたようである。

「だめっ、イッてしまう――」

男の背に爪を立てて、白眼をむいてのけぞった。（北沢拓也『美唇狩り』）

爪を立ててしがみついて

「やっ！　だ、駄目っ！　も、もっと、もっとしてぇっ！」

千波は髪を振り乱し、背中に爪を立ててしがみついてくる。（穂南啓『〔誘惑スポーツクラブ〕金曜日の熟妻たち』）

背中に爪を立て、一気に

ねっとりとした舌と舌が、もつれるように絡みあった。

「ウッ、ウムムムム」

瞬間、恭子は両脚を突っ張り、激しく痙攣させた。浅見の背中に爪を立て、一気に昇りつめていった。（由布木皓人『蜜壺くらべ』）

背中に爪を立て、首筋にしゃぶりつき

「ほぉ……ひぃ、いっ、いいっ！」

ときおり息を詰まらせ、苦痛とも快楽ともつかない表情でよがり啼く芳美。

背中に爪を立て、首筋にしゃぶりつき、アクメの階段を昇りつめてゆく。（楠木悠『叔母と三人の熟夫人　いたずらな午後』）

爪が、深く突き刺さってきた

「はい、あっ、きて……。わたしも……」

細い血管を浮かせた首筋が、のけ反った。

どくっと放たれた大量の濁液が膣奥深くに飛び散っていったとき、背中にまわっていた綾子の爪が、深く突き刺さってきたのだった。（末廣圭『痴情』）

背中の肉をギュッと摑んでギリギリ爪を

キリキリ食い締めてくる肉壺の中でビクビクンッと怒張が脈動し、爆ぜた。

「……ひいいぃぃぃッ……」

熱い精の飛沫に子宮を灼かれる感覚に、真由は喉から絞りだすように悲鳴をほとばしらせ、速水の背中の肉をギュッと摑んでギリギリ爪をたてた。（夢野乱月『凌辱職員室　新人女教師〔真由と涼子〕』）

ガラスに爪を立てるようにして

ガラスに爪を立てるようにして、志麻はついに泣き叫ぶように訴えていた。

「もう、たまらないっ」


自制を超えていく喜悦のうねりの前に、自ら身を投げ出すようにして、無防備に燃え上がったヒップを突き出してきた。（由紀かほる『女子大生　蜜猟教室』）

両足を腰に絡みつかせ

「んいっ！　い、いっ……ああ、ううぅ！　イグううぅ！」

うっと喉を詰まらせ、沙織はふたたび圭司にしがみついた。

両足を腰に絡みつかせ、背中に爪を立ててオルガスムスの頂点に昇りつめてゆく。（櫻木充『美姉の魔惑』）

手にギュッと力がこもって

びくんッ！　と、大きく体を震わせた香奈が、恥骨を突き上げるようにして体を反り返らせた。

男根を包む膣壁が、ビクビクと震えて激しく収縮する。浩史の背に回されていた香奈の手にギュッと力がこもって、爪が立てられたのがわかった。（開田あや『眼鏡っ娘パラダイス』）

口と鼻から白い液体を垂らしながら

感じやすい膣奥を熱い液体の弾丸で叩かれた衝撃は、高い位置で足踏みしていた彼女をさらなる高みにさらっていく。

「イクイクッ、イクゥッ‼」

女数学教師は、精液まみれの顔をあげ、口と鼻から白い液体を垂らしながら嬌声をあげた。がりがりとトイレの床に爪を立てる。（一ノ瀬真央『魔指と人妻 7：30発悪夢の痴漢電車』）

男の背中に手を回し、爪を立てた

深々と挿したまま、鉄平は熟女の肩を抱き込み、厚い胸でたわわな乳房を拉《ひしゃ》げさせ、やみくもに突きまくった。

「いっちゃうっ。いく、いくっ」

熟女が童貞男の背中に手を回し、爪を立てた。（安藤仁『花びらしぐれ』）

⑫「体液」系

【あぶく　泡】

顔にあぶくを噴きかけ

　喉の奥からあぶくを噴くような声を上げ、恵美香は体を弾ませた。なお裕介は愛撫を休めず甘責めを繰り返した。

「うぶっ、うぶぶーっ！」

　本当に、恵美香はあぶくを噴き上げた。乳首をしゃぶり立てる裕介の顔にあぶくを噴きかけ、二度目の絶頂に総身を痙攣させた。（北山悦史『蜜愛の刻』）

あぶくを噴くような声を放って

　南海子は髪を振り乱して悶え狂い、恥骨の上下動を極めた。

「ぐっ！　うぐ、ぐーーっ！」

　あぶくを噴くような声を放って南海子が絶頂したのは、その直後だった。（北山悦史『吐息　愛蜜の詩《しらべ》』）

膣口からは白っぽいあぶくが噴き出し

「もっともっと、もっと、あ！　あ！　うう〜っ……」

　若妻は大声でわめき立て、抜き挿しを荒らげた。膣口からは白っぽいあぶくが噴き出し、肛門のほうに流れている。恥肉を掻《か》きむしる左手の指がときおり肛門のほうに這っていき、会陰あたりをこすっている。（北山悦史『吐息　愛蜜の詩』）

あぶくを噴き上げて

　シーソーのように上下にも腰をつかいながら、健一郎はクリトリスをいたぶった。もちろん渾身の力を込めている肉砲は、膣襞を厳しく攪拌している。

「し……死ぬ……」

　あぶくを噴き上げて香子は言い、腿のわななきを全身に広げた。（北山悦史『吐息　愛蜜の詩』）

至福に酔いしれ、泡を吹いて

　四肢をばたつかせ、全身を痙攣させつつも、加南子はガムシャラに突きあげる。狂おしいまでに気をやり、必死に男根を締めつけて、心から「幼な夫」につくす。

　やがて最上の至福に酔いしれ、泡を吹いて失神する加南子。（櫻木充『二人の美臀母』）

唇から泡吹き

「俺もイクぞっ。雅代！」

「ハ……ヒ……ンンン……」

唇から泡吹き、完全に白眼を剝きだしながら、かすかに雅代夫人が頷く。（黒沢淳『熟妻フェロモン 誘惑テニス倶楽部』）

泡吹くばかりに、ガクガクと

すかさず名残りのピストンを打ちこむと、再び女体が大きくのけ反った。

「ま、また、イク。イグのっ。ンンングッ、イク、ングッ、ンイグゥーッ」

香織夫人は今にも泡吹くばかりに、ガクガクと頭を震わせた。（黒沢淳『熟妻フェロモン 誘惑テニス倶楽部』）

泡を吹いたようになって

秘孔を指責めされながら、クリトリスを擦りつづけられ、秘部が弾けそうになっている。ブルブル震えて、堪えきれないように黒髪を左右に振りたてる。

「アッ、アアンッ、せっ、先生っ！　典江、イクゥ！　イッちゃいますっ！」

秘孔が大きく引きつれるとともに、典江は泡を吹いたようになって達した。（夏島彩『危険な家庭訪問 担任教師と三人の母』）

女陰が泡を吹いたように

「あああっ……イク……イッちゃう……ああ――ん」

ぐぐぐっ……と、うねるような快楽が体の奥から込み上げ、友美はミルク色の湯船の中で達してしまった。めくるめくオルガスムスに女陰が泡を吹いたように激しく伸縮し、クリトリスがピクピクと痙攣する。（黒沢美貴『となりの果実』）

泡吹くほどの激しいアクメ

「いくぞ、亜紗美。残さず受けとめろよっ」

「はい、私……またイキそうなの……だから、つ、突いて……最後に亜紗美のおなかをいっぱい突いてぇ……一緒に……ああ……んふ……アア、イク、ンクゥーッ」

あられもない叫びとともに、亜紗美夫人は全身を弓なりにのけ反らせ、泡吹くほどの激しいアクメを迎えた。（黒沢淳『熟妻フェロモン 誘惑テニス倶楽部』）

突然、泡を吹くように

江見はぐいぐいと由希恵の股間を一気に、力強く抽送した。言葉の凌辱《りょうじょく》を浴びて、恥語に口をさせられてカッと熱くなっていた由希恵が、突然、泡を吹くように、

「あっ……課長、だめっ、いくっ、いきまーす！」（南里征典『課長の名器リスト』）

【おもらし】

ゆばりを放ちながら気を遣り

「ああ……、出ます……」

美鈴が顔をのけぞらせて言い、内腿を緊張させた。

同時に、温かな水流が彼の口に注がれはじめた。宗吉は口を付けたまま受け止め、夢中で喉に流し込んだ。

「い、いく……！　ああーッ……！」

ゆばりを放ちながら美鈴は気を遣り、激しく股間を彼の口に押しつけながら身悶えた。（睦月影郎『蜜猟人 朧十三郎 淫気楼』）

チョロチョロと尿を漏らし

「アア……、も、もう……」

姫はヒクヒクと痙攣し、何度か気を遣りはじめたようだ。

そして幾度めかの波とともに、とうとう尿口がゆるんで、チョロチョロと尿を漏らしはじめた。（睦月影郎『おんな秘帖』）

秘部の中央から水柱を噴き上げた

「ああーっ、おおーっ、いくっ、だめえ」

弥生が悲鳴まじりの悦声をあげる。

と、突然、弥生は秘部の中央から水柱を噴き上げた。水柱は放物線を描いてしぶき、弓江の足許にまで飛んできた。（北沢拓也『虚飾の微笑』）

尿道から熱いものが

玲奈は、尿道に熱いものが疼くのを感じた。

「あっ……」

次の瞬間、尿道から熱いものが堰を切ったように溢れだしてゆくのを、玲奈はもうどうすることもできなかった。（鬼頭龍一『姉奴隷』）

ひくひく痙攣すると同時に

「き、気持ちいい……、アアーッ……！」

操は声を絞り出すようにして硬直し、ひくひく痙攣すると同時に、とうとうチョロチョロと放尿してしまった。（睦月影郎『燃え色うなじ』）

塩辛くえぐみを含んだ温かな液体が

口腔内に、塩辛くえぐみを含んだ温かな液体が流れこんできた。

ぴったりと唇に押しつけられた杏子の秘唇から聖水が放たれたのだ。

杏子は太智の頭を押さえつけるようにして放尿をつづ

ける。（尾崎嶺『美姉の匂い』）

黄金色の液体が

「んあぁぁ……い、イク……イクイクッ、イグふうぅ！」

もはや体力の限界を超えてしまったのか、和代は断末魔のごとき叫びをあげて、そのまま意識を飛ばしてしまう。

やにわにブシュッと、貞操帯の隙間から黄金色の液体が飛び散る。

あまりの激悦に耐え切れず、どうやら失禁してしまった様子だ。（楠木悠『叔母と三人の熟夫人 いたずらな午後』）

小便をちびり、白目を剥いて

弾《はじ》けんばかりに勃起した陰核が激烈なバイブレーションに見舞われる。

「んあぁぁ！　ひっ、ひっ……く、イク、イイイグぅう……う、あぉ、おおぉ！」

今にもチェアが転倒しそうなほどに女体を激震させると、利奈は小便をちびり、白目を剥いて、一気にオルガスムスを極めた。（櫻木充『感じてください』）

透明な液をじょーッと噴き上げた

狙いすました一撃を女の弱点に受け、絵夢は悲痛な叫び声をあげ、弓なりに体をそらせた。わななと全身がふるえて、太腿や尻の筋肉がビクビクと痙攣したかと思うと、

「イク！」

叫びと共に絵夢は尿道から透明な液をじょーッと噴き上げた。（館淳一『誘惑』）

生温かい液体が流れ落ちて

千波はすでに声さえ発していない。耕太の身体にしがみついたまま締めつけと痙攣を繰りかえすだけだ。耕太は半開きになったその唇を塞ぎながら、千波の膣内へと大量の樹液を放っていった。

気がつけば下半身を生温かい液体が流れ落ちていた。あまりにも激しい快感に、千波が失禁したのだ。（穂南啓『〔誘惑スポーツクラブ〕金曜日の熟妻たち』）

あふれた尿が水ばしらを立てて

「やめて……出ちゃう」

「出していいぞ、出したいのだろう?」

水原美紀の腰が弾み、おびただしい震えが腰から双の腿にかけて走った。

秋友が親指を当てている部分がひくつき、彼が親指を退けると、栓を抜きとられたシャンパンが噴き出すようにあふれた尿が水ばしらを立ててほとばしった。（北沢拓也『美唇狩り』）

プシャーッと小便を吹き零し

「いいぃ、イグ、イグイグイグうぅ……おぉ、んいいぃ、ひぃ、またイグ、イグぅあぁ！」

　プシャーッと小便を吹き零し、淫水を垂れ流し、失神、また失神……。（櫻木充『だれにも言わない？』）

潮ばかりか小水をも噴き散らし

　涼一は美知恵の尻に座り、淫水を垂れ流している寛子の名器に巨根を挿入した。

「ひぎぃ！　おおぉ、うひぃ！　イグイグうぅぅ！　うっ、んっ……はひぃ……」

　女に与えられた性感のすべてを責め嬲られ、寛子は一分も経たずオルガスムスに達する。あまりの激悦に電気ショックを受けたように全身を痙攣させ、潮ばかりか小水をも噴き散らし、そのまま意識を飛ばしてしまう。

（楠木悠『最高の隣人妻』）

尿をしぶかせて失神した

　それは無慈悲と言うべき腰づかいだったろう。女司書を、地獄と紙一重の極楽に導くべく、遠慮なく責め苛《さいな》む。

「駄目、らめ……死んじゃう」

　そして最後には、初枝は尿をしぶかせて失神した。

（橘真児『学園捜査線』）

右に左に激しく女体をくねらせ

「ひぃ、ひいいぃ、くっ、くぅ！　あぁぁ、イク、イクイグぅ！」

　大の字で床に突っ伏したまま、全身を激震させる志穂。背中に折り重なっていた息子を弾き飛ばし、右に左に激しく女体をくねらせる。

　そして……。尻の穴から精液混じりの尿をぶちまけ、さらには自らも失禁してしまう。（櫻木充『二人の美臀母』）

恍惚とした笑みを口もとにたたえ

「うわぁ、これ、オシッコだ……母さん、オシッコを漏らしてる」

「ううぅん、で、出ちゃうのぉ……あ、あぁん、駄目ぇ、とまらないのぉ」

　恍惚とした笑みを口もとにたたえ、薄気味悪く白目を剝いて、里美は息子の下腹めがけて小便を噴出させる。

（櫻木充『僕のママ・友だちのお姉さん』）

お漏らしをする快感が

　それはいったん防波堤を突破すると、次から次と溢れ出てもう止めようがないのだ。

あぁ、いやッ！　でも、気持ちいい！……

お漏らしをする快感が私を打ちのめす。アヌスがビクビク震えている。腹の底が抜け落ちていくようだ。堕落と背徳に満ちた芳烈な快美感が全身を充たす。（北原童夢『倒錯の淫夢』）

おぞましいまでの快感に翻弄され

「アアーッ、アアアーッ……いやァーンッ、ハァアアアーンッ……」

　腰の震えがとまらなくなっていた。後ろから肛門を犯され、前を指で凌辱されて、小水を漏らす。惨めにすぎる境遇のなかで、しかし、小夜子の女体ははしたない甘美に、まぎれもない快感、おぞましいまでの快感に翻弄され、めまいし、気が遠くなりかけていた。（鬼頭龍一『盗まれた美母』）

紅潮した顔を、狂おしく左右に振りたて

　典江は堰を切ったように尿が流出するのに、呆然としながら、ますます際どく体内に責めこまれた。

「ひいぃぃーっ！　こんなの、イッ、イッちゃいますぅっ！……」

　畳に向かって勢いよく尿が流れでていくのを感じつつ、典江は紅潮した顔を、狂おしく左右に振りたてた。尿意と秘部の痙攣が一体となった。

「くううっ、イッ、イクウッ！……典江、もうイッちゃいますっ！」

　鏡のなかでカクン、カクンッと、白い女体がわなないた。流出する尿とともに、典江は避けようもなく達していた。（夏島彩『危険な家庭訪問　担任教師と三人の母』）

震えは総身を揺るがす痙攣に

水がしぶき出ていた。尿なのか、いわゆる潮というものなのか、わからない。わなわなと、未央は打ち震えた。

「うそ〜、うそ〜、あたし、どうなっちゃってるのおー。うそ〜、うそでしょおー」

　声は消え入っていき、肉体の震えは総身を揺るがす痙攣に変わった。（北山悦史『潤蜜の宴』）

【潮吹き】

ピュピュッと潮を噴きながら

「おほおぉ、そ、そっ！　すご、凄いぃく、んぅ……ふか、深いぃ、奥までくる、奥にぃく、イクイグぅ、いぃんぐぅ！」

　随喜《ずいき》の涙を零《こぼ》し、ガチガチと歯を噛み鳴らし、ピュピュッと潮を噴きながら絶頂する曜子。（櫻木充『美・教師』）

盛大に潮を噴射させ

「いひぃ、イッちゃうぅ、イッぢゃふ、ふぅ、い、くぅ、イク……イクイグゥ！」

下劣に顔面を歪ませ、腹の底から唸り声をあげてオルガスムスに昇りつめる祐奈。

盛大に潮を噴射させ、ショートの髪を掻き毟り、波際に打ちあげられた魚のように女体をピチピチ痙攣させる。（櫻木充『僕の美獣〔新妻姉と美少女〕』）

随喜のエキスが噴き零れて

「ひぃ、ひぃぃ！　いっ……イグゥーッ！」

「ううっ！」

絶叫とともにギュギュッと膣口が締まり、肉路の圧力が一気に高まる。

次の瞬間には女性器が内側から痙攣を起こし、ピュ、ピュピューッと随喜のエキスが噴き零れてくる。（櫻木充『だれにも言わない？』）

はしたなく潮を吹き

一気に付け根まで中指を、つづけざま人差し指を肉路に挿入し、男根代わりの二本指を荒々しく抽送させる。粘膜の襞を掻き毟るように指先を折り曲げ、膣内のスポットを探るようにピストンを繰りかえす。

「はぁ、ふぅ……あ、うっ！　ほおぉ……ふっ、はう、はふっ！」

ピュッ、ピュピューッとはしたなく潮を吹き、全身を戦慄かせる。（櫻木充『僕のママ・友だちのお姉さん』）

間欠泉のごとく潮を噴き

「あぁぁ、すごい、すごいぃ……んひぃ、い、イッ！」

間欠泉のごとく潮を噴き、全身を戦慄《おのの》かせている弓子の脚を肩に担ぎ、マングリ返しの体位で真上から膣を串刺しにする。

「んひっ！　あぅ、はうぅ……そう、そうよ、こ、これ、これが、いっ、いひっ！」（櫻木充『だれにも言わない？』）

ピュピューッと潮を吹き

座位の体位で尻を抱き、膣肉を掘り返し、左右の人差し指でヌプヌプと肛門を刺激する。

「ひっ、ひっ！　お、お尻……ん、んっ！」

新たな快感にピュピューッと潮を吹き、弓子は中まで入れて欲しいとばかりに肛門を緩めた。（櫻木充『だれにも言わない？』）

大量の潮を撒き散らし

「あう、はふぅ！　まっ、また、あ、あっ、また来ぢゃうぅ、イク、イクイグ……イッ、イイィ、イッグウゥン！」

会社の受付まで響くほどの大声で啼き喚き、弟の顔面めがけて大量の潮を撒き散らし、祐奈は白目を剝いて気をやった。（櫻木充『僕の美獣〔新妻姉と美少女〕』）

ビュッ、ビュビュッと潮を吹き

「ん、んんっ！　イク、イクイクぅ……うっ！　おぉ……イグぅぅ！」

ビュッ、ビュビュッと間歇泉《かんけつせん》のごとく潮を吹き、留美は一気にオルガスムスに昇りつめる。（櫻木充『美姉《あね》の魔惑』）

愛液がまるで小水のように

時折り電気ショックを受けたように明日香の背がのけ反る。

愛液がまるで小水のように、肉溝の奥から溢れてくる。

「イクぅ……あ、ひっ……ちゃうよっ！　イッちゃううう！」（櫻木充『義母〔スウィート・ランジェリー〕』）

潮を飛び散らせる

怒張が前後するたび下肢に瘧《おこり》を走らせ、子宮を叩きのめされるたび下劣に泣き喚き、オルガスムスの階段を駆け昇る留美。右に左に頭を揺すり、薄気味悪く白目を剝いて、ピュッ、ピュピュッと尿口から潮を飛び散らせる。

「おぉ、い、いいっ……クッ、イク、イクイグゥ！」（櫻木充『美姉の魔惑』）

ピュッ、ピュピュッと、小水のような体液を

「はっ、ひぃ……イッ、ちゃふ……あたひ、もう駄目ぇ」

電気ショックを受けたように、明日香の背中が不規則に反りかえる。

拳をギュッと握りしめ、爪先立ちに両脚を突っ張って、ピュッ、ピュピュッと、小水のような体液を割れ目からほとばしらせる。（櫻木充『義母〔スウィート・ランジェリー〕』）

バシャバシャと子宮液をしぶかせた

「ああんっ、すごいッ……早坂さん、すごいッ……出そう……ああーんッ」

上半身を湾曲《わんきょく》に反り返させるや、迫《せ》り上げた腰を痙攣《けいれん》させ、バシャバシャと子宮液をしぶかせた。（北沢拓也『抱きごこち』）

蛤のごとく潮を撒き散らした

「はへ……んぁ……ひぃ、いいぃ……」

もはや、ひと突きごとがアクメだった。

肉壺をうがたれるたび、由伽は蛤のごとく潮を撒き散らした。（櫻木充『危険な隣人　おばさまと新妻姉』）

熱い間欠泉が吹き上がる

膣と淫核への同時攻撃に、玲奈の尻がくねり、暴れ回る。舌が突き刺さったままの膣口から、熱い間欠泉が吹き上がる。

「あ? ごほっ、うぐぐっ!」

熱い飛沫に喉を灼かれながらも、弘明は玲奈の絶頂を知る。(弓月誠『大人への階段 三人の個人教授』)

アクメの潮が、膣奥から噴き出して

唇で淫核を摘み上げ、ちゅうちゅうと吸い上げた。

絶頂の縁にいた由紀には、あまりに強すぎる刺激だった。

「あひぃっ! き、きょ……私、い、イクぅうっ!」

由紀の絶叫とともに、アクメの潮が、膣奥から噴き出してきて、京介の手や顎を、熱い飛沫にしとどに濡らす。

(弓月誠『甘い生活 最高の義母と最高の義姉妹』)

うるみがほとばしった

「いやあ! 出ちゃうよぉ」

ため口で叫びを上げた浅倉有希が、眉間をゆがめきって、口をくいしばりつつ、腰を痙攣させた。

途端に、男が射精でもするように、股の間からうるみがほとばしった。

びちゃびちゃと水音を起《た》てて、白っぽい愛液が飛び散る。(北沢拓也『夜のうつろい』)

ワレメから何かがぴゅっと飛び散り

「あはううっ、ああんっ、漏れちゃう!」

次の瞬間、綾乃のワレメから何かがぴゅっと飛び散り、ヌルッとしたものが智久の顔に垂れ落ちてきた。(真島雄二『お姉さんたちの特別レッスン』)

秘唇からピピッと透明な液が

「ぎゃー、あうう、イク、イクーッ……!」

白目を剝くようにして背を反らせ、汗を四方八方に振り巻きまがら絶叫したのだ。

明らかにクリトリス刺激で達したオルガスムスではない。

その証拠に秘唇からピピッと透明な液が迸って床に飛沫を散らした。(館淳一『アイドル女優 ぼくの調教体験』)

白い果汁がドッと吹き出す

目の前で、蜂蜜とは異なる、白い果汁がドッと吹き出すのが見えた。

その吹き出し口を中心に、舟底を舌で力強くベロベロと洗ってやると、結季は幼女のような甘えた声を上げた。

「ああん、んああんっ、はんっ、んんんっ……」(室伏彩生『熟蜜の誘い』)

プシャッと潮をしぶかせた

性感の上昇と完全に一致した指ピストンで、アクメの波が襲いかかる。忙しく左右に振られていたヒップが、ワナワナと歓喜の震えを帯びはじめた。

「いく……イクっ、う——はあああああっ！」

全身を暴れさせた舞は、その瞬間プシャッと潮をしぶかせた。（橘真児『学園捜査線』）

熱い液体が勢い良く

叫ぶと同時に肉穴がきゅーっと収縮し、優治の指を引きちぎらんばかりにきつく締めつけた。

それでもかまわず、指でピストン運動を繰り返しながらクリトリスをしゃぶりつづけていると、なにか熱い液体が勢い良く晴香の秘唇の奥から迸り出てきた。

それは飛沫となって、あたりに飛び散った。（新堂麗太『個人授業〔女家庭教師と未亡人ママ〕』）

ああッ、出ちゃう！


「だめッ、イクッ！……ああッ、出ちゃう！」

絶頂に達して奈央子は反り返った。同時になにかが迸った。ピュッ、ピュッと、つづけて迸る。それも快感だった。身ぶるいする快感だった。（雨宮慶『人妻弁護士・三十六歳』）

膣内から透明な液体が

何度も何度も、絞りだすように肛壁に浴びせかけられる男の精液。穴が白濁で埋めつくされそうになった時、膣内から透明な液体が噴きだした。

「はあああッ」

立ちバックでアナルを貫かれたまま、今度は潮を噴いてしまった。（夏月燐『［制服レイプ］狙われた六人の美囚』）

のけ反るようにしながら

舐めあげた瞬間、口中に潮を吹かれたのである。

「あッ」と思ったが、ここは我慢のしどころ、そう思い、ためらわずクンニリングスを続行した。

「あーン、あーン」と、鼻にかかる呻きをあげ、

「いい、いい、いいッ……」

と、全身のけ反るようにしながら、なお潮を吹く。

（赤松光夫『人妻えっち』）

透明な液が噴き上がる

「んっふぅううう……～～ッ！」

ぷしッ！

結合部から透明な液が噴き上がる。潮を噴くと同時に淫ら壺は恐ろしい力で男根を締め上げる。（兵藤凛『母と僕　紗奈33歳』）

多量の淫水が噴きだして

「はあっ、ああーっ、イクゥッ！……可南子、オマ×コが……オマ×コが、イッちゃうぅっ！」

手指の爪が教師の背中に食いこむほど、感極まっていた。膣のなかで、艶かしく充血したGスポットがわらわらっと解け、多量の淫水が噴きだしてくる。ピュッ、ピュッと飛びちって、結合部分に溢れだす。（夏島彩『危険な家庭訪問 担任教師と三人の母』）

ピュッ、ピュッと間を置いて飛び出し

「ああァァァ……来る！……はうッ！」

千夏が、がくがくと躍りあがった。その瞬間、何かが噴き出すのを感じて、とっさに肉棹を抜いた。出てきた。あれがピュッ、ピュッと間を置いて飛び出し、小さな放物線を描いてソファを濡らした。（島村馨『夜の新米監督』）

潮の飛沫をヴァギナから噴出させ

巨大な張り型を腰に装着した絵理が、亜沙美の綻んだ秘芯を穿《うが》つ。

「あぁぁぁぁ〜！　いやぁぁぁ〜‼」

甲高い嬌声が室内に響き渡り、すでに何度かアクメに達しているのか、亜沙美は潮の飛沫をヴァギナから噴出させていた。（向坂翔『女教師』）

熱いシャワーが迸った

指先の動きが激しさを増した。彼女は両手でシーツをギュッと握りしめ、

「イ、イクーッ」

声を弾ませ、グイッと腰を突き出した。そのとき、両足が伸び、硬直した。

そして、達也の掌に、熱いシャワーが迸った。（宇佐美優『抱いてください』）

愛液が小便のように噴きだして

知代の腰が8の字を描くように、淫猥に蠢く。剛直を呑みこんだ肉洞からは、プチュ、グチョッという淫猥な潤滑音が響き、愛液が小便のように噴きだしてきている。潮を噴いているのだ。（星野聖『〔三人の美乳〕黒い下着の熟妻』）

愛液がほとばしった

朧がなおも膣内の天井をこすっていると、たちまちピュッと潮噴きするように愛液がほとばしった。

「ああーッ……！」（睦月影郎『巫女の秘香』）

ピュッと大量の愛液が噴出し

恭吾がなおも前後の穴で指をこすり、クリトリスを甘噛みしながら舌を這わせていると、とうとう彼女は大きな快感のうねりに身悶えはじめていった。

「い、いっちゃう……！　アアーッ……！」

紫乃は声を上げ、身を弓なりに反らせて硬直し、ヒクヒクと痙攣した。同時にピュッと大量の愛液が噴出し、

彼の口を濡らした。（睦月影郎『女流淫法帖』）

潮吹きをするように大量の愛液を

クリトリスを軽く噛むたびに、友里子はビクッと下腹を波打たせて反応し、新たな愛液を漏らした。

「アアーッ……！　も、もうダメ……！」

たちまち友里子がガクンガクンと激しく身悶え、まるで潮吹きをするように大量の愛液を噴出させた。（睦月影郎『アニメヒロイン亜里沙　美少女たちの淫らウォーズ』）

大量の潮吹きをして

そして肛門に指を浅く入れ、さらに奥までズブズブと押し込み、膣口にも二本の指を入れて天井をこすりながら再びクリトリスを舐め回した。

「アアーッ……！　ダメ、いってしまう……！」

絵島はのけぞり、大量の潮吹きをして痙攣を続けた。

（睦月影郎『女神の香り』）

ワレメの間から大量の潮をふき

「いく……、ああーッ！」

美百合が先に昇りつめ、密着したワレメの間から大量の潮をふき、ガクンガクンと全身を激しく痙攣させた。

（睦月影郎『僕の初体験』）

粗相したように大量の潮を

「も、もう駄目、アアーッ……！」

たちまち沙羅は、ガクンガクンと狂おしい痙攣を起こして昇り詰めてしまった。

凄まじいオルガスムスの波に、弾き飛ばされるように浩明が顔を引き離すと、沙羅は粗《そ》相《そう》したように大量の潮を噴き、横向きになって身体を丸めてしまった。（睦月影郎『くノ一夢幻』）

射精するように潮吹きを

たちまち優子は熟れ肌を痙攣《けいれん》させ、口走りながら激しく反り返った。

同時にワレメから射精するように潮吹きをし、前後の穴がきつく彼の指を締めつけてきた。

「ああーッ……！」

優子はのけぞったまま声を上げ、長く尾を引きながら次第にグッタリとなっていった。（睦月影郎『保育園の誘惑』）

大量の潮が噴きだした

ひときわ甲高い悲鳴とともに、異変が起こった。アクメに達したと思った瞬間、女の割れ目から大量の潮が噴きだしたのだ。

まるで水鉄砲の乱れ撃ちだった。耕一のスーツやネクタイにも飛沫《しぶき》が飛んできたが、気にもならないくらいその光景は美しくも淫らで、指の動きをとめることができなかった。（草凪優『ごっくん美妻』）

透明な分泌液が、ぴぴゅーっ、と

そして次の瞬間、思ってもみなかったことが起こった。指の抜き差しに合わせて、透明な分泌液が、ぴぴゅーっ、と飛びだしたのだ。

「いっ、いくっ！　いっちゃううううううううううーっ！」

白眼を剥きながらのけぞっていく佳乃子の股間を、周一は執拗《しつよう》に穿《うが》ちつづけた。（草凪優『マンションの鍵貸します』）

ピュッと愛液をほとばしらせ

「ア……、ダメ……、ヒイッ……！」

友恵は狂おしく声を洩らし、ガクガクと全身を痙攣《けいれん》させた。同時に、ピュッと愛液をほとばしらせ、あとは声もなく硬直したまま動かなくなってしまった。（睦月影郎『巨乳の味』）

プシュップシュップシュッと飛沫《しぶき》が

「いやいやいやいやあああっ……」

女体がブリッジするように反りかえった。

「だ、だめっ！　そ、そんなにしたらっ……出るっ……出ちゃううううーっ！」

万里が痛切に声を絞ったのと、女の割れ目からプシュップシュップシュッと飛沫《しぶき》がたったのが同時だった。（草凪優『発情期』）

太腿の間から、一条の水流が

未菜美は凄まじい悲鳴と同時に、全身をがくがくと波打たせる。同時に開かれた白い太腿の間から、一条の水流がほとばしる。

「あっ、あっ、あっ」

放水は、潮という言葉通りに断続的に噴き出し、床にたたきつけられる。未菜美の足元の床にあっという間に、水たまりが出来た。（藤隆生『ビーチの妖精姉妹　隷辱の誓い』）

半透明の粘液が勢いよく飛び出し

開脚した長い脚が激しく痙攣し、真っ白な背中が大きく弓なりになる。そして、ぱっくりと口を開けている秘裂の上から、半透明の粘液が勢いよく飛び出してきた。

「ああ、ああっ、見ちゃいやあぁぁぁ」（藤隆生『人気モデル　恥辱の強制開脚』）

潮を吹いて達した

「先生……ああっ……ダメ。イッちゃう……」

下半身を襲った快楽の波が子宮に込み上げ、美和は潮を吹いて達した。尿道から、小水とは違うサラッとした液が飛び散り、風間の腹部に掛かった。（黒沢美貴『かくれんぼ』）

激しく潮を飛び散らせ

里佳子が息を詰まらせながら、背中を弓のように仰け反らせている。

「ああっ、もうだめっ、いく、イクっ、イクううううう」

バイブと媚肉の隙間から、激しく潮を飛び散らせ、里佳子は全身を痙攣させてエクスタシーへ昇りつめた。（藤隆生『美人ゴルファー 公開調教』）

潮を吹き上げて

「あああああっっっ」

怒張した男根で秘肉を掻き回され、美和はついに達した。亀頭に埋められた真珠がGスポットを直撃したのだろう、美和は潮を吹き上げてしまった。（黒沢美貴『かくれんぼ』）

一気に噴出した大量の液体

ちゅうちゅうとクリトリスを吸いあげる音と、粘膜と指がこすれ合う破裂音だけが部屋のなかを満たしていた。

「…………」

いっぱいまで背中をのけぞらした美鈴が絶頂を告げたのは、その悲鳴によってではなく、羞恥の泉から一気に噴出した大量の液体によってだった。（冴木透『誘惑マンション—午後2時—』）

ひときわ熱い飛沫が大量に噴出し

噴出する泉は良太の手のひら全体をぐっしょりと濡らしている。おそらくは、ぴちぴちとした太腿の内側にも伝い流れていることだろう。

美女の反応に夢中になった良太は、さらに指先の動きを速めていく。

ひときわ熱い飛沫が大量に噴出し、良太の手のひらを濡らした。（冴木透『誘惑マンション—午後2時—』）

絶頂潮をぶちまけて

「いいのかっ!? お仕置きだぞ。勝手にイッたら、大変なことになるぞっ！」

「で、でも……あ、あぐぅ、イ、イク……あひぃ、イグイグーッ！」

いくら脅されても我慢などできるわけがない。寛子は小便のごとき勢いで絶頂潮をぶちまけて、派手なアクメを迎えた。（楠木悠一『最高の隣人妻』）

ピュッ、ピュッと潮を飛び散らせ

「ほふうぅ！ ひぃ……い、いひぃ！」

怒張にうがたれるたび嬉々として啼き喚き、寛子は自らもグイグイと腰を突きあげる。たった数分の抽送にピユッ、ピュピュッと潮を飛び散らせ、一気にアクメへと昇りつめ、そして……。（楠木悠『最高の隣人妻』）

熱いジュースは間欠泉のように

「ひっ、あひいんっ」

　熱いジュースは間欠泉のように噴出してくる。

「イクっ、あなたあ……あくっ……ふっ……」

　最後のほうはすでに言葉になっていなかった。均整のとれた白い裸身がびくびくと震え、ゆっくりと脱力していく。（冴木透『誘惑マンション―午後2時―』）

随喜の潮をビシャビシャと

　美弥子はグルンと目の玉を引っくりかえし、オルガスムスを極めた。

「イク、イグうぅ……う、うっ、んんんっ！」

　獣のように絶叫し、随喜の潮をビシャビシャと噴出させる。（楠木悠『叔母と三人の熟夫人　いたずらな午後』）

【大洪水】

大量の愛液が秘裂から噴出し

　ドプッ、ドプッ、と大量の愛液が秘裂から噴出し、膣壁をまさぐっていた浩史の指も手も、クリトリスに吸いついていた唇の周辺までも、ベタベタの蜜まみれにされてしまった。

「はぁっ……ひはぁ……はぁ……はぁ……ふうぅ」（開田あや『眼鏡っ娘パラダイス』）

あとからあとから蜜液があふれ

　たっぷり淫水をあふれさせた秘唇に、明彦は舌を這わせていく。

「ああっ、か、感じる」

　ベッドから腰を浮かせ、恭子は喜悦の声をあげた。

　恭子のクレバスを、明彦は努めて丁寧に舐めあげていった。そうしている間にも、あとからあとから蜜液があふれ、お尻のほうへ垂れ落ちていく。（牧村僚『未亡人叔母』）

愛液が、お尻のほうへ流れていく

　中指の腹で、硬くとがってきた肉芽を、小さな円を描くようにこねまわす。指の動きでパンティーの布地が浮き、こんこんと湧き出てきた愛液が、お尻のほうへ流れていくのがはっきりとわかる。

「ああ、駄目よ。ああっ、そんな、そんなこと。ああっ、雅弘、あたし、あたし、もう、いっちゃう。あああっ」

　オーガズムは、急激に襲ってきた。全身ががくがくと震え、立っていることは不可能だった。（牧村僚『母姉誘惑』）

溢れる淫液は、ふたりの鼠蹊部を濡らし

「あぁ……あん、あ、あん、あン」

高まる喘ぎ。金網がギシギシと困惑した音をたてる。

結合部から溢れる淫液は、ふたりの鼠蹊部《そけいぶ》を夥《おびただ》しく濡らしていた。（橘真児『新婚えっち』）

恥蜜がこぼれ、摩擦で泡立つ

「はううッ、う、いいー、あ、あふ」

出入りする肉茎のすぐ上で、アヌスがヒクヒクと収縮する。結合部からは多量の恥蜜がこぼれ、摩擦で泡立つ。飛び散るしぶきが、公紀の恥毛や陰嚢までも濡らす。

（橘真児『ＯＬに手を出すな！』）

蜜液が、ドクドクと溢れ出し

目いっぱい一物を押し込んだまま、朋美のお尻を石臼を挽くようにしてまわした。

「す、凄い！　も、もうもうもうもう……」

朋美は全身を強張らせて、四肢を痙攣させた。蜜液が、ドクドクと溢れ出してきていた。（由布木皓人『蜜壺くらべ』）

止めどもなく溢れ出す愛液

もう膣のなかはグチャグチャだった。止めどもなく溢れ出す愛液で、ぬかるみきっていた。グチュグチュという淫靡な音が、部屋のなかに漂っていた。（由布木皓人『蜜壺くらべ』）

女陰は指が泳ぐほどに

割れ目を下から上になぞりあげると、熱い蜜が指にからみついてきた。

「んんんっ！」

佳織がせつなげに喘ぐ。

女陰は指が泳ぐほどに濡れていた。

指を動かすと、ぴちゃぴちゃといやらしい音がたった。

（草凪優『月子の指』）

熱湯のようなラブジュースが

「はぁあああっ……はぁあああっ……はぁああああっ……」

沙由貴の口から、悩ましいあえぎ声があふれた。女の割れ目からは熱湯のようなラブジュースがこんこんと流れだし、びっしりとひしめく肉層の間から白濁した本気汁までにじんできた。（草凪優『マンションの鍵貸します』）

淫らな汁が蜜壺から溢れ

「ひぃぃ、イクぅ、イッちゃううぅぅぅ」

限界を超えたとばかりに亜紗美の声は昂った叫びにな

った。腰が浮き上がり硬直が最高潮になる。亜紗美の口からは声にならぬ叫びが続いていた。腰が落ち痙攣の波が腰回りを中心に広がっていく。淫らな汁が蜜壺から溢れ、秘部はもうグショグショに濡れそぼっていた。（嵐山鐵『婦人科診察室　人妻と女医と狼』）

おびただしい膣液を噴出させ

ふたたび敏美が唇を噛みしめた。

「ああっ！　あ、あんっ‼」

二度目の悦楽の高みが彼女を襲ったのである。

大きなヒップをブルブルと震わせながら、敏美はおびただしい膣液を噴出させた。（高輪茂『女医』）

熱い汁が沁みでてくる

弘明は、深刺ししたままの勃起を、さらに真理子に突き刺して、そのまま尻を回転させる。

「あ、は、ひぃっ！　うぐ、あはぁぁっ！」

ぐぼぐぼ、と、真理子の奥で、ひときわ激しい水音がして、次の瞬間、二人のつなぎ目から、熱い汁が沁みでてくる。（弓月誠『大人への階段　三人の個人教授』）

蜜汁をとめどもなく溢れさせ

「ヒッイィッ。またイックゥーッ」

剛直の激突を膣奥と淫核へ同時に食らい、衝撃のアクメに痺れる貴和子。ドロドロとした蜜汁をとめどもなく溢れさせ、極太で尻を叩きのめされるたびに、それが膣際から威勢よく噴きあげる。（黒沢淳『熟妻フェロモン誘惑テニス倶楽部』）

愛液が泉のように湧出《ゆうしゅつ》した

市乃がもうじき達するということで、多恵の愛技が過激になったこともあるのだろうが、市乃の愛液が泉のように湧出《ゆうしゅつ》したということもあるだろう。

（おお、まさに花の蜜ではないか。十万本、二十万本という花の蜜か）

漂い上がってきた市乃の蜜香に硯杖が酔いそうになったとき、鋭い叫び声とともに体を弾ませ、四肢を痙攣させて、市乃は達した。（北山悦史『匂い水　薬師硯杖淫香帖』）

あふれるほどの愛蜜が

四郎の指戯で肉裂から広がった快美の渦が、ゆかりの身体を満たしきってもれだしていた。

ぷっ、ぴゅっ！

あふれるほどの愛蜜が、飛沫さえあげて分泌される。（巽飛呂彦『隣りの若奥様と熟奥様　人妻バレー教室』）

塩辛いヌルヌルの蜜が湧き上がって

秘口周辺をペチョペチョと舐めた。塩辛いヌルヌルの蜜が、舐めれば舐めるほど湧き上がってくる。

「あは……ん……くっ……んんっ……だめよ……感じすぎてだめっ」

瑞絵が尻を振った。（藍川京『柔肌いじり』）

激しく下腹を波打たせ

「い、いきそう……」

美鈴が声を上ずらせて言い、激しく下腹を波打たせた。ややもすれば容赦なく彼の顔に体重をかけ、大量の淫水を漏らしてきた。（睦月影郎『蜜猟人 朧十三郎 淫気楼』）

蜜が押し出されるように溢れ

秘芯は激しい収縮を繰り返していた。そのたびに蜜が押し出されるように溢れ、会陰をしたたっていった。はじめて見る女のエクスタシーだ。生き物のように蠢く花芯を、輝彦は憑かれたように見つめていた。（藍川京『背徳の柔肌』）

愛液も潮噴きをするように溢れ

「あうう……、ダメ、いく……、ああーッ……！」

たちまち美々香はオルガスムスに達し、ガクガクと腰を跳ね上げながら、あとは声もなくのけぞって熟れ肌を硬直させるばかりだった。

Gスポットを刺激しているから、愛液も潮噴きをするように溢れ、たちまち祐作の半面からシーツまでビショビショになってしまった。（睦月影郎『叔母の別荘』）

愛液がいくらでも溢れてくる

メスの匂いの漂う器官に舌を伸ばして舐めまわした。

「くうう……あう……はああ」

涼子の喘ぎは強烈な興奮剤だ。肉茎がビンビンと反応する。

ぬるぬるのやや塩辛い愛液がいくらでも溢れてくる。（藍川京『柔肌いじり』）

大量の淫水が溢れ

あかりは答え、気持ちを切り替えたように腰の動きを激しくさせていった。大量の淫水が溢れ、たちまち藤之も高まっていった。

「ああ……、い、いく……！」

あかりが口走ると同時に、膣内が激しい収縮を開始した。（睦月影郎『妖華 かがり淫法帖』）

大量の果汁を漏らし

「ダメ……。い、いっちゃう！ アアーッ……！」

石根にクリトリスを責められ、真紀がガクガクと股間を跳ね上げながら喘いだ。

大量の果汁を漏らし、とうとう真紀は絶頂に達してしまったようだ。（睦月影郎『熟《う》れどき淫らどき』）

愛液がピチャクチャと音を立て

やがて行男は巨乳に胸を押しつけ、立ち昇るフェロモンと熱く甘い吐息を嗅ぎながら、少しずつ腰を前後に突き動かしはじめた。

大洪水になった愛液がピチャクチャと音を立て、互いの股間をビショビショに濡らした。（睦月影郎『情欲少年―妖艶フェロモンめぐり―』）

大量の淫水を噴出させ

十三郎はオサネを舐め回しながら膣口にも指を二本入れて天井をこすり、左手の指は肛門に押し込んで三点責めをした。

蘭は身悶え、潮吹きするように大量の淫水を噴出させ、さらに貝の舌を伸ばして指を引き込むような蠢きを見せた。（睦月影郎『蜜猟人 朧十三郎紅夕風』）

溢れる蜜汁が互いの股間を

「いいわ……、もっと突いて、奥まで……！　アアッ……！」

静香が熱く口走りながら、跳ね上げるような腰の動きを強めていった。

恭二は振り落とされないようにしがみつき、静香に合わせて抽送し続けた。

溢れる蜜汁が互いの股間をびしょびしょにさせ、やがて恭二は激しく高まった。（睦月影郎『酔いもせず』）

後から後から愛液が噴出し

浩明が股間をぶつけるようにピストン運動をし続けると、後から後から愛液が噴出し、粗《そ》相《そう》したように互いの股間と布団がビショビショになってしまった。（睦月影郎『くノ一夢幻』）

大量に溢れる愛液が

「ああ……、いい気持ち……！」

由紀が熱く甘い息で口走り、腰を動かしはじめた。それに合わせ、彼も下から股間を突き上げ、何とも心地よい摩擦を味わった。大量に溢れる愛液が、まるで粗《そ》相《そう》をしたように互いの接点をビショビショにさせ、ピチャクチャと卑猥に湿った音を響かせた。（睦月影郎『フェロモン探偵局』）

淫水が淫らな音を

小眉は少しずつ腰を動かし、肌全体をこすりつけてきた。十三郎も両の乳首を交互に吸いながら、下から股間を突き上げて動きを合わせていった。

大量に溢れる淫水が彼の股間まで濡らし、ぴちゃくちゃと淫らな音を立てた。（睦月影郎『蜜猟人 朧十三郎秘悦花』）

溢れる愛液は陰のうまでヌメらせ

溢れる愛液は塚田の陰のうまでヌメらせ、互いの接点からピチャクチャと淫らな音が聞こえはじめた。

「い、いくッ……！」

たちまち裕美は本格的に高まったようで、声を上ずらせて激しく喘いだ。（睦月影郎『蜜猟のアロマ』）

大量の淫水は溢れ続け

どうやら声も出せず、呼吸さえままならなくなったように、本格的に気を遣ったようだった。大量の淫水は溢れ続け、粗相でもしたように互いの股間をびしょびしょにさせて、動くたびに湿った音を立てた。（睦月影郎『流れ星 外道剣 淫導師・流一郎太』）

蜜汁が大洪水に

「ああッ……！ そこ、気持ちいいッ……！」

オサネを舐め上げると、美和が声を上ずらせて喘《あえ》ぎ、クネクネと腰をよじらせはじめた。

柔らかな恥毛には可愛らしい体臭が馥郁と籠もり、しかし割れ目内部は蜜汁が大洪水になっていた。（睦月影郎『うたかた絵巻』）

【涙】

涙とともに天に駆け上がっていく

竹内が雄叫びを上げ千恵の中に全てを放出した。千恵が涙とともに天に駆け上がっていく。

「ダメ、ダメぇぇぇえっ、ひいっ、イ、イクぅぅぅぅっ」

最後の悲鳴を響かせ千恵は絶頂に達し力尽きた。（嵐山鐵『婦人科診察室 人妻と女医と狼』）

目尻から涙がこぼれ落ちる

「直行さん……ああっ……あたし……もう」

香坂の背中に回していた手を腰へと移して、のけ反りながら沙恵子はエクスタシーの叫びをあげた。

何故か理由はわからずに、目尻から涙がこぼれ落ちるのを沙恵子は感じた。（一条きらら『秘惑』）

歓喜の涙が瞳からあふれ

沙由貴が細めた眼で見つめてくる。歓喜の涙が瞳からあふれ、淫ら色に上気した双頬を濡らす。

「わ、わたし、もう我慢できないっ……いっ、いきそうっ……いっちゃいそうっ……はぁあああああっ……」

（草凪優『マンションの鍵貸します』）

ああ、すごい……涙が出そう

洋平はぐいぐいと腰を振った。

「ああ、すごい……涙が出そう、ああっ、そこ……ああ、だめっ……あッ、あッ、だめえ、イク……またイッちゃう」

　数えきれぬほど総身を痙攣《けいれん》させて達した千秋が、喉を引き絞るような絶叫を上げたとき、洋平も目の前がかすむような射精の快感に衝《つ》き上げられ、唸りながら、結合は解かずに、どくどくと吐精していた。（北沢拓也『夜のしずく』）

唇から嗚咽《おえつ》が漏れ

「ああっ、きて。いいの、いつでもいいのよ。わたし、もう、だめ」

　瞬間、堰《せき》を切って弾き割れた。白い濁液が筒を伝い、飛び散った。全身に痺れを伴った快感が突き抜ける。力任せに抱きしめた。

　胸板に埋もれていた唇から嗚咽《おえつ》が漏れ、涙の溢れる目を、じゃれ付くようにこすり付けてきた……。（末廣圭『濡事』）

目尻から一滴《ひとしずく》の煌《きらめ》きが

「あーっ、わたし、いきます。あっ、あなたが……、わたしの膣《なか》に……」

　その瞬間、芦田比呂子の目尻から一滴《ひとしずく》の煌《きらめ》きが流れ落ち、そして淫らな中にも、愛らしい笑みを口元に浮かばせたのだった。（末廣圭『姦視』）

目尻から涙を流しながら

　ひしゃげた子宮から、全身をジーンと痺れさせる感覚が湧くと、美香子は目尻から涙を流しながら、

「それよ、いい……してして、もっと……ああ、あなた、気持ちいいの。イッちゃいそう。どうしよう、ああああ、イク……来て、来て、一緒よ。あなた……あなた、かけてーッ」

　それはまさに牝の唸りだった。（高竜也『若兄嫁と未亡人兄嫁』）

きれぎれに感泣する

　肉と肉が叩き合う音といっしょに友紀がきれぎれに感泣する。その声がまた、しだいに切迫してきて、阿木のほうも耐えに耐えた快感がドッとペニスに押し寄せてきた。

「ああまた、またイクゥー！」

　絶頂を告げる友紀の眼から涙が流れている。（雨宮慶『黒い下着の人妻』）

ポロポロと涙をあふれさせ

「ああっ！　だ、ダメ……いっちゃう！　変になっちゃううう……」

　菜津美が唇を離して絶叫した。

　潤みきった瞳からポロポロと涙をあふれさせ、濡れた頬が透明に輝いて見えた。（赤星優一郎『若妻バスガイ

ド』）

【よだれ　涎】

涎にまみれた紅唇をわななかせて

「出して、あなたっ！　いっぱい出してっ……ああっ、イクイクイクッ！　圭子もイッちゃいますううううーっ！」

壊れたロボットのようにガクンッガクンッと四肢を動かし、圭子は全身をこわばらせた。眉根を寄せ、白眼を剝き、涎にまみれた紅唇をわななかせて、恍惚に歪んだ声をあげた。（神子清光『蜜色の檻』）

涎れを垂らし喜悦の叫びを

雄二は白い細腰を摑み、一気に小夜子の尻を自分の腰に引き寄せた。小夜子は貫かれた喜びに全身を震わせ刺し貫かれるたびに、「はうっ」と快感のあまり口の端から涎れを垂らし喜悦の叫びをあげた。（東根叡二『45日調教　女銀行員理沙・二十八歳』）

涎を零し、涙を滲ませ

「いっ……く、くっ！　お、おぉ、イク、イクぅぅ……イッ、クゥ！」

目の玉をひっくり返し、獣のような呻き声を上げ、気が触れたように頭を掻《か》き毟《むし》る。

涎を零し、涙を滲ませ、電気ショックを受けたように全身を硬直させる。（櫻木充『だれにも言わない？』）

口の端から涎が滴り落ちる

中条は自分の恥骨で、女のクリトリスをコリコリ擦った。

麗子の身体が思いきり反りかえり、口の端から涎れが滴り落ちる。天井目指して見開かれた目はすでになにも映していない。（藤崎玲『麗獣〔人妻姉奴隷〕』）

唾液の糸を引きながら口走った

石根も彼女の舌を吸い、トロリと注がれる唾液で喉を潤しながら股間の突き上げを激しくさせていった。

「アア……、もうダメ、いく……」

聖子が口を離し、淫らに唾液の糸を引きながら口走った。（睦月影郎『熟れどき淫らどき』）

赤い唇が、涎《よだれ》で妖しく濡れて

「ああっ、いやあっ！」

美咲が叫んだ。髪を振り乱して振りかえった。

「そ、そんなにしたらっ……いっちゃうっ……わたし、いっちゃうっ……」

閉じることのできなくなった赤い唇が、涎《よだれ》で妖しく濡れていた。（草凪優『色街そだち』）

全身を痙攣させながら

舌をからめ、十三郎は甘い吐息に酔いしれながら股間を突き上げ続けた。

「アアッ……！　い、いく……！」

梓が口を離し、淫らに唾液の糸を引きながら腰の動きを速めた。そして狂おしく全身を痙攣《けいれん》させながら激しく気を遣った。（睦月影郎『蜜猟人　朧十三郎　紅夕風』）

唇の端から涎れを垂らし

「ひっ、ひーいっ」

堂本がピッチを速めた。玲子は子宮に熱い液体が噴きつけられるを感じながら、ひときわ高い絶叫を残し、唇の端から涎れを垂らし、のけ反った。（東根叡二『美囚姉妹　女医と女子大生』）

淫らに唾液の糸を引きながら

「い、いく……、ああーッ……！」

やがて淳子は口を離してのけ反り、淫らに唾液の糸を引きながら声を上げた。同時に膣内も、オルガスムスの収縮と蠢動に包まれ、たちまち治郎も巻き込まれるように絶頂に達してしまった。（睦月影郎『みだれ浪漫』）

涎れが溢れ

有紀の目の前に、亜理沙のラブジュースでぬめった怒張が突きつけられた。

有紀はまったくためらうことなく、先端を咥えこんでいく。

「うんっ……うっんっ」

おいしかった。涎れが溢れ、唇の端から流れた。（香山洋一『新妻・有紀と美貴』）

あとがき

官能小説を載せたり新刊の紹介をしたりするメディアは、スポーツ紙や夕刊紙、あるいはエンターテインメント系の雑誌なので、もともと堅苦しい媒体ではない。硬軟とり混ぜたメディアでも、そのコラムはお色気系だったりする。とはいえ、それぞれの出版コードや編集部の方針によって、官能シーンの掲出には、高校生以下の美少女が主役のものは避けてほしい、ハードなSMは歓迎しない、スカトロジーは敬遠したい、といった暗黙の要望を感じさせる媒体もある。自己規制というよりは、あまりにマニア色の濃いものは読者層に合致しないという理由が大きいだろう。したがって、官能小説の新刊すべてを紹介の対象にできない事情もあったが、このところマニアと読者層の境壁がうすくなった部分もあって、たとえばSMなどは、作品によっては女性読者にまで愛読されるようになってきている。

新刊紹介として掲出できなかった本でも、読んだ内容はノートに記入し、印象的な官能シーンと表紙をコピーし、保存してきた。部分的に紛失したり、整理が追いつかずに積み上げてある資料もある。

そのうち、ここ10年ほどの作品を中心に選び出して、女の「絶頂」シーンを分類したのがこの用語用例辞典である。ここ10年ほどにかぎったとはいえ、とりあげた文献（作品）は四九九（作者の数は一二一）、用例は一九四七にのぼる。

本書を編んでみて実感させられたのは、描写される女の「絶頂」の姿態が、じつに多様であることだった。現実と想像を織り交ぜながら、シーンを描き出し、言葉を紡いできた作家たちに、あらためて感服した。

その背景には、年代的に蓄積されてきた、潤沢な官能表現の宝庫がある。おそらく言語別の世界的な分野においても、日本語ならではの語感によって醸成された特別の範疇《はんちゅう》にあるといえるだろう。そして現在は、そのピークに達しているという見方が、この辞典を編集した動機にもなっている。

これまでにも折りにふれて書いてきたが、官能小説の性表現は、戦時中から戦後にかけての長期間、官憲による摘発によって、きびしく制約されてきた。出版史上に有名な『チャタレイ夫人の恋人』や『四畳半襖《ふすま》の下張』などの裁判を記憶している読者も多いことだろう。何をもって猥褻表現とするのか、表現の自由はいかに守られるべきか、という判断は、時代の推移によって大きく変わっている。性行為自体は人類存続のために不可欠であるのに、それを如実に描き、あるいは読者と感応を共有するシーンがなぜ犯罪なのか、それは権力者の体制による判断に左右される。

官能小説が最後に摘発されたのは、一九七八年の『初夜の海』（富島健夫）だった。それ以前の一九六〇年代後半から、摘発はかなり緩和されていたが、作家や編集者は、警察に呼び出されて摘発をちらつかされ、油を搾られるのは嫌《いや》なので、婉曲な表現に工夫をこらした。

それだけが理由ではないが、むしろ婉曲で隠微な表現が官能性をより昂めることがわかってくると、摘発のない時代になっても、官能表現の肥沃な土壌を耕す努力がつづけられた。そして現在では、比喩的な表現がかえって不自然で官能性を削《そ》ぐことになるとみる傾向も表われている。官能表現の開花がピークを越えようとしているという実感が、この辞典を編集するタイミングを示唆したといえる。とはいっても、官能表現の宝庫が崩壊したわけではないので、そうした現状を知ったうえで、独自の感覚を生かしながら、この辞典を活用していただければと願っている。

ほかの分野の小説では、ついていけない性的妄想とか、誇張しすぎた表現でも、官能小説では、さして無理なく自家薬籠中のものにしてしまう。当初は抵抗を感じる読者でも、ちょうど食べ慣れない果物のマンゴーの味が病みつきになっていくように、官能小説ならではの表現に感応していくようになる。そんな妙味も多様な官能分野から感受していただければと願っている。

このように感興の深い表現を醸成してきた官能作家たちに敬意をこめて感謝したい。また、この辞典の上梓に多大な協力を惜しまず、ご鞭撻くださった福島紀幸さんに厚くお礼を申し上げたい。

平和のあかしでもある官能小説の隆盛を願って。

二〇〇八年秋　永田守弘

用例文献一覧（作者名・書名・版元・刊行年月）

【あ行】
藍川京《あいかわきょう》『人妻のぬめり』双葉文庫02／9
藍川京『蜜の誘惑』祥伝社文庫02／9
藍川京『診察室』幻冬舎アウトロー文庫02／12
藍川京『夜の指 人形の家1』幻冬舎アウトロー文庫03／2
藍川京『柔肌いじり』双葉文庫03／3
藍川京『閉じている膝 人形の家2』幻冬舎アウトロー文庫03／4
藍川京『紅い花 人形の家3』幻冬舎アウトロー文庫03／6
藍川京『蜜化粧』祥伝社文庫03／6
藍川京『背徳の柔肌』双葉文庫03／7
藍川京『十九歳 人形の家4』幻冬舎アウトロー文庫03／8
藍川京『炎華』双葉文庫03／9
藍川京『未亡人』幻冬舎アウトロー文庫03／12
藍川京『爛漫花《か》』双葉文庫04／3
藍川京『年上の女《ひと》』幻冬舎アウトロー文庫04／10
藍川京『小悪魔な彼女』双葉文庫05／2
藍川京『秘書室』幻冬舎アウトロー文庫05／6
藍川京『緋の館』太田出版太田新書05／8
藍川京『美しくも淫らに』双葉文庫05／8
藍川京『歔《な》き紅《くれない》の女《ひと》』日本出版社アップル・ノベルズ05／12
藍川京『黒い館―人妻秘密倶楽部―』太田新書06／1
藍川京『魅惑の女主人』双葉文庫06／3
藍川京『蜜追い人《びと》』祥伝社文庫06／6
藍川京『たまゆら』幻冬舎アウトロー文庫06／8
藍川京『淫らな指先』双葉文庫07／3
藍川京『継母《ままはは》』幻冬舎アウトロー文庫07／4
藍川京『緋色の刻《とき》』徳間文庫07／7
藍川京『人妻』幻冬舎アウトロー文庫07／8
葵妖児《あおいようじ》『お姉さんと僕』マドンナメイト文庫03／8
赤星優一郎《あかぼしゆういちろう》『年上淫情アルバム』フランス書院文庫パラダイス06／3
赤星優一郎『若妻バスガイド』フランス書院文庫パラダイス06／9
赤松光夫《あかまつみつお》『人妻えっち』双葉文庫02／7
亜沙木大介《あさぎだいすけ》『兄の婚約者・弟の牝奴隷』フランス書院文庫02／11
浅見馨《あさみかおる》『叔母はスチュワーデス』マドンナメイト文庫04／9
浅見馨『叔母はナース』マドンナメイト文庫06／7
浅見馨『叔母は未亡人 奈央子36歳』マドンナメイト文庫07／3
浅見馨『女教師 通勤電車』二見文庫07／9
麻美克人《あさみかつと》『熟臀義母《うれじりぎぼ》』フランス書院文庫04／12
東根叡二《あずまねえいじ》『45日調教 女銀行員理沙・二十八歳』フランス書

院文庫05／1
東根叡二『美囚姉妹 女医と女子大生』フランス書院文庫05／7
安達瑶《あだちよう》『は・れ・ん・ち』徳間文庫03／12
安達瑶『女体《にょたい》の刻印』廣済堂文庫04／10
安達瑶『お・し・お・き』徳間文庫07／2
安達瑶『危な絵のおんな 南蛮侍妖かし帖』ベスト時代文庫07／7
天乃渉《あまのわたる》『聖姉 真夜中は別の顔』フランス書院文庫02／9
雨宮慶《あまみやけい》『熟美人課長・不倫契約書』フランス書院文庫02／11
雨宮慶『黒い下着の人妻』フランス書院文庫センチュリー・ルネッサンス03／7
雨宮慶『美人アナ・狂愛のダイアリー』フランス書院文庫04／2
雨宮慶『六人の熟《うれ》未亡人』フランス書院文庫05／2
雨宮慶『人妻弁護士・三十六歳』フランス書院文庫07／1
雨宮慶『三十路《みそじ》妻〔密会〕』フランス書院文庫07／6
綾杉凛《あやすぎりん》『息子の女教師』フランス書院マスターズ文庫03／1
綾杉凛『妻の妹・三十九歳』フランス書院マスターズ文庫03／3
嵐山鐵《あらしやまてつ》『婦人科診察室 人妻と女医と狼』フランス書院文庫07／10
安藤仁《あんどうじん》『花びらめぐり』廣済堂文庫04／6
安藤仁『花びらあそび』廣済堂文庫04／11
安藤仁『花びらあつめ』廣済堂文庫05／4
安藤仁『花びらさがし』廣済堂文庫05／7
安藤仁『花びらざかり』廣済堂文庫05／10
安藤仁『花びらがえし』廣済堂文庫06／1
安藤仁『花びらのささやき―欲しがる人妻 蜜夢めぐり―』太田新書06／4
安藤仁『花唇《かしん》のまどろみ』廣済堂文庫06／6
安藤仁『花びらしぐれ』廣済堂文庫06／9
安藤仁『花びらくらべ』廣済堂文庫06／12
安藤仁『花びらあさり』廣済堂文庫07／2
安藤仁『花びらしずく』廣済堂文庫07／5
安藤仁『花びらすがり』廣済堂文庫07／8
安藤仁『花びら慕情』廣済堂文庫07／12
一条《いちじょう》きらら『秘惑』桃園文庫02／11
一条きらら『蜜の戯れ』ベストロマン文庫03／6
一条きらら『密会』桃園文庫03／10
一条きらら『蕩ける女』桃園文庫04／9
一ノ瀬真央《いちのせまお》『魔指と人妻 7：30発 悪夢の痴漢電車』フランス書院文庫04／7
宇佐美優《うさみゆう》『抱いてください』双葉文庫06／11
尾崎嶺《おざきれい》『美姉《びあね》の匂い』フランス書院文庫04／8
小野寺慧《おのでらけい》『セレブ妻 汚された美肉』マドンナメイト文庫06／3

【か行】

開田《かいだ》あや『人妻教師 白衣の痴態』ベストロマン文庫03／3
開田あや『眼鏡っ娘パラダイス』二見ブルーベリー・シリー

ズ05／8
海堂剛《かいどうごう》『凌辱の輪廻 部下の妻・同僚の妻・上司の妻』フランス書院文庫02／11
鏡龍樹《かがみりゅうき》『未亡人熟母の寝室〔Secret Lesson〕』フランス書院文庫02／10
鏡龍樹『淫色の卒業記念日 叔母と看護婦と女高校教師と』フランス書院文庫04／6
鏡龍樹『僕と最高のお姉さん〔六つの贈りもの〕』フランス書院文庫04／10
鏡龍樹『兄嫁姉妹』フランス書院文庫05／5
神楽稜《かぐらりょう》『熟・女・接・待 最高のリゾートホテル』フランス書院文庫パラダイス06／1
神楽稜『年上トライアングル 人妻誘惑カフェ』フランス書院文庫パラダイス06／8
葛西涼《かさいりょう》『僕とお姉さんの診察室』マドンナメイト文庫04／2
風間九郎《かざまくろう》『緊縛処女 倒錯の快感調教』マドンナメイト文庫02／8
夏月燐《かづきりん》『〔制服レイプ〕狙われた六人の美囚』フランス書院文庫05／4
佳奈淳《かなじゅん》『美人秘書・由希二十四歳 性隷の初夜』フランス書院文庫07／5
金澤潤《かなざわじゅん》『誘惑未亡人オフィス』フランス書院文庫05／10
神子清光《かみこせいこう》『蜜色の檻』双葉文庫07／1
香山洋一《かやまよういち》『新妻・有紀と美貴』フランス書院文庫02／12
香山洋一『美肉姉妹狩り二十七歳と二十三歳の牝檻』フランス書院文庫03／4
香山洋一『シンデレラの教壇 女教師・未公開授業』フランス書院文庫04／7
管野響《かんのきょう》『二人の義姉・新妻と女子大生』フランス書院文庫05／10
官能巨匠5人衆傑作選『人妻蜜夢』竹書房ラブロマン文庫05／2
如月蓮《きさらぎれん》『年上の隣人妻』フランス書院文庫06／11
如月蓮『三つの熟女体験〔人妻同窓会〕』フランス書院文庫07／4
北沢拓也《きたざわたくや》『愛宴の人妻』桃園文庫02／7
北沢拓也『蜜の罠』徳間文庫02／7
北沢拓也『夜光の獲物』廣済堂文庫02／12
北沢拓也『女唇《にょしん》の装い』双葉文庫03／6
北沢拓也『美唇《びしん》狩り』双葉文庫03／7
北沢拓也『蜜戯のあとさき』光文社文庫03／8
北沢拓也『獲物は人妻』廣済堂文庫04／1
北沢拓也『淑女の媚薬』双葉文庫04／3
北沢拓也『みだら妻』双葉文庫04／6
北沢拓也『夜を紡ぐめしべ』徳間文庫04／8
北沢拓也『爛熟のしずく』双葉文庫04／9
北沢拓也『淑女という名の獲物』徳間文庫05／3
北沢拓也『とめどなく蜜愛』徳間文庫05／5
北沢拓也『好色淑女』祥伝社文庫05／6
北沢拓也『人事部長の獲物』双葉文庫05／7

北沢拓也『人妻めしべ』竹書房ラブロマン文庫05／7
北沢拓也『蜜愛の媚薬』徳間文庫05／8
北沢拓也『花しずく』祥伝社文庫05／10
北沢拓也『一夜妻の女唇』桃園文庫05／10
北沢拓也『蜜戯の妖宴』双葉文庫05／10
北沢拓也『密事のぬかるみ』廣済堂文庫06／3
北沢拓也『愛らしき狂獣』徳間文庫06／5
北沢拓也『夜のしずく』双葉文庫06／6
北沢拓也『美熟のめしべ』桃園文庫06／8
北沢拓也『白い秘丘』双葉文庫06／9
北沢拓也『夜のうつろい』徳間文庫06／10
北沢拓也『熟愛』廣済堂文庫06／12
北沢拓也『夜の奔流』双葉文庫06／12
北沢拓也『虚飾の微笑』徳間文庫07／2
北沢拓也『夜のめしべ』双葉文庫07／4
北沢拓也『夜光の熟花』徳間文庫07／5
北沢拓也『夜を這う』双葉文庫07／7
北沢拓也『したたる』徳間文庫07／8
北沢拓也『天使の介護』徳間文庫07／10
北沢拓也『抱きごこち』廣済堂文庫07／12
北原童夢《きたはらどうむ》『看護婦・凌辱病棟』フランス書院文庫センチュリー・ルネッサンス02／8
北原童夢『倒錯の淫夢』河出i文庫02／11
北山悦史《きたやまえつし》『美姉妹 魔悦三重姦！』マドンナメイト文庫02／10
北山悦史『ソドムの淫楽』コスミック文庫03／4
北山悦史『淫能の蜜園』コスミック文庫03／9
北山悦史『潤蜜《じゅんみつ》の宴《うたげ》』双葉文庫03／12
北山悦史『淫技もっと激しく』マドンナメイト—R04／5
北山悦史『吐息 愛蜜の詩《しらべ》』廣済堂文庫04／5
北山悦史『蜜愛の刻《とき》』双葉文庫04／6
北山悦史『やわひだ詣で』ベスト時代文庫05／7
北山悦史『粘蜜さぐり』双葉文庫05／9
北山悦史『春香二〇歳—初めての相姦体験—』太田新書05／11
北山悦史『蜜のソムリエ』双葉文庫05／11
北山悦史『やわひだ巡り』ベスト時代文庫05／12
北山悦史『朱淫の誘い』双葉文庫06／1
北山悦史『手当て師佐平 白肌夢街道』学研M文庫06／5
北山悦史『淫能の秘剣』大洋時代文庫06／6
北山悦史『女家庭教師—秘密の個人レッスン—』太田新書06／9
北山悦史『隠れ医明庵 癒し剣』コスミック・時代文庫06／11
北山悦史『手当て師佐平 柔肌夢心中』学研M文庫07／2
北山悦史『辻占い源也斎 乱れ指南』廣済堂文庫07／4
北山悦史『媚熱ざかり』双葉文庫07／6
北山悦史『絵草子屋《えぞうしや》勘次《かんじ》 しぐれ剣』竹書房ラブロマン文庫07／7
北山悦史『隠れ医明庵 恩讐剣』コスミック・時代文庫07／

7
北山悦史『吉原螢狩り始末帖 花魁殺し《おいらんごろ》』学研M文庫07／8
北山悦史『家庭教師』二見文庫07／10
北山悦史『淫能の野剣』大洋時代文庫07／11
北山悦史『匂い水 薬師硯杖淫香帖』ベスト時代文庫07／11
鬼頭龍一《きとうりゅういち》『姉奴隷』フランス書院文庫センチュリー・ルネッサンス02／12
鬼頭龍一『美熟叔母と少年』フランス書院文庫03／5
鬼頭龍一『美姉《びあね》・黒下着の秘密』フランス書院文庫04／4
鬼頭龍一『盗まれた美母《ママ》』フランス書院文庫04／9
京塚龍之介《きょうつかりゅうのすけ》『熟嫁《うれよめ》』フランス書院マスターズ文庫03／3
綺羅光《きらひかる》『女教師・恥辱の旋律』フランス書院文庫センチュリー・ルネッサンス03／1
綺羅光『麗姉妹―慄える秘蜜―』竹書房ラブロマン文庫05／1
綺羅光『青の獣愛』フランス書院文庫？
桐野武士《きりのたけし》『黒い下着の隣人〔危険な熟女〕』フランス書院文庫04／5
霧原一輝《きりはらかずき》『恋鎖《れんさ》』双葉文庫06／7
霧原一輝『初夢は桃色』双葉文庫07／1
草凪優《くさなぎゆう》『ふしだら天使』双葉文庫04／9
草凪優『微熱デパート』双葉文庫04／11
草凪優『桃色リクルートガール』双葉文庫05／3
草凪優『下町純情艶娘《つやむすめ》』双葉文庫05／6
草凪優『性純ナース』双葉文庫05／9
草凪優『淫らに写して』双葉文庫05／11
草凪優『純情白書』双葉文庫06／1
草凪優『みせてあげる』祥伝社文庫06／2
草凪優『月子の指』徳間文庫06／4
草凪優『おさな妻』双葉文庫06／4
草凪優『祭りの夜に』双葉文庫06／7
草凪優『発情期』徳間文庫06／8
草凪優『色街そだち』祥伝社文庫06／12
草凪優『マンションの鍵貸します』双葉文庫07／2
草凪優『つまみ食い。』徳間文庫07／3
草凪優『晴れときどきエッチ』双葉文庫07／5
草凪優『夜の手習い』幻冬舎アウトロー文庫07／6
草凪優『秘密―ときめき夏休み―』竹書房ラブロマン文庫07／8
草凪優『ごっくん美妻《ミューズ》』双葉文庫07／11
楠木悠《くすのきゆう》『叔母と三人の熟《うれ》夫人 いたずらな午後』フランス書院文庫03／10
楠木悠『最高の隣人妻』フランス書院文庫05／1
久野一成《くのいっせい》『若叔母〔美乳〕』フランス書院文庫04／12
久野一成『初めての義母 美乳寝室』フランス書院文庫05／6
倉田稼頭鬼《くらたかずき》『若妻新入社員 恥辱の痴姦オフィス』フランス書院文庫04／9
倉田稼頭鬼『美人派遣社員 最終電車の魔指』フランス書院文庫04／12

黒沢淳《くろさわじゅん》『熟妻《うれづま》フェロモン 誘惑テニス倶楽部』フランス書院文庫06／10

黒澤禅《くろさわぜん》『三十四歳の実姉《じつあね》』フランス書院文庫02／11

黒澤禅『午前0時の美人看護婦』フランス書院文庫03／7

黒沢美貴《くろさわみき》『かくれんぼ』幻冬舎アウトロー文庫04／12

黒沢美貴『となりの果実』幻冬舎アウトロー文庫07／4

高竜也《こうたつや》『美人家庭教師・誘惑授業中』フランス書院文庫03／5

高竜也『熟《うれ》・姉・交・姦 少年たちの初体験』フランス書院文庫03／9

高竜也『若兄嫁と未亡人兄嫁』フランス書院文庫04／9

高竜也『愛戯の媚薬』桃園文庫05／2

高竜也『三人相姦 少年と叔母と義母』フランス書院文庫05／3

高竜也『少年と三人の母』フランス書院文庫05／8

高竜也『ふとい奴』桃園文庫06／3

高竜也『叔母と美姉―初めての誘惑レッスン―』太田新書06／7

高竜也『淑女の愛花』桃園文庫07／2

【さ行】

西条麗《さいじょうれい》『秘戯』フランス書院文庫03／8

西条麗『淫夜《みだらよる》「誘惑」と「恥姦」』フランス書院文庫03／12

西条麗『熟妻《うれづま》・禁戯』フランス書院文庫04／10

斎藤晃司《さいとうこうじ》『同級生のママと僕』マドンナメイト文庫02／11

斎藤晃司『きれいなお姉さんと僕』マドンナメイト文庫03／5

斎藤晃司『誘惑妻』二見文庫07／7

西門京《さいもんけい》『熟《うれ》未亡人教師 秘密生活のはじまり』フランス書院文庫03／1

西門京『家庭教師・美蜜』フランス書院文庫04／2

西蓮寺《さいれんじ》祐《ゆう》『インモラルマンション 高層の蜜宴』廣済堂文庫06／2

冴木透《さえきとおる》『誘惑マンション―午後2時―』フランス書院文庫07／1

向坂翔《さきさかしょう》『女教師』二見文庫07／3

櫻木充《さくらぎみつる》『危険な隣人 おばさまと新妻姉』フランス書院文庫02／10

櫻木充『未亡人美人課長・三十二歳』フランス書院文庫02／12

櫻木充『義姉《あね》の魔惑』双葉文庫03／10

櫻木充『年上の彼女〔危険な個人授業〕』フランス書院文庫04／1

櫻木充『義母《ぎぼ》〔スウィート・ランジェリー〕』フランス書院文庫04／3

櫻木充『僕のママ・友だちのお姉さん』フランス書院文庫04／7

櫻木充『抱いてほしいの』双葉文庫04／12

櫻木充『二人の美《び》臀母《じりはは》』フランス書院文庫05／6

櫻木充『感じてください』徳間文庫05／12

櫻木充『美・教師』双葉文庫06／9

櫻木充『僕の美獣〔新妻姉と美少女〕』フランス書院文庫06／11
櫻木充『だれにも言わない？』徳間文庫07／4
櫻木充『いけない姉になりたくて』徳間文庫07／9
里見翔《さとみしょう》『相姦蟻地獄』フランス書院文庫07／9
島村馨《しまむらかおる》『夜の代打王』廣済堂文庫06／5
島村馨『夜のラブ・キャッチャー』廣済堂文庫06／12
島村馨『夜の新米監督』廣済堂文庫07／6
白石澪《しらいしみお》『人妻・同窓会の夜に』フランス書院マスターズ文庫03／3
白石澪『美母と少年・七年相姦』フランス書院文庫05／1
新堂麗太《しんどうれいた》『僕だけの未亡人叔母』フランス書院文庫03／9
新堂麗太『女体授業〔二人の家庭教師〕』フランス書院文庫04／3
新堂麗太『義母と新任女教師 二つの青い体験』フランス書院文庫06／3
新堂麗太『個人授業〔女家庭教師と未亡人ママ〕』フランス書院文庫07／9
末廣圭《すえひろけい》『睦み愛』徳間文庫01／10
末廣圭『淫香《いんこう》』双葉文庫02／4
末廣圭『濡事《ぬれごと》』双葉文庫03／9
末廣圭『人妻惑い』徳間文庫04／1
末廣圭『姦視』双葉文庫04／2
末廣圭『艶《つや》な女《ひと》』双葉文庫04／7
末廣圭『白の乱舞』双葉文庫05／2
末廣圭『白日夢』コスミック文庫05／2
末廣圭『火照《ほて》り』徳間文庫05／3
末廣圭『純潔妻』徳間文庫05／6
末廣圭『痴情』双葉文庫05／8
末廣圭『魅せる肌』徳間文庫05／9
末廣圭『人妻讃歌』双葉文庫05／11
末廣圭『夢ごこち』廣済堂文庫05／11
末廣圭『情視』双葉文庫06／2
末廣圭『色彩《いろどり》』双葉文庫06／9
末廣圭『震える人妻』徳間文庫06／2
末廣圭『萌ゆるとき』徳間文庫07／2
末廣圭『紅《くれない》の館』双葉文庫07／3
末廣圭『ふたまたな女たち』徳間文庫07／5
末廣圭『虚色の館』双葉文庫07／6
末廣圭『夢うつつ』徳間文庫07／8
末廣圭『妖花の館』双葉文庫07／9
相馬哲生《そうまてっせい》『〔タブー〕禁じられた隣人たち』フランス書院文庫05／3
相馬哲生『隣人《ひと》の妻 六つの禁断寝室』フランス書院文庫05／11

【た行】

高木《たかぎ》七郎《しちろう》『婦人科医と若妻』フランス書院文庫03／2
鷹澤《たかざわ》フブキ『淑女たちの愛玩美少年』マドンナミストレス03／3
鷹澤フブキ『社長秘書—誘う指先—』太田新書06／3

高輪茂《たかなわしげる》『女性捜査官 悪魔たちの肉検査』マドンナメイト文庫02／12
橘 真児《たちばなしんじ》『新婚えっち』双葉文庫04／11
橘真児『雪蜜娘《ゆきみつむすめ》』双葉文庫05／12
橘真児『OLに手を出すな！』双葉文庫06／3
橘真児『美尻《びじり》物語』双葉文庫06／6
橘真児『ヒップにご用心！』双葉文庫06／9
橘真児『召しませヒップ』双葉文庫06／12
橘真児『若妻ハルミの愉悦』竹書房ラブロマン文庫07／2
橘真児『学園捜査線』双葉文庫07／4
橘真児『眠れる滝の美女』双葉文庫07／7
橘真児『ビーチ区へようこそ』双葉文庫07／10
巽飛呂彦《たつみひろひこ》『密会 未亡人社員・三十五歳』フランス書院文庫03／10
巽飛呂彦『処女未亡人』フランス書院文庫04／2
巽飛呂彦『隣りの若奥様と熟《うれ》奥様 人妻バレー教室』フランス書院文庫06／4
館淳一《たてじゅんいち》『媚肉の報酬』ベストロマン文庫02／9
館淳一『美肉狩り』マドンナメイト文庫02／10
館淳一『女神の快楽玩具』マドンナミストレス03／2
館淳一『淫色』桃園文庫03／6
館淳一『清純派アイドル 特別レッスン』マドンナメイト文庫03／12
館淳一『アイドル女優 ぼくの調教体験』マドンナメイト文庫04／6
館淳一『卒業』幻冬舎アウトロー文庫05／6
館淳一『メル奴《ど》の告白』太田新書05／9
館淳一『つたない舌』幻冬舎アウトロー文庫05／10
館淳一『美人オーナー密室監禁』マドンナメイト文庫05／10
館淳一『秘密診察室』幻冬舎アウトロー文庫06／4
館淳一『魅入られて』双葉文庫07／9
館淳一『誘惑』二見文庫07／10
館淳一『目かくしがほどかれる夜』幻冬社アウトロー文庫06／12
団鬼六《だんおにろく》『妖女』太田新書05／9
千草忠夫《ちぐさただお》『悪魔の楽園① 白昼の猟人』アップル・ノベルズ03／6
千草忠夫『令嬢姉妹 掠奪姦』日本出版社アップル・ノベルズ05／2
千草忠夫『餓狼 処女喰い』日本出版社アップル・ノベルズ05／7
千草忠夫『闇への供物① 美囚の契り』日本出版社アップル・ノベルズ06／4
千草忠夫『凌辱学習塾② 弄《いじ》る』日本出版社アップル・ノベルズ07／5
月里友洋《つきざとともひろ》『若妻保母さん いけないご奉仕』フランス書院文庫パラダイス06／2
藤堂慎太郎《とうどうしんたろう》『美尻女教師』マドンナメイト文庫04／12
都倉葉《とくらよう》『下町巫女《みこ》三姉妹』フランス書院文庫パラダイス06／

冬野螢『痴漢とのぞき 人妻・三人の私生活』フランス書院文庫05／2
星野《ほしの》ぴあす『飼育週間 奴隷未亡人と息子』フランス書院文庫05／3
星野聖《ほしのひじり》『人妻派遣社員』フランス書院文庫03／12
星野聖『絶対禁忌 妻の友人と…』フランス書院文庫04／4
星野聖『若妻〔償い〕』フランス書院文庫05／8
星野聖『〔三人の美乳〕黒い下着の熟妻《うれづま》』フランス書院文庫07／3
穂南啓《ほなみけい》『〔誘惑スポーツクラブ〕金曜日の熟妻たち』フランス書院文庫パラダイス06／7

【ま行】

牧村僚《まきむらりょう》『姉と叔母 個人教授』フランス書院文庫センチュリー・ルネッサンス02／9
牧村僚『高校教師』フランス書院マスターズ文庫02／12
牧村僚『熟女の贈りもの』フランス書院文庫02／12
牧村僚『熟妻《うれづま》と少年 個人授業』フランス書院文庫センチュリー・ルネッサンス03／2
牧村僚『相姦志願 熟女先生と少年』フランス書院文庫03／3
牧村僚『熟女願望 隣りの人妻と僕のママ』フランス書院文庫03／7
牧村僚『人妻の肉宴』竹書房ラブロマン文庫03／8
牧村僚『情事のゆくえ』廣済堂文庫03／10
牧村僚『人妻艶戯』双葉文庫03／11
牧村僚『姉と黒いランジェリー』フランス書院文庫04／1
牧村僚『淑女淫戯』双葉文庫04／3
牧村僚『人妻乱戯』双葉文庫04／5
牧村僚『ふたりの熟母《うれはは》〔禁じられた贈りもの〕』フランス書院文庫04／6
牧村僚『淫望の街』双葉文庫04／8
牧村僚『熟淫妻《うれみだらづま》』フランス書院文庫04／9
牧村僚『未亡人と僕』フランス書院文庫05／1
牧村僚『熟女相談室 少年たちの相姦初体験』フランス書院文庫05／4
牧村僚『人妻 禁断の誘惑』竹書房ラブロマン文庫05／4
牧村僚『人妻たちの彩宴』双葉文庫05／6
牧村僚『蜜告』双葉文庫05／9
牧村僚『欲望のソナタ』双葉文庫06／2
牧村僚『母姉《ぼし》誘惑 魔淫の手ほどき』太田新書06／3
牧村僚『人妻 桃色レッスン』竹書房ラブロマン文庫06／5
牧村僚『人妻恋情』双葉文庫06／5
牧村僚『人妻浪漫』双葉文庫06／8
牧村僚『未亡人叔母』双葉文庫06／10
牧村僚『蜜姉《みつあね》―甘い誘い―』竹書房ラブロマン文庫06／11
牧村僚『僕の叔母』双葉文庫07／1
牧村僚『人妻再生委員会』廣済堂文庫07／4
牧村僚『義母と叔母』双葉文庫07／5
牧村僚『人妻生足クラブ』桃園文庫07／5
牧村僚『桃色同窓会』竹書房ラブロマン文庫07／5

牧村僚『貴婦人たちの夜』廣済堂文庫07／8
牧村僚『蜜約』双葉文庫07／8
牧村僚『人妻追慕』双葉文庫07／10
牧村僚『義母―誘惑の美肌―』竹書房ラブロマン文庫07／11
真島雄二《ましまゆうじ》『お姉さんの相談室』マドンナメイト文庫04／9
真島雄二『お姉さんたちの特別レッスン』マドンナメイト文庫05／3
真島雄二『官能学園のお姉さんたち』マドンナメイト文庫05／11
真島雄二『夜の秘書室』マドンナメイト文庫06／12
町村月《まちむらゆい》『美人課長・誘惑残業中 午後五時半からの江梨子』フランス書院文庫04／9
松田佳人《まつだよしと》『女教師学園 秘蜜の時間割』フランス書院文庫05／7
まどかゆき『魔性姉妹』廣済堂文庫03／12
まどかゆき『熟妻《じゅくづま》 蜜のカクテル』廣済堂文庫05／3
丸茂《まるも》ジュン『天使の誘惑』コスミック文庫03／4
丸茂ジュン『翔んで、ウタマロ』太田新書05／8
澪田貴《みおだたかし》『熟女【スウィート・フレグランス】』フランス書院文庫03／8
澪田貴『熟痴女《うれちじょ》』フランス書院文庫04／11
御影凌《みかげりょう》『美少女ないしょの初体験授業』マドンナメイト文庫04／12
美園満《みそのみちる》『運命の一日 人妻が牝になった時』フランス書院文庫03／6
皆月亨介《みなづきこうすけ》『母と叔母と…』マドンナメイト文庫05／5
皆月亨介『母の秘密』二見文庫06／7
深山幽谷《みやまゆうこく》『人妻監禁市場』マドンナメイト文庫06／6
深山幽谷『新妻公開調教室』マドンナメイト文庫07／2
睦月影郎《むつきかげろう》『僕と先生の個人授業』マドンナメイト文庫02／9
睦月影郎『いましめ』徳間文庫02／10
睦月影郎『おんな秘帖』祥伝社文庫03／6
睦月影郎『春情悶々』徳間文庫03／6
睦月影郎『僕の初体験』マドンナメイト文庫03／6
睦月影郎『淫蕩熟女の快感授業』河出i文庫03／7
睦月影郎『福淫天使』双葉文庫03／9
睦月影郎『人気女優 僕のときめき体験』マドンナメイト文庫03／11
睦月影郎『みだら秘帖』祥伝社文庫03／12
睦月影郎『美乳の秘密』双葉文庫04／2
睦月影郎『巨乳の味』日本出版社アップルノベルズ04／2
睦月影郎『あこがれの女教師《せんせい》』双葉文庫04／4
睦月影郎『白衣の匂い』大洋文庫04／6
睦月影郎『感交バスガイド』双葉文庫04／7
睦月影郎『蜜情沸々』徳間文庫04／11
睦月影郎『アニメヒロイン亜里沙 美少女たちの淫らウォーズ』マドンナメイト文庫05／1
睦月影郎『艶色ひとつ褥《しとね》』徳間文庫05／2
睦月影郎『蜜猟のアロマ』大洋文庫05／3
睦月影郎『迷彩フェロモン』双葉文庫05／3

睦月影郎『メイド・淫《イン》・蜜《ハニー》』双葉文庫05／5
睦月影郎『おしのび秘図』祥伝社文庫05／6
睦月影郎『無垢な小悪魔』廣済堂文庫05／8
睦月影郎『蜜猟人 朧十三郎 秘悦花《ひえつばな》』学研M文庫05／9
睦月影郎『寝みだれ秘図』祥伝社文庫05／10
睦月影郎『淫ら少年―凌辱課外授業―』太田新書05／10
睦月影郎『炎色《えんしょく》よがり声』徳間文庫05／11
睦月影郎『淫ら香の誘い』大洋文庫05／11
睦月影郎『いけない巫女《みこ》』双葉文庫05／12
睦月影郎『おんな曼陀羅《まんだら》』祥伝社文庫06／2
睦月影郎『色は匂えど』徳間文庫06／2
睦月影郎『妖華《ようか》 かがり淫法帖』廣済堂文庫06／2
睦月影郎『熟《う》れどき淫らどき』双葉文庫06／3
睦月影郎『流れ星 外道剣 淫導師・流一郎太』コスミック・時代文庫06／3
睦月影郎『はじらい吸血鬼《ヴァンパイア》』双葉文庫06／5
睦月影郎『はじらい曼陀羅』祥伝社文庫06／6
睦月影郎『女流淫法帖』二見文庫06／6
睦月影郎『浅き夢見じ』徳間文庫06／8
睦月影郎『情欲少年―妖艶フェロモンめぐり―』太田新書06／8
睦月影郎『女神の香り』竹書房ラブロマン文庫06／9
睦月影郎『ふしだら曼陀羅』祥伝社文庫06／10
睦月影郎『猟乱 かがり淫法帖』廣済堂文庫06／10
睦月影郎『蜜猟人 朧十三郎 紅夕風《べにゆうかぜ》』学研M文庫06／11
睦月影郎『酔いもせず』徳間文庫06／11
睦月影郎『フェロモン探偵局』双葉文庫06／12
睦月影郎『あやかし絵巻』祥伝社文庫07／2
睦月影郎『くノ一夢幻《むげん》』竹書房ラブロマン文庫07／3
睦月影郎『みだれ浪漫《ろまん》』双葉文庫07／3
睦月影郎『うたかた絵巻』祥伝社文庫07／4
睦月影郎『秘め色吐息』徳間文庫07／6
睦月影郎『保育園の誘惑』双葉文庫07／6
睦月影郎『人妻の香り』二見文庫07／7
睦月影郎『蜜猟人 朧十三郎 淫気楼《いんきろう》』学研M文庫07／7
睦月影郎『燃え色うなじ』徳間文庫07／8
睦月影郎『うれどき絵巻』祥伝社文庫07／9
睦月影郎『叔母の別荘』二見文庫07／9
睦月影郎『巫女《みこ》の秘香《ひこう》』竹書房ラブロマン文庫07／9
睦月影郎『巨乳諜報員《エージェント》』双葉文庫07／10
睦月影郎『泣き色ぼくろ』徳間文庫07／10
睦月影郎『淫ら妻の誘惑』大洋文庫07／10
睦月影郎『淫刀 新選組秘譚』二見文庫08／7
村井一馬《むらいかずま》『禁愛 タブー』フランス書院マスターズ文庫03／1
室伏彩生《むろふしあやお》『熟蜜《じゅくみつ》の誘い』廣済堂文庫06／9
室伏彩生『熟蜜めぐり』廣済堂文庫07／10
望月薫《もちづきかおる》『若妻 夫の部下に囚われて』フランス書院文庫02／8

【や行】

彌《や》永猟二《ながりようじ》『ママの発情儀式』マドンナメイト文庫02／12
柳静香《やなぎしずか》『初めての愛人』フランス書院マスターズ文庫02／12
山口香《やまぐちかおる》『総務部好色レポート』双葉文庫03／5
山口香『牝獣《めじゅう》狩り』双葉文庫03／8
山口香『好色専科』双葉文庫04／1
山口香『火遊びが好き』双葉文庫05／1
山口香『取締役秘書室長 出世快道まっしぐら』徳間文庫05／6
山路薫《やまじかおる》『愛欲のぬめり』双葉文庫03／8
山路薫『羨ましい指』双葉文庫03／10
山路薫『夜の義姉《あね》』双葉文庫04／3
山路薫『夜のご褒美』双葉文庫04／7
山路薫『夜の従妹《いとこ》』双葉文庫04／11
山路薫『甘い吐息』廣済堂文庫05／9
山路薫『義父の指』双葉文庫06／8
山路薫『美女いじめ』廣済堂文庫07／7
由布木皓人《ゆうきこうじん》『情欲の蔵』双葉文庫02／8
由布木皓人『濡れあそび』双葉文庫03／4
由布木皓人『蜜壺くらべ』双葉文庫03／10
由布木皓人『悦楽あそび』双葉文庫05／10
結城《ゆうき》彩雨《さいう》『人妻 Aの悲劇』フランス書院文庫03／2
結城《ゆうき》萌《もえ》『相姦の血脈 母と息子・義父と美娘《むすめ》』フランス書院文庫06／1
由《ゆ》紀《き》かほる『女子大生 蜜猟教室』廣済堂文庫04／12
由紀かほる『魅せられし美唇』桃園文庫06／5
弓月誠《ゆづきまこと》『年上初体験〔僕と未亡人〕』フランス書院文庫04／8
弓月誠『年上願望〔女教師と叔母〕』フランス書院文庫05／2
弓月誠『甘い生活 最高の義母と最高の義姉妹』フランス書院文庫06／9
弓月誠『大人への階段 三人の個人教授』フランス書院文庫07／2
夢野《ゆめの》乱月《らんげつ》『凌辱職員室 新人女教師〔真由と涼子〕』フランス書院文庫07／4
芳川葵《よしかわあおい》『相姦三重奏』フランス書院文庫06／4

【わ行】

渡辺《わたなべ》やよい『そして俺は途方に暮れる』双葉社04／2

本書は二〇〇八年一一月、河出*i*文庫として刊行されました。

官能小説《かんのうしょうせつ》「絶頂《ぜっちょう》」表現《ひょうげん》用語《ようご》用例辞典《ようれいじてん》

二〇〇八年一一月二〇日　初版発行
二〇二一年一〇月二〇日　新装版初版発行
二〇二四年　六 月三〇日　新装版４刷発行

編　者　永田《ながた》守弘《もりひろ》
発行者　小野寺優
発行所　株式会社河出書房新社
〒一六二-八五四四
東京都新宿区東五軒町二-一三
電話〇三-三四〇四-八六一一（編集）
〇三-三四〇四-一二〇一（営業）
https://www.kawade.co.jp/

ロゴ・表紙デザイン　粟津潔
本文フォーマット　佐々木暁
印刷・製本　中央精版印刷株式会社

Printed in Japan　ISBN978-4-309-41851-3

少年愛の美学　A感覚とV感覚

稲垣足穂　41514-7

永遠に美少年なるもの、A感覚、ヒップへの憧憬……タルホ的ノスタルジーの源泉ともいうべき記念碑的集大成。入門編も併録。恩田陸、長野まゆみ、星野智幸各氏絶賛の、シリーズ第２弾！

浄のセクソロジー

南方熊楠　中沢新一〔編〕　42063-9

両性具有、同性愛、わい雑、エロティシズム——生命の根幹にかかわり、生成しつつある生命の状態に直結する「性」の不思議をあつかう熊楠セクソロジーの全貌を、岩田準一あて書簡を中心にまとめる。

性愛論

橋爪大三郎　41565-9

ひとはなぜ、愛するのか。身体はなぜ、もうひとつの身体を求めるのか。猥褻論、性別論、性関係論からキリスト教圏の性愛倫理とその日本的展開まで。永遠の問いを原理的に考察。解説：上野千鶴子／大澤真幸

性・差別・民俗

赤松啓介　41527-7

夜這いなどの村落社会の性民俗、祭りなどの実際から部落差別の実際を描く。柳田民俗学が避けた非常民の民俗学の実践の金字塔。

江戸の性愛学

福田和彦　47135-8

性愛の知識普及にかけては、日本は先進国。とりわけ江戸時代には、この種の書籍の出版が盛んに行われ、もてはやされた。『女大学』のパロディ版を始め、初夜の心得、性の生理学を教える数々の性愛書を紹介。

吉原という異界

塩見鮮一郎　41410-2

不夜城「吉原」遊廓の成立・変遷・実態をつぶさに研究した、画期的な書。非人頭の屋敷の横、江戸の片隅に囲われたアジールの歴史と民俗。徳川幕府の裏面史。著者の代表傑作。

幸福は永遠に女だけのものだ

澁澤龍彥　40825-5

女性的原理を論じた表題作をはじめ、ホモ・セクシャリズムやフェティシズムを語る「異常性愛論」、女優をめぐる考察「モンロー神話の分析」……存在とエロスの関係を軽やかに読み解く傑作エッセイ。文庫オリジナル。

エロスの解剖

澁澤龍彥　41551-2

母性の女神に対する愛の女神を貞操帯から語る「女神の帯について」ほか、乳房コンプレックス、サド=マゾヒズムなど、エロスについての16のエッセイ集。没後30年を機に新装版で再登場。

結婚帝国

上野千鶴子／信田さよ子　41081-4

結婚は、本当に女のわかれ道なのか……？　もはや既婚／非婚のキーワードだけでは括れない「結婚」と「女」の現実を、〈オンナの味方〉二大巨頭が徹底的に語りあう！　文庫版のための追加対談収録！

スカートの下の劇場

上野千鶴子　41681-6

なぜ性器を隠すのか？　女はいかなる基準でパンティを選ぶのか？――女と男の非対称性に深く立ち入って、下着を通したセクシュアリティの文明史をあざやかに描ききり、大反響を呼んだ名著。新装版。

ボクたちのBL論

サンキュータツオ／春日太一　41648-9

ＢＬ愛好家サンキュータツオがＢＬと縁遠い男春日太一にＢＬの魅力を徹底講義！『俺たちのＢＬ論』を改題し、『ゴッドファーザー』から『おっさんずラブ』、百合まで論じる文庫特別編を加えた決定版！

日本の童貞

澁谷知美　41381-5

かつて「童貞」が、男子の美徳とされた時代があった⁉　気鋭の社会学者が、近代における童貞へのイメージ遍歴をラディカルに読みとき、現代ニッポンの性を浮かびあがらせる。

女の子は本当にピンクが好きなのか

堀越英美　41713-4

どうしてピンクを好きになる女の子が多いのか？　一方で「女の子＝ピンク」に居心地の悪さを感じるのはなぜ？　子供服から映画まで国内外の女児文化を徹底的に洗いだし、ピンクへの思いこみをときほぐす。

ヴァギナ　女性器の文化史

キャサリン・ブラックリッジ　藤田真利子〔訳〕　46351-3

男であれ女であれ、生まれてきたその場所をもっとよく知るための、必読書！　イギリスの女性研究者が幅広い文献・資料をもとに描き出した革命的な一冊。図版多数収録。

若冲

澁澤龍彦 他　41489-8

生誕300年を迎えた、いま最も注目著しい画家の魅力を、あらゆる角度から探り味わう。執筆は、辻惟雄、芳賀徹、種村季弘、澤田ふじ子、安岡章太郎など豪華な陣容。

悪徳の栄え　上・下

マルキ・ド・サド　澁澤龍彦〔訳〕　46077-2　46078-9

美徳を信じたがゆえに身を滅ぼす妹ジュスティーヌと対をなす姉ジュリエットの物語。悪徳を信じ、さまざまな背徳の行為を実践する悪女の遍歴を通じて、悪の哲学を高らかに宣言するサドの長篇幻想奇譚!!

ソドム百二十日

マルキ・ド・サド　澁澤龍彦〔訳〕　46081-9

ルイ十四世治下、殺人と汚職によって莫大な私財を築きあげた男たち四人が、人里離れた城館で、百二十日間におよぶ大乱行、大饗宴をもよおした。そこで繰り広げられた数々の行為の物語「ソドム百二十日」他二篇収録。

毛皮を着たヴィーナス

L・ザッヘル=マゾッホ　種村季弘〔訳〕　46244-8

サディズムと並び称されるマゾヒズムの語源を生みだしたザッヘル＝マゾッホの代表作。東欧カルパチアとフィレンツェを舞台に、毛皮の似合う美しい貴婦人と青年の苦悩の快楽を幻想的に描いた傑作長篇。

眼球譚［初稿］

オーシュ卿（G・バタイユ）　生田耕作〔訳〕　46227-1

二十世紀最大の思想家・文学者のひとりであるバタイユの衝撃に満ちた処女小説。一九二八年にオーシュ卿という匿名で地下出版された当時の初版で読む危険なエロティシズムの極北。恐るべきバタイユ思想の根底。

O嬢の物語

ポーリーヌ・レアージュ　澁澤龍彥〔訳〕　46105-2

女主人公の魂の告白を通して、自己の肉体の遍歴を回想したこの物語は、人間性の奥底にひそむ非合理な衝動をえぐりだした真に恐れるべき恋愛小説の傑作として多くの批評家に激賞された。ドゥー・マゴ賞受賞！

ナチュラル・ウーマン

松浦理英子　40847-7

「私、あなたを抱きしめた時、生まれて初めて自分が女だと感じたの」——二人の女性の至純の愛と実験的な性を描いた異色の傑作が、待望の新装版で甦る。

人のセックスを笑うな

山崎ナオコーラ　40814-9

十九歳のオレと三十九歳のユリ。恋とも愛ともつかぬいとしさが、オレを駆り立てた——「思わず嫉妬したくなる程の才能」と選考委員に絶賛された、せつなさ百パーセントの恋愛小説。第四十一回文藝賞受賞作。映画化。

インストール

綿矢りさ　40758-6

女子高生と小学生が風俗チャットでひともうけ。押入れのコンピューターから覗いたオトナの世界とは?!　史上最年少芥川賞受賞作家のデビュー作、第三十八回文藝賞受賞作。書き下ろし短篇「You can keep it.」併録。

ふる

西加奈子　41412-6

池井戸花しす、二八歳。職業はＡＶのモザイクがけ。誰にも嫌われない「癒し」の存在であることに、こっそり全力をそそぐ毎日。だがそんな彼女に訪れる変化とは。日常の奇跡を祝福する「いのち」の物語。

ヴォイセズ／ヴァニーユ／太陽の涙

赤坂真理　41214-6

航空管制官の女と盲目の男——究極の「身体（カラダ）の関係」を描く「ヴォイセズ」、原発事故前に書かれた予言的衝撃作「太陽の涙」、名篇「ヴァニーユ」。『東京プリズン』著者の代表作を一冊に。

さだめ

藤沢周　40779-1

ＡＶのスカウトマン・寺崎が出会った女性、佑子。正気と狂気の狭間で揺れ動く彼女に次第に惹かれていく寺崎を待ち受ける「さだめ」とは……。芥川賞作家が描いた切なくも一途な恋愛小説の傑作。

異性

角田光代／穂村弘　41326-6

好きだから許せる？　好きだけど許せない⁉　男と女は互いにひかれあいながら、どうしてわかりあえないのか。カクちゃん＆ほむほむが、男と女についてとことん考えた、恋愛考察エッセイ。

親指Pの修業時代　上

松浦理英子　40792-0

無邪気で平凡な女子大生、一実。眠りから目覚めると彼女の右足の親指はペニスになっていた。驚くべき奇想とユーモラスな語り口でベストセラーとなった衝撃の作品が待望の新装版に！

親指Pの修業時代　下

松浦理英子　40793-7

性的に特殊な事情を持つ人々が集まる見せ物一座“フラワー・ショー”に参加した一実。果して親指Ｐの行く末は？　文学とセクシャリティの関係を変えた決定的名作が待望の新装版に！

ドレス

藤野可織　41745-5

美しい骨格標本、コートの下の甲冑……ミステリアスなモチーフと不穏なムードで描かれる、女性にまといつく“決めつけ”や“締めつけ”との静かなるバトル。わかりあえなさの先を指し示す格別の８短編。